Valerie Bendorf
Die Tage mit Dir

VALERIE BENDORF

DIE TAGE MIT DIR

Roman

PIPER

Mehr über unsere Autorinnen, Autoren und Bücher:
www.piper.de

Wenn Ihnen dieser Roman gefallen hat, schreiben Sie uns unter Nennung des Titels »Die Tage mit Dir« an *empfehlungen@piper.de*, und wir empfehlen Ihnen gerne vergleichbare Bücher.

FSC
www.fsc.org
MIX
Papier | Fördert gute Waldnutzung
FSC® C083411

PRODUZIERT MIT VERANTWORTUNG

ISBN 978-3-492-06445-3
3. Auflage 2025

Für einen direkten Kontakt und Fragen zum Produkt wenden Sie sich bitte an: *info@piper.de*
Redaktion: Antje Steinhäuser
Satz auf Grundlage eines CSS-Layouts von digital publishing competence (München) mit abavo vlow (Buchloe)
Druck und Bindung: CPI Books GmbH, Leck
Printed in the EU

In twenty years from now, I'll be the same
And you'll be changing all the letters
In your maiden name
Oh, you're thinking that we are one
But we'll never be the same

Travis, Good Feeling (1997)

Playlist

1999

Belle & Sebastian, *We Rule the School*

Wet, wet, wet, *Maybe I'm in love*

2001

Travis, *All I want To Do Is Rock*

Marlene Dietrich, *Ich hab noch einen Koffer in Berlin*

Seeed, *Dickes B*

2003

The Delgados, *Woke from Dreaming*

The Corries, *The Flower of Scotland*

Snow Patrol, *Run*

2005

Katie Melua, *Piece by Piece*

2006

Mia, *Tanz der Moleküle*

2007

Flowers of the forest

2010

Amy Macdonald, *Your Time Will Come*

2013
Emma Pollock, *The Child in Me*
Frightened Rabbit, *Holy*

2014
Annie Lennox, *September in the Rain*

2016
The Parlotones, *Push Me to the Floor*

2018
The Fratellis, *I Am That*

2019
Franz Ferdinand, *Slow, Don't Kill Me Slow*

2021
Dota Kehr & Max Prosa, *Für Einen*

Erster Teil

SPÄTER

Hanna atmete erst auf, als sie mit der Bordkarte in der Hand an der Sicherheitskontrolle anstand. Nur eine Frau war noch vor ihr. Die Dame trug einen Hosenanzug und einen perfekt geföhnten Bob und strahlte die routinierte Ungeduld der Vielfliegerin aus. Sie selbst war länger nicht geflogen, und die Maschine ging zu nachtschlafender Zeit – dennoch war es wohl vor allem der Anlass ihrer Reise, der sie so flattrig machte.

Dabei war heute Morgen alles glatt gelaufen. Sie hatte den Wecker gehört und war sofort aufgestanden. Den Spuren des schwachen Moments gestern Abend, als sie ihren Tränen freien Lauf gelassen hatte, war sie mit Concealer und mehreren Lagen Wimperntusche beigekommen. Der Bus zum Flughafen war pünktlich gewesen, und der Mann am Counter hatte ihre Reservierung sofort gefunden. Nach dem Sicherheitscheck würde sie am Gate noch Zeit haben, einen Kaffee zu trinken, den startenden Flugzeugen hinterherzusehen und sich innerlich auf den Abend einzustellen.

Als sie an der Reihe war, zog sie ihren neu gekauften Blazer aus und legte ihn in eine der dafür vorgesehenen Kunststoffkisten. Dann hievte sie ihren Trolley auf das Rollband und sah ihren Sachen nach, die in dem kleinen Tunnel verschwanden.

Die Businessfrau vor ihr wurde nach dem Passieren

des Bodyscanners aufgefordert, die Schuhe auszuziehen, und als sie ihre Loafer abstreifte, kam ein Loch am großen Zeh ihrer linken Socke zum Vorschein.

Hanna lächelte. Es war beruhigend zu sehen, dieses verborgene Loch in der geföhnten Fassade.

Sie passierte die Schleuse unbehelligt, aber der Securitymann am Ende des Förderbands winkte sie heran. Vor ihm lag ihr Trolley. »Bittemalöffnen.«

Sie überlegte, ob sie vergessen hatte, ihre Nagelschere aus dem Kulturbeutel zu nehmen. Unter dem ungeduldigen Blick des Mannes zog sie den Reißverschluss ihres Koffers auf und beobachtete dann, wie er das Instrument in die Hand nahm, das gleich obenauf lag.

»Das ist ein Dudelsack«, erklärte sie mit einem Lächeln, während sie wieder in die Ärmel ihres Blazers schlüpfte.

»Ja«, erwiderte er nur und wendete die an einem dunkelgrünen Samtbeutel befestigten Pfeifen in seiner Hand.

»Sorry, ich dachte nur ... Weil Sie so skeptisch gucken.«

Der Mann beachtete sie nicht weiter, sondern nahm sein Funkgerät vom Gürtel und sprach etwas hinein, das sie nicht verstand.

Hanna sah auf die Uhr, aber es war immer noch genug Zeit. Boarding war erst in einer Dreiviertelstunde.

»Kofferbitteschließen.« Der Securitytyp legte den Dudelsack in eine der Kunststoffkisten.

»Was ist das Problem?«

»Das erklären Ihnen die Kollegen.« Er nahm die Kiste und bedeutete ihr, ihm zu folgen.

Verwirrt rollte sie ihren Trolley hinter sich her bis zu einer unauffälligen Tür, neben der ein Schild mit der Aufschrift »Zoll« angebracht war. Auf das Klopfen ihres

Begleiters hin öffnete eine Frau in grüner Uniform, bedeutete ihnen hereinzukommen, und sie betraten ein kleines, künstlich beleuchtetes Durchgangszimmer mit einem Aktenschrank an der Wand und in der Mitte einem weißen Tisch mit zwei Stühlen. Der Sicherheitsmitarbeiter stellte die Kiste mit einer triumphalen Geste darauf ab, als wollte er sagen: Du glaubst ja nicht, was ich hier mal wieder entdeckt habe.

Dann ging er wieder, und Hanna war froh, als die Tür hinter ihm zufiel. Aus dem Nachbarzimmer drangen die Stimmen zweier Männer, die sich über die Tabellenplatzierung des Hertha BSC unterhielten, und der Duft von Kaffee. Flüchtig kam ihr der Gedanke, ob man ihr einen anbieten würde.

Die grün Uniformierte hatte einen kurzen, schwarz gefärbten Pony und an der Augenbraue zwei Einstichlöcher, in denen außerhalb der Dienstzeiten vermutlich ein Piercing steckte. Jetzt aber inspizierte sie nur kurz und sachlich das Corpus Delicti. »Diese Flöten hier sind aus Elfenbein«, stellte sie fest.

Während Hanna nickte, ging ihr auf, dass genau das wohl das Problem war. »Ist aber schon uralt«, erklärte sie. »Hab ich nicht selbst gejagt.«

Die Frau quittierte den Scherz mit einem Lächeln. »Glaube ich. Aber haben Sie dafür eine EG-Bescheinigung oder einen Altersnachweis?«

»Was, bitte?« Hanna stieg das Blut in die Wangen.

»Eine EG-Bescheinigung für den Handel mit Elfenbein oder einen Altersnachweis, der bestätigt, dass das Instrument vor 1947 gefertigt wurde«, präzisierte die Zöllnerin. »Haben Sie dann wahrscheinlich nicht?« Fast mitfühlend sah sie Hanna an.

»Nein, ich will die Pipe ja auch nicht verkaufen.«

»Mmh«, machte die Beamtin, öffnete den Aktenschrank, holte ein Klemmbrett mit einem Stapel Formulare heraus und legte es auf den Tisch. Dann zog sie einen Kugelschreiber aus ihrer Hemdtasche und bedeutete Hanna, sich zu setzen. »Ich bräuchte dann mal Ihren Pass, und hier notieren Sie bitte Ihre Ziel- und Heimatadresse.«

»Okay.« Ergeben nahm Hanna Platz, zog aus der Innentasche ihres Blazers erst das gewünschte Dokument und dann den Briefbogen aus dickem Papier, der ihr vor vier Monaten den finalen Dolchstoß versetzt hatte. Sie hatte gewusst, dass er kommen würde, aber doch bis zum letzten Moment nicht so richtig dran geglaubt. Auch jetzt noch, während sie die Adresse ihres Hotels im schottischen Cumnock abschrieb, vermied sie den Blick auf den Briefkopf, auf dem in violett geprägten Lettern die zwei ineinander verschlungenen Namen prangten. Sie hätte ein Zimmer im Schloss haben können, wo auch die Feier stattfand, aber sie hatte sich entschieden, wenigstens für die Nacht ein bisschen Distanz zwischen sich und das Brautpaar zu bringen.

Als sie fertig war, gab sie der Frau das Klemmbrett zurück und versuchte, in ihrem Gesicht zu lesen, wie das hier für sie ausgehen würde.

»Tut mir leid, aber wenn Sie weiterreisen wollen, werden wir den Dudelsack konfiszieren müssen.«

»Er gehört mir ja noch nicht mal!«

Ihr Gegenüber horchte auf. »Warum haben Sie ihn dann dabei?«

»Das ist ’ne lange Geschichte. Jedenfalls muss ich damit heute Abend ein Ständchen spielen, auf einer schottischen Hochzeit.« So ausgesprochen fand sie die Vorstellung selbst absurd. Wem wollte sie eigentlich was genau damit beweisen?

»Sie können das Ding spielen? Nicht schlecht!« Die Beamtin stützte ihre Hände flach auf die Tischplatte. »Also, es gibt zwei Möglichkeiten: Entweder Sie nehmen Ihren Koffer und den Dudelsack und kehren nach Hause zurück, oder Sie boarden gleich und fliegen zu der Hochzeit, nur wird der Dudelsack dann leider hierbleiben müssen.«

»Das ist die Hochzeit meines besten Freundes«, versuchte Hanna es ein letztes Mal.

»Oh, wie in diesem Film mit Julia Roberts?«

»Ziemlich genau so«, bestätigte Hanna schwach. »Nur dass ich auf keinen Fall den Bräutigam küssen kann.«

1999

Die Exkursion

Es war ein Dienstag im August, als sie das erste Mal miteinander sprachen und dann auch gleich die Nacht zusammen verbrachten. Wenn Neil nicht wegen seiner langen Beine auf dem Beifahrersitz platziert worden und Hanna nicht ganz hinten im Minibus gesessen und daher als Letzte ausgestiegen wäre, hätten sie sich kaum jemals näher kennengelernt. So aber stand Hanna damals auf dem Wanderparkplatz zwischen Glen Croe und Glen Kinglas rechts neben Neil, als Mr Drummond, ihr Fahrer, mit Zeige- und Mittelfinger seiner knorrigen, sommersprossigen Hand nacheinander auf je zwei Internatsschüler zeigte: »Ihr beide, ihr, ihr, und ihr zwei.« Solche banalen Zufälle sind es, die manchmal über ein ganzes Leben entscheiden. Oder zwei, in diesem Fall.

Während Neil am liebsten alleine losgegangen wäre, hatte Hanna eigentlich gehofft, mit dem Mädchen zusammen eingeteilt zu werden, mit dem sie sich gerade im Bus unterhalten hatte. Sie war erst seit zwei Wochen in Callander und befand sich noch in der aufregenden, aber auch etwas aufreibenden Phase des Beschnupperns und Positionierens, die jede kennt, die schon mal die Schule gewechselt hat.

Alice, die Tochter eines südenglischen Duftkerzenmagnaten, sollte mit der kleinen Kim Ling ein Team bilden und protestierte laut. »Och nö. Ich wollte mit Tabatha.«

»Keine Extrawürste. Ihr sollt sowieso nicht quatschen, sondern malen. Abendlicht und Perspektive, das sind die Stichworte, an die ich euch von eurer Kunstlehrerin erinnern soll. Um acht treffen wir uns wieder hier.« Bei den letzten Worten drehte Mr Drummond, der sonst als Pförtner der Callander Chambers Boarding School arbeitete, wieder Richtung Fahrertür ab.

Kim Ling lächelte betont gleichmütig und deutete mit dem Kinn in Richtung des grünen Tals, das unter ihnen lag.

»Meinetwegen gern«, sagte Alice.

»Hast du einen Plan?«, wandte Hanna sich an ihren Begleiter, der nur einmal scheu herübergesehen hatte und abzuwarten schien, bis sie ihn ansprach.

Als er sich ihr zuwandte, wirkte er, als hätte er zwar einen, wäre aber noch unsicher, ob er ihn mit ihr teilen wollte.

»Ich bin Hanna«, erklärte sie. »Falls du das nicht weißt. Ich bin neu. Wie du heißt, hab ich leider auch vergessen. Ich bin nicht so gut mit Namen.« Das stimmte nicht unbedingt, aber es klang netter. Sie mussten ja jetzt miteinander auskommen.

»Neil«, antwortete er. »Angenehm.« Er nickte ihr zu.

Hanna wunderte sich ein wenig über die gewählte Ausdrucksweise.

Er blickte auf ihre knöchelhohen Turnschuhe, dann fragte er: »Da lang?«

An der Stelle, auf die er deutete, war erst auf den zweiten Blick ein Trampelpfad zu erkennen, der über eine leichte Senke in den Berg hineinführte. »Okay«, sagte Hanna.

Während sie schweigend nebeneinander den Parkplatz überquerten, klaubten sie beide in Gedanken zusammen, was sie übereinander wussten. Sie über ihn: so gut wie nichts. Neben Kunst hatten sie nicht viele Fächer miteinander, genau konnte sie es nicht sagen. Die anderen riefen ihn mit irgendeinem wenig liebevollen Spitznamen, der ihr auch gerade nicht einfiel. Durch mehrere Schulwechsel hatte sie jedoch ein intuitives Sensorium für das Geflecht unter den Schülerinnen und Schülern entwickelt, und wenn sie sich die Oberstufe von Callander Chambers auf einer Schießscheibe vorstellte, wie sie im Sportkeller hing, dann befand sich dieser Junge – zu groß, zu dünn, zu schweigsam – ziemlich weit außen auf einer Eins oder Zwei.

Er hingegen wusste über sie, dass sie aus Deutschland war und so hübsch und normal, dass sich jeder weitere Gedanke an sie erübrigte. Mädchen wie sie redeten in Callander normalerweise nicht mit ihm.

Sie ließen den Parkplatz hinter sich, und bald wurde der Pfad so schmal, dass sie nicht mehr nebeneinanderlaufen konnten. Neil bedeutete Hanna mit einer höflichen Geste vorzugehen.

Es war einer dieser schottischen Sommertage, an denen man im T-Shirt fror, solange die Wolken vor der Sonne hingen, aber mit Pullover oder Jacke anfing zu schwitzen, wenn sie herauskam. Oder wenn man richtig in Bewegung geriet, so wie jetzt, da es bergan ging.

Nach einer Dreiviertelstunde, in der sie nur wenige Worte wechselten, wenn sie an einen Abzweig kamen, eröffnete sich hinter einer Kurve ein prachtvolles Panorama. Zwischen den schroffen Hügeln, über denen sich Wolkenformationen in Schattierungen von leuchtend weiß bis dunkelgrau auftürmten, lag lang gezogen das

Tal, das in Teilen auch vom Parkplatz aus zu sehen gewesen war, nur war jetzt, von weiter oben, der Blick darauf spektakulärer. In seiner Mitte lag ein See, der von den vereinzelt durch die Wolkendecke brechenden Sonnenfinger zum Leuchten gebracht wurde wie der Zauberstein einer Fee. Über den Bach, der ihn speiste, führte eine moosüberzogene Bogenbrücke aus Bruchsteinen, die direkt aus den Untiefen der schottischen Geschichte zu kommen schien. Man sah die englischen Truppen in ihren roten Uniformen förmlich vor sich, wie sie in Zweierreihen zum Klang der Trommeln darübermarschierten, um die Vorherrschaft ihres Königs über die schottischen Clans zu sichern. Sie hatten noch gestern in Mrs Abbots Geschichtsstunde davon gehört.

»Das ist ja der Hammer!« Hanna blieb stehen und zog den Reißverschluss ihrer Windjacke auf.

Neil, der schon ein abgeklärtes »Nett« befürchtet hatte, atmete auf. Schließlich hatte er den Weg vorgeschlagen. Und darüber hinaus war das sein Land. »Da ist der ›Rest and Be Thankful‹«, erklärte er und zeigte auf den höchsten Punkt des Passes mit dem Parkplatz. »Der Name kommt von der Inschrift auf dem Stein, der dort für die erschöpften Reisenden aufgestellt wurde.«

»Ha, und ich hab gestern gedacht, als es hieß, heute stünde der ›Raste und sei dankbar‹ auf dem Programm, das wäre wieder einer der Sprüche, mit denen sie uns die richtigen Werte vermitteln wollen.«

»So wie der Slogan auf unserem Bus: ›Live, learn, grow‹?«

»Genau. Komisch eigentlich, dass sie nicht gleich ›Live, learn, lead‹ geschrieben haben. Das wär eine schöne Alliteration und würde gleich klarstellen, wozu wir ausgebildet werden.«

»Stimmt.« Er lachte und sah aus, als überraschte ihn das.

»Was ist dein Hausspruch?«

»Ich lebe nach dem Motto ›Das große Ziel der Bildung ist nicht Wissen, sondern Handeln‹. In Haus Spencer.«

»Ich Haus Yeats: ›Bildung bedeutet nicht, einen Eimer zu füllen, sondern ein Feuer zu entzünden.‹«

»Sind hier draußen wahrscheinlich nicht erlaubt.«

Hanna grinste. »Wollen wir uns trotzdem einen Platz suchen und unser Bild angehen?«

Er nickte. »Da vorn kannst du dich anlehnen.« Er wies auf einen Felsen.

»Du hast ihn zuerst gesehen.«

»Nein, der ist für dich.«

»Extra hier aufgestellt?«

»Extra hier aufgestellt«, bestätigte er und lächelte.

»Na dann.« Hanna gab gerne nach.

Sie öffneten ihre Rucksäcke, auf denen das Wappen des Internats eingestickt war: ein roter königlich-schottischer Löwe, der über ein Piktogramm des Schulgebäudes wachte. Je ein zerdrücktes Lunchpaket, eine Klappstaffelei, zwei Malkartons und eine Metallschachtel mit Ölkreiden waren darin.

Hanna klappte die Staffelei aus, stellte sie über ihren ausgestreckten Beinen auf, spannte den Karton ein und überlegte, wie sie ihr Bild angehen sollte. Ob sie Neil, der seitlich in ihrem Blickfeld saß, mit aufnehmen sollte, und wenn ja wie, sodass es der Komposition etwas gab.

Bei einem Casting, bei dem ein Darsteller für einen jugendlichen Sonderling gesucht wurde, hätte er die Rolle sicher, dachte sie, während sie ihn studierte, wie er unbequem über die kleine Staffelei gebeugt dasaß. Seine dunkelbraunen Haare sahen aus, als hätte er sich vor ein paar Monaten einfach den Kopf rasiert und sie dann wachsen lassen, jedenfalls waren sie hinten im Nacken genauso lang wie oben, eine seltsame Nichtfrisur. Das Brillengestell, das er sich zum Malen aufgesetzt hatte, machte die Sache nicht besser, und der beigefarbene Wollpullover, den er trug, stammte dem Schnitt der Ärmel nach zu urteilen noch aus den tiefen Achtzigern. Das alles war mehr als ungewöhnlich für einen Internatsschüler. Die meisten von ihnen demonstrierten schon jetzt mit teuren Polohemden ihren Führungsanspruch in der Wirtschaftswelt des neuen Jahrtausends. Wenn sie nicht gerade mit bunten Haaren und übergroßen Hosen gegen ihr Schicksal als reiche Erben aufbegehrten.

Neil sah auf, und sein Blick traf ihren.

»Ich überlege nur, ob du mit auf mein Bild kommst«, erklärte sie.

»Lieber nicht«, nuschelte er.

»Warum nicht? Ich glaube, ein Schotte fehlt hier noch in meinem Panorama. Du bist doch Schotte?« Neil sprach mit einem ausgeprägten schottischen Dialekt.

»Ich bin zwar Schotte, aber nicht so ... der Musentyp.«

Hanna lachte. »Na gut, dann lass ich dich weg.« Betont streng sah sie auf ihr Blatt und öffnete schließlich die Schachtel mit den Kreiden. Sie waren noch ganz neu, nach Farben geordnet und sahen verlockend aus.

Seit sie in Callander war, war Hanna kaum zum Malen gekommen, obwohl sie sich eigentlich als junge Künstlerin verstand. Einmal hatte sie angesetzt, den Ausblick aus ihrem Zimmer in den Obstgarten zu zeichnen, aber dann war schon wieder ihre Mitbewohnerin mit zwei Freundinnen hereingekommen, und sie hatte das Gefühl gehabt, sie müsste sich mit unterhalten, um nichts zu verpassen.

Jetzt, während sie sich in den Ausblick vertiefte, überkam sie eine Ruhe wie schon seit Wochen nicht mehr. Die Abendsonne wärmte mit letzter Kraft, und nur der Wind war zu hören, wenn er durch die Gräser hauchte, hin und wieder ein unsichtbarer Vogel und schließlich die Kreide auf dem Karton. Sie übertrug die zwischen einem metallischen Braunrot und einem samtigen Dunkelgrün changierenden Oberflächen der Berge aufs Papier, verwischte sie mit dem Finger, verglich, legte einen Farbauftrag nach, verwischte wieder und so weiter, bis sie zufrieden war und zum nächsten Bildteil überging.

Als Neil einmal zu ihr hinübersah, während er seinen Rücken streckte, schien sie ihm gleichermaßen vollkommen entspannt und hoch konzentriert. Ihr Mund war leicht geöffnet, während ihre Augen hin und her wanderten und ihre Fingerkuppen über den Karton strichen. Irgendwie empfand er den Anblick, wie sie so versunken arbeitete, als intim. Er sah erst weg, dann verstohlen wieder hin.

Unterhalb ihres linken Auges prangte ein grüner Fleck, wo sie sich mit den Kreidefingern ins Gesicht gefasst hatte. Sie hatte eine kleine, etwas gerötete Nase, und ihre Wangen sahen sehr weich aus. Ihr Haar war zu einer komplizierten Frisur geflochten, die am Hinterkopf in einem blonden Puschel mündete. Wie lange sie wohl morgens dafür brauchte?

»Wow«, meinte Hanna irgendwann und lockerte ihre Beine. »Das hat mich jetzt richtig weggebeamt.«

Neil grinste.

»Was denn, hab ich gespeichelt?« Hanna lachte und fuhr sich scherzhaft mit dem Handrücken über den Mundwinkel.

»Nur fast.«

»Ich bin sonst gar nicht so der Naturfreak, aber hier ... Ich weiß nicht, was es ist. Es ist irgendwie ...« Der Satz hing in der Luft.

»... wie es ist«, sagte er.

Sie sah ihn an. »Genau. Genau so ist es. Es ist, wie es ist.«

»Die Berge hier wissen das. Früher mal waren sie von Wald überzogen.«

»Echt, und wo ist der hin?«

»Die Engländer sind gekommen und haben Schiffe für ihre kolonialen Feldzüge daraus gebaut, und dann haben sie auch noch Massen an Schafen angesiedelt, die alles weggefressen haben. Mal so zusammengefasst.«

»Krass. Die Engländer wieder.« Sie kannte die schottisch-englische Rivalität vom Fußball her.

»Genau. Haben alles plattgemacht.« Er grinste verhalten.

»Aber ihr habt was draus gemacht, das muss man sagen. Ich meine, guck dir nur mal diese Farben an.«

»Hellbraun. Dunkelbraun. Und Grün«, sagte er ironisch.

Sie ließ sich nicht darauf ein, was ihn insgeheim freute. »Und Blau. Und Silbern«, schwärmte sie, griff nach der weißen Kreide und verstärkte noch mal einen der Lichtreflexe auf dem See.

»Bald nicht mehr so blau. Von Westen her zieht es sich zu.«

Hanna lächelte. Dass es außerhalb von maritimen Kinofilmen Menschen gab, die Sätze mit »von Westen her ...« begannen, hatte sie auch noch nicht gewusst.

»Was ist daran witzig?«

»Gar nichts. Du scheinst einen guten Draht zur Natur zu haben. Zeig doch mal dein Bild!«

Er drehte es in ihre Richtung.

Hanna legte ihre Kreide in die Rille in der Schachtel zurück, stellte die Staffelei zur Seite und stand auf, um es von Nahem zu betrachten.

Es war eine brave, naturgetreue, aber nicht unzulängliche Arbeit. Die Vorzeichnung verriet, dass Neil die Perspektiven gut erfasste. Sicher würde er ein A oder B dafür bekommen. »Kompliment«, sagte sie. »Du hast es drauf. Willst du meins auch sehen?«

»Klar«, sagte er, und sie zeigte es ihm bereitwillig.

»Das sieht richtig nach Kunst aus.«

»Danke!«, erwiderte Hanna selbstbewusst. »Du ... weißt du was?« Ein Gedanke, der ihr vorhin schon gekommen war, drängte jetzt zur spontanen Umsetzung. »Ich geh noch mal etwas weiter den Berg da rauf und integriere eine zweite Perspektive in das Bild.«

»Kapier ich nicht, und ich glaube, bei Mrs MacMillan riskierst du damit dein A.«

»No risk, no fun«, sagte Hanna und räumte ihr Material zurück in den Rucksack.

»Bleib bloß nicht zu lange. Also ... nur, weil ...«

»Schon klar, von Westen her zieht es sich zu.« Sie grinste ihn an, dann ging sie.

Als sie weg war, fühlte Neil sich zunächst seltsam zurückgelassen, dann jedoch arbeitete er effizienter als zuvor an seinem Bild, bis es zunehmend nach Regen aussah. Die Sonne war hinter einer dichten Wolkendecke verschwunden, und man hätte meinen können, es dämmerte schon, dabei war es erst halb sieben. Das Tal starrte jetzt dunkel und abweisend zu ihm herauf. Vor etwa einer Dreiviertelstunde hatte er einmal Alice und Kim Ling von Weitem gesehen und einen Teufel getan, sich bemerkbar zu machen. Jetzt aber war auf den Wegen keine Menschenseele mehr unterwegs.

Zum wiederholten Mal sah er auf seine Armbanduhr. In einer guten Stunde wurden sie von Mr Drummond auf dem Parkplatz erwartet. Hanna sollte wirklich langsam zurückkommen. Oder hatte er sie falsch verstanden, und sie hatte gar nicht zurückkommen, sondern gleich zum Parkplatz gehen wollen? War er jetzt der Dumme, wenn er hier wartete, während Hanna querfeldein auf einige der anderen gestoßen und schon mit ihnen zurückgewandert war? Vielleicht klärten Alice und Co. sie just in diesem Moment darüber auf, was für ein peinlicher Typ er war.

Er war mittlerweile seit einem Jahr in Callander, und das nicht freiwillig. In den ersten Wochen, er war damals fünfzehn gewesen, hatte er solche Sehnsucht nach seinem verlorenen Zuhause gehabt, dass er mehrere Male im Unterricht zu weinen begonnen und sich daraufhin immer mehr zurückgezogen hatte. Seine Strategie in den folgenden Wochen: einfach nicht antworten, wenn er fürchtete, sonst wieder heulen zu müssen. Mrs Carstens wollte in Englisch wissen, ob er schon mal das Geburtshaus des schottischen Nationaldichters Robert Burns besucht habe, er komme doch aus der Gegend. Schon bei dem Gedanken an seine Antwort spürte er dieses würgende Stechen im Rachen als Vorbote der Tränen. Also schluckte er, schwieg und sah an Mrs Carstens vorbei aus dem Fenster. Nach einigen Sekunden, die sich wie eine Ewigkeit anfühlten, zuckte sie die Achseln, ließ von ihm ab und fuhr mit dem Unterricht fort. Ging doch. Sein Banknachbar fragte ihn nach seinem Lieblingsfußballverein. Neil fürchtete, den Namen des Clubs, in dem er früher mal bei den C-Junioren gespielt hatte, nicht tränenfrei über die Bühne zu bekommen, und blieb die Antwort schuldig. Das mit dem Weinen legte sich, schweigsam und zurückgezogen blieb er jedoch.

Er war von den anderen zwar nie im Papierkorb gefesselt worden, und man hatte ihn auch nicht für wert erachtet, eines der verbotenen Aufnahmerituale an ihm zu vollziehen. Abgesehen von gelegentlichen groben Witzchen über seinen Vater, seinen Dialekt oder seine dörfliche oder sonst wie seltsame Art ließ man ihn eigentlich in Ruhe. Doch er war nie richtig in Callander angekommen, jedenfalls nicht als der Junge, der er früher gewesen war.

Plötzliche Windböen, wie sie einem Gewitter oder kräftigen Regenguss vorausgehen, machten das Malen auf der Staffelei unmöglich, und er packte ein. Mit lustlosen Bissen verschlang er noch das labbrige Schinken-Käse-Sandwich aus dem Lunchpaket, während seine Augen immer wieder die Umgebung absuchten.

Hanna könnte auch gestürzt sein, überlegte er, oder sie war einem Mann begegnet, der auf genau so eine Situation gelauert hatte ... Er erinnerte sich an eine entsprechende Schlagzeile von vor ein paar Monaten. Der Gedanke war widerwärtig und hinterließ ein beklemmendes Gefühl.

Er würde ihr den Berg hinauf folgen. Vielleicht saß sie ja auch gleich hinter der nächsten Kurve.

Doch so war es nicht. Er lief zurück und nahm sich einen leeren Karton. *Liebe Hanna*, schrieb er.

Dann riss er das *Liebe Hanna* ab, stopfte es sich in die Hosentasche und begann von Neuem: *Hi Hanna, ich sehe gerade nach, ob du noch hier irgendwo bist. Warte hier oder geh einfach schon zum Bus, wie es dir lieber ist.*

Er ließ den Karton aus dem Reißverschluss seines Rucksacks herausragen, legte den Rucksack gut sichtbar auf den Stein, an dem Hanna vorhin gelehnt hatte, und machte sich erneut auf in die Richtung, in die sie verschwunden war. Er überlegte, ob er nach ihr rufen sollte. Aber wenn ein Fremder sie festhielt, würde er ihn damit nur auf sich aufmerksam machen und seinen Vorteil verspielen – an dieser Stelle rief er sich zur Ordnung. Das war ja lachhaft und er kein kampferprobter Highlander aus einem historischen Roman, der seiner Jungfrau zu Hilfe eilte. Mal davon abgesehen, dass Hanna bestimmt keine Jungfrau mehr war.

Es begann zu nieseln.

Er kam an eine Gabelung und vermutete, dass Hanna den linken, dem Tal zugewandten Pfad genommen hatte. Der Weg war uneben. Er musste aufpassen, wo er hintrat, und gleichzeitig nach unten schauen, ob Hanna mit verstauchtem Knöchel irgendwo lag.

Nach zwei weiteren Abzweigen sagte er sich, dass es keinen Sinn mehr hatte, und drehte um. Er glaubte nicht, dass sie so weit gelaufen war. Und wenn er selbst rechtzeitig zur Abfahrt am Parkplatz ankommen wollte, musste er sich beeilen.

Der Regen wurde dichter, Neil begann zu joggen, so schnell der Untergrund es erlaubte, und bereute, dass er seinen Rucksack an der Aussichtsstelle zurückgelassen hatte. Jetzt musste er wohl oder übel noch mal dort vorbei und konnte nicht auf direktem Weg zum Parkplatz zurückgehen.

Kurz darauf hörte er das Rufen.

»Neil!«

Hanna. Von oben. Er ließ seinen Blick über den Berg schweifen, und da war sie, hockte mit aufgesetzter Kapuze ein Stück oberhalb des Wegs, neben ihr der Rucksack.

»Bist du verletzt?«, rief er.

»Nein, ich hab mich nur verlaufen. Warte, ich komm zu dir runter.«

Sie lief den Hügel hinunter, und eine kleine Lawine aus Geröll folgte ihr. Ihre Wimperntusche war vom Regen verschmiert, und einige aus der Frisur gerutschten Haare klebten in ihrer Stirn, als sie vor ihm stand und erklärte: »Irgendwann hab ich eingesehen, dass ich nicht mehr zurückfinde, und mich wegen der besseren Übersicht da oben hingehockt und auf dich gewartet.«

Ein eigenartiges Hochgefühl überkam ihn. »Und wenn ich nicht gekommen wäre?«

»Ich dachte mir irgendwie, dass du kommst.«

Er war sich nicht sicher, ob das für ihn sprach oder gegen ihn. »Ich muss noch meinen Rucksack holen – willst du schon allein zurück zum Parkplatz gehen?«

»Auf keinen Fall. Ich weiche dir nicht mehr von der Seite.«

Er lächelte und drehte sich schnell um, damit sie es nicht sah. »Dann mir nach«, sagte er laut, um Regen und Wind zu übertönen, und stapfte los. Hanna folgte ihm.

Eine halbe Stunde später hätten sie den Rucksack längst erreichen müssen. Doch nicht einmal mehr das Tal war zu sehen, und das, was unter ihren Füßen zunächst noch wie ein Trampelpfad gewirkt hatte, war auch nicht mehr zu erkennen. Vom Boden stieg ein brackiger Geruch auf. Neil bahnte ihnen den Weg jetzt selbst durch die harten kniehohen Gräser, die auf dem sumpfigen Grund wuchsen. Die Jeans klebten nass an ihren Oberschenkeln, und hinter jeder Kurve erschien, verhüllt von grauen Regenbändern, nur dieselbe Hügellandschaft im schwindenden Tageslicht. Sie hatten es zwar noch nicht ausgesprochen, aber jedem für sich war ihnen inzwischen klar, dass sie sich verirrt hatten.

»Es ist schon zwanzig nach acht«, rief Hanna. »Falls Mr Drummond überhaupt auf uns gewartet hat, dann ist er es inzwischen sicher leid.«

»Bleibst du kurz hier? Ich prüfe noch mal die Lage hinter dem Hügel da vorn.«

Hanna sah ihm nach, wie er sich mit seinem eigentümlich aufrechten, fast etwas tänzerischen Gang entfernte und fragte sich, ob er vielleicht schwul war. Auch weil er so höflich sprach.

»Leider nichts«, erklärte er, als er zurückkam, mit einem Gesichtsausdruck, als wäre das seine Schuld. »Ich kenn mich hier leider auch nicht so gut aus. Nur diesen Weg vom Parkplatz aus kannte ich, weil ich mal die Ferien bei Freunden in der Gegend verbracht hab.«

»Ich war doch die, die so blöd war, allein loszuziehen. Tut mir echt leid. Wenn ich nicht weggegangen wäre, säßen wir jetzt gemütlich im Bus auf dem Weg nach Hause.« Nach kurzem Schweigen setzte sie hinzu: »Oder jedenfalls ins Internat.«

Neil wurde plötzlich klar, dass auch ein potenzielles Premier-League-Mädchen wie Hanna sich in den ersten Wochen auf einer neuen Schule fremd fühlen musste. »Ich hätte dich davon abhalten müssen. Ich weiß doch, dass hier ein Hügel wie der andere aussieht und man sich leicht verirren kann«, sagte er sanft.

»Ich hätte mich sowieso nicht abbringen lassen ... Meinst du, die suchen uns?«

»Bestimmt.« Sicher war er sich nicht.

»Wie kalt wird es denn hier nachts?«

»Vielleicht 9 oder 10 Grad.« Neils Tonfall nach zu schließen, war auch das auf sein persönliches Versagen zurückzuführen.

»Noch ist es ja nicht so weit. Und zumindest mir macht der Regen auch gar nichts mehr aus, seit ich sowieso bis auf die Knochen durchnässt bin.« Sie versuchte sich an einem aufmunternden Grinsen, doch dann überlief sie ihren Worten zum Trotz ein Frösteln.

»Siehst du, du frierst!«, stellte Neil fest, und noch ehe sie protestieren konnte, hatte er sich seinen Pullover über den Kopf gezogen und hielt ihr das schwach nach Schafswolle riechende Ding vor die Nase.

Wie ein dickes, nasses Lamm, das er für mich gejagt hat, dachte sie.

An ihm selbst klebte jetzt allerdings nur noch das T-Shirt von irgendeinem Sportteam, das sie nicht kannte, die Farben von der Dämmerung verschluckt. Es war ihm zu kurz und reichte nur knapp bis zu der Jeans, die ihm auf den schmalen Hüften hing.

»Wenn du erfrierst, habe ich auch nichts davon«, sagte Hanna und machte keine Anstalten, den Pullover entgegenzunehmen. Sie spürte das kalte Rinnsal, das aus ihren Haaren unter der Jacke ihren Rücken hinunterlief, und sehnte sich plötzlich schmerzlich nach Berlin.

Wenn das Leben nach Plan gelaufen wäre, würde sie jetzt vielleicht im warmen Licht der Abendsonne an dem Graffiti arbeiten, das sie in ihrem Zimmer in der Schöneberger Wohnung auf die große Wand gegenüber ihrem Hochbett hatte sprayen wollen. Auf dem Fensterbrett säße der schöne Sean, mit dem sie in diesen Sommerferien vor der Eisdiele am Nollendorfplatz angebandelt hatte. Er würde den Rauch seiner selbst gedrehten Zigarette in den Abendhimmel blasen und charmant darum betteln, dass sie bitte nackt malen solle. Aber ihr Leben war dem Plan ihrer Eltern gefolgt. Und so stand sie stattdessen mit diesem aus der Zeit gefallenen Gentleman im strömenden Regen mitten im schottischen Nirgendwo.

Nachdem Neils Kopf wieder im Halsausschnitt seines Pullovers erschienen war, liefen sie weiter. Ihre Lage konnte noch einigermaßen prekär werden: Unter Umständen würde es die ganze Nacht durchregnen, und hier waren, in welche Richtung man auch blickte, nichts als Berge. Kaum Bäume, unter denen man Schutz suchen konnte, höchstens mal ein Farn oder Felsen, hinter dem sie dem Wind nicht ganz so stark ausgesetzt wären. Es war beinahe dunkel, und sie hatten nur einen nutzlosen Rucksack mit Malutensilien bei sich. Kühe auf der Weide drängten sich in solchen Nächten aneinander und wärmten sich gegenseitig, aber Neil und sie? Falls es so weit käme, wäre es vielleicht gar nicht so verkehrt, sollte er schwul sein.

Doch dann schälte sich wie ein Geisterschiff auf hoher See ein kleines Haus vor ihnen aus der Dunkelheit.

»Wow, siehst du das auch?«, stieß Hanna überrascht hervor.

Neil, der ein permanentes Zittern nicht unterdrücken konnte, seit er vorhin kurz seinen Pullover ausgezogen hatte, wäre vor Erleichterung am liebsten auf die Knie gefallen. »Vielleicht eine Wunschhütte, die sich nur den Wanderern mit dem reinen Herzen zeigt.«

»Du glaubst an Märchen?«

»Gerade schon. Warte hier, ich geh mal drum herum. Vielleicht ist auf der Rückseite irgendwo Licht.«

»Und ich gucke, ob ich eine Klingel finde.« Hanna fuhr mit der Hand über das nasse, moosige Mauerwerk, bereit, sie sofort wegzuziehen, falls sie auf etwas Ekelhaftes stoßen sollte, eine Fledermaus oder einen regenweichen Kokon halb fertiger Krabbeltiere. »Jedenfalls ist die Wand aus Stein und nicht aus Pfefferkuchen. Also wohnt sehr wahrscheinlich auch keine Hexe hier, die uns in einen Käfig sperren will«, plauderte sie weiter gegen das mulmige Gefühl an, das sich nach der ersten Erleichterung einstellte.

Neil fand geschlossene Fensterläden und seltsamerweise auf der Rückseite ein Dixie-Klo.

»Neil? Falls jemand hier sein sollte – vielleicht fragst lieber du nach dem Telefon, ich meine, weil du ja auch Schotte bist ...«, rief Hanna mit dünner Stimme. Aber es schien ohnehin weder eine Klingel noch eine Glocke oder einen Türklopfer zu geben.

»Klar, mach ich. Obwohl dein Englisch tadellos ist«, meinte Neil, als er wieder neben ihr auftauchte.

Hanna atmete auf, am liebsten hätte sie jetzt seine Hand genommen. »Ich war die letzten Jahre in Vancouver auf der Schule. Mein Vater ist Diplomat«, erklärte sie und klopfte zaghaft gegen die Tür.

Als sich nichts rührte, klopfte sie noch einmal lauter. »Und warum bist du in Callander?«

»Ach, wir mussten letztes Jahr umziehen, und da meinte mein Vater, das wäre ein guter Moment, um auf eine bessere Schule zu wechseln.«

Hanna konnte Neils Gesicht nicht sehen, aber ihr fiel auf, wie ausweichend er formulierte. Sie nahm sich vor, später nachzuhaken. Dann hämmerte sie ein weiteres Mal gegen die Tür.

»Scheiße!«, stieß sie hervor, als von drinnen immer noch kein Geräusch zu vernehmen war. »Und ich hatte schon gehofft, heute Nacht doch noch ins Bett zu kommen.«

»Darf ich mal?«, fragte Neil dicht neben ihr, griff nach der Türklinke und drückte sie herunter. Leise quietschend ging die Tür nach innen auf.

»Krass.« Hanna hielt den Atem an und hielt sich direkt hinter Neils Schafspullover, als er hineinging. »Und wenn jetzt einer kommt ...? Oder vielleicht ist ja doch jemand hier«, flüsterte sie.

»Hallo?«, sagte Neil laut in das Dunkel hinein und blieb stehen. »Jemand da?«

Sie warteten auf eine Reaktion, aber es kam keine. Es roch muffig, nach klammen, alten Stoffen, außerdem hing ein Hauch kalter Asche in der Luft.

»Es gibt in den Highlands Ehrenamtler, die sich um die Instandhaltung alter Hütten kümmern, damit Wanderer bei Regen irgendwo unterkommen. Vielleicht ist das hier –« Krachend stieß er gegen einen Gegenstand.

Hanna schrak zusammen, aber als sie merkte, dass er nur gegen einen Stuhl gelaufen war, stellte sie ihren Rucksack ab. »Licht wäre gut.«

Zwanzig Minuten vergingen, bis sie in einer Schublade eine Taschenlampe fanden. Ihr Lichtkegel war schon schwach, als Hanna sie einschaltete, aber immerhin sahen sie jetzt, was sie vorher nur hatten ertasten können: Die Hütte bestand aus einem einzigen Raum mit einem gemauerten Kamin, neben dem etwas Feuerholz lagerte. Es gab einen Holztisch mit vier Stühlen, und in einer Nische standen längs der Wände zwei mit dünnen Matratzen belegte Pritschen, außerdem ein modernes zusammengeklapptes Feldbett, dem jedoch die Auflage fehlte. An den kleinen Fenstern hingen fleckige, mit englischen Rosen bedruckte Vorhänge und überall in den Ecken Spinnweben.

Doch weil sich ein Rest Wärme der vergangenen Sommertage in dem Gemäuer gehalten hatte, der Regen nur an einer mit einem Eimer gesicherten Stelle hineintropfte, und Neil und Hanna sechzehn und siebzehn Jahre alt und nach fast drei Stunden im Regen ohnehin nicht anspruchsvoll waren, entlockten ihnen die weiteren Entdeckungen im zunehmend schwächeren Lichtkegel der Taschenlampe einen euphorischen Ausruf nach dem anderen.

»Haferkekse! Oh, seit 12/98 abgelaufen, aber egal ...«

»Eine Tütensuppe!«

Und dann: drei Teelichter und eine Packung langer Streichhölzer ganz oben in einem der Hängeschränke über der winzigen Küchenzeile sowie eine gefüllte Petroleumlampe an einem Haken über der Tür.

Nachdem Neil die Lampe entzündet hatte, trug er sie zur Feuerstelle. »Mal sehen, wie der Kamin zieht«, meinte er, schichtete einige der Hölzer zu einer kleinen Pyramide auf, sah sich suchend um und wandte sich schließlich an Hanna. »Hast du noch Malkartons übrig?«

Sie legte ihren Rucksack auf den Tisch in der Mitte des Raums und öffnete ihn. Es war Wasser eingedrungen, aber die Papiere, darunter ihr multiperspektivisches Landschaftsbild, hatten nur an den Rändern etwas abbekommen. Vorsichtig nahm sie ihr Werk heraus und legte es zum Trocknen auf den Tisch, dann riss sie von einem der Ersatzkartons die feuchten Stellen ab und reichte den Rest Neil, der derweil aufgestanden war und ihr Bild betrachtete.

»Interessant«, sagte er. »Toll.« Er fand eigentlich, dass Hannas zweite Perspektive, wie sie es genannt hatte, seltsam aussah. Aber was wusste er schon.

»Danke«, antwortete Hanna mit Stolz in der Stimme.

Irgendwie gefiel es ihm, dass sie nicht bescheiden abwiegelte, sondern offen zeigte, dass sie einiges von ihren Fertigkeiten hielt.

Er kniete sich wieder vor den Kamin und riss den Karton in Stücke, die er zusammenknüllte und unter das aufgeschichtete Holz schob. Dann hielt er eines der Streichhölzer an den Karton. Er fing Feuer, und bald griffen die Flammen auf die Scheite über.

Hanna hatte sich neben ihn gesetzt und sah zu. Eine Weile starrten sie beide in die Flammen und spürten die aufsteigende Wärme an ihren Gesichtern.

»Der Rauch zieht ab«, meinte Neil. »Bald haben wir es warm.«

Hanna nickte und wies auf die nassen Flecken unter ihnen auf dem Fußboden. »Wir sollten mal aus unseren Klamotten raus.«

Sie stand auf und öffnete den Schrank, in dem Decken aus Wolle oder Fleece und ein eingerollter Schlafsack lagen.

Neil sah ihr nach, der Haarpuschel an ihrem Hinterkopf hing jetzt platt herab.

Hanna strich in der Präsentationsgeste einer Verkaufschannel-Moderatorin über die Faltkanten der Decken und verkündete: »Voilà, unsere neuen Mehrzweck-Bademäntel!« Dann nahm sie die oberste und hängte sie mithilfe dreier Wäscheklammern an die quer durch den Raum gespannte Leine. Vermutlich waren sie wirklich nicht die ersten nass geregneten Wanderer, die hier unterkamen. »Bitte nicht durch die Mottenlöcher spannen«, wies sie Neil an.

»Ich kann auch rausgehen.« Er machte Anstalten aufzustehen.

»Bist du verrückt?«

Neil antwortete nicht und ließ sich auf den kalten

Steinboden zurücksinken. Sein Fuß begann rhythmisch auf die Fliesen zu tippen. Er hörte hinter der Decke das Platschen nasser Kleidungsstücke, die auf den Boden fielen, und betrachtete seine Hände, die ihm groß und fremd vorkamen. Als er einmal seinen Blick hob, sah er unterhalb der Decke Hannas Füße und ihre erstaunlich muskulösen Waden.

»Warte, ich hänge noch eben meine nassen Sachen auf, und dann kannst du.«

»Lady Campbell«, sagte er spontan, als sie wieder zum Vorschein kam, eine Decke wie ein Saunatuch unterhalb der Achseln festgesteckt.

»Was?«

»Äh ... ich meinte nur, dass du jetzt in den Tartan des Campbell-Clans gekleidet bist.«

Hanna sah an sich hinab. »Tartans sind diese Schottenkaros, oder?« Sie hielt ihr provisorisches Kleid aus Fleece oben an der Einsteckstelle fest und befestigte mit der anderen Hand etwas umständlich ihre nassen Klamotten an der Leine. Die Unterwäsche legte sie auf einen der Stühle und schob ihn beiseite.

Neil rieb über einen unsichtbaren Fleck auf seiner Jeans und flüchtete sich in sein Geschichtswissen. »Genau, Königin Victoria hat ihn im 19. Jahrhundert im ganzen Königreich bekannt gemacht. Es gibt sogar ein Wort dafür: die Tartanisierung. Schloss Balmoral, der schottische Sommersitz der Queen, ist noch aus der Zeit komplett mit Karos ausgekleidet. Inzwischen gibt es allerdings, wie wir hier sehen, sogar Tartandecken aus billigem Fleece in Ein-Euro-Shops.«

»Beleidige mein Kleid nicht.« Hanna tat empört und warf ihm die zweite Fleecedecke aus dem Schrank zu. Dann verschwand sie wieder hinter ihrem Raumteiler.

Nachdem er sich so schnell ausgezogen hatte, wie die am Körper klebenden Klamotten es erlaubten, probierte er zunächst, die Decke ebenso wie Hanna unter den Achseln festzustecken. Als er an sich herabsah, kam er sich allerdings so blöd und weibisch vor, dass er beschloss, sie sich lieber um die Hüften zu binden und das Risiko einzugehen, dass er wieder den Highlander spielte, ohne die Figur dafür zu haben. »Ich kümmere mich dann mal um unser Betthupferl«, sagte er, warf mit steifen Bewegungen Jeans, T-Shirt und Pullover über die Wäscheleine und vermied es, Hanna dabei anzusehen. Dann ging er zur Küchenzeile hinüber, dankbar, dass sie die Gelegenheit ungenutzt verstreichen ließ, einen Witz über Schottenröcke und die Frage nach dem Darunter zu machen.

In den Schränken entdeckte er noch einen Vorrat an schwarzem Beuteltee, Zucker und neben der Scheuermilch im Unterschrank eine halb volle Flasche Whisky. Todesmutig nippte er daran – es war wirklich Whisky. Er füllte einen Kessel mit Wasser, den man in einer entsprechenden Vorrichtung über das Feuer hängen konnte.

Hanna hatte sich auf einem der Betten ausgestreckt und beobachtete ihn. Sie fand, dass er eigentlich ganz niedlich aussah, wie er so in seinem Schottendress vor sich hin arbeitete. Er war sehr dünn und seine Haut schneeweiß, aber sein Rücken hatte eine schöne Form. Wie er wohl auf die Frage reagieren würde, ob er ihr für einen Akt Modell stünde? Sie lachte in sich hinein.

Laut sagte sie nach einer Weile: »Bestimmt haben sie schon unsere Eltern benachrichtigt, und die machen sich Sorgen.«

»Mein Vater nicht. Der wird nur in den Hörer brummeln, dass sie mir Hausarrest geben sollen, sobald ich wieder auftauche.«

»Meine Mutter nutzt wahrscheinlich die Gelegenheit, meinem Vater die Hölle heiß zu machen, und verlangt von ihm, dass er kraft seines Amtes als deutscher Konsul die Polizei unter Druck setzt, sofort eine Hundertschaft loszuschicken. Plus Hubschrauber.«

»Das wird peinlich, wenn die hier ankommen«, erwiderte Neil trocken.

»Es wird auch nicht klappen. Mein Vater hat so einen starken deutschen Akzent, dass man ihn kaum versteht. Und im Internat? Meinst du, da kriegen wir Ärger?«

»Keine Ahnung. Was hätten wir anderes tun sollen? Allerdings ...«

»Was?«

Er zögerte. »Die Regeln bezüglich Jungs und Mädchen sind in Callander ziemlich streng ...« Hätte er bloß nichts gesagt, das hörte sich ja an, als würde er denken ... Es war so, dass die Hausordnung sexuelle Kontakte unter Schülerinnen und Schülern verbot und Zuwiderhandlungen zum Ausschluss von der Schule führten.

»Stimmt. Hab ich ja erst kürzlich unterschrieben. Und mich sehr gewundert. Warum ist das eigentlich so? Ob sie glauben, dass uns das zu sehr vom Lernen ablenken würde?«

Neil kontrollierte das Wasser im Kessel. »Vielleicht auch das. Aber hauptsächlich geht es wohl um die möglichen Folgen.«

»Du meinst: Babys?«

»Ich meinte den Einbruch der Nintendo-Aktie.«

Sie musste kurz überlegen, bis sie begriff, dann lachte sie.

»Okay, ich meinte Babys«, gab er zu und blies ein paarmal ins Feuer.

»Das leuchtet ein. Aber wir machen ja nix.«

Neil spürte einen kleinen Stich. Natürlich hatte er nicht wirklich daran geglaubt, aber als eine vage körperliche Eingebung war ihm die Idee durchaus gekommen. Allerdings beliefen sich seine Erfahrungen auf dem Gebiet auf eine Knutscherei am Rande der Highland Games vor zwei Jahren, die überfallsartig hinter dem Festzelt von Mhairi McArran aus der Parallelklasse inszeniert worden war. Er hatte wenig mehr dazu beigetragen, als sich nicht zu wehren.

Als das Wasser heiß war, verteilte er es auf vier Tassen, je zwei für die Suppe und den Tee mit Whisky. Dann riss er die Packung mit den Haferkeksen auf und legte jedem ein paar auf einen Teller.

Hanna erhob sich von ihrer Pritsche, stellte eins der Teelichter auf den Tisch, zündete es an und schob sich und Neil je einen Stuhl für die Füße zurecht. »Eigentlich ist es richtig heimelig jetzt.«

Die trockene Hitze aus dem Kamin erfüllte inzwischen den ganzen Raum. Der Whisky wärmte von innen und verstärkte vielleicht noch dieses Glücksgefühl, das auf eine missliche Lage folgt, der man entkommen konnte.

Hätte man Hanna vor fünf Stunden gesagt, dass sie heute Nacht mit einem der Stufennerds in eine billige Fleecedecke eingerollt in einer muffigen Hütte festsitzen und auf einem abgelaufenen Haferkeks herumkauen würde, wäre sie entsetzt gewesen. Jetzt würde sie fast sagen, dass der Tag nicht besser hätte laufen können. Es hatte gutgetan, mal aus Callander rauszukommen, und ein Abenteuer wie dieses konnte sie auch als Künstlerin weiterbringen. Morgen, wenn sie zurück waren, wollte sie sich an einem Bild von der Hütte im Nebel versuchen. Verschiedene Grautöne, und das Haus sollte sich dem Betrachter erst auf den zweiten Blick erschließen. So wie

Neil, dachte sie, der echt ganz witzig war. Auch wenn er sie immer so musterte, nachdem er etwas gesagt hatte, mit seinen dichtbewimperten schmalen blauen Augen, die sie ein wenig an die eines Welpen erinnerten. Als wollte er entschlüsseln, wie seine Worte bei ihr ankamen.

»Vielleicht bekommen wir nachträglich noch eine Lungenentzündung und müssen dann zwei Wochen lang auf der Krankenstation bei Mr Drummonds Frau Hühnerbrühe trinken. Sie braut sie selbst aus Knochen«, meinte er jetzt.

»Super, ich bin Vegetarierin.«

»Keine Extrawürste.« Den Mr Drummond gab er mit seinem schottischen Slang sehr überzeugend. Und dann sah er sie wieder so an, auf seine eigentümliche Art, der Rücken kantig und gerade, der Kopf etwas schief gelegt, der Blick prüfend und ein bisschen unsicher. Vielleicht war er doch nicht schwul, sondern sogar ein bisschen aufgeregt wegen ihr. Sie mochte den Gedanken.

23:30 Uhr

Jeder eine aufgetrennte Plastiktüte über dem Kopf hatten sie nacheinander das Dixie-Klo aufgesucht, das hier so absolut unwahrscheinlich in der Landschaft stand. Zurück in der Hütte hatten sie die Decken unter sich aufgeteilt, wobei Neil darauf bestand, dass Hanna eine mehr und den Schlafsack bekam.

»Du bist ja ein richtiger Gentleman«, sagte Hanna, während sie ihr Bett richtete.

»Sind andere nicht so?«, sagte Neil, halb fragend, halb als Feststellung.

»Jerry hätte wahrscheinlich johlend versucht, das Dixie umzukippen, und während ich noch über und über mit Gülle bedeckt versuche, mich daraus zu befreien, hätte er mir alle Decken geklaut.«

Neil grinste. Sie mochte recht haben. Jerry war ein großmäuliger Amerikaner mit einem geschmacklosen Humor auf anderer Leute Kosten, das wusste er aus eigener Erfahrung.

Er stieg unter seine Decken, und kurz darauf steckte auch Hanna in ihrem Schlafsack. »Im Liegen merke ich erst so richtig die Erschöpfung«, meinte sie und pulte sich einen Rest Haferkeks aus dem Zahn.

»Nur der Regen hält durch ...« Immer noch trommelte es auf das Dach, von dem man von unten die Schindeln sehen konnte.

»Total gemütlich. Auch wenn diese Decken etwas muffig sind.«

»Du musst dich ja öfter an neue Betten gewöhnen, wenn dein Vater im diplomatischen Dienst ist?« Neil war nicht müde. Im Gegenteil, gewissermaßen fühlte er sich gerade, als sei er aus einem langen Dämmerschlaf geweckt worden.

Hanna drehte sich auf die Seite zu ihm hin. An seinem Umriss erkannte sie, dass er auf dem Rücken lag und an die Decke sah. »Ja, alle drei Jahre, wenn er eine neue Position in einer anderen Botschaft annimmt. Vor Vancouver waren wir aber in Berlin, wo ich auch geboren bin.«

»Und jetzt, wolltest du nach Schottland?«

»Ehrlich gesagt nicht. Ich hätte lieber in Berlin Abi gemacht. Ich hätte an meine alte Schule zurückkehren können und so ...« Vielleicht hätten sie und Sean dann auch eine echte Chance gehabt.

»Tut mir leid. Ich hoffe, du lebst dich gut in Callander ein.« Er wandte den Kopf jetzt halb in ihre Richtung.

»Geht schon, ich hab ja Übung.«

Eine Zeit lang war Stille. »Erzähl mal«, meinte er dann.

»Wie meinst du das?«

»Wie macht man das, immer wieder neu in einer Schule anzufangen?«

Sie dachte nach. »Erst mal viel beobachten, glaube ich. Sich ein Bild von den Leuten machen. Das ist wie bei einem großen Puzzle mit vielen Teilen. Man fängt irgendwo an, es zusammenzusetzen, manchmal an mehreren Stellen gleichzeitig. Dann fügt man immer mehr Teile hinzu und tauscht welche aus, die man zuerst falsch eingesetzt hat. Dich zum Beispiel hab ich zuerst für einen komischen Kauz gehalten.«

»Und jetzt?« Er hielt den Atem an.

»Für einen komischen Kauz mit Vorzügen«, antwortete sie, und er konnte hören, dass sie grinste. Sie hatte manchmal etwas Selbstgefälliges, aber seltsamerweise fand er das anziehend.

»Ein paar Leute lernt man automatisch kennen, die Zimmergenossin und so«, erklärte Hanna. »Meine ist Bonnie, kennst du sie?«

»Vom Sehen.«

»Sie ist sehr lieb zu mir, und sie frisiert gern. Auch meine Zöpfe heute sind von ihr.«

Womit das geklärt war.

»Die halten immer noch, erstaunlich.« Hanna betastete das Flechtwerk auf ihrem Kopf. »Ja, und wenn mir noch andere Leute auffallen, die ich näher kennenlernen möchte, dann muss ich mich um sie bemühen. Das ist natürlich nicht so leicht und klappt auch nicht immer.«

Neil überlegte, ob sie damit Jungs oder Mädchen meinte.

»Ich versuche zum Beispiel, mich in der Mensa neben meine Auserwählte zu setzen und gut rüberzukommen. Gut zuzuhören und beim nächsten Mal nachzufragen und so.«

Es ging also um Mädchen.

»Außerdem überlege ich, welche meiner Klamotten ihr gefallen könnten, und ziehe die an. Aber eher so normale Sachen.«

»Hast du auch unnormale Sachen?« Er wollte gern noch weiter so fragen, nicht nur, um mehr über sie zu erfahren, sondern auch, weil sie ihre Antworten richtig gern zu geben schien.

»Hm ... also, zum Beispiel mit meinem selbst gehäkelten Minikleid würde ich noch etwas warten.«

»Du kannst häkeln?«

»Ja, sogar in Regenbogenfarben.« Sie kicherte.

Er drehte sich jetzt ganz in ihre Richtung auf die Seite.

»Und wenn ich dann mit einer angebändelt hab, mit dieser eventuellen neuen Freundin, meine ich, dann läuft das unter Frauen so: Man plaudert ein bisschen aus dem Nähkästchen, macht ein Geständnis, zeigt sich schwach.«

»So eine Art Unterwerfungsgeste, wie unter Hunden?«

Sie dachte nach. »Ja, genau. Exakt.«

»Und was gestehst du da?«

»Also meiner Nachbarin eben im Bus hab ich zum Beispiel erzählt, wie mir meine Tampons aus der Tasche gefallen sind, als ich für den Bibliotheksmann mein Anmeldeformular hervorkramen wollte. Aber wenn du wissen willst, wie das bei euch Jungs läuft ... Wahrscheinlich ist das nicht dasselbe. Ich glaub nicht, dass du bei Jerry mit einem intimen Geständnis punkten könntest.«

»Da müsste ich dann wohl hoffen, dass ihm meine Klamotten gefallen«, sagte Neil trocken.

»Dein Strickpullover? Unwahrscheinlich«, rutschte es Hanna heraus.

»Den ich heute anhabe? Den hab ich von meinem Cousin geerbt.«

»Aha.«

»Ist ein netter Typ.«

»Ganz bestimmt.«

»Er wurde regelmäßig nachgefettet.«

»Der Cousin?«

»Haha. Der Pullover.«

»Wow, na dann. Wusste gar nicht, dass das geht.«

»Klar, mit Wollfett. Damit er seine wasserabweisenden Eigenschaften behält. Also, der Pullover ist nicht verhandelbar.«

0:39 Uhr

»Unser Haus musste dem Tagebau weichen, in Ayrshire«, erklärte Neil auf Hannas Frage hin, die sie schon die ganze Zeit hatte stellen wollen. Es hatte bestimmt fünfzehn Sekunden gedauert, bis seine Antwort kam, und sie klang wie ausgespuckt. Danach drehte Neil sich in einer ruckhaften Bewegung wieder auf den Rücken.

»Oh.« Ayrshire sagte Hanna nichts. Sie hatte aber mal einen Fernsehbericht über ein Dorf in Deutschland gesehen, dessen Bewohner einem Braunkohletagebau Platz machen mussten. Bei manchen der dort gezeigten Häuser hatte sie mit jugendlicher Arroganz gedacht: Na ja, ein neuer Versuch kann doch nicht schaden. Was sich ihr allerdings eingeprägt hatte, war der Abriss der Kirche. Dieses Bild, wie ein Bagger eines der bunten Intarsienfenster aus der Wand herausbiss, das splitternde Glas. Über viele Jahrzehnte hinweg waren dort die Neugeborenen getauft, als junge Leute verheiratet und als alte betrauert worden, und dann machte so ein schnöder Bulldozer dem ein Ende, damit irgendwelche Konzerne Geld verdienten.

»Und wo seid ihr dann hingezogen?«, fragte sie vorsichtig.

»Mein Vater in eine Pension, mein Bruder und ich ins Internat.«

»Und wo wohnt ihr jetzt – also ich meine: richtig?«

»Nirgendwo, mein Vater ist immer noch in der Pension.«

»Was?«

Hanna hörte einen tiefen Atemzug aus dem gegenüberliegenden Bett. »Er sucht immer noch nach einem passenden Haus. Er hat vorher jahrelang prozessiert, es fällt ihm schwer, sich mit der Situation abzufinden.«

Hanna wusste nichts zu sagen, das Thema war ihr mehrere Nummern zu groß, vor allem, weil sie den Abgrund spürte, der hinter Neils dürren Worten lag. »Und deine Mutter?«, fragte sie schließlich.

»Die ist gestorben, als ich drei war, Autounfall.«

Hanna schluckte. Während sie noch um Worte rang, erklärte Neil schnell: »Das ist wirklich lange her, und meine Tante ist bei uns eingezogen und hat uns bemuttert. Weder ich noch mein Bruder haben überhaupt eine Erinnerung an unsere Mutter, und unsere Tante ist echt okay.« Offenbar wollte er jeden Ansatz von Mitleid abwehren.

Hanna atmete aus. »Keine Erinnerung?«, fiepste sie,

eher ein Echo als eine Frage. Es war ihr jetzt ziemlich unangenehm, dass sie vorhin über ihren eigenen Aufenthalt in Callander gejammert hatte.

Neil dachte nach. Hanna hatte ihm vorhin auch so gewissenhaft und ausführlich geantwortet. »Ich habe zwar ein paar Erinnerungen, aber zu denen gibt es Fotos. Deswegen glaube ich eigentlich nicht, dass es echte Erinnerungen sind. Ich kenne einfach die Fotos sehr gut. Zum Beispiel, wie ich als knapp Dreijähriger an ihrer Hand in der Kirche stehe, während mein Bruder getauft wird und fürchterlich schreit.«

»Vielleicht sind es schon echte Erinnerungen, nur dass du sie im Unterschied zu anderen nicht vergessen hast, weil es eben die Fotos dazu gibt.«

»Hm«, sagte Neil. »Das könnte sein. Wäre schön, wenn es so wäre.« Er machte eine Pause. »Eine Erinnerung gibt es auf jeden Fall, von der ich glaube, dass sie ist, weil es dazu kein Foto gibt. Ich liege abends im Bett, unter meinen Füßen habe ich ein warmes Kirschkernkissen, und von unten höre ich die Schritte meiner Mutter und spüre, dass alles richtig und an seinem Platz ist.« Wiederum hielt er inne. »Wahrscheinlich habe ich das behalten, weil es kurz darauf nicht mehr so war.« Aus dem Nachbarbett kam ein unterdrücktes Schniefen, und sein Herz zog sich zusammen, aber nicht aus Schmerz.

Hanna selbst hatte ihre Mutter oft genug zum Teufel gewünscht. Aber bis vor ein paar Jahren, als sie länger aufzubleiben begann als ihre Eltern, hatte sie ihr abends beim Gutenachtsagen immer noch die Decke an den Seiten und unter den Füßen festgesteckt. »Dein Bruder ist also jünger?« Ihre Stimme klang immer noch dünn.

»Zwei Jahre. Er ist auch in Callander. Wirst ihn noch kennenlernen.«

1:42 Uhr

Irgendwie waren sie bei der schottischen Geschichte gelandet, Neils Steckenpferd. Auf seine Frage hin, ob er das wirklich so detailliert erklären sollte, hatte Hanna Ja gesagt, wenn auch hauptsächlich deswegen, weil sie ihm gern zuhörte, wie er in seinem warmen schottischen Dialekt mit den weichen, lang gezogenen Vokalen und dem gerollten R referierte. »... Ich meine jetzt nicht den Jakobitenaufstand von 1715, sondern den von 1745, als ...«, drang es wohlig an ihr Ohr. Sie begann in den Schlaf hinüberzudriften, nur ihre kalten Füße hielten sie zurück. Sie blinzelte noch einmal träge. Neils Lippen und seine Augen setzten sich im letzten Feuerschein als dunkle Flecke von seinem Gesicht ab. Kurz streifte sie der Gedanke, ob sie hinüber zu ihm unter seine Decke kriechen konnte. Aber das war nur einer dieser Impulse aus dem Unterbewussten. Vielleicht eine Nachwirkung des Whiskys und des außergewöhnlichen Tages. Womöglich würde es falsch ankommen und wäre auch nicht fair gegenüber dem schönen Sean. Ihr Status war ja nicht ganz klar.

»Das Haus Hannover auf dem Thron wollte im 18. Jahrhundert die schottische Kultur komplett ausrotten. Sie haben den Kilt verboten und auch alle traditionellen Lieder und Tänze«, erzählte Neil.

»Nicht meine Schuld«, murmelte Hanna, die Augen wieder geschlossen. »Ich war noch nie in Hannover.«

Und dann schlief sie ein.

Neil lauschte ihrem leisen, regelmäßigen Schnaufen, und eine Vorstellung von einer noch fernen gemeinsamen Zukunft überkam ihn, auf die er sich in diesem Moment fast feierlich vornahm hinzuarbeiten (obwohl er realistisch genug war, sich auf Rückschläge einzustellen).

6:50 Uhr

Jemand hämmerte gegen die Tür.

Der Bibliotheksausweis

»Und jetzt Augen zu.«

Hanna gehorchte und hörte, wie Bonnie das Lidschattendöschen öffnete, dann ihren leisen Atem dicht vor ihrem Gesicht. Ein kleiner Pinsel fuhr in runden, geübten Bewegungen über ihr rechtes Augenlid. In Haus Spencer war heute Abend Party angesagt.

»Lass sie zu, Sweetie.« Ein Schraubverschluss wurde geöffnet, etwas angenehm Kühles traf Hannas Wimpernrand, wahrscheinlich der Eyeliner. Bonnies Atem roch nach Kaugummi. Hanna ließ ihre Gedanken schweifen, während Bonnie sie herrichtete.

Drei Tage waren vergangen, seit ein freundlicher Polizist vom Präsidium in Strachur, beauftragt von Mrs Pearsley, der Rektorin von Callander Chambers, Neil und sie morgens in der Hütte aufgestöbert hatte. Er hatte sie im Streifenwagen zurück nach Callander gefahren. Neil saß vorn und hörte höflich dem Beamten zu, der ohne Unterlass von irgendwelchen Leuten und Orten sprach, die Neil immerhin zu kennen schien. Von Zeit zu Zeit warf er ein Stichwort ein, in noch ausgeprägterem Dialekt als sonst. Hanna verstand nicht viel und vertiefte sich in den Anblick der Berge und intensiv grünen Felder im Morgenlicht, die an ihnen vorbeizogen.

Die Nacht in der Hütte hatte ihr keinen Ärger eingebracht, sondern eher so etwas wie Ruhm. Sie war jetzt die, die in den Highlands verloren gegangen war. Mehrere Mädchen hatten sich in den Pausen zu ihr gesetzt, sich erkundigt, was genau passiert war, und sie herzlich bemitleidet. Dabei schienen sie ganz selbstverständlich davon auszugehen, dass ein Teil der Misere darin bestanden hatte, ausgerechnet mit einem Loser wie Neil unterwegs gewesen zu sein. Weil aber keine von ihnen genauer darauf einging, wäre es auch unpassend gewesen, Neil explizit zu verteidigen, redete Hanna sich ein. Ein schlechtes Gewissen hatte sie trotzdem.

Nach dem Schultag hatte sie sich nachmittags an das geplante Bild der Hütte im Nebel gesetzt. Es hing nun an der Bilderleiste über ihrem Bett neben einem von ihrem Elternhaus in Berlin und einem Schwarz-Weiß-Foto, auf dem Sean einen perfekten Rauchkringel ausblies.

»Einmal aufmachen und mich angucken«, sagte Bonnie.

Hanna klimperte affektiert mit den Lidern, während Bonnie sie konzentriert anschaute, dann ein Wattestäbchen nahm und es einmal in ihrem Mund drehte, um damit Hannas Lidstrich zu korrigieren.

Hanna stöhnte. »Wie meine Oma früher mit dem Taschentuch.«

»Oh, Entschuldigung, findest du das eklig?«

»Nein, eigentlich nicht. Dafür bist du zu süß.«

Bonnie lächelte.

Sie war wirklich der Inbegriff von süß, mit ihrem herzförmigen Gesicht und den langen Wimpern, klein und kurvig. Gleichzeitig war sie ziemlich tough und in der Schule zielstrebig.

»Weißt du, wer alles kommt?«, fragte Hanna.

»Die meisten aus Haus Spencer, sofern über sechzehn, und von Spenceranern geladene Gäste wie wir.« Bonnie nannte die Namen von ein paar Mädchen.

»Ich hab Neil gefragt, ob er auch kommt.«

Sie und Neil hatten sich nur einmal kurz in der Mensaschlange getroffen. Auf ihre Frage hin hatte er sie etwas verschreckt angesehen und die Schultern gezuckt, dann war eine ihrer neuen Bekanntschaften auf sie zugekommen und hatte sie nach den Englischhausaufgaben gefragt. Nachdem Hanna Auskunft gegeben hatte, saß Neil schon an einem weit entfernten Tisch und schaute nicht zu ihr herüber.

Bonnie, die inzwischen ihre eigenen dunklen Locken mit dem Glätteisen bearbeitete, sah Hanna überrascht im Spiegel an.

»Er wohnt in Haus Spencer«, erklärte Hanna.

»Ach so«, sagte Bonnie. »Wusste ich nicht.« Dann, nach einer Pause: »Na ja, wenn ich so darüber nachdenke ... Wenn er nicht so uncool wäre, wäre er sogar ganz hübsch.«

»Vor allem ist er ganz nett«, sagte Hanna, freute sich jedoch unwillkürlich über das halbe Kompliment.

Bonnie lächelte höflich. »Bestimmt, ich hab noch nie mit ihm gesprochen.«

Im »Spencer Club«, wie der Aufenthaltsraum des nach dem englischen Philosophen benannten Hauses schönfärberisch genannt wurde, erinnerten nur die holzvertäfelten Wände an die legendären Gentlemen's Clubs der britischen Oberschicht. Statt lederner Clubsessel auf dickem Teppich standen hier wackelige Stühle und aussortierte Sofas auf klebrigem Linoleum. Vielleicht waren an den Wänden einst geschwungene Leuchter angebracht gewesen, inzwischen ragten hauptsächlich Fassungen mit nackten Glühbirnen aus den Nussbaumkassetten.

Nicht alle funktionierten, was dem Raum immerhin etwas schummrigen Untergrundcharme verlieh.

Um zahlungskräftige Eltern von der Callander Boarding School zu überzeugen, reichte der Weg dorthin, da musste man innen kaum investieren. Von der lebhaften Hauptstraße des charmanten Highland-Dörfchens Callander aus zeigte hinter der Kirche ein verwitterter Wegweiser den Berg hinauf. Zunächst säumten noch viktorianische Herrenhäuser auf großzügigen Grundstücken die gewundene Straße nach oben, dann nur noch grüne Weiden, auf denen Schafe grasten. Die letzten paar hundert Meter, bevor der Asphalt vor einem großen schmiedeeisernen Tor endete, führten schon an der Bruchsteinmauer entlang, die das Internatsgelände umgab. Dahinter erstreckte sich eine Wiese mit lichtem Baumbestand, auf der bei gutem Wetter vereinzelt Schülerinnen und Schüler in Uniform lagerten, lasen oder Badminton spielten. Der Wagen rollte durch das Tor auf den Kies, und vor seinen Insassen ragte das aus Granit gebaute Internatsgebäude mit seinen zahlreichen Türmchen auf. Es hätte martialisch wirken können, wäre es nicht rundherum von Rosenstöcken und Hortensienbüschen eingefasst gewesen. Die meisten betraten jedoch nach dem Aussteigen nicht sofort die prächtige Eingangshalle mit der Galerie der berühmten Absolventen, sondern wurden von dem weiten Blick ins Tal angezogen, den man zur anderen Seite hin hatte. Sie inhalierten die frische Luft und waren spätestens jetzt davon überzeugt, dass dieser Ort in seiner Mischung aus elitärer Abgeschiedenheit und landschaftlicher Bodenständigkeit das Beste aus ihren Kindern herausholen würde.

So war es auch Neils Vater ergangen, der nach Jahren des Prozessierens gegen die Bergbaugesellschaft auf ganzer Linie verloren und für sich selbst keinerlei Hoffnungen mehr hatte. Der herrschaftliche Blick über die umliegenden Ländereien hatte jedoch die Wünsche, die er für seine Söhne hegte, so genau gespiegelt, dass die Entscheidung für Callander keine Frage mehr war. Und der damals vierzehnjährige Neil, der neben dem Range Rover, mit dem sie gekommen waren, stehen geblieben war, hatte es an seinem sich straffenden Rücken abgelesen.

Jetzt betrat er mit Patrick, einem kleinen Iren, mit dem er sich seit einer Partnerarbeit in Geschichte etwas angefreundet hatte, den Spencer Club. Er war noch nie hier gewesen, wenn gefeiert wurde, und Patrick auch nicht. Deswegen hatten sie den Fehler gemacht, pünktlich zu der am Schwarzen Brett verkündeten Uhrzeit aufzuschlagen. Bis auf einen Schüler aus der Abschlussklasse, der hinter einer aus Pulten aufgebauten Theke Kästen mit Limo, Cola und für die wenigen über Achtzehnjährigen Bier aufstapelte, waren sie die Ersten.

Neil war sich bewusst, dass er die Führung übernehmen musste, wenn er nicht wollte, dass Patrick gleich wieder kehrtmachte. Daher bedeutete er ihm, sich auf einem der Sofas niederzulassen, und trat selbst linkisch vor die behelfsmäßige Theke. Als der Typ dahinter ihn fragend ansah, bestellte er zwei Cola.

»Von dem Kleinen will ich den Ausweis sehen«, erwiderte der Barmann und deutete mit dem Kinn auf Patrick. »Die Party ist erst ab der S5, wisst ihr ja sicher.«

»Paddy, wir müssen unsere Schülerausweise zeigen«, rief Neil zu Patrick hinüber und hoffte, dass der nicht alles genau verstanden hatte.

Zum Glück hatte Patrick sein Portemonnaie dabei und nicht nur einen Geldschein wie Neil. Er zeigte seinen Ausweis, beide bekamen ihre Cola, dann ließen sie sich auf einem der Sofas nieder. Unbehaglich saßen sie dort auf dem kühlen Leder, sahen sich immer wieder um und nippten an ihrem Getränk. In diesem Moment haderte Neil über alle Maßen damit, dass Callander ihn von einem ganz normalen Typen in einen allenfalls geduldeten Außenseiter verwandelt hatte.

»Und was genau wollen wir hier jetzt noch mal?«, piepste Patrick mit gedämpfter Stimme, als sein Plastikbecher fast leer war. Neben seiner geringen Größe war Patricks zweites Manko, dass er gerade erst in den Stimmbruch kam.

»Wir könnten darten«, antwortete Neil betont locker und deutete auf die Zielscheibe an der Wand.

»Siehst du Pfeile?«

»Nein.« Pause. »Lass uns einfach mal gucken. Die anderen kommen bestimmt gleich.«

»Ja, eben«, stöhnte Patrick.

Neil lachte, und das tat gut. Sein Blick fiel auf eine Spielesammlung im Regal. »Partie Schach?«, fragte er.

Anderthalb Stunden später war die Temperatur im Club um zwei Grad angestiegen, jede noch so unbequeme Stuhllehne besetzt, und Neil hatte auch die Revanchepartie haushoch verloren. Patrick war jetzt gut drauf.

Die Internatsleitung verfuhr bei den Hauspartys nach dem Prinzip der kontrollierten Duldung. Das hieß, dass der Hausvater oder die Hausmutter in unregelmäßigen Abständen den Raum durchschritt und, solange alle noch aufrecht stehen oder sitzen konnten, geflissentlich übersah, dass die Minderjährigen ihre Biere hastig den älteren Mitschülern in die Hand drückten und so manche Cola mit Whisky versetzt war. Man hatte sich inoffiziell auf dieses Vorgehen festgelegt, damit die feierwütigen

Jugendlichen nicht auf die umliegenden Wälder oder Pubs auswichen und auf diese Weise gar nicht mehr zu überwachen waren.

Hanna betrat den Raum mit einem Gefühl flattriger Erwartung. Bonnie hatte sie nicht nur geschminkt und ihr die Haare geglättet – »Jetzt siehst du aus wie eine richtige Britin« –, sondern sie währenddessen auch ausführlich über die Sagen und Legenden informiert, die sich um den Spencer Club rankten. Wilde Knutschereien, blanke Hintern und ausufernde Partyspiele waren hier offenbar an der Tagesordnung.

Als Hanna sich umsah, stellte sie fest, dass ihre Sorge, Bonnie könnte sie überstylt haben, unbegründet war. Sie hätte die beiden Mädchen aus dem Mathekurs fast nicht wiedererkannt, die in Minikleidern und mit in der Mitte gescheitelter Haartracht wie Bonnie und sie voreinander standen und mit Belle & Sebastian, die blechern aus den Boxen schallte, um die Wette in ihre Plastikbecher sangen.

Dann entdeckte sie Neils große, dünne Gestalt, der ihr halb den Rücken zugewandt ein Gesellschaftsspiel ins Regal zurückstellte. Auf einer Party! Er war wirklich schräg. Aber auf jeden Fall gut, dass er hier war. So hatte sie noch jemanden, den sie ansteuern konnte.

»Wollen wir erst mal an die Theke?«, fragte Bonnie.

Hanna nickte und folgte ihrer Zimmergenossin durchs Gedränge, als ihr Blick auf ein Bild an der Wand fiel und sie abrupt stehen blieb. Öl auf Leinwand, dachte sie im ersten Moment, doch dann merkte sie, dass das Motiv auf den Stoff nur aufgedruckt war. Aber dieses Bild – wahre Meisterschaft. Wenn sie einmal so malen könnte … Der oder die Künstlerin hatte das Highland-Panorama nicht nur voll getroffen, sondern seine Schönheit regelrecht konzentriert. Das Spiel von Licht und Schatten, von Wolken und Blau über den Bergrücken war von einer leuchtenden fotografischen Genauigkeit wie mit einer Kamera eingefangen, die erst noch erfunden werden musste. Aber das war nicht alles. Am Fuß des Berges hockte – und das gefiel Hanna besonders – mit dem Rücken zur Betrachterin eine Frau in Businesskleidung, eine Politikerin vielleicht, die ihren Rock raffte, um zu pinkeln. Unter ihr glänzte ein kleines Rinnsal, und die Frau drehte sich um, auf ihrem Miniaturgesicht ein Ausdruck empörter Überraschung, als habe man sie gerade gestört. Das Motiv hatte nichts Obszönes, Hanna erschien es eher eine sehr menschliche Szene zu sein. Grinsend stand sie vor dem Bild und bewunderte die Lässigkeit, mit der jemand in vermutlich wochenlanger Arbeit diese perfekte Bergszenerie auf Leinwand gebannt hatte, um dann wie eine Signatur eine mittelalte Frau beim Pullern dazuzusetzen.

Bonnie kam mit zwei Jungen und einem illegalen Bier für Hanna.

»O danke, und sorry, ich bin hier kurz bei dem Bild hängen geblieben«, sagte Hanna, doch Bonnie war zu absorbiert von einem der beiden Jungs, um es überhaupt wahrzunehmen. Glücklicherweise kamen die beiden Mädchen aus Mathe dazu, und der Abend ließ sich gut an.

Einige Zeit später sah Hanna auf dem Weg zur Toilette wiederum Neil. Er stand mit einem kleinen, hellblonden Kerl etwas abseits des Getümmels und der Boxen. Der Junge redete mit Verve auf Neil ein, Neil lachte. Er hat schöne ebenmäßige Zähne, dachte Hanna. Vielleicht ist sein Vater Zahnarzt.

Als sie auf die beiden zutrat, verstummte der Junge und starrte sie an.

»Sorry, ich wollte euch nicht unterbrechen, nur Hallo sagen«, meinte Hanna, etwas befangen wegen der prompten geballten Aufmerksamkeit. »Seid ihr schon lange hier?«

»Geht so«, sagte Neil.

»Wir waren die Ersten«, erklärte der Kleine zur gleichen Zeit.

»Äh, das ist Patrick«, sagte Neil verlegen.

»Du kannst Paddy sagen«, fügte der Junge hinzu.

»Danke, Paddy. Ich bin Hanna. Neil und ich kennen uns …«

»Weiß ich«, unterbrach sie Paddy.

Dann entstand ein Schweigen, und Hanna zupfte am Saum ihres Kleids herum.

»Dein selbst gehäkeltes Regenbogenkleid?«, fragte Neil.

»Ja, äh, Bonnie hat mir dazu geraten. Ist vielleicht ein bisschen kurz.«

»Geht schon.«

»Ich hatte irgendwann keine Lust mehr weiterzuhäkeln und dachte, es wird schon …«

»Graf Homeless will auch mal feiern«, rief Jerry im Vorbeigehen und pikste Neil mit dem Zeigefinger in die Rippen. Er war heute Abend gekleidet wie der republikanische Ostküstenpolitiker, der er vielleicht einmal werden würde. Um seine Schultern lag ein vorn geknoteter Feinstrickpullover.

»Er hat ja kürzlich schon wieder im Freien übernachten müssen, hab ich gehört«, erwiderte sein Freund.

Die beiden feixten, offensichtlich hatte die Nacht in den Highlands sich für Neils Image weniger ausgezahlt.

»Halt die Fresse, Fucker«, schaltete sich ein auffallend hübscher Junge ein, der eigentlich noch zu jung aussah, um hier sein zu dürfen. Er stand in einem Grüppchen mit Alice, der Duftkerzenerbin, und einem weiteren Mädchen in der Nähe.

Der Junge, der Tucker hieß, wie Hanna jetzt wieder einfiel, drehte sich um und zeigte dem jungen, hübschen Typ grinsend den Mittelfinger, aber es war eine eher kumpelhafte Geste.

Hanna sah erstaunt von einem zum anderen, während Neil aussah, als hätte Jerry ihm nicht in die Rippen gepiekt, sondern geboxt.

»Wer ist das denn?«, fragte Hanna gedämpft an Neil gewandt und deutete auf seinen Fürsprecher.

»Fergus. Mein kleiner Bruder.«

»Oh ... echt? Er redet ganz anders als du.« Fergus hatte in feinstem Oxford-Englisch gesprochen.

»Er war noch jung genug, um sich anzupassen, als wir herkamen.«

»Und warum nennen sie dich Graf Homeless?«

Neil blickte hinter ihr ins Nichts und antwortete mit einiger Verzögerung. »Weil sie Idioten sind.«

Hanna warf einen Seitenblick zu Patrick, aber der schien kaum zuzuhören, sondern stierte auf ihren Po. Sie wünschte, er würde sich trollen und sie könnte mit Neil allein reden. »Ja, natürlich ... Aber warum nennen sie deinen Bruder nicht so?«

»Weil er mit ihnen in der Rudermannschaft ist.«

»Wahrheit oder Pflicht! Wahrheit oder Pflicht!«, schrien einige.

»Biblio-theks-aus-weis! Biblio-theks-aus-weis!«, skandierte hingegen Jerry, unbeirrt von den Problemen, die ihm die Aussprache des Wortes inzwischen bereitete.

Bonnie rief immer wieder »Steck den Schwanz an den Esel!«, während andere wahlweise gespannt oder etwas ängstlich beobachteten, welche Gruppe den Sieg davontragen würde. Es ging um das Partyspiel, das als Nächstes folgen sollte. Angesichts der Inbrunst, mit der alle lachend ihre Stimme abgaben, schien der laute, wilde Auswahlprozess zum Prozedere zu gehören.

Schließlich stieg Alice in ihrer engen, perfekt gebügelten weißen Bluse gestützt von Fergus auf die Rückenlehne eines der Sofas. »Ruhe!« Und noch einmal. »Ruhe!«

»Silentio!« Das war Fergus. »Es halte einer die Musik an! Alice spricht zu uns!«

Alice fand das so witzig, dass sie fast vom Sofa gefallen wäre, aber tatsächlich ging die Musik aus, und sie hatte jetzt die Aufmerksamkeit der Menge. »Für ›Steck den Schwanz an den Esel‹ bräuchten wir einen Esel und jede Menge Schwänze.«

Im Publikum zeigte man johlend aufeinander, Tucker war nicht der Einzige, der angeberisch an seiner Hose nestelte, Mädchen kreischten.

»Na schön, das hilft uns nicht. Offenbar hat niemand was vorbereitet«, konstatierte Alice. »Und für ›Wahrheit oder Pflicht‹ sind wir zu viele.«

Protestrufe wurden laut. Aber Alice ließ sich nicht beirren. »Wir spielen ›Bibliotheksausweis‹!«, ordnete sie an.

Jubel erscholl, auch aus den Reihen jener, die eben noch »Wahrheit oder Pflicht« spielen wollten.

Bonnie hatte Hanna ins Zentrum des Geschehens beordert, als sich abzeichnete, dass es gleich »richtig losgehen« würde. Hanna sah Neil an, der hinter ihr hergekommen war und mit einem Achselzucken bedeutete, dass er auch nicht wusste, was jetzt auf sie zukam.

»Hat einer seine Bibliothekskarte dabei?«, fragte Alice von oben.

»Ich hab meinen Schülerausweis!«, rief Patrick und zog sein Portemonnaie aus der Hosentasche.

Alice verdrehte die Augen. »Der ist doch aus Pappe, das ist eklig.«

»Neil, du haust doch hier nebenan«, sagte Fergus. »Holst du deinen?«

»Ja, bitte«, sagte Alice und schenkte Neil ein hoheitsvolles Lächeln.

Neil sah sie irritiert an.

Jemand rief: »Du sitzt doch dauernd in der Bib rum.«

Ein Mädchen, das Hanna vorher ganz nett gefunden hatte, drehte sich um und bemerkte: »In London hängen die Obdachlosen auch immer in der Bücherei ab, weil's da warm ist.« Ihre Freundin lachte.

»Jetzt macht mal halblang«, erwiderte Hanna empört. Aber danach klopfte ihr das Herz bis zum Hals.

Neil verließ den Raum und kam keine Minute später zurück, in der Hand ein laminiertes Kärtchen.

Jerry riss es ihm aus der Hand und las vor, wobei er seinen amerikanischen Akzent zu einem übertrieben schottischen verstellte. »Neil Gooordon Jeeemes Corrrneelius Alaisdairrrrr Andrrrew Rosanderrr Farrrquharson.«

»Hörst du auf die alle?«, fragte Anthony.

»Wenn er fragt: auf keinen«, murmelte Neil in Hannas Richtung. Er hatte sich wieder neben sie gestellt.

»Ich wusste gar nicht, dass er so vornehm ist«, flüsterte Bonnie ihr von der anderen Seite ins Ohr.

Hanna sah sie überrascht an. »Wie kommst du darauf?«

»Wegen der Vornamen.«

»Polonaise – aufstellen«, befahl Alice. »Jeder da, wo er gerade steht, Platzwechsel strengstens untersagt!«

Einige huschten dennoch unter Gekicher ein Stück vor oder zurück. Bonnie stand plötzlich nicht mehr neben Hanna, und dann ging es los. Die Schüler bildeten jetzt einen geschlossenen Kreis, nur einige wenige hatten sich an den Rand verdrückt. Jerry mit Neils Bibliotheksausweis stand nicht weit hinter ihnen und winkte Alice her, die gerade vom Sofa gesprungen war. »Nimm das, Süße«, sagte er, saugte den Ausweis geräuschvoll mit dem Mund an und gab ihn auf diese Weise an Alice weiter. Die drehte sich mit dem Kärtchen an den Lippen um und drückte ihn wiederum Fergus gegen seinen schön geschwungenen Mund. Als Fergus sich zur Nächsten umdrehte, fiel das Kärtchen herunter.

»Ausgeschieden! Fergus, bist halt doch noch zu klein«, lästerte Jerry.

Fergus lächelte milde, verließ den Kreis und lehnte sich lässig gegen die Wand.

Das Mädchen, das den Ausweis nun vom Boden aufheben musste, anstatt ihn von Fergus überreicht zu bekommen, sah enttäuscht aus, gab die Karte dann jedoch souverän weiter.

Hannas Herzschlag beschleunigte sich. Neil neben ihr war viel zu groß, das würde bestimmt schiefgehen, und die anderen würden wieder doofe Witze über ihn machen und vielleicht auch über sie.

Jemand hatte die Musik wieder angestellt, aber leiser als zuvor. Jetzt jaulten auch noch Wet Wet Wet irgendwas von Liebe. Hanna überlegte, ob sie schnell den Kreis verlassen sollte, aber dann war es dafür zu spät. Ihre Nachbarin kam schon mit der Karte am Mund auf sie zu und wartete, bis sie merkte, dass Hanna ansaugte. Sie zog sich zurück, und Hanna drehte sich, Karte am Mund, hastig um, um die Sache hinter sich zu bringen.

Ihr Blick traf Neils, er sah sie fast verstört an. Dann stellte sie sich auf die Zehenspitzen, während er sich zu ihr herunterbeugte. Kurz vor ihrem Gesicht stoppte er, und sie sog nervös die Luft ein. Er riecht gut, wenn er seinen Schafspullover nicht trägt, schoss es ihr durch den Kopf, dann spürte sie von jenseits der Karte einen Druck und eine Wärme. Wahrscheinlich kann ich sie jetzt übergeben, dachte sie. Irgendjemand johlte: »Uhuhuuu, sweet Highland Kisses!« Sie ließ los, die Übergabe gelang.

»Wie hat dir das MacPhail-Bild gefallen?«

Die Ausweispolonaise hatte sich aufgelöst, nachdem alle Wortführer ausgeschieden oder auf ihre Kosten gekommen waren. Hanna, die an der Bar anstand, um für Bonnie und einige neue Bekannte die nächste Runde Limo oder mit Glück sogar etwas Alkoholisches zu holen, wandte sich zur Seite und sah erneut in Neils freundliche Welpenaugen.

»Oh, sehr, wenn du das da meinst?« Sie zeigte auf die Highland-Szene mit der Wasser lassenden Frau.

»Ja, das meinte ich.«

»Wie kommst du darauf?«

»Ich hab dich gesehen, wie du vorhin davorgestanden hast.«

»Ah, okay …« Ihr Magen fühlte sich an, als würde jemand sanft hineinpusten. »Also … von wem sagtest du, wäre das?«

»Lennox MacPhail. Ein ehemaliger Callanderianer,

ziemlich berühmt inzwischen. Oben im Musikzimmer hängt noch ein Bild von ihm. Sonnenuntergang an Loch Lomond und dazu ein Fast Food essendes Paar auf einer Picknickdecke, das sich streitet.«

»Wow, das würde ich auch mal gern sehen.«

»Der Raum ist nach 21 Uhr abgeschlossen.«

»Ja klar, dann vielleicht ein anderes Mal ...«

Eine Pause entstand. Sie standen beim Sprechen näher als vorhin nebeneinander.

»Hast du deine Bibliothekskarte am Ende wiederbekommen?«, fragte Hanna.

Er klopfte bestätigend auf seine Hosentasche.

Hanna sah sich kurz um. »Du, also apropos Landschaftsmalerei. Vielleicht kannst du mir ein paar gute Motive in der Umgebung zeigen?«

»Gern. Solange du mich nicht beim Pinkeln malst.«

2001

Abschlussball

»Jetzt gehen wir auseinander in eine Zukunft wie die schottische See. Groß und weit und manchmal rau. Und wild – hoffentlich!« Es gab eine kurze Rückkopplung, und das Mikro heulte auf, wie um die Worte der Schulsprecherin noch zu unterstreichen. Tabatha in ihrem schulterfreien zartrosa Seidenkleid hinter dem Stehpult machte eine Kunstpause.

Hanna, die mit einem Sektglas in der Hand zwischen Neil und ihrer Mutter stand, ließ ihren Blick durch die mit Blumen und Girlanden in den Schulfarben geschmückte Aula schweifen und blieb an Tucker alias Fucker hängen, der versonnen dreinblickend an einer Säule lehnte. Vermutlich durchlebte er beim Stichwort »wild« im Kopf gerade ein erotisches Abenteuer mit einer zukünftigen Kommilitonin.

Vor ihr versuchte Jerry, sich unauffällig den Slip unter seiner knackig sitzenden Anzughose aus der Poritze zu ziehen.

Hanna stieß Neil an. »Hilf ihm«, flüsterte sie.

»Der ist im Arsch«, antwortete er leise.

Hanna unterdrückte ein Kichern.

Kim Ling drehte sich mit gerunzelten Brauen zu ihnen um. Als Hanna ihr zuzwinkerte, lächelte sie jedoch. Es lief bei Kim Ling, sie war am Imperial College in London genommen worden und würde Medizin studieren.

Hanna hingegen hatte bereits in den vergangenen Monaten der Wind von See rau entgegengeblasen. Ein enttäuschender Brief nach dem anderen hatte auf ihrem Schreibtisch gelegen, wenn sie vom Unterricht in ihr Zimmer zurückkehrte. Nach den ersten dreien wusste sie dann wenigstens: großer Brief gleich Absage. Das ersparte ihr den Moment der Hoffnung vor dem Öffnen.

Sie nahm noch einen Schluck von ihrem Sekt, der ihr gerade angenehm zu Kopf stieg. Der immense Frust der letzten Monate schien endlich etwas von ihr abzufallen. Tabatha hatte es ja gesagt: Es konnte und würde nicht alles glattgehen. Aber die Zukunft war groß und weit, und beginnend mit der anschließenden Party, die sie als Teil des Festkomitees mitorganisiert hatte, würde Hanna sich hineinstürzen. Sie hatte einen Schulabschluss, sie hatte immerhin einen Notnagel von Studienplatz, und sogar ihre Mutter war, nachdem sie schon gedacht hatte, das würde heute nichts mehr, in letzter Sekunde ins Foyer gerauscht.

»Aber wir sehen uns wieder!«, holte die Schulsprecherin ihr Publikum jetzt wieder zu sich. »Spätestens zum großen Schuljubiläum in vier Jahren. Gott, ich werde euch so vermissen!« Hier brach ihr, die der Star der Theater-AG gewesen war, die Stimme, auch wenn das ein bisschen kalkuliert wirkte. »Euch alle, von A wie Alice bis Z wie Zach! Posh, posher, Alice. Komm hoch zu mir und lass dich drücken.«

Alices rotblondes Haar war sicher von einem Profi aufgetürmt worden, und der violette Taft, der ihren Porzellankörper umhüllte, sah sehr teuer aus. Tabatha war eine Freundin von ihr und umarmte sie fest, bevor sie in die

Truhe mit den kleinen Sträußen aus weißer Heide griff, die in schottischer Tradition für Glück und Gesundheit standen, und ihn Alice überreichte.

Die steckte sich den Strauß kurzerhand in ihre Frisur, was Hanna angesichts des diffizil arrangierten Gebildes ziemlich lässig fand. Als sie die kurze Treppe hinab zurück ins Plenum schritt, sah man ihr jedoch an, dass sie mit den Tränen der Rührung kämpfte. Hanna hatte sonst nicht allzu viel für Upperclass-Alice übrig, aber jetzt fühlte sie doch, dass sie alle, die sie in den letzten beiden Jahren in Callander gewesen waren, etwas verband. Für immer verbinden würde.

Angel und Andrew, dann Ben, Beatrice und Benice und schließlich Cecilia, Chiara und Cem wurden aufgerufen und jede und jeder von Tabatha mit einer kurzen, wahlweise netten oder witzigen persönlichen Würdigung bedacht. Was sie wohl zu ihr sagen würde? Und zu Neil? Sie sah zu ihm hoch.

Während sie selbst schon die ganze Zeit keine Position finden konnte, das Gewicht auf ihren hohen Schuhen immer wieder von einem Bein aufs andere verlagerte und den Kopf hin und her wendete, um dieses und jenes zu beobachten, stand er nur da, den Blick auf die Bühne geheftet. So war er immer. Fokussiert auf das, was er gerade tat, auf das Thema, das gerade sein Interesse fand. Ob es der Unterricht war, ein Buch, ein Vogel oder sie selbst, wenn sie ihm etwas erzählte. Nur sein wippender Fuß verriet, dass auch er aufgeregt war.

Vorhin beim Empfang hatte er sie mit seinem Vater bekannt gemacht, der mit seinem beigefarbenen Tweedanzug älteren Datums und dem roten Krawattenschal im Kragen zwischen den anderen, meist jüngeren Vätern in schwarzen Anzügen ebenso distinguiert wie deplatziert aussah. Hanna war er eher wie ein Großvater als wie ein Vater erschienen. Es passt zu ihm, dass er der Herr eines untergegangenen Schlosses ist, hatte sie unwillkürlich und mit schlechtem Gewissen gedacht. Genau so sieht er aus: aus der Zeit gefallen und verloren. Inzwischen hatte sie nämlich bei einem ihrer Ausflüge aus Neil herausgepresst, dass das Haus, von dem er so ungern sprach, ziemlich groß gewesen war und viele Türme gehabt hatte.

Neil hatte sie seinem Vater mit einem rührend unsicheren »Das ist Hanna« vorgestellt, gefolgt von einem prüfenden Blick in dessen Gesicht, der verriet, wie wichtig ihm sowohl Hanna war als auch die Meinung seines Dads. Der Earl, der seit nunmehr drei Jahren in der Pension in Ayrshire lebte, hatte ihr mit ausgesuchter Höflichkeit die Hand geschüttelt und sie zu ihrem Abschluss beglückwünscht. Nicht direkt abweisend, aber ungemein steif. Soweit Hanna das beobachten konnte, hatte er kein einziges Mal gelacht, weder bei dem anschließenden Small Talk mit ihr und ihrer Mutter noch jetzt bei Tabathas humoriger Rede. Neil dagegen lacht andauernd, dachte Hanna.

»Was ist los?«, flüsterte Neil, der ihren Blick spürte.

»Ich hab nur gerade daran gedacht, wie du über die Schafe lachst, wenn sie sich so betont unauffällig hinter uns durch die Schutzgatter drücken wollen, um mit auf die nächstsaftigere Wiese zu kommen.«

»Aha«, meinte Neil verwundert.

»Neil, bei dir hab ich lange überlegt, was ich sagen soll«, tönte in diesem Moment Tabatha durchs Mikro, und Hanna hielt den Atem an. »Nimm das bitte als Kompliment. Ich kann mir bei dir eigentlich alles vorstellen. Von dem merkwürdigen Typen, den niemand auf dem

Zettel hatte, der aber dann bei Jeopardy einen Millionengewinn einstreicht, über eine Karriere im Silicon Valley bis hin zum emeritisch lebenden Rinderhirten, der gelegentlich von haltlosen Städtern aufgesucht wird, damit er ihnen einen kryptischen Rat mit auf den Weg gibt. Komm hoch, hol dir deinen Strauß, und dann geh los und werde, der du bist. Ich bin gespannt!«

Hanna traten Tränen der Rührung in die Augen, Neil warf seinem Vater einen Seitenblick zu, Fergus, der vor den beiden stand, klatschte wild, Hanna ebenso. Neil stieg mit seinem eigentümlich aufrechten, tänzelnden Gang das Treppchen zur Bühne hoch, lächelte schüchtern, als er den Strauß und einen Händedruck von Tabatha entgegennahm, und hüpfte wieder die Treppe hinunter, offensichtlich erleichtert, dass es vorbei war. Er trug heute einen schwarzen Anzug aus dem Familienfundus, den sein Vater ihm auf seine Bitte hin aus einer eingelagerten Kiste gezogen und geschickt hatte.

Fergus dagegen war offenbar beim Herrenausstatter gewesen und sah mal wieder blendend aus mit seiner immer noch porenlosen Haut und seinem auffällig geschwungenen Kussmund. Irgendwie sieht er Neil schon ähnlich, nur in Übertrieben, kam es Hanna in den Sinn.

Und dann war sie selbst an der Reihe. »Hanna, dir verdanken wir das wunderschöne Plakat hier hinter mir – einen Applaus bitte dafür!« Tabatha zeigte auf das Plakat, das die ganze Breite der Bühne ausfüllte und das Abschlussmotto »2001 – Odyssee im Kursraum« als Graffito umsetzte. Die Schüler jubelten und pfiffen, die Eltern klatschten höflich, Hannas Mutter legte den Arm um sie. Hanna selbst hoffte, dass niemand den missratenen Bunsenbrenner rechts in der Ecke beachtete, der eher wie ein brennender Weihnachtsbaumständer aussah, und das y von Odyssee, an dem sie mehrfach nachgebessert hatte.

»Bei dir ist es einfach und völlig klar. Ich freu mich drauf, mir in ein paar Jahren in der Glasgow Gallery of Modern Art deine Werke anzuschauen!«, fuhr Tabatha fort, und Hanna lächelte tapfer.

Die meisten Eltern hatten sich inzwischen in die Gästezimmer im Internat oder eines der Hotels unten im Ort zurückgezogen, aber die Tanzfläche war voll. Hanna und Bonnie hatten die Spangen und Nadeln aus ihren in Auflösung begriffenen Hochsteckfrisuren gezogen, die Riemchensandaletten an die Seite gestellt und sprangen mit einer Reihe anderer zu Travis' *All I Want To Do Is Rock* auf dem Stäbchenparkett herum und spielten wild Luftgitarre. Als der Song zu Ende ging, lief Hanna mit angenehm leerem Kopf zum Büfett hinüber, auf dem noch einige letzte Gläser mit Nachtisch standen. Sie löffelte eines aus und nahm sich dann ein zweites. Neil war nirgendwo zu sehen, vermutlich war er schon im Bett. Seit jenem Clubabend hatte Neil keinen zweiten mehr besucht, während Hanna zur gern gesehenen Stammgästin wurde.

Ihre in den letzten beiden Jahren wachsende Freundschaft hatte sich vor allem außerhalb der Internatsmauern abgespielt. Sie hielten sie nicht direkt geheim, doch hatte es sich zu einer Art unausgesprochenem Arrangement entwickelt, dass sie sich per Haustelefon verabredeten und erst draußen an der alten Föhre, etwa dreihundert Meter vom Internat entfernt, zusammentrafen. Es war ihnen selbst nicht ganz klar, was sie mit dieser Vorgehensweise bezweckten. Wollten sie verhindern, dass Hannas Image unter Neils leiden würde, oder aber, dass hingeworfene anzügliche Bemerkungen über die Natur ihrer Freundschaft etwas in den Fokus rückte, was sie beide aus unterschiedlichen Gründen verdrängten?

Hanna hatte meist Malzeug dabei, Neil kam mit einem Buch oder seinem Reisedudelsack, auf dem er »Pibrochs« übte, uralte, eigentümliche Highland-Melodien mit wenig Variation, die offenbar sehr komplex zu spielen waren. Zusammen erkundeten sie Wander- und Schleichwege, rasteten in Schluchten, picknickten zwischen den Kühen auf der Weide oder beobachteten die Trottellummen, das waren Seevögel, die aussahen wie kleine Pinguine, ebenso trottelig liefen und von denen sie beide große Fans waren. Hanna bannte die Wasserfälle, Wiesen, Wälder und Tiere im Wandel der Jahreszeiten und in unterschiedlichen Techniken auf Karton oder Leinwand, und sie erklärten sich gegenseitig ihre Welt, Hanna vielleicht eine Spur offener als Neil. Oder sie genossen einfach nur die Ruhe vor dem ewigen Soundtrack des Internatslebens aus Türenklappen, hektischen Schritten und Stimmengewirr auf den Fluren.

Eigentlich hatten sie sonst wenig gemeinsam. Neil interessierte sich nicht für Jazzdance (außer wenn Hanna ihm etwas vorführte), Hannas Freundinnen fanden Neil vermutlich immer noch indiskutabel, auch wenn sie das ihr gegenüber nicht mehr so deutlich raushängen ließen. Hannas Begeisterung für die schottische Nationalgeschichte hielt sich in engen Grenzen, ebenso wenig konnte sie sich für Patrick, Bogenschießen oder Onlinepoker erwärmen und auch kaum für das Dudelsackspiel. Aber sie teilten eine Wellenlänge und vielleicht auch, ohne dass sie viel darüber redeten, die Erfahrung einer Entwurzelung.

All das hätte Hanna zu diesem Zeitpunkt allerdings

wohl kaum so genau benennen können, und sie dachte auch gar nicht so genau darüber nach. Sie sah auf ihre neue Swatch, unter deren transparentem Ziffernblatt man das Uhrwerk erkennen konnte. Ihre Mutter hatte sie ihr vorhin in einer großen Schachtel als Geschenk überreicht, und kurz überlegte sie, was Neils Mutter ihm wohl für den heutigen Tag ausgesucht hätte, würde sie noch leben. Sein Vater hatte ihm vor dem Festakt einen riesigen Siegelring überreicht, von dem sie sich kaum vorstellen konnte, dass er ihn tragen würde.

Die Swatch zeigte fast zwei, und Hanna versuchte mit einem unauffälligen Blick auf ihre Achseln herauszufinden, ob die Stunde auf der Tanzfläche eine Spur auf dem blasslila Satin hinterlassen hatte. Eher nicht, stellte sie zufrieden fest, als ihre Mutter lächelnd auf sie zukam und sich neben sie ans Büfett stellte.

»Na, Spatz, hat's geschmeckt?«

»Ja, ich hab gerade noch mal richtig Hunger gekriegt.«

»Ihr habt ja auch klasse abgerockt.«

Hanna schmunzelte. Sie fand es süß, wenn ihre Mutter solche jugendsprachlichen Ausdrücke übernahm – oder das, was sie dafür hielt. »Ich dachte, du wärst schon im Hotel.«

»Doch nicht, ohne mich zu verabschieden. Ich habe eine alte Bekannte getroffen, die ich aus der Literaturförderung in Washington kenne, stell dir vor. Sie ist die Mutter von Kelly, die kennst du sicher?« Ihre Mutter hatte mit der Hochzeit aufgehört, in ihrem Beruf als Fremdsprachenkorrespondentin zu arbeiten, und sich in jeder der Städte, in die sie Hannas Vater gefolgt war, in die Charityarbeit oder die Organisation von Lesezirkeln und Ähnlichem gestürzt. In dem Bereich hatte sie einiges auf die Beine gestellt.

»Ich weiß jedenfalls, wer das ist«, antwortete Hanna. Chiara aus der Jazzdance-AG versuchte, sie mit Bewegungen wie ein italienischer Gigolo zurück auf die Tanzfläche zu locken. Hanna winkte ihr zu und formte ein »gleich« mit den Lippen.

»Wir wollen übrigens die Wohnung verkaufen, Spatz«, sagte ihre Mutter beiläufig.

»Welche Wohnung denn?«

»Na, die in Berlin.«

»Aber ... Meinst du unsere Wohnung?«

»Ja, sag ich doch.«

»Unsere Wohnung in Schöneberg?«

»Ja, Spatz. Die steht die ganze Zeit leer. Wir können uns nicht um die Vermietung kümmern.«

»Aber das braucht ihr nicht! Ich wohne doch da drin, wenn ich mit dem Studium anfange.«

»Und du zahlst uns Miete?«

Kurzes Schweigen, das Stroboskoplicht nervte mit einem Mal. »Erst mal eher nicht, aber ...«

»Siehst du.«

»Ich nehme mir Mitbewohner.«

Ihre Mutter sah sie freundlich an, aber als sei sie hoffnungslos naiv.

»Mama, lass uns morgen noch mal darüber reden.«

»Wir bezahlen dir natürlich ein schönes WG-Zimmer, Spatz.«

»Ich will kein WG-Zimmer, ich will *mein* Zimmer. Die Wohnung ist unser Zuhause, das könnt ihr doch nicht verkaufen!« Hanna spürte das warme Ziehen hinter ihren Lidern, als sich dort die Tränen sammelten.

»Nicht so laut, Spatz. Und doch, wir müssen. Du machst dir ja keine Vorstellung, wie teuer Edinburgh ist.«

Hanna betrachtete ihre Mutter – ihre Handtasche und ihre sorgfältig gesträhnten Haare.

»Am teuersten aber von allem ist, na, was meinst du wohl?« Ihre Mutter zog die Brauen hoch und sah Hanna zum ersten Mal direkt in die Augen, offenbar in dem Bewusstsein, dass sie jetzt ihren Trumpf ausspielen würde.

»Keine Ahnung ...«

»Das hier!« Sie machte eine Rundumgeste mit dem Arm. »Dein Internat«, fügte sie hinzu, für den Fall, dass Hanna nicht verstanden hatte.

»Aber ich wollte doch gar nicht hierher. *Ihr* habt mich hier angemeldet. Ich wollte fürs Abi nach Berlin! Auf ein stinknormales staatliches Gymnasium!« Von einer anderen Deutschen hatte sie inzwischen erfahren, dass es für Diplomaten mit Kindern kurz vor dem Schulabschluss Sonderregelungen gab. Sie konnten beantragen, in Deutschland eingesetzt zu werden. Aber das hatten ihre Eltern ihr nicht einmal gesagt.

»Hat es dir hier nicht gefallen?«, fragte ihre Mutter etwas spitz.

»Durchwachsen.« Hanna konnte nicht genau den Finger darauf legen, aber irgendwas an dieser Argumentation war unfair. »Bitte ...«, sagte sie flehentlich. »Lass uns morgen noch mal Alternativen durchdenken.«

»Wir haben schon einen sehr netten Käufer. Sicher lassen sie dich auch noch mal rein, damit du dich verabschieden kannst, wenn dir das wichtig ist. Vielleicht kannst du ein kleines Abschiedsritual machen.« Mit einem Blick, der wohl mütterlich sein sollte, Hanna jedoch den Rest gab, sah sie sie an. »Der Notartermin ist morgen, deswegen ist Papa auch heute nicht da.«

Als ihre Mutter vorhin in letzter Sekunde eingetroffen war, war Hanna so erleichtert gewesen, ihren Abschluss nicht allein begehen zu müssen, dass sie nicht nachgehakt hatte, als es hieß, ihr Vater sei wegen eines wichtigen Termins kurzfristig verhindert.

»Jetzt versuch, dich mal zu beruhigen, das hier ist ja schließlich dein großer Tag«, sagte ihre Mutter milde.

Der Notfallkoffer

Unter Neils Tür hindurch drang ein Lichtstreifen. Gott sei Dank. Hanna klopfte, wartete auf Neils gedämpftes »Herein«, trat ein und stolperte über seine Anzugschuhe.

»Oh, du bist es.« Er schien erleichtert.

»Klar, wer sonst?«, erwiderte Hanna, dann fragte sie: »Warum sind die so dreckig?« Sie zeigte auf die Schuhe, an denen Lehm und ein Blatt klebten.

Neil legte sein Buch beiseite, irgendetwas Gälisches. »Ich hab gerade noch eine kleine Abschiedsrunde gedreht.«

Es war angenehm kühl im Zimmer, das Fenster auf Kipp. Frische Nachtluft drang an Hannas vom Tanzen und der anschließenden Auseinandersetzung erhitzte Wangen. Sie seufzte und ließ sich zu Neil aufs Bett fallen.

»Tschuldigung«, sagte sie, als sie sich dabei aus Versehen auf seine Beine setzte, die er unter der Decke ausgestreckt hatte.

»Was ist los?« Neil zog die Beine ein, kam unter der Decke hervor und lehnte sich mit etwas Abstand neben sie an die Wand. Er trug noch sein weißes Hemd, aber die oberen Knöpfe waren geöffnet und der Schlips gelockert. Dazu hatte er eine knielange Sporthose an.

»Meine Mutter hat mir gerade eröffnet, dass unsere Wohnung in Berlin verkauft wird.«

»Oh.« Er sah sie betroffen an. »Wann?«

»Morgen.« Sie lachte frustriert. »Ich brauch direkt was Neues. Meine Mutter meint, ich soll erst mal in eine Jugendherberge.«

Neil zögerte kurz, dann fragte er: »Kannst du nicht fürs Erste bei Sean wohnen?«

»Weiß nicht. Der wohnt ja selbst auf acht Quadratmetern in einer WG.« Die Wahrheit war, dass sie schon seit drei Wochen nichts mehr von ihm gehört hatte. Und auch vorher nur noch sporadisch eine Mail gekommen war, in der er nach wie vor Süßholz raspelte, aber zunehmend unverbindlich klang. Das letzte Mal gesehen hatten sie sich an Weihnachten.

Neil fragte nicht weiter.

»Also, ich fasse zusammen: Erst hat mir eine Kunstakademie nach der anderen gesteckt, dass ich leider nicht genug Talent hab.« So hart hatte sie es noch nie ausgesprochen, noch nicht einmal vor sich selbst. »Und dann habe ich auch noch den einzigen Ort verloren, der mir immer wie ein Zuhause vorkam. In der Edinburgher Wohnung meiner Eltern bin ich vielleicht drei Mal gewesen, da fühl ich mich null heimisch. Und an meinem Zimmer hier wurde schon das Namensschildchen ausgetauscht, da wohnt jetzt irgendeine Catherine. Ich häng komplett in der Luft.«

»Zuhause ist der Ort, an dem sie dich reinlassen müssen. Hat meine Tante immer gesagt, wenn mein Vater und ich bei unserem Auszug mit Leichenbittermienen herumgelaufen sind. Frei nach Robert Frost, der übrigens eine schottische Mutter hatte.«

Hanna lächelte. »Ich bin mir nicht sicher, ob das reicht. Aber coole Tante.«

»Es ist ein Anfang.« Neils Finger trommelten auf seinen Oberschenkel. »Außerdem hast du Freunde.«

»Na ja«, antwortete Hanna düster. »Durch die vielen Umzüge ...« Sie ließ offen, was sie meinte.

»Bonnie?«, schlug Neil vor.

»Bonnie, ja. Sie war hier ein Segen für mich, aber du weißt ja, wie sie ist. Realistisch betrachtet, schreibt sie mir aus Aberdeen einen langen überschwänglichen Brief, den sie mit einem Lippenstiftkussmund unterschreibt, und dann noch einen zweiten, kürzeren, und dann findet sie eine neue Hanna.«

Neil widersprach nicht.

»Ich hab eine Brieffreundin in Kanada und eine in Budapest, außerdem zwei Mädchen aus meiner Grundschule in Berlin, bei denen ich mich wieder melden könnte. Ich hab eine Art Freund, der sich allerdings nicht mehr bei mir meldet.« Jetzt hatte sie es doch gesagt. »Und ich hab dich.«

Er sah sie an.

»Also, eigentlich hab ich nur dich«, stellte sie klar.

»Immerhin«, sagte er.

»Ja, immerhin.« Sie lächelte leicht. »Ich brauche unbedingt ein Foto von dir.« Sie sprang auf und sah sich um. »Ich hab kein einziges!« Der Gedanke machte sie plötzlich fast panisch, sie war wirklich durch den Wind.

An der Hakenleiste hing neben Neils Schafpullover sein Fotoapparat. »Ist da ein Film drin?«

»Glaub nicht.«

»Hast du noch einen?«

Neil stand auf, kramte in seiner Schreibtischschublade und hielt ihr dann eine kleine schwarze Dose hin.

Hanna öffnete sie und spannte den Film ein, während Neil sich wieder im Schneidersitz aufs Bett setzte, sich die Tüte Chips der Sorte Salt & Vinegar nahm, die auf seinem Nachttisch lag, eine Handvoll davon in den Mund schob und sie beobachtete.

Hanna zog sich seinen Schreibtischstuhl heran. »Darf ich?«, fragte sie, als sie ihn mit der Linse ins Visier nahm.

Neil wischte sich die Chipskrümel vom Mund und setzte ein ironisches Fotolächeln auf.

Nach einigen Aufnahmen forderte Hanna ihn auf, seine Brille abzunehmen und sich mit Spucke durchs Haar zu gehen. Er zeigte ihr einen Vogel, setzte aber die Brille ab. Hanna verknipste alle vierundzwanzig Aufnahmen, nahm den Film wieder aus dem Apparat und steckte ihn in ihre silberne Clutch wie eine Beute. »Äh, willst du auch ein Foto von mir?«

»Brauch ich nicht, hab ich in meinem Kopf«, antwortete er.

Vage enttäuscht ließ sie sich wieder neben ihm auf dem Bett nieder. Eine Zeit lang hingen sie beide ihren Gedanken nach, wobei die von Hanna düster waren.

Seit sie ein Kind war, hatte es geheißen: Hanna malt so toll. Sie hatte das geglaubt. Die Malerei war ihr ebenso eine Gewissheit gewesen wie die Tatsache, dass sie blond und ein Mädchen war und Fußballerwaden hatte. Daher hatten die gesammelten Absagen eine fiese Wunde gerissen, die, kaum verheilt, durch den Schlag mit der Wohnung nun wieder aufgebrochen war. Auch weil beides irgendwie miteinander zusammenhing. Denn wenn sie mit dem Pinsel über ein weißes Blatt fuhr, hatte auch das immer etwas von nach Hause kommen, und all ihre Grübeleien über irgendwelche Vorgänge im Internat, über Sean, die E-Mails ihrer Mutter oder die Zeit nach Callander kamen zur Ruhe. Nach der dritten Absage jedoch hatte sie ihre Farben und Kartons hinter die Tür geräumt, weil der Anblick ihr nur noch den Magen zusammenschnürte.

»Noch mal zu der Sache mit deinem Talent«, sagte Neil schließlich, als hätte er ihre Gedanken gelesen, und Hannas Hals verengte sich sogleich. »Abgesehen davon, dass ich das anders sehe: Vielleicht muss man nicht direkt vom teuren Internat kommend auf einer tollen Uni angenommen werden, um Künstlerin zu werden.«

»Bei Lennox MacPhail war es so.«

»Es gibt aber auch andere Beispiele.«

»Meinst du, ich bin eine verwöhnte Göre und muss erst mal die Härte des Lebens erfahren, bevor ich ein richtig tiefgründiges Bild hinkriege?«, fragte Hanna bissig.

»Nein, ich meine nur: Du weißt nicht, was woraus entstehen kann.« Seine Welpenaugen fixierten sie unerschrocken. »Lass es mich mit deinem Wikipedia-Eintrag von 2021 sagen.« Er klappte einen imaginären Laptop auf, setzte sich wieder die Brille auf die Nase, überlegte kurz und tat dann, als würde er vorlesen. »Nach dem Schulabschluss im schottischen Elite-Internat Callander wohnte Malnitz zunächst für zwei Wochen in einer Berliner Jugendherberge, die inzwischen als Malnitz-Museum – blau unterlegt, kann man anklicken – vom internationalen Hanna-Malnitz-Verein betrieben wird. Im Keller des Hostels begann sie ihren später als ›Berliner Phase‹ – auch blau hinterlegt – betitelten Bilderreigen, in dem sie den Schmerz über den Verlust der elterlichen Wohnung und den ihr verwehrten Studienplatz der bildenden Kunst verarbeitete. Das berühmteste Werk daraus, ›Selbstbildnis einer Produktdesignstudentin wider Willen‹, wurde 2020 bei Sotheby's für drei Millionen Pfund versteigert.«

Hanna hob ihren Arm und gab ihm einen symbolischen Fausthieb gegen die Brust, grinsend allerdings. »Okay, danke auch, so klingt es lächerlich.«

»Aua«, sagte er.

»Du bist doof«, sagte Hanna und dachte: aber witzig. »Ich muss ja auch gar nicht berühmt werden, ich hätte halt nur gern weiter gemalt und nicht ›Produktdesign‹ studiert.« In ihrem Mund klang das Studienfach, für das sie sich als äußerste Notlösung ebenfalls beworben hatte, wie etwas ausgesprochen Affiges, Unnützes. Nach einer Pause fügte sie hinzu: »Ich hab einfach Angst, dass ab jetzt alles immer nur schiefgeht.« Ihre Stimme zitterte.

Neil rückte näher an sie heran und legte ungeschickt seinen langen Arm um sie.

Das war ungewohnt. Wenn sie sich sonst gelegentlich berührten, dann hatte das praktische Gründe. Dass einer den anderen beim Klettern ein Stück hochzog oder so etwas. Allerdings hatte Hanna festgestellt, dass sie es mochte, wenn Neil sie anfasste. Manchmal hatte sie sich sogar beim Klettern auf einen Baum oder wenn es einen steilen Abhang hinunterzulaufen galt, extra ungeschickt angestellt, damit er ihr seine Hand gab. Er tat das auf eine zarte, zurückhaltende Art, aber seine Hände waren von einer vertrauenerweckenden Größe, warm und trocken.

Vielleicht ging diese Situation jetzt auch als praktischer Grund durch. Sie lehnte sich ein bisschen bei ihm an.

Neil atmete ein. »Wenn alles schiefgeht, dann kommst du einfach zu mir. Ich würde dich immer reinlassen.«

Hanna schniefte. »Du hast ja auch höchstens zehn

Quadratmeter.« Er hatte ihr ein Foto von seinem Schlafzimmer in der Wohnung seiner Tante in Edinburgh gezeigt, wo er einen der begehrten Studienplätze für Politik und Internationale Beziehungen ergattert hatte.

»Da wären dann noch …« Er legte den Kopf schief. »9,4 Quadratmeter übrig für dich.«

Hanna ließ ihren Kopf an seine Seite sinken und sog seinen vertrauten Geruch ein. »Wie hast du das denn jetzt berechnet?«

»Zwei Meter Länge mal dreißig Zentimeter Breite«, meinte er. »Im Liegen.«

»Na komm, etwas breiter sind deine Schultern schon.«

»Dafür ist mein Po kaum vorhanden.«

»Und wenn du dann mit deinem niedlichen Popo eine süße Highland-Prinzessin angelockt hast und mit ihr zusammen in einem Herrenhaus vor der Stadt lebst?« Schließlich würde Neil als ältester Sohn zum 18. Earl of Finterey werden, wenn sein Vater nicht mehr war.

»Das wird nicht passieren.«

»Kannst du nicht wissen«, beharrte Hanna.

»Na gut, dann kommst du eben zu uns und führst Graf und Gräfin Homeless den Haushalt.«

»Danke.« Sie musste wieder lachen.

»Ich mein's ernst. Du kannst niemals härter fallen als in meine Planeten-Flanellbettwäsche.« Als sie zweifelnd zu ihm aufsah, sein Gesicht näher als gewohnt, beeilte er sich hinzuzufügen: »Natürlich nur im übertragenen Sinne gemeint.« Er nahm den Arm herunter und rückte ein Stück ab. »Außerdem gibt es für mich auch Risiken. Vielleicht werde ich an der Uni verkloppt oder wegen meines Engagements für die schottische Unabhängigkeit vom MI5 verfolgt.«

»Dann flüchtest du nach Berlin, und ich versteck dich in meinem Herbergszimmer unter dem Etagenbett.«

»Deal«, sagte Neil.

»Sieh dich vor. Wenn es so weitergeht mit meinem Glück, bin ich in zwei Wochen wieder da.«

»Würd mich freuen. Willst du den Koffer gleich hierlassen?«

Hanna sah ihn an. »Das mach ich echt«, erwiderte sie, ohne eine Spur von Ironie. »Ich geb dir einen Koffer mit. Und ich nehme auch einen von dir mit.«

Es klang fast wie eine Drohung, wenn auch nicht für Neil. Er nickte langsam. »Alles klar. Mein Koffer bei dir, deiner bei mir. Für einen Neuanfang im Ausland, wenn alles in die Binsen gegangen ist.«

Sie hielt ihm ihre Hand hin, und er schlug ein.

Nachdem Hanna mit schwimmenden Augen und einem selten ernsthaften Gesichtsausdruck gegangen war, um ihre Notfalltasche zusammenzustellen, zog Neil ebenfalls einen Koffer vom Schrank und stellte ihn auf sein Bett.

Er war aufgewühlt. Er dachte daran, wie er eben seinen Arm um Hanna gelegt und wie ihr Haar gerochen hatte. Verschwitzt und nach Honigshampoo. Dann an seinen Vater, wie er ihm früher am Abend angespannt von dem Anwesen erzählt hatte, das nur etwa zwanzig Kilometer entfernt von ihrer alten Heimat zum Verkauf stand. Außerdem war da noch der Zwischenfall nach dem Ball, von dem er hoffte, dass er keine Konsequenzen haben würde. Und jetzt dieser Koffer. Als er ihn öffnete, schlug ihm ein intensiver Geruch nach altem Leder entgegen, der ihn an das Zuhause erinnerte, das es nicht mehr gab. In den Turmzimmern unter dem Dach hatte es viele solcher Koffer gegeben, in denen das ausrangierte

Sammelsurium mehrerer Jahrhunderte lagerte. Fergus und er hatten dort als Kinder endlose Nachmittage mit dem Stöbern durch alte Fotoalben und Showkämpfchen mit rostigen Schwertern verbracht.

Er glaubte allerdings nicht, dass er in näherer Zukunft Anlass hätte, in Berlin Zuflucht zu suchen. Im Gegenteil, er war sich fast sicher, dass ihm das Studieren gefallen würde. Bei seinem letzten Besuch in Edinburgh, des Politischen Seminars und der Großbaustelle, wo demnächst das neu gegründete schottische Parlament in einem modernen Gebäude tagen würde, hatte ihn eher eine Art erwartungsvolles Lampenfieber ergriffen. Allerdings war er da auch noch davon überzeugt gewesen, dass Hanna mitkommen und am Edinburgh College of Art studieren würde.

So war der Koffer immerhin etwas, das sie weiter aneinanderband, und er packte ihn mit feierlichem Pragmatismus. Eine Cordhose, eine Jeans, zwei T-Shirts, Boxershorts, Socken und eine Wachsjacke wanderten hinein. In eine Tasche im Innenfutter steckte er ein Bündel Pfundnoten. Einen Rasierhobel und ein Deo warf er lose auf die Kleidung, ebenso das Taschenmesser mit seinen Initialen, das er in seiner Schreibtischschublade fand. Konnte man immer gebrauchen. Dann kramte er in einer der schon gepackten Kisten nach dem englisch-deutschen Lernwörterbuch, mit dem er in den letzten beiden Jahren hin und wieder gearbeitet hatte, ohne Hanna davon zu erzählen. Erst schob er es halb unter die anderen Sachen, dann legte er es mit einem leisen Grinsen einfach obenauf. Wie er sie kannte, würde Hanna sowieso neugierig nachschauen, was er eingepackt hatte.

In der Literatur verfielen die Protagonisten oftmals geheimnisvollen Schönheiten. Er verstand das nicht. Hanna war ein offenes Buch für ihn. Ohnehin war sie das, weil sie sich selten verstellte und wenn doch, dann sehr schlecht. Und für ihn war sie es ganz besonders, weil er in den letzten beiden Jahren nichts so intensiv betrieben hatte, wie sie zu studieren. Ihr Gesicht, ihre Gesten, ihre Wünsche und Gedankengänge. Sie war ein offenes, vielfach gelesenes Buch, das er von vorn bis hinten liebte. Sein absolutes Lieblingsbuch.

Als Letztes hob er noch einen Karton aus dem Regal und nahm den kleinen Reisedudelsack mit den drei cremeweißen Pfeifen heraus, den er als eines der wenigen Stücke aus seinem Elternhaus mit ins Internat gebracht hatte. Er angelte einen seiner Wollpullover vom Haken, wickelte das Instrument darin ein und steckte das Bündel zwischen die gepackten Klamotten.

Gerade als er den Koffer schon zuklappen wollte, kam ihm ein Gedanke. Er kramte aus dem Karton mit den Schulsachen einen Collegeblock hervor und seinen Füller. Eine Weile starrte er auf das karierte Blatt, dann schraubte er die Kappe vom Stift und begann zu schreiben.

Who the fuck is Alice

»Hast du das gewusst?«, fragte Bonnie begeistert, als sie wieder zur Tür hereinkam. Sie war im Sekretariat gewesen, um sich ihre Bescheinigung für die Zoo-AG abzuholen. Der »Zoo« bestand aus ein paar Hühnern mit Hahn, zwei Schafen, einem Schäferhund und mehreren mehr oder weniger wild lebenden Katzen, die zum Internat gehörten. Die Versorgung sollte laut Infobroschüre den Charakter bilden, und Bonnie hoffte, sich ihr Engagement als Praktikum für ihr Studium der Tiermedizin in Aberdeen anerkennen lassen zu können. Ihre Eltern besaßen einen Futtermittelbetrieb und wünschten sich, dass Bonnie ihn fit fürs 21. Jahrhundert machte, wie Bonnie sich auszudrücken pflegte.

»Nee, glaub nicht. Was denn?« Hanna stand auf der Fensterbank und holte die Lichterkette herunter, die in den letzten beiden Jahren den malerischen Ausblick in den Obstgarten eingerahmt hatte.

»Das von Neil.«

Hanna drehte sich um. »Was denn?«

»Das mit ... Aliccce?« Bonnie zeigte mit einer übertriebenen Mundmotorik und der Betonung des Zischlauts am Ende an, dass es sich um etwas ganz Pikantes handelte.

»Hat er ihr die Tür aufgehalten, oder was?« Eigentlich hatte Hanna durchaus ein Faible für Internatstratsch, sie und Bonnie hatten ganze Sonntage damit verbracht. Aber hier ging es um Neil.

Bonnie war enttäuscht über die mangelnde Resonanz. »Nein, er hat sie gebumst.«

Hanna überlegte, wofür bumsen bei Bonnie stehen konnte. Manchmal kam sie bei den englischen Slangbegriffen nicht mit. »Bumsen wie ...?«, fragte sie.

»Bumsen wie ficken«, erklärte Bonnie trocken.

Hanna lachte.

»Tja, du lachst.« Bonnie grinste wieder. »Es ist aber so.«

»Ich bin sicher, du irrst dich«, sagte Hanna und versuchte, mit ihrem leicht überheblichen Tonfall den winzigen Zweifel abzuwehren, der sie ob Bonnies Überzeugung ansprang.

»Die beiden sitzen gerade bei Mrs Pearsley und hören

sich ihre Standpauke an. Ms Duffy hat mir gesagt, was los ist.« Ms Duffy kam aus demselben Ort wie Bonnie, daher hatten die beiden ein nicht ganz koscheres Vertrauensverhältnis.

Hanna glaubte trotzdem, dass ein Irrtum vorliegen musste, begann allerdings unwillkürlich, ihre Erinnerung nach Berührungspunkten zwischen Neil und Alice abzuklopfen.

»Eben auf dem Flur hab ich Tabatha getroffen und sie gefragt. Zuerst wollte sie nichts verraten, aber als sie merkte, dass ich eh Bescheid wusste, ist es nur so aus ihr herausgeplatzt. Alice hat sie gestern Nacht völlig aufgelöst von der Tanzfläche geholt und ihr erzählt, was passiert ist.«

Hanna schnürte sich der Hals zu. »Und was ist passiert?«, fragte sie gepresst.

Bonnie kicherte. »Es gab eine wilde Verfolgungsjagd. Mr Drummond war noch 'ne Runde mit Orkney draußen und hat die beiden auf frischer Tat ertappt. Da hinter der Föhre, wo es zum Wald reingeht. Sie sind weggerannt, Orkney und er hinterher, und Alice hatte solche Angst vor der Töle, dass sie stehen geblieben ist und geschrien hat, Drummond soll den Hund zurückpfeifen. Da hat sich Neil dann auch gestellt. Sie haben ja auch außer einer letzten Schelte eigentlich nichts mehr zu befürchten.«

Hanna bemühte sich um Fassung und ein Grinsen, während sie mechanisch die Lichterkette aufrollte. »Aber ... wie, ich meine, wie kam es denn überhaupt dazu? Die kennen sich doch kaum.«

»Tabatha war auch ein bisschen eingeschnappt, weil sie vorher von nichts wusste. Alice wollte sich wohl vom Tanzen ein bisschen abkühlen und eine rauchen und hat Neil da draußen getroffen. Und dann haben sie sich plötzlich so gut unterhalten, dass eins zum anderen kam. Alice war auch ziemlich besoffen und ihr Kleid komplett ruiniert.« Bonnie kicherte wieder. »Das gute Stück. Es soll über tausend Pfund gekostet haben.«

Hanna dachte an Neils dreckige Anzugschuhe und den Spaziergang, von dem er gesprochen hatte. Das konnte doch alles nicht wahr sein. Oder doch?

Die Enge in ihrer Kehle dehnte sich auf den Brustkorb aus.

Man konnte sich ja wirklich toll mit Neil unterhalten. Sie hatte nur immer geglaubt, sie sei die Einzige, die das merkte oder der er diese Seite überhaupt zeigte. Sie hatte sich sogar immer ein bisschen exklusiv deswegen gefühlt.

Sie wandte sich ab, vordergründig, um die Lichterkette in die Kiste auf ihrem Schreibtisch zu legen, eigentlich jedoch, damit Bonnie ihr Gesicht nicht sah.

»Vielleicht ist es wegen seines Titels. Graf ist Graf, auch wenn es ein Graf Homeless ist. Das Geld hat sie schon, den Titel braucht sie noch. Vielleicht wollte sie mal testen, wo sie ihn herbekommen kann.«

»Wir sind doch hier nicht bei Jane Austen. Außerdem wird Neil Earl, nicht Graf«, sagte Hanna schwach.

»Umso besser«, meinte Bonnie.

Während Hanna heftig nacheinander an den Schubladen unter ihrem Schreibtisch rüttelte, um die eine freizubekommen, die sie noch nicht hatte ausräumen können, weil sich ein Hefter in der Aufhängung verhakt hatte, begann sie zu begreifen, dass es womöglich Sinn ergab, was Bonnie sagte. Die Briten waren in dem Punkt anders als die Deutschen. Während Hanna Begriffe wie Mittelklasse oder Oberklasse aus Deutschland nur in Bezug auf die Wagen ihres Vaters kannte, wurden sie hier in Großbritannien ganz selbstverständlich zur Charakterisierung von Menschen herangezogen. Alice war Upper Class, so wie sie rothaarig war und gut in Hockey. Neil war es von seiner Art her zwar nicht, aber rein formal betrachtet war er es schon. Oder vielleicht war er es sogar auch, nur auf eine andere Art als Alice. Sie kapierte hier ja offenbar sowieso nichts.

Die Schublade kam ihr mit einem Ruck entgegen. Einige hart gewordene Marshmallows lagen darin. Hanna stopfte sie sich in den Mund, und die pappige Süße breitete sich auf ihrer Zunge aus.

Neil war trotz allem ihr bester Freund. Und sie seine Freundin. Sie hatten sich versprochen, immer füreinander da zu sein, egal was käme und egal wann. Gestern Nacht noch hatten sie sich das explizit versprochen, vor nur – sie sah auf ihre neue Uhr und rechnete – sieben Stunden. Ihr Blick wanderte zu Neils Koffer, der neben ihren eigenen schon gepackten Taschen auf dem Bett stand. Sie legte ihre Hand darauf, strich über das Leder, und das Gefühl seines warmen Arms gestern um ihre nackte Schulter stieg wieder in ihr auf.

Ihre Stimme klang piepsig, als sie Bonnie fragte: »Wann war das mit Alice?« Von der Antwort auf diese Frage schien plötzlich einiges abzuhängen.

»Na, gestern Nacht, hab ich doch gesagt«, antwortete Bonnie und sah sie ganz merkwürdig an.

»Ja, aber wann genau?«

Bonnie überlegte. »Meine Eltern waren da schon weg, also ... gegen halb zwei, schätze ich.«

Hanna atmete auf.

»Warum ist das wichtig?«, fragte Bonnie misstrauisch. Dann starrte sie sie an. »Hattest du etwa auch was mit ihm?«

»Nein, natürlich nicht«, antwortete Hanna schroffer als beabsichtigt. »Ich würde nur gern einordnen, wie besoffen die beiden schon waren.«

Bonnie lachte und schien zufrieden.

Und Hanna war immerhin etwas erleichtert. Der Koffertausch hatte nach der Sache mit Alice stattgefunden. Neil war immer noch für sie da. Er hatte es ihr versprochen. *Danach.*

»Ich guck mal, ob meine Eltern inzwischen draußen sind«, sagte Bonnie. Sie würden Bonnie und ihre Sachen in ihrem Mercedes mitnehmen, und Bonnie würde die Zeit bis zum Semesterbeginn in ihrem Elternhaus mit ihren alten Freundinnen aus der Heimat verbringen.

Als die Tür hinter ihr zuging, starrte Hanna noch eine Weile darauf. Dann setzte sie sich auf ihr Bett und fühlte sich vollkommen erschlagen. Das Zimmer sah bereits nicht mehr nach ihrem aus. Ihre Sachen würden von einem Transportunternehmen abgeholt und in einem Container zwischengelagert, in dem auch die Sachen aus ihrem Berliner Kinderzimmer eingemottet würden, bis sie in Berlin eine Bleibe hatte. Ursprünglich hatte sie vorgehabt, noch eine oder zwei Wochen bei ihren Eltern Urlaub zu machen und dann nach Berlin zu fliegen, um bei Sean zu sein. Jetzt aber ließ ihr die ungeklärte Wohnungssituation keine Ruhe, und sie hatte beschlossen, noch heute nach Deutschland zu fliegen. Auch weil sie auf ihre Eltern so gar keine Lust hatte und die das ruhig wissen sollten.

Ächzend stand sie wieder auf und begann, ihr Kopfkissen abzuziehen. Ihr fiel Neils Bemerkung mit seiner Planeten-Bettwäsche wieder ein. Gestern hatte sie sie lustig und originell gefunden, aber im Nachhinein betrachtet … war er offenbar nach der Sache mit Alice total aufgesext gewesen und hatte sich womöglich eingebildet, dass er jetzt jede haben könnte?

Tränen der Wut stiegen in ihr auf. Sie stopfte den Bezug in die letzte offene Reisetasche.

Er hätte ihr das mit Alice erzählen müssen. Und sie hatte sich noch in seinen Arm geschmiegt. Fast fühlte sie sich jetzt beschmutzt dadurch, durch diesen Arm, der vorher Alice gehalten hatte, während er ... Sie durfte sich das nicht vorstellen. Sie fühlte sich betrogen.

Gleichzeitig wünschte sie, dass er jetzt käme, dass sie mit ihm über alles sprechen, dass sie ihn sehen könnte.

Er klopfte, öffnete die Tür und merkte direkt an ihrem Blick, dass sie es von irgendwem gehört haben musste. Shit. Er blieb im Türrahmen stehen.

»Hi«, sagte Hanna steif.

»Hi«, antwortete er. »Wie geht's?«

»Ganz okay.« Sie wich dem Augenkontakt aus. »Ich hab fast alles gepackt. Hab am Flughafen angerufen. Heute Nachmittag kann ich los.«

»Das geht jetzt alles schnell.« Er lächelte sie unsicher an.

Sie wollte zurücklächeln, bekam es aber nicht richtig hin. Ihr ganzes Gesicht war verkrampft. »Und du ... gehst du jetzt ...?«

»Wie geplant erst mal zwei Nächte zu meinem Vater in die Pension.« Er sprach hastig. »Er hat mir gestern erzählt, dass er ein Haus gefunden hat, das ihn interessiert. Vielleicht will er es kaufen.«

»Das ist ja toll, freut mich für euch. Schick mir Fotos. Und ...« Sie konnte es nicht länger zurückhalten. »Was ist dann mit Alice?«

Er zuckte zusammen und sah sich um. »Kann ich reinkommen?«

Hanna nickte.

Er schloss die Tür hinter sich und blieb wie ein armer Sünder davor stehen. »Es ... ist nicht so ... wie du jetzt denkst.«

»Was denke ich denn?«, fragte Hanna spöttisch.

»Na ja ... Offenbar irgendwas mit Alice.«

»Du hättest es mir erzählen müssen.«

»Du hast mir auch nicht immer berichtet, was mit Sean gerade los ist«, versuchte er sich zu verteidigen.

»Das ist was anderes.«

»Wieso?«

Sie überlegte. »Weil der vorher da war.«

Neil versuchte die Logik nachzuvollziehen.

Hanna betrachtete ihn. Er war wirklich so was von überhaupt nicht hot, aber sie mochte ihn so gerne, und alles an ihm war ihr so vertraut. Die langen dünnen Beine, die immer noch in der Sporthose steckten, die er auch in der vergangenen Nacht getragen hatte. Wahrscheinlich hatte er darin geschlafen. Die kantigen Schultern unter dem verwaschenen beigefarbenen T-Shirt, das ihn noch blasser machte, als er ohnehin war. Die dunklen Haare, die ihm Patrick alle paar Monate mit dem Rasierer schor und jetzt an der einen Seite platt an seinem Kopf klebten, an der anderen abstanden wie bei einem ramponierten Igel.

Sie hatte nie darüber nachgedacht, geschweige denn etwas in der Art geplant, aber bei der Vorstellung, dass Alice all das berührt hatte und noch mehr, dass Neils warme, zartfühlende Hände, die jetzt nervös den Sweatstoff seiner Hose zwirbelten, gestern Nacht über Alice'

Alabasterkörper geglitten waren, drehte sich ihr der Magen um.

Sie hatte es vor sich selbst selten zugegeben, aber sie hatte insgeheim schon ein bisschen geglaubt, dass Neil etwas für sie übrighatte. Sie hatte sich nur nie erlaubt, weiter darüber nachzudenken, weil sie sich dann die Frage hätte stellen müssen, ob es fair war, immer mit ihm rumzuhängen. Wenn sie selbst doch nichts von ihm wollte.

»Seid ihr jetzt irgendwie zusammen?«, fragte sie.

»Natürlich nicht«, wehrte Neil ab.

»Vielleicht will Alice einen Earl.«

Das traf ihn. »Dann muss sie sich einen suchen.«

»Warum nicht dich?«

»Weil ich das nicht will?«

»War's denn wenigstens schön?« Hanna klang schnippisch, aber ihr Gesichtsausdruck erinnerte Neil an neulich, als auf freiem Feld ein wild gewordener Hirsch auf sie zugekommen war.

Etwas hatte sich verändert. Neil spürte, wie er unter Hannas Blick wuchs und er größer und breiter im Raum zu stehen schien als zuvor. Und er genoss dieses Gefühl zu sehr, als dass er es gleich hätte wieder kaputt machen wollen, indem er ihr von gestern Nacht erzählte. »Lass gut sein«, wiegelte er ab. »Es ist nicht wichtig.« Sein Blick fiel auf seinen Koffer, der zwischen den ihren auf ihrem Bett stand. »Willst du den Koffer wirklich mitnehmen? Ich meine ... Ist er dir ganz sicher nicht zu schwer?«

»Auf keinen Fall, der kommt mit«, antwortete Hanna unerwartet heftig.

Für einen Moment sahen sie sich nur unverwandt an.

»Hanna ...«, setzte Neil dann etwas hilflos wieder an.

»Mein Vater sitzt schon im Foyer. Ich wollte mich nur noch verabschieden.«

Als sie daraufhin auf ihn zuging, erschien es ihnen beiden wie in Zeitlupe. Hanna stellte sich auf die Zehen, Neil beugte sich herunter, bis ihre Wangen aneinanderlagen, und sie umarmten sich. Ihre Herzen schlugen.

Hanna dachte, dass es lange dauern würde, bis sie ihren Namen wieder auf Schottisch hören würde. Mit einem langen a vorn und einem gehauchten, weichen hinten. »Ich werde dich schrecklich vermissen«, flüsterte sie mit erstickter Stimme an Neils Ohr und versuchte, ihrer Umarmung etwas mitzugeben, das er nicht vergessen würde.

»Dein Koffer steht bei mir«, murmelte er.

Berlin, Berlin

Hanna saß in der Lobby eines Hostels in Kreuzberg. Der Raum war in orangefarbener Schwammtechnik getüncht und mit einem Sammelsurium an gerahmten Sprüchen, Autogrammen und Infos über die Stadt dekoriert. Er beherbergte die Rezeption, eine 24/7 geöffnete Bar mit Hockern in Stahloptik, einen Getränkeautomaten und das Internetcafé mit zwei Computern, von denen einer defekt war. Über dem anderen hing ein Porträt einer sehr jung aussehenden Marlene Dietrich, die mit übereinandergeschlagenen Beinen auf ein paar altmodischen Koffern saß und verschmitzt grinste. Die Koffer sahen so ähnlich aus wie jener, den Hanna von Neil dabeihatte. Darunter waren ein paar Zeilen aus Marlenes berühmtem Chanson abgedruckt:

Ich hab noch einen Koffer in Berlin
Der bleibt auch dort und das hat seinen Sinn.

Lieber Neil, tippte Hanna und nahm einen Schluck aus der Colaflasche, die sie sich vorhin gezogen hatte. Bisher hatten sie nur einmal kurz telefoniert, aber in ihrem Jeansrock steckte ein Trikot von Ayr United. Noch in der Bahn zur Herberge hatte sie es vor Neugier nicht mehr ausgehalten und Neils Koffer geöffnet. Hin und wieder trug sie eins von seinen Shirts oder schlief in seinen Shorts. Sie fand das ebenso tröstlich wie auf eine berlinische Art cool.

Seit fünf Tagen war sie jetzt hier. Am ersten Tag war sie gleich zum Studentensekretariat gefahren, um nach der Einschreibung zu fragen, und hatte festgestellt, dass das ohne deutschen Wohnsitz kompliziert würde. Das war der Tiefpunkt gewesen. Danach aber ging es bergauf. Das Studium der Wohnungsanzeigen am Schwarzen Brett der Uni und ihre ersten Einkäufe im Späti um die Ecke hatten gezeigt, dass die Berliner Preise gute zehn Jahre nach der Wende sehr viel niedriger waren, als sie das aus Schottland gewohnt war. Sie würde mit dem Betrag, den ihre Eltern ihr monatlich zugesichert hatten, wahrscheinlich einigermaßen hinkommen, ohne sich sofort einen Nebenjob zu suchen.

Als sie das herausgefunden hatte, gönnte sie sich die neue CD von Seeed und gab sich auf ihren Streifzügen durch die Stadt, bei denen sie schon mal einige der Mietangebote von außen in Augenschein nahm, mit ihrem alten Discman *Dickes B* auf die Ohren. Ob es an der Musik lag, an ihrer Situation oder daran, dass sowohl das Hostel als auch die anvisierten Wohnungen im ehemaligen Osten lagen – sie sah die Stadt mit anderen Augen als früher. Die Baustellen an jeder Ecke nervten zwar, aber sie klangen auch nach Aufbruch. Die Leute in den süß gestalteten Cafés und den sagenhaft günstigen Take-aways, die im Erdgeschoss maroder graubrauner Jahrhundertwendehäuser eröffneten, sahen locker und kreativ und nach Hannas Geschmack aus. Heruntergekommene Straßenzüge boten neben dem morbiden Charme vergangener Epochen Raum für Projekte mit Namen wie *Aufbau ROst* oder *Arty farty*. Sie durfte nur nicht daran denken, wie es gewesen wäre, hier mit einem Studienplatz an der Kunstuni mittendrin mitzumischen. Dann behielt ihre eigentlich zuversichtliche Natur die Oberhand.

Sie betrachtete wieder das Marlene-Bild über dem Computermonitor und schrieb:

Wusstest du, dass es einen Titelsong zu unserem Pakt gibt?

Oder vielleicht würde sie Neil doch lieber einfach nur ein Mixtape machen und das Lied daruntermischen. Sie betätigte die Löschtaste. Zunächst tat sich gar nichts, dann verschwanden die Buchstaben im Zeitraffer alle auf einmal. Sie begann neu:

Ich mache Fortschritte. Irgendwie ist es schon geil hier, und gleichzeitig ist es das Gegenteil von Schottland, was komisch ist, weil ich Schottland auch so liebe. Vorgestern hatte ich jedenfalls meine ersten beiden WG-Vorstellungsgespräche. Das kannst du dir so ähnlich wie ein Job-Interview oder ein Auswahlgespräch an einer Uni vorstellen, nur dass dabei nicht nur deine Qualifikation für eine bestimmte Stelle oder einen Studiengang beurteilt wird, sondern wie du komplett als Mensch so bist. Ganz toll!

Die erste Wohnung hatte ein geiles, riesiges Wohnzimmer für alle zusammen (allerdings war der Stuck an den sicher vier Meter hohen Decken in TARNFARBEN gestrichen). Die Leute waren schon älter, so Ende zwanzig, schätze ich. Teilweise haben sie aber noch studiert. Sie waren ziemlich politisch, da hättest du wahrscheinlich besser hingepasst als ich. An der Wand hingen Plakate von Che Guevara, diesem Revolutionstypen aus Kuba, aber sie hatten auch welche mit Helmut Kohl drauf, die, glaub ich, ironisch gemeint waren. Auf die Warmmiete kämen noch anteilig die Zeitungsabos drauf, hieß es dann, und sie hätten die Frankfurter Allgemeine abonniert. Dabei haben sie mich so lauernd angeguckt und sich dann gegenseitig verstohlen angegrinst. Ich hab höflich gefragt, ob einer von ihnen denn aus Frankfurt käme. Das fanden sie ungeheuer witzig, aber aus Frankfurt kam keiner. Weder hab ich den Witz verstanden noch haben sie sich gemeldet.

Die zweite Wohnung war sehr gemütlich unterm Dach, sechs Treppen allerdings, aber ich hab ja die Waden dafür, haha. Das Mädchen und der Junge, die da zusammen wohnen, sind in unserem Alter. Maja und Adam. Sie singt in einer Indiepop-Band, was ich ganz cool finde, er ist eher schnöselig, fast schon Callander-Style, und macht eine Bankausbildung, aber war sehr nett. Das Zimmer hat noch eine Ofenheizung, aber man kann vom Bett aus in den Himmel sehen, was mir gefällt, und jetzt kommt der Clou: Aus dem Fenster kann man direkt aufs Dach klettern. Ist zwar nicht erlaubt, aber da ist so ein kleiner Vorsprung, sodass man nicht runterfällt, wenn man nicht komplett besoffen ist. Drück mir die Daumen! Ich hab eigentlich ein gutes Gefühl, dass die mich nehmen, aber das heißt ja bekanntlich gar nichts.

Wenn ich jetzt klinge, als hätte ich irgendwie ein Thema

mit Auswahlprozessen und Absagen … Tja, haha, dann ist das wohl richtig, du weißt wieso.
Jedenfalls gucke ich andauernd auf mein neues … du findest es bestimmt schrecklich, aber ich habe jetzt ein: Handy!!!
Da ich mit meinem Hostelzimmer zwar ein Heim hab, wo sie mich reinlassen müssen, aber kein Telefon, hab ich mir für die Wohnungssuche eins zugelegt. Das ist schon sehr praktisch. Ich finde, du solltest auch eins haben. Dann können wir uns jederzeit SMS schreiben. Hier am Rechner im Hostel hab ich immer Angst, dass er gleich abschmiert und mein Text weg ist. Warte, ich speichere mal zwischen.

Hanna nahm noch einen Schluck Cola, scrollte einmal nach oben und wunderte sich, wie viel sie schon geschrieben hatte. Dann tippte sie weiter.

Und, wie ist es dir ergangen? Wie sind die Leute bei dir im Wohnheim, und hat der MI5 dich schon auf dem Radar? Falls ja, sag Bescheid, damit ich rechtzeitig unter meinem Bett fege.

Und deine Sachen wasche und in den Koffer zurückfalte, dachte sie. Außerdem musste sie jetzt mal unauffällig die Frage einflechten, die sie so brennend interessierte.

Und hast du noch mal jemanden aus unserer Schule gesehen? Bin begierig auf Klatsch und Tratsch! Und dafür bei dir ja immer an der richtigen Adresse. Haha. Nicht. Aber schreib, wenn du irgendwen gesehen hast.

Während sie den letzten Abschnitt noch mal durchlas, rückte ein älterer Typ mit wettergegerbter Haut, ausgeblichenem Haar und einem Chiemsee-T-Shirt mit einem kreischenden Geräusch seinen Stuhl ein Stück an sie heran – wohl um anzuzeigen, dass jetzt mal er an der Reihe war.

Heute Abend gehe ich mit der Spanierin, mit der ich mir hier im Hostel das Etagenbett teile, auf eine Vernissage. Sie heißt Mercedes und macht Videokunst. Die Eröffnung ist von einem Freund von ihr, und es gibt Tapas, das sind spanische Häppchen. Wenn ich reinhaue, spar ich mir das Geld fürs Abendessen. So, ich schicke mal schnell ab, hier wartet auch schon so ein alter Surfer-Hippie, dass er an den Computer kommt. Mach's gut und schreib mir bald!
Deine Hanna

Sie lächelte dem Mann entschuldigend zu, besuchte dann aber doch noch mal das Portal mit den WG-Anzeigen und schrieb sich eine Telefonnummer raus. Als sie sich danach aus ihrem Mail-Programm ausloggen wollte, sah sie, dass eine Antwort von Neil eingetroffen war.

Hi, bist du noch da? Die Sache mit der Frankfurter Allgemeinen Zeitung sollte vielleicht eine Art Gesinnungstest sein. Das ist ein konservatives Blatt, daher fanden die offenbar die Vorstellung witzig, dafür ein Abo zu haben. Außerdem wird sie überregional und nicht nur von Frankfurtern gelesen. (Woher sollst du das auch wissen, du warst ja kaum in Deutschland?) Zieh da nicht ein, das klingt nach überheblichen Idioten. Ich drück die Daumen für die andere.
Ob ich jemanden aus Callander gesehen habe? Einmal ist mir in der Altstadt ein Mädchen aus dem Jahrgang unter

uns über den Weg gelaufen. Wir haben beide so getan, als würden wir einander nicht sehen.
Dafür habe ich tatsächlich schon zwei Mal mit ein paar Leuten aus dem Einführungskurs abends Whisky getrunken. Du wärst stolz auf mich.
Und was macht die Kunst? Hast du im Hostel Gelegenheit zum Malen? Die Deko in der Wohnung meiner Tante ist ziemlich konservativ und schottisch. So eine moderne Berlin-Ansicht würde da guttun.
Cheerio, Neil

Oh, Neili, da bist du ja! Hast du etwa Internetanschluss in deiner Old-School-Wohnung? Danke für die Erklärung! Was du alles weißt! Oder was ich alles nicht weiß, haha! Das mit dem Malen lass ich gerade lieber.

Der Hippie stützte verbittert seine Unterarme auf die Oberschenkel und starrte den Kachelboden an.

Ich sitze in einem Computerraum auf dem Campus. Er hat keine Fenster, die Rechner rauschen, die Modems piepsen, und man will eigentlich nichts als raus. Gleich muss ich auch, ich gehe zu einem Studententreffen der Schottischen Unabhängigkeitsbewegung im Pub. Kein Witz! Hier wird seit der Gründung des Schottischen Parlaments vor zwei Jahren Komitee um Komitee gegründet. Mal sehen, ob ich einem der englischen Kohlelobbyisten, die unser Haus auf dem Gewissen haben, eins auswischen kann.
Zu der Sache mit dem Malen lass mich noch mal aus deinem Wikipedia-Eintrag referieren:
»Wichtige Kontakte gehen auf Hanna Malnitz' Zeit im Hostel zurück. Ihre Zimmergenossin Mercedes Maria Gonzalez

– blau hinterlegt – erlangte später mit ihren Digitalinstallationen Weltruhm und gilt als wichtiger Einfluss für Malnitz' revolutionäre künstlerische Methodik. Doch es war die Begegnung im Internetcafé mit Hans Schroder, Berliner Surfweltmeister von 1987 und seit der Wende selbstständig als Kunstagent, die für die folgenden Jahre ihren Erfolg begründete.«

Hanna lachte auf, drehte sich um und fragte den Hippie, ob er zufällig Hans Schroder heiße.

Verständnislos sah er sie an, vermutlich sprach er gar kein Deutsch.

2003

Praktische Erfahrungen

Ab der Haltestelle Princes Street entschloss sich Hanna, zu Fuß zu gehen. Sie hatte neben ihrem Rucksack und ihrer Handtasche einen schweren Koffer dabei, aber der hatte immerhin Rollen, und wie sie ihrem Stadtplan entnahm, war der Weg zu Neils Wohnung kaum länger als fünfzehn Minuten.

Es war herrlich, wieder überall um sich herum Schottisch zu hören. Schon beim Kauf der Busfahrkarte vorhin am Flughafen war Hanna das Herz aufgegangen. Wenn einen der Busfahrer mit »Liebes« anredete, während er einem den schweren Koffer abnahm, wusste man, dass man wieder in Schottland war.

Jetzt rollerte sie das Monstrum ein Stück die Einkaufsstraße gegenüber dem imposanten Felsen entlang, auf dem das berühmte Edinburgher Schloss stand, und der Anblick der für Großbritannien so typischen hübschen Ladenschilder mit den altmodischen Lettern erfüllte sie mit einer kribbeligen Wiedersehensfreude. Gelegentlich blieb sie stehen, um einen Blick in das Innere eines Pubs zu werfen, eine Konzertankündigung zu lesen oder eine Schaufensterauslage näher zu betrachten. Der offizielle Zweck ihres Aufenthalts in Edinburgh war ein Betriebspraktikum in einer Designagentur, die für lokale Tee-

und Kaffeemarken die Verpackungen und Verkaufsständer gestaltete, und sie wollte schon jetzt Inspirationen sammeln.

Als sie nach einer Weile anhand der Karte überprüfte, ob sie noch richtig lief, war sie schon fast da, und ihre Nervosität stieg. Neil war in den vergangenen zwei Jahren vor allem zu einer Stimme für sie geworden. Sie telefonierten mehrmals die Woche, aber gesehen hatten sie sich seit ihrem Abschied in Callander nicht. Hannas bevorzugtes Abendritual war es, schon im Bett liegend mit Blick in den Himmel Berlins die Ereignisse des Tages mit ihm zu besprechen und dann nach dem Auflegen, mit dem warmen Klang seiner klugen Worte noch im Ohr, in den Schlaf hinüberzudriften. Im letzten Sommer war Neils Besuch bei ihr kurzfristig daran gescheitert, dass sie zwei Prüfungen vergeigt hatte, die sie mit einigem Aufwand hatte wiederholen müssen. Neil wäre trotzdem gekommen, aber das hatte sie nicht gewollt. Wenn er schon käme, dann wollte sie Zeit für ihn haben.

Entsprechend aufregend war die Vorstellung, ihm gleich leibhaftig gegenüberzustehen. Und überdies für die nächsten zwei Monate mit ihm in einer Wohnung zu leben, denn ihr Vater war zur UN nach Genf abberufen worden und ihre Eltern nicht mehr hier in Edinburgh.

Der Koffer holperte über das Kopfsteinpflaster, als sie die Fahrbahn überquerte, um zu ihrer Linken in Neils Straße einzubiegen. Die Häuserreihe, in der er wohnte, war in einem Rondell um eine Grünanlage herum gebaut. Die Fassaden der alten Granitbauten waren aus einem Guss und hatten allesamt hohe Sprossenfenster, die im ersten Stock jeweils mit einem kleinen, von einem schmiedeeisernen Geländer geschützten Austritt versehen waren. Nicht gerade studentisch hier, dachte Hanna fast beklommen, als sie auf eine mintgrün gestrichene Haustür zuging, neben der rechts wie links eine etwas aus der Form gewachsene Grünpflanze im Kübel stand.

Sie drückte auf den Klingelknopf in der Mitte des goldenen Schilds, in den ein fremder Nachname eingraviert war, vermutlich der von Neils Tante. Darunter klebte jedoch ein verblichener, mit Tesafilm vor Regen geschützter Zettel mit Neils Namen in seiner kleinen, schwer leserlichen Handschrift. Hanna lächelte, als sie ihn sah, und ihr Herz öffnete sich noch weiter. Sie konnte es kaum erwarten, dass die Tür aufging und sie Neil um den Hals fallen konnte.

Doch es war nicht Neil, der ihr mit einem erwartungsvollen Ausdruck im Gesicht öffnete.

Erst starrte Hanna die Frau nur verdutzt an. Dann lachte sie, quiekte »Bonnie!« und fiel stattdessen ihrer alten Freundin in die Arme.

»Was machst du denn hier?«, sagte sie atemlos, als sie sich voneinander lösten.

»Tja, Überraschung, oder? Ich wohne auch hier. Werde in den Semesterferien im Hauptstadtbüro unserer Firma eingearbeitet. Ich hab Neil gebeten, dir nichts zu sagen, weil ich dich überraschen wollte.«

»Wie cool«, sagte Hanna und lächelte Bonnie kopfschüttelnd an. »Na so was.« Sie freute sich. Irgendwie. Aber sie fühlte sich auch überrumpelt.

»Jetzt komm erst mal rein, ich zeig dir alles.«

Hanna hievte den Koffer über die Schwelle und ging an Bonnie vorbei, die ihr die Tür aufhielt. »Wo ist denn Neil?«, fragte sie.

»Der hat mich gerade angerufen. Er wurde von seinem Chef aufgehalten. Er arbeitet ja in jeder freien Minute im Büro von diesem Craig Dunmore, so einem Politiker. Er hat gefragt, ob ich von meiner Arbeit wegkann, um dich reinzulassen. Er kommt aber auch gleich, eigentlich hatte er freigenommen.«

So weit war Hanna informiert.

»Also, hier nach vorne raus sind im Wesentlichen zwei Hauswirtschaftsräume«, begann Bonnie ihre Führung. »Da stehen die Waschmaschine und das Bügelbrett und Fahrräder und so was. Nach hinten raus ist das Gartenzimmer, so eine Art zweites Wohnzimmer, mit Wintergarten dran. Da geht es dann zur Terrasse raus, voll schön. Das zeig ich dir alles noch. Jetzt gehen wir erst mal hoch. Soll ich dir den Koffer abnehmen?«

»Nein, das schaff ich schon.« Eigentlich war es wirklich schön, dass Bonnie auch hier war. Sie musste sich nur innerlich umstellen. Früher hatten sie ja nie etwas zu dritt gemacht. »Soll ich mir wohl die Schuhe ausziehen?«, fragte sie unsicher mit Blick auf den dicken karierten Teppich, mit dem die breite Treppe nach oben ausgelegt war.

»Mach, wie du willst.« Bonnie selbst hatte noch die Pumps an, die sie wohl bei der Arbeit trug.

Hanna entschied sich, ihre Sneakers auszuziehen, und stellte sie ordentlich neben ein Paar Boots, die wahrscheinlich Neil gehörten, und ein Paar ausgetretener Wildlederballerinas in einer großen Größe, vermutlich eine Hinterlassenschaft seiner Tante.

»Wie kommt es denn, dass du ausgerechnet bei Neil wohnst?«

»Carrie hat mir den Tipp gegeben.« Hanna erinnerte sich vage an ein Mädchen aus Callander. »Sie studiert auch in Edinburgh und wusste, dass Neil viel Platz hat. Ich hatte mich ein bisschen spät gekümmert und ihn dann angeschrieben.«

»Da hast du ja Glück gehabt.«

»Neils Tante ist inzwischen kaum noch hier. Sie hat einen neuen Mann oben in Thurso und ist bei ihm eingezogen«, erläuterte Bonnie, während sie vor Hanna her die Treppe hinaufstieg. »Nur ein Schlafzimmer hat sie noch für sich behalten.«

Weiß ich alles, dachte Hanna.

»Es ist aber so viel Platz, dass wir trotzdem beide ein eigenes Zimmer haben können.« Bonnie grinste vielsagend.

»Oho!«, machte Hanna. Bonnie hatte ihr einige Male aus Aberdeen von wechselnden Jungs geschrieben, immer mit der fast wortgleichen Begeisterung: Es passte einfach. Jedes Mal.

Im ersten Stock öffnete Bonnie eine der Kassettentüren, die von einem Flur abgingen. Bevor sie in den dahinter liegenden Raum trat, richtete sie noch rasch den Trockenstrauß, der auf einem grazilen antiken Sideboard unter einem ovalen Spiegel stand.

»Bitte sehr«, sagte Bonnie, als auch Hanna eingetreten war, ihren Koffer abgestellt und den Rucksack von den Schultern hatte gleiten lassen. Dabei wies sie mit einer Rundumgeste wie eine stolze Haushälterin auf die ganze Pracht, die das großzügige, sonnendurchflutete Wohnzimmer und der Blick durch die bodentiefe Fensterfront in den Garten zu bieten hatten.

Alte Kunst hing hier an hellgrün gestrichenen Wänden. Es gab zwei offene Kamine, ein hohes Bücherregal neben einem Sekretär, hübsche Stehlampen und eine antike Kommode, auf der gerahmte Familienfotos drapiert waren. In der Mitte des Raums stand eine große einladende Sitzgruppe mit einem Tartanbezug und farblich passenden Kissen. Nur dieses Sofa und die große Fensterfront wirkten modern, ansonsten machte alles den Eindruck eines über viele Jahrzehnte, wenn nicht gar Jahrhunderte entstandenen Haushalts. Sie suchte darin nach Spuren von Neil und fand sie in einem Hauch jugendlicher Unordnung auf dem Sekretär, auf dem einige Bücher lagen, die nach Politikstudium aussahen, in der zerlesenen Tageszeitung auf dem Sofa und der Schale mit einem Rest Chips auf dem Sofatisch. Salt & Vinegar, wie Hanna feststellte, als sie sich verstohlen einen in den Mund schob. Von denen hatte Neil schon immer einen hohen Verbrauch gehabt. Daneben standen drei leere Bierflaschen und einige Gläser, die Überreste eines geselligen Abends. Hanna hatte zwar mitbekommen, dass Neil jetzt öfter etwas unternahm oder Gäste hatte, aber es fiel ihr immer noch schwer, sich das vorzustellen.

»Gestern waren Carrie, zwei von Neils Kommilitoninnen und ein Kollege von mir da«, erklärte Bonnie, die Hannas Blick verfolgt hatte. »War ein lustiger Abend. Ich hol uns mal was zu trinken, und dann quatschen wir ein bisschen, bevor ich dir oben dein Zimmer zeige, oder?«

»Super«, sagte Hanna und ließ sich auf das Sofa sinken. Es war weich und gemütlich, und die Anspannung fiel etwas von ihr ab, während aus der Küche Geschirrklappern und dann das Rauschen eines Wasserkochers drang.

Schließlich kam Bonnie mit einem Tablett zurück, auf dem sie ein zartes altmodisches Teeservice balancierte. Vorsichtig stellte sie Hanna ihre Tasse hin, schenkte ein und setzte sich dann.

»Darf man hier überhaupt die Füße auf den Tisch legen?«, fragte Hanna, nachdem sie Bonnie mit dem Tässchen zugeprostet hatte.

»Klar. Es wirkt vielleicht auf den ersten Blick nicht so, weil alles so schick ist, aber wir sind hier ganz locker.«

Irgendwie störte Hanna dieses »wir«.

»Dann erzähl mal, wie ist es dir ergangen?«, forderte Bonnie sie auf.

»Lass mich überlegen, auf welchem Stand bist du denn?«

»Studium scheiße, schöner Sean auch.«

Sie lachten.

»Also, mit dem Studium geht's inzwischen. Im letzten Semester hatte ich ein paar Kurse, die ganz okay waren und wo wir auch mal Hand anlegen konnten: Ich kann jetzt schweißen und sägen. Und dann ging es um Konsumentendesign. Das habe ich alles auf Anhieb und sogar ziemlich gut bestanden. Auf mein Praktikum freue ich mich jetzt richtig.«

»Hat Neil erzählt. Teebeutel und so, cool! Ich hab ja auch die Nase voll von Bio und Chemie und will endlich mal ein lebendiges Tier sehen. Aber wie ist es mit Sean weitergegangen? Und was ist eigentlich mit deinem Mitbewohner? Den fand ich ja sehr lecker auf dem Foto, das du mir geschickt hast.«

»Adam? Der ist zwar bi, aber im Moment hat er eine schwule Phase, meint er. Ich hätte auch sowieso kein Interesse. An Sean auch nicht mehr. Am Anfang hatten wir noch hin und wieder was – er sieht halt sehr gut aus und kann charmant daherreden. Aber auf Dauer nutzt sich das ab. Ich fürchte, er ist nicht der Hellste.«

»Dabei ist doch intelligent das neue sexy.«

»Ach ja?« Hanna fragte sich, wann Neil kam. »Und wie läuft's bei dir im Büro? Du siehst ganz schön seriös aus!«

Bonnie trug einen knielangen Bleistiftrock und eine

Bluse und hatte sich die Locken zu einem straffen, mit Gel an den Kopf gestriegelten Pferdeschwanz zusammengebunden.

»Nicht schlecht, oder?« Bonnie setzte sich gerade hin und schlug betont chefig die Beine übereinander.

»Hast du die Belegschaft schon ins 21. Jahrhundert geführt?«

Bonnie lachte. »Ich hab jedenfalls so 'n paar Ideen.« Sie erzählte von einem Drucker, den sie am Ende des Flurs hatte aufstellen lassen, sodass die Mitarbeiter längere Laufwege hatten und dadurch fitter blieben. Hatte sie in einem Magazin gelesen und gleich umgesetzt. Neil hatte sie außerdem darauf gebracht, ein ökologisches Tierfutter aus Insektenprotein entwickeln zu lassen. Etwas umständlich begann sie, die Vorteile der Soldatenfliegenlarve als Grundlage eines Hundefutters darzulegen. Hanna fand das gar nicht mal uninteressant, aber Bonnie selbst schien ihr eigener Vortrag zunehmend zu langweilen. Nachdem sie zweimal auf die Uhr gesehen hatte, sagte sie: »Aber ist ja auch egal. Also, apropos Neil: Du bist ja immer noch sehr gut mit ihm befreundet, oder?« Aufmerksam sah sie Hanna an.

»Ja, irgendwie schon. Wir telefonieren jedenfalls mehrmals die Woche.«

»Aber du wolltest nie was von ihm? Das war immer nur platonisch zwischen euch?«

Hanna zögerte eine Sekunde, bevor sie bestätigte: »Ja, immer nur platonisch.« Irgendwie fühlte sie sich in die Defensive gedrängt.

»Hier ist er nämlich inzwischen so was wie ein Geheimtipp.« Bonnie hatte die Stimme gesenkt, und Hanna fragte sich, ob irgendwo in der Wohnung diskretes

Dienstpersonal herumschlich. Aber das hätte doch sicher schon die Bierflaschen weggeräumt.

»Ein Geheimtipp?«

Bonnie kicherte. »Ich weiß von ein paar Mädels, die ihn gut finden und jeweils dachten, sie seien damit die einzigen. Weil er ja nicht so der Alphatyp ist, bei dem sich sofort aufdrängt, dass er alle Herzen bricht.«

»Echt?«, sagte Hanna lahm. »Hat er gar nicht erzählt.«

»Er ist bescheiden.« Bonnie lächelte. »Dabei weiß ich sogar von zweien, die was mit ihm hatten.« Sie machte ihr Sensationsgesicht, das Hanna noch aus Callander-Tagen kannte. »Aber mehr wollte er dann offenbar nicht. Er macht jetzt Leichtathletik im Uniteam. Und er hat die Haare länger. Wusstest du das? Eigentlich ist er ein richtiges Schnittchen geworden.«

»Das mit dem Sport schon. Über die Haare hat er nichts erzählt. Dass er ein Schnittchen ist auch nicht.«

Bonnie lachte. »Das würde auch nicht zu ihm passen. Wie gesagt, er ist bescheiden.«

Erzähl mir was Neues, dachte Hanna.

»Ja, also, jetzt komme ich am besten mal schnell dazu, was ich mit dir besprechen wollte. Bevor Neil gleich da ist. Ich vermute nämlich, dass es einen Grund dafür gibt, dass er von den anderen beiden weiter nichts wollte.«

Hanna starrte Bonnie an. Was kam denn jetzt?

»Also, wie soll ich das sagen ... Es ist mir fast ein bisschen peinlich vor dir. Aber es ist so ... Es passt einfach. Er ist so süß und schlau. Und lustig. Und wir haben den gleichen Background. Schotten halt. Callander. Das merkt man jetzt vielleicht einfach, auch wenn wir damals gar nicht so viel miteinander zu tun hatten ...« Sie machte eine Pause und sah Hanna mit einer Spur Unsicherheit im Blick an. »Er hat noch nichts von mir erzählt?«

»Nein ...« Hannas Kehle fühlte sich plötzlich an wie Schmirgelpapier. Sie nahm ihre Teetasse und trank noch einen Schluck. »Aber das hast du ihm ja auch verboten. Wegen der Überraschung – hast du doch gesagt.«

»Ach ja«, meinte Bonnie erleichtert. »Einmal haben wir nämlich fast geknutscht.«

»Echt?«, brachte Hanna nur wieder hervor.

»Ja, genau hier.« Bonnie klopfte auf das Polster neben ihr. »Nach einem Pubquiz, wir haben noch einen Absacker auf unseren Sieg getrunken. Da gab es so einen Moment ... Du weißt schon. Er ist dann aber hastig ins Bett gegangen. Ich weiß nicht ... vielleicht wollte er das nicht betrunken starten.« Sie sah aus dem Fenster, während Hannas Finger sich in die Zeitung krallten, die neben ihr lag. »Ich hatte gehofft, dass du mir mehr sagen könntest. Ich bin echt verschossen, muss ich sagen. Total hinüber eigentlich.« Gequält atmete Bonnie aus.

»Krass, Bonnie. Wie lange bist du denn schon hier?« Vielleicht ließ sich das alles ja noch irgendwie rückgängig machen.

»Seit einer Woche. Aber es hat nur zwei, drei Tage gebraucht.«

Hanna fühlte sich wie gelähmt. Dabei war das jetzt ihre Chance, etwas einzuwenden. Anzumerken, dass ihre Freundschaft mit Neil zwar bisher platonisch war, aber was nicht war, ja noch werden konnte. Allerdings konnte man einen Menschen ja nicht reservieren. Du, Bonnie, hast du nicht das große Handtuch gesehen, das da auf deiner Schnitte liegt? So machen wir Deutschen das.

Außerdem wusste sie nicht, was Neil wollte. Konnte es

sein, dass er sich in Bonnie verliebt hatte? Es fühlte sich an, als würde ein Kabelbinder um ihren Magen gezogen.

Nach einigen Sekunden des Schweigens, die ihr peinlich in den Ohren rauschten, überbrückte sie schließlich in einer ruckhaften Bewegung den halben Meter zwischen Bonnie und ihr und nahm ihre Freundin in die Arme. Vielleicht ließ sich ja so das schlechte Gefühl in ihrem Bauch auflösen. Als sie sich wieder losließen, sah sie, dass Bonnie Tränen in den Augen hatte.

»Weißt du, eben dachte ich im ersten Moment schon, du hättest dich gar nicht gefreut, dass ich hier bin.«

»Ach Bonnie, du Gute.« Bonnie war so ein lieber, offener, großzügiger Mensch. Sie war vielleicht nicht gerade eine Seelenverwandte, aber damals als Mitbewohnerin in Callander war sie ein großes Glück gewesen, hatte sie überallhin mitgenommen und eingeführt. »Klar freu ich mich, dich zu sehen. Was denkst denn du?« Hanna schniefte.

»Kannst du versuchen, mir zu helfen?«, sagte Bonnie leise. »Wenn Neil vielleicht zweifelt, ein gutes Wort für mich einlegen?«

»Ich tu, was ich kann«, krächzte Hanna.

Hannas Zimmer immerhin war entzückend. Es lag ebenfalls zum Garten raus, war mit einem hellblauen Teppich ausgelegt, durch den sich eine Laufspur hin zum Bett zog, und am Fenster hingen sehr britische, mit exotischen Vögeln und Blüten bedruckte Verdunkelungsvorhänge. Es gab eine alte Frisierkommode, die unten Platz für ihre Kleidung bot, und ein Bett mit einem gesteppten, mit beigefarbenem Chintz überzogenen Rückenteil.

Auf dem Bett stand Hannas Notfallkoffer.

»Den hat Neil dahingestellt. Er meinte, es sei deiner.

Und die sind von mir.« Bonnie zeigte auf den bunten Blumenstrauß, der auf der Kommode stand. »Freesien.«

»Die sind wunderhübsch, Bonnie. Wie alles hier. Vielen Dank!«

»Sehr gern. Das hier ist eins der beiden Gästegemächer. Das schönste.« Bonnie lächelte wieder. »Kommst du dann eine Weile allein klar? Kannst auch jederzeit an den Kühlschrank gehen. Ich müsste mich noch mal im Büro sehen lassen.«

Bonnie verabschiedete sich, und Hanna ging hinüber in das mauvefarben gekachelte Bad, das sich an ihr neues Zimmer anschloss. Sie sah sich um, drehte erst das Parfümfläschchen auf der Ablage über dem Waschbecken auf und sog den Duft nach feiner Dame ein, dann öffnete sie den Badezusatz auf dem Rand der schmiedeeisernen Wanne und stellte sich vor, wie sie heute Abend wie in einem Rosamunde-Pilcher-Roman ein nach Lavendel duftendes Schaumbad nahm. Zu Hause in Berlin hatten sie nur eine Dusche. So oder so würde ihr Aufenthalt seine Annehmlichkeiten haben, dachte sie. Vorsichtig, um ihre Wimperntusche nicht zu verschmieren, klatschte sie sich kaltes Wasser auf die Wangen.

Sie trat zurück ins Schlafzimmer und ließ ihren Blick unentschlossen durch den Raum gleiten. An dem Koffer, den Neil ihr bereitgestellt hatte, ein von ihrer Mutter ausrangiertes Modell aus rotem Kunstleder, blieb er hängen. Sie setzte sich daneben aufs Bett, das leise knarzte, und strich mit der Handfläche über die abgestoßenen Kanten. Dann zog sie an der glänzenden, dicken Zugkordel der goldenen Leselampe über dem Kopfende. Mit einem satten Klicken hakte sie ein, und ein warmes Licht erstrahlte. Noch einmal, die Lampe ging wieder aus, und Hanna überlegte, was das, was sie eben von Bonnie gehört hatte, für ihren Aufenthalt bedeutete. Aber sie kam zu keinem Schluss. Es gab zu viele Unbekannte in der Rechnung.

Sie schaltete die Lampe wieder an, drehte den Koffer zu sich herum und drückte die beiden Tasten rechts und links des Griffs. Links klemmte der Verschluss. Sie versuchte es noch mal, ruckte zuerst die Oberseite, dann die Unterseite des Koffers hin und her, aber das half auch nicht. Sie schielte rechts durch den kleinen Spalt, der sich gebildet hatte, und versuchte sich zu erinnern, was sie vor zwei Jahren in der Nacht des Abschlussballs hineingelegt hatte.

Eigentlich wollte sie den Koffer jetzt gar nicht öffnen. Alles Nötige hatte sie ohnehin mitgebracht.

Von der Treppe her ertönten schnelle Schritte, als nähme jemand immer zwei Stufen auf einmal.

Hanna drehte sich um, und dann stand Neil in der Tür, wie damals, bei ihrer letzten Begegnung am Morgen in Callander. Fast ein Déjà-vu, nur in veränderter Kulisse.

Sie konnte nicht beurteilen, ob er jetzt eine Schnitte war oder nicht. Aber eines durchfuhr sie mit bestechender Klarheit, als sie in seine lächelnden Welpenaugen blickte: und zwar, dass sie ihn liebte. Und das wilde Pochen ihres Herzens, als sie sich umarmten, legte nahe, dass das eher nicht platonisch war.

Strip the Willow

Neil sprach nicht wie ein geübter Redner, er hatte keine ausgefeilte Gestik, eigentlich hatte er sogar gar keine Gestik. Er stand einfach sehr gerade auf der kleinen schwarzen Bühne, das Mikro in der Hand wie etwas, das er nur hielt, weil jemand ihn gebeten hatte, kurz darauf aufzupassen. Trotzdem oder vielleicht gerade deswegen hörten die etwa zweihundert Leute zu, die zum politischen Sommerfest der *Student's Association for Scottish Independence Edinburgh*, kurz SASIE, gekommen waren. Nur vereinzelt hörte man gedämpftes Geplauder, kurze Verständigungen dazu, wer hinüber zum Bierstand ging und wie viele Becher mitbringen sollte. Der Himmel über der Wiese in Holyrood, unweit des Sommersitzes der Queen, war bedeckt, umso dankbarer war man, dass es bisher nicht regnete.

»Im ersten Semester Politik lernen wir, dass in einer parlamentarischen Demokratie die vom Volk gewählten Vertreter die Herrschaft ausüben. Und dann schauen wir nach Schottland, schauen zurück auf die letzten fünfzig Jahre und stellen fest, dass wir unermüdlich Labour wählen, aber dennoch die Hälfte der Zeit von den Tories regiert werden. Weil England im Gegensatz zu uns gern die Tories wählt.«

»Der Kilt steht ihm so gut«, raunte Bonnie Hanna zu.

»Mmh«, bestätigte Hanna. Sie hatte sich erst daran gewöhnen müssen, dass der Kilt hier keine launige Verkleidung war, sondern man ihn im Gegenteil trug, wenn man einen Anlass besonders ernst nahm. Aber Bonnie hatte recht, Neil trug ihn mit viel Würde auf seinen schmalen Hüften.

»... betrifft uns auf vielen Ebenen persönlich«, sagte er gerade auf der Bühne.

»Hoffentlich fällt der Ceilidh nicht ins Wasser!«, jammerte Bonnie. Sie freute sich schon den ganzen Tag darauf, von Neil beim Tanz am Arm herumgeschwungen zu werden. Jetzt deutete sie nach hinten, wo sich über Arthur's Seat, dem berühmten Berg, der wie ein Gruß aus den Highlands mitten in Edinburghs Innenstadt aufragte, etwas zusammenzubrauen schien.

»Ja, hoffentlich«, bestätigte Hanna.

Neil hatte ihr gestern, als Bonnie mit einer Kollegin verabredet gewesen war, testweise seine Rede vorgetragen. Er hatte ihr gegenüber auf dem Sofa gesessen und mit einem eng beschriebenen karierten Blatt in der Hand detailliert seine Sichtweise zu aktuellen, Schottland betreffenden Gesetzesvorhaben referiert. Und sie hatte vermutet, dass das auf einem Sommerfest, zu dem die meisten Studierenden nur kamen, um einen Anlass zum Trinken zu haben, verlorene Liebesmüh wäre. Sie hatte ihm, obwohl sie damit dem seltenen Abend zu zweit ein Ende setzte, geraten, noch mal neu anzufangen und lieber einfach aus seiner persönlichen Warte zu erzählen, warum er dafür war, dass Schottland zu einem unabhängigen Staat wurde. Jetzt wollte sie gern hören, was er daraus gemacht hatte.

Bonnie war schon zwei oder vielleicht sogar drei Mal beim Bierstand gewesen und so überdreht, dass es ihr selbst auffiel. »Sorry, tut mir leid. Ich merk das Bier schon total. Hab heute Mittag nichts gegessen. Ich bin so hibbelig, ich muss es einfach mal wissen.«

»Was?«, fragte Hanna, jetzt alarmiert.

»Pssst«, sagte Bonnie und zeigte auf die Bühne.

»… vierzehn Jahre alt war, musste ich das Haus zurücklassen, in dem ich geboren wurde und meine Familie seit mehreren Hundert Jahren gelebt hat. Kurz darauf kamen die Bagger, und ich weiß, dass an der Stelle, wo der Kletterbaum stand, unter dem wir unsere Katzen begraben haben, jetzt ein ungeheures graues Loch im Boden klafft. Weder ich noch mein Vater noch mein Bruder sind jemals wieder da gewesen. Wir können uns das nicht ansehen. Aber ich kenne die Bilder aus der Zeitung. Wir sind entschädigt worden, und zumindest mein Bruder und ich sind darüber hinweggekommen, haben auf der neuen Schule neue Freunde gefunden ...« Neils Blick glitt durch die Menge und blieb an Hanna hängen. Hanna schielte zu Bonnie, aber die tippte gerade auf ihrem Handy herum.

»... was gewesen wäre, wenn wir damals in einem unabhängigen Schottland gelebt hätten. Hätten wir dann noch Ende der Neunziger für einen damals schon überholten Energieträger in einer Region mit einem reichen Natur- und Kulturerbe die Erde aufgerissen?«

Unwirsche Zustimmung wurde laut, obwohl Neils Tonfall nicht gerade demagogisch war, sondern von unbeirrter Sachlichkeit. Er erinnerte Hanna an den Teenager früher in Callander, der ihr vor dem Geschichtstest noch mal kurz die Zusammenhänge referiert hatte.

»Wenn in einem unabhängigen Schottland der Weg frei gewesen wäre, um unsere Gasvorkommen in der Nordsee und im Firth of Clyde zu fördern, die von London aus bislang mit Steuern und gegen den Willen einer Mehrheit unserer Einwohner durch die hier stationierten Atomraketen blockiert werden, dann stünde drüben in Ayrshire vielleicht noch unser Dorf.« Die Akustik war so gut, dass man hörte, wie Neil Atem holte, bevor er weitersprach.

Bonnie nutzte die Pause, um auf ihr Anliegen zurückzukommen. »Kannst du ihn vielleicht später mal unauffällig fragen ...«

»Folge dem Geld, heißt es im Krimi immer. Wenn ich dem Geld folge, das die Kohlegesellschaft in meiner Heimat gemacht hat, dann lande ich in England«, beendete Neil seinen Satz.

Empörte Buhrufe kamen aus einer Gruppe Studenten in Trikots der schottischen Fußballmannschaft. Neil guckte etwas irritiert in ihre Richtung und lächelte schüchtern.

Eigentlich hatte er sich gar nicht so sehr verändert. Er hatte nur die nachteiligen Insignien der Pubertät abgelegt, war etwas breiter und geschickter in der Wahl seiner Klamotten und Frisur geworden und trug meistens Kontaktlinsen. Was sich vor allem geändert hatte, war der Blick der anderen auf ihn, dachte Hanna. Ein neuer Ort und eine Aufgabe, die zu einem passte, dazu ein gut sitzendes T-Shirt, und der Sonderling wurde zum Schnittchen. Das Beschämende war, dass Hanna sich von dieser oberflächlichen Sichtweise nicht vollkommen ausnehmen konnte. Ihr war in Callander auch nicht in den Sinn gekommen, ihre Schwäche für Neil als etwas anderes zu deuten als ein fast gönnerhaftes Gefühl der Freundschaft.

»Ich mag die allermeisten Engländer«, sagte Neil gerade und schien dabei jemanden direkt vor der Bühne anzugrinsen. Hanna musste plötzlich an Alice denken, die aus Südengland kam und mittlerweile in Newcastle wohnte, soweit sie über das Alumninetzwerk informiert war. »Ich möchte nur nicht unbedingt von ihnen regiert werden«, sagte Neil.

»Kannst du vielleicht nachher, wenn Neil ein bisschen was getrunken hat, versuchen rauszufinden, wie er mich jetzt wirklich findet?«, vollendete Bonnie ihre Frage in jämmerlichem Tonfall.

»Joaa ...«, antwortete Hanna zögernd und zog den Reißverschluss ihres Blousons zu. Jetzt hatte es doch leise zu regnen begonnen, ein feiner feuchter Schleier, der sich auf Gesicht und Haare legte. »Ich kann's versuchen. Es sollte nur irgendwie passen …«

»Okay, klar.« Bonnie klang unglücklich. »Es ist halt nur so, dass ich es langsam nicht mehr aushalte. Ich hab das Gefühl, wir brauchen einen kleinen Schubs von außen. Immer einen Schritt vor, dann einen zurück. Ich brauche endlich Klarheit.«

»Das versteh ich.« Hanna war auch unglücklich. »Bonnie, ich versuch's, okay?«

Sie hatte bisher nicht den Eindruck gewonnen, dass Neil in besonderer Weise an Bonnie lag. Er war ein fürsorglicher Gastgeber für sie beide. Er hörte Bonnie zu, so, wie er es bei jedem tat. Eine neue Seite an ihm war ein spielerischer Charme, den er freigiebig an allen Frauen ausprobierte und in dessen Genuss auch Bonnie gelegentlich kam. Sie neigte jedoch aus Hannas Sicht dazu, diesen Umstand grandios überzubewerten. Vorgestern Morgen in der Küche hatte Neil für Bonnie einen Milchkaffee gemacht und dabei festgestellt, dass der Schaum die Form einer Blüte bildete. »Für die Blume Schottlands«, hatte er gesagt, als er ihn Bonnie reichte, und sie eher beiläufig angegrinst. *The Flower of Scotland* war eine der drei inoffiziellen Nationalhymnen des Landes.

Als Neil kurz darauf auf dem Weg zur Arbeit war, war Bonnie schier ausgeflippt vor Freude, nur um am selben Abend in tiefe Zweifel zu versinken, als er früh ins Bett ging, obwohl sie doch vorgeschlagen hatte, noch hinüber ins Pub zum Quiz zu gehen.

Aber sie war nun einmal verliebt. Da war man so. Es sei denn, man hatte, wie Hanna, entschieden, seine Gefühle mit sich selbst auszumachen. Weil eine Freundin zuerst Ansprüche angemeldet und man selbst es versäumt hatte, zu den seinen zu stehen.

»Deswegen kann unser neues Regionalparlament nur ein erster Schritt sein, finde ich. Allerdings wird jetzt erst mal getanzt«, meinte Neil in diesem Moment auf der Bühne. »Auch wenn …« Er sah in den grauen, nassen Himmel. »Stört uns das?«, fragte er in die Menge.

»Nein«, riefen ein paar Jungs aus der Gruppe mit den Schottland-Trikots, andere schlossen sich an.

Ein Mädchen in einem Polohemd mit einem Emblem, das sie als Teil der *Independence Association* auswies, trat seitlich auf die Bühne und flüsterte Neil etwas zu. Sie wirkte gestresst. »Oh, ach so«, sagte Neil daraufhin wieder ins Mikro. »Wir verlegen den Ceilidh ins Trockene. Roy vom *Roy's Inn* öffnet freundlicherweise früher für uns und räumt gerade schon die Stühle aus dem Gastraum. Ungefähr zehn Gehminuten von hier, in der Millroad Street. Ich hoffe, niemand geht auf dem Weg verloren! Unsere Kollegen von der *SASI Glasgow* schaffen jetzt ihre Instrumente rüber und spielen dort zum Tanz auf. Man kennt sie auch als die Scotpops, falls ihr noch Argumente braucht.« Er grinste verhalten, während Applaus aufbrandete, Jubelrufe ertönten und einige Jungs in Kilts und mit teils nackten, tätowierten Oberkörpern rechts der Bühne sich in Pose stellten. Als Neil die kleine Treppe hinunterstieg, wo ihn das gestresste Mädchen aus der Association erwartete, klatschten sie Neil jeder mit einem High Five ab, was er erstaunlich souverän erwiderte. Einer reichte ihm eine Dose Bier, die er sofort öffnete.

Er trank einen Schluck und war froh, dass er seinen Teil damit hinter sich hatte. Um die Organisation der Feier kümmerte sich federführend Fiona, seine Kollegin aus der Association, die praktischerweise Roys Nichte war.

Jetzt setzte sie ihn über die Details in Kenntnis: Es gab eine kleine Bühne im Pub, und sie hatte Roy die Handynummer von Dougie, dem Sänger der Scotpops, gegeben, damit sie sich über die Technik austauschen konnten. Die Scotpops hatten ihre Instrumente gar nicht erst aus ihrem Bus geholt, und sie konnten alle im Laderaum mitfahren, wenn sie ein bisschen zusammenrückten.

Er ging zu Hanna und Bonnie hinüber, die wie zwei süße begossene Pudel aussahen, und bot ihnen die Mitfahrgelegenheit an.

Bonnie war begeistert. »Ich wollte schon immer mal in einem Tourbus mitfahren.«

»Meistens riecht es da drin nach verschüttetem Bier und Schweißfüßen«, dämpfte Hanna ihre Erwartungen.

Neil wusste, dass Hanna ihre Wochenenden häufig auf Konzerten und in Backstageräumen verbrachte, weil ihre Berliner Mitbewohnerin in einer Band sang. Ob es damit zusammenhing, dass sie so obercool geworden war? Sie war nicht mehr so offen wie früher und trug meist eine unterkühlte Miene zur Schau, die er nicht recht deuten konnte. Zum ersten Mal seit langer Zeit war er sich nicht ganz sicher, was mit ihr los war. Manchmal bemerkte er, wie sie ihn beobachtete. Wenn er dann hinsah, kam es zu einem kurzen unverwandten Augenkontakt, und sie sah schnell wieder weg. Er bereute inzwischen, dass er Bonnie bei sich aufgenommen hatte, denn das führte dazu, dass Hanna und er so gut wie nie allein waren. Aber was hätte er tun sollen, als Bonnie ihn fragte? Er hatte ein Zimmer frei, und sie wusste das. Außerdem war sie Hannas Freundin.

»Immerhin sind es Ceilidh-Rocker-Stinkefüße«, erklärte Bonnie jetzt.

Hanna grinste und wandte sich dann an ihn. »Hat sich

übrigens gelohnt, dass du dich noch mal an deine Rede gesetzt hast.«

»War das nicht peinlich, wie ich auf die Tränendrüse gedrückt hab? Mit unserem Haus und dem Grab der Katzen?«

»Bei mir hat er ganz andere Drüsen gedrückt«, sagte Bonnie in Hannas Ohr – allerdings nicht so leise, dass er sie nicht verstanden hätte. Sie war ziemlich rot im Gesicht, ob von der Sonne oder vom Alkohol oder beidem.

Hanna lachte etwas gequält, und Bonnie kicherte nervös. »Frauengespräche«, erklärte Hanna. »Können wir dir leider nicht erzählen.«

»Schon okay. Und zu meiner Frage?«

»Nein, du hast alles richtig gemacht. Die Leute haben ganz betroffen geguckt, und du kamst glaubwürdig rüber.«

Bonnie schaltete sich ein. »Das nennt man Storytelling. Ich mache ja gerade Station in der Marketingabteilung. Mit Storytelling erreicht man die Leute viel nachhaltiger als mit den bloßen Fakten. Kleide deine Botschaft in eine Geschichte ein, und sie wird besser verstanden und behalten.«

»Danke für die fachmännische Einschätzung.«

Bonnie strahlte ihn an.

Einmal, bevor Hanna angereist war, hatte er darüber nachgedacht, Bonnie zu küssen. Sie war attraktiv, und er mochte ihre Gesellschaft. Aber dann war sein Gehirn angesprungen. Sie wohnte bei ihm, und außerdem war sie wie gesagt Hannas Freundin.

»Wir sollten uns dringend zwischendurch eine Portion Pommes oder so genehmigen, um den Alkohol abzufedern«, meinte Hanna zu Bonnie.

»Ich hab keinen Hunger, ich will Ceilidh.«

»Das eine schließt das andere nicht aus.« Offensichtlich fürchtete Hanna, dass Bonnie den Ceilidh sonst gar nicht mehr erleben würde.

Dougie, der Bandleader, der ein riesiges, aggressiv dreinblickendes Einhorn quer über seine Brust tätowiert hatte, kam auf sie zu. »Wir sind startklar, Alter. Das hier sind für heute deine Ladys?« Er legte Neil den Arm um die Schultern und zeigte auf Hanna und Bonnie.

»Äh, ja, wenn man das so formulieren will.«

»Doch, doch, das ist schon richtig formuliert«, sagte Bonnie und lehnte sich gegen ihn.

Hanna hingegen hatte wieder ihren lässigen Blick aufgesetzt.

Dougie grinste.

Die Bemerkung zu Neils Ladys gründete vermutlich darauf, dass er bei einer Party in Glasgow mit einem Mädchen aus dem Umfeld der Band geknutscht hatte. Und später, als das die letzte Bahn genommen hatte, noch mit einer anderen, bei der er dann auch übernachtet hatte.

Das mit den Frauen schien so zu sein wie mit dem Schwimmen oder Autofahren. Wenn man es einmal raushatte, dann ging es ganz mühelos. Es schien, als hafteten ihm inzwischen irgendwelche unsichtbaren Abzeichen an, die ihm die Lizenz zum Flirten gaben. Oder vielleicht war das auch schlicht das Gesetz der Anziehung. Er unterhielt sich zu späterer Stunde in der Nische eines Pubs oder auf einer Party mit einem Mädchen und spürte, wie sie, vielleicht ohne dass es ihr selbst bewusst war, näher rückte oder ihr Bein, wenn es seines unter dem Tisch flüchtig berührte, nicht wegzog, sondern im Gegenteil an seines herandrückte. Wenn er dann in ihren Augen noch diesen speziellen weichen, erwartungsvollen

Ausdruck fand, musste er eigentlich nur in der nächsten Gesprächspause seinen Kopf etwas herunterneigen. Manchmal brauchte er auch nicht mehr zu tun als zu schweigen, der Frau freundlich in die Augen zu sehen und die Spannung auszuhalten, und dann küsste sie ihn. So war es die ersten Male gelaufen, zu seiner freudigen Überraschung. Denn es gab vieles, was ihn anzog. Ein samtiges weißes Dekolleté oder eine gewitzte Art, niedliche, schief stehende Zähne, eine scharfe Intelligenz oder eine geschwungene Oberlippe mit einem zarten Flaum darüber. Es war aufregend zu spüren, wie sie sich unter seinen Händen anfühlten, wie sie aussahen, wenn sie nackt waren, wie sie auf ihn reagierten und sich bewegten, und herauszufinden, was ihnen gefiel.

Er sah zu Hanna hinüber. Sie lief neben ihm, während sie alle eilig hinter Dougie den Parkplatz am Fuße des Arthur's Seat überquerten, er, Bonnie, Fiona, die anderen Jungs von der Band und Hanna. Er hatte ein wenig gehofft, dass es etwas veränderte, wenn sie mitbekam, wie er jetzt war und wie andere Frauen ihn sahen. Aber bisher gab es dafür keine eindeutigen Anzeichen.

An einem klapprigen VW-Kastenwagen hielt Dougie an und drehte seinen Schlüssel in der rückwärtigen Tür. »Neil, kannst du deine Ladys auf den Schoß nehmen?«

Neil zuckte die Achseln. »Klar, wenn ihnen das bequem ist.« Er zog sich hoch in den Laderaum und klappte einen der Sitze herunter, die an den Seitenwänden angebracht waren. Kaum hatte er sich hingesetzt, kletterte Bonnie auch schon auf seinen Schoß.

»Ich halte mal lieber das Schlagzeug fest«, erklärte Hanna etwas unwirsch und ließ sich im Schneidersitz auf dem Boden vor ihm nieder.

Nachdem sich die beiden anderen Scotpops auch platziert hatten, ging Dougie mit Fiona nach vorn und startete den Motor. Bonnie rutschte auf der Suche nach einer bequemen Position oder was auch immer auf seinen Oberschenkeln herum und legte schließlich ihren weichen, regenfeuchten Arm um seine Schultern. Wenn er an ihr vorbeisah, konnte er Hannas Rücken sehen. An der Art, wie sie vornübergebeugt dasaß, die Stirn in die linke Hand gestützt, während die rechte das Schlagzeug sicherte, meinte er zu erkennen, dass sie etwas bedrückte.

Hannas Sitzknochen schmerzten auf dem harten Kunststoffboden, während der schlecht gedämpfte Wagen über die Straße holperte. Außerdem fürchtete sie, dass jeden Moment die Drums ins Rutschen kommen und sie unter sich begraben würden. Bonnies Kichern hinter ihr versuchte sie so gut wie möglich zu verdrängen. Als es dann jedoch verstummte und nur noch Kieran und der Keyboarder zu hören waren, die über eine Ceilidh-Version von Snow Patrols *Run* fachsimpelten, wurde es nicht besser. Was ging jetzt hinter ihr vor – hatten Bonnie und Neil etwa angefangen zu knutschen?

Wie jemand, der nach einem Sturz den Blick auf sein aufgerissenes Knie fürchtet, wagte sie nicht, sich umzudrehen. Ihr blieb nur zu hoffen, dass sie bald da waren. Und sich dafür zu verdammen, dass sie nicht früher ehrlich zu Bonnie gewesen war. Hätte sie Bonnie schon an jenem letzten Morgen in Callander gestanden, dass die Sache mit Neil und Alice sie traf, oder hätte sie ihr danach aus Berlin geschrieben, wie sehr sie Neil vermisste und dass sie sich hin und wieder vorstellte, wie es wäre, ihn zu küssen, dann steckte sie jetzt nicht in diesem Dilemma. Bonnie hätte Neil gar nicht zum Verlieben in Betracht gezogen. Solche Tabuzonen funktionierten unter Freundinnen.

Über die Gründe für ihr Schweigen konnte sie selbst nur spekulieren. Die unrühmliche Erklärung war die, dass Neil damals noch Graf Homeless gewesen war und als Lover völlig inadäquat. Die schönere, aber gleichzeitig tragischere war die, dass ihr Gefühl für Neil so tief und wichtig und gleichzeitig so zart war, dass sie in dem flachsigen Stil ihrer Gespräche und Korrespondenz mit Bonnie nur schwer eine Form dafür gefunden hätte.

Der Wagen kam zum Stehen, sie hörten das Kreischen der Handbremse, dann Schritte, und schließlich öffnete Dougie die Tür zum Laderaum. Erleichtert registrierte sie, dass ihre Befürchtungen reine Paranoia gewesen waren. Bonnie nahm zwar gerade ihren Kopf von Neils Schulter, aber Neil wirkte unbeteiligt.

Der Bus stand in zweiter Reihe, entsprechend eilig trugen sie die Instrumente durch den Regen ins Innere des Pubs. Der Laden war groß und musste vor zweihundert Jahren ziemlich genauso ausgesehen haben wie heute, nur dass die Leuchter an den mit glänzendem dunklem Holz vertäfelten Wänden und den reich verzierten Decken jetzt elektrisch funktionierten. Es roch nach Kneipe kurz nach dem Öffnen: eine Mischung aus angetrocknetem Bier, kaltem Rauch und Putzmittel, dazu gesellten sich die klammen Ausdünstungen nass geregneter Kleidung und Schirme, die von den ersten Gästen ausgingen.

Als alles Equipment drinnen war, verabschiedete Bonnie sich hektisch aufs Klo. »Meine Haare kräuseln sich, wegen des Regens, da muss ich was machen.«

Neil verschwand, um irgendetwas mit Fiona und Roy zu besprechen, die Scotpops räumten auf der kleinen, provisorisch mit Brettern in eine Nische gebauten Bühne herum und begannen, Kabel zu verlegen. Hanna betastete kurz ihre Frisur und ihre Wimperntusche und überlegte, ob sie auch was machen musste, beschloss dann aber, lieber gleich zur Bar zu gehen. Sie hatte keine gesteigerte Lust darauf, sich anzuhören, wie Bonnie vor dem Spiegel aufgeregt darüber sinnierte, wie sie gleich vom Ceilidh zum Knutschen übergehen konnte oder Ähnliches. Sie zog sich einen der Barhocker zurecht, bestellte und wartete.

Der Raum füllte sich zusehends mit Leuten, die sie vom Sommerfest wiedererkannte, und wohl einigen Zufallsbesuchern, die bei einem Tee oder Ale eine Regenpause abwarten wollten. Niemand beachtete sie. Aus den Lautsprechern kam *Woke from dreaming* von den Delgados, und sie fühlte sich unwichtig und von allem abgeschnitten. Von Neil, von Bonnie, von den anderen, die alle dauerhaft hier lebten. Plötzlich wünschte sie, sie wäre zu Hause, mit Maja, ihrer Mitbewohnerin, in der Küche.

Bis Neil auf sie zusteuerte und ihre Laune sofort stieg.

»Alles klar?«, fragte er mit einem prüfenden Blick in ihr Gesicht, als er sich auf dem Hocker neben ihr niederließ.

»Sicher«, sagte sie, und das war jetzt, da er neben ihr saß, nicht einmal gelogen. »Soll ich dir auch was bestellen? Ich hab noch nicht bezahlt.«

»Was trinkst du?«

»Vodka'n'Lime.«

»Dann nehme ich auch einen.«

»Noch mal das Gleiche für den Gentleman, bitte.«

Neil und die Kellnerin tauschten ein Lächeln, und Hanna bemerkte mit einer Mischung aus Eifersucht und Besitzerstolz, dass das Mädchen mehrmals zu ihm hinsah, während sie mit raschen, geübten Bewegungen ein weiteres Glas mit Crushed Ice füllte, ein Schnapsgläschen Wodka hineingoss und dann eines mit Limettensirup.

»Habt ihr Erdnüsse oder so was?«

Die Kellnerin wies auf einen Aufsteller mit einer Auswahl an süßen und salzigen Snacks.

»Für Bonnie«, erklärte Hanna an Neil gewandt. »Willst du auch welche?«

»Gern.«

»Zwei davon, bitte«, sagte sie zur Kellnerin.

»Sogar das Maxipack, danke«, meinte Neil, als sie ihm eins der Tütchen reichte.

»Mein Giro ist überzogen, ab jetzt wird die Zahl auf meinem Konto größer, je mehr ich ausgebe.«

Neil lachte. Andere hätten ihr jetzt angeboten, selbst zu zahlen. Er nicht, er riss die Packung auf und schüttelte einige Nüsse in seine Hand. Wahrscheinlich ahnte er, dass Hanna ihm gern mal ein Getränk und ein paar Erdnüsse ausgab, wo sie doch bei ihm wohnte. »Auch welche?«, bot er an.

Hanna griff zu, nicht weil sie Hunger auf Erdnüsse hatte, sondern weil sie gerne etwas aus seiner Hand nehmen wollte. Seine großen, schlanken Hände mit den glatten, flachen Fingernägeln hatte sie schließlich schon immer gemocht.

Die Kellnerin stellte die Getränke vor ihnen beziehungsweise eher vor Neil auf die Theke. »Cheers.«

»Danke«, erwiderte Neil und bedachte das Mädchen erneut mit einem Lächeln, das aus Hannas Sicht nicht hätte sein müssen. »Cheers«, sagte er dann zu ihr.

»Cheers.« Sie nahm noch ein paar Nüsse aus seiner Hand und spülte mit dem Wodka nach.

»Das könntest du besser, oder?« Er zeigte auf den

Snackständer, ein schmuckloses Metallgestell, aus dem die Packungen seitlich herauszurutschen drohten. »Wie ist dein Vorschlag mit dem Riesenteebeutel gestern angekommen?«

Sie hatte für den Supermarktverkauf von Glasteatogow, einer jungen Teeimportfirma aus Glasgow, einen Ständer entworfen, der selbst einem Teebeutel nachempfunden war, ein von einem zarten teebeutelartigen Stoff umhülltes Pappgestell, aus dem oben ein mit Draht verstärktes Seil herausragte, das in dem typischen quadratischen Label der Marke mündete, wie es normalerweise aus der Tasse heraushing. »Eigentlich gut, aber eventuell ist er zu teuer in der Herstellung. Sie werden es jedenfalls als einen Vorschlag unter mehreren dem Kunden präsentieren.«

»Das ist doch gut, oder?«

Sie lächelte, tatsächlich war sie stolz darauf. »Ja, ist ein Anfang.«

Ihre Hand wanderte wieder zu seiner, und er schüttete Nüsse aus der Tüte nach.

Dougie kam herüber und fragte, ob Neil noch etwas sagen wollte, bevor sie anfingen, aber das wollte er nicht.

»Sein Einhorn hatte Gänsehaut«, bemerkte Hanna, nachdem er wieder weg war.

Neil lachte. »Vermutlich landet er in Sachen Rockstar-Appeal damit trotzdem noch im Plus. Aber das musst natürlich du beurteilen.«

»Du meinst, ob der Zuwachs an Rockstar-Appeal durch den nackten Oberkörper die Einbußen durch die Gänsehaut übertrifft?«

»Genau.«

»Muss ich auf der Bühne sehen.«

»Mit auf die Rechnung sollte, dass das Einhorn das

schottische Wappentier ist. Und es kann nur von einer Jungfrau eingefangen werden.« Er zog eine Augenbraue hoch.

»Oho, das ist natürlich ’ne Ansage, politisch wie privat.«

Neil grinste sie an, dann zeigte er nach vorn, wo Dougie mit einer lässigen Bewegung das Mikro vom Ständer am Boden nahm.

»Okay, er weiß, was er tut.« Hanna fasste sich übertrieben ans Herz.

Neil tat es ihr nach, als würde das wiederum ihm das Herz brechen.

»Wir starten jetzt den *Strip the Willow*!«, rief Dougie ins Mikro.

Hinter ihm hatten sich Kieran mit einer Geige und zwei weitere Jungs an Bass und E-Gitarre aufgestellt. Neben Kieran lag außerdem ein Dudelsack auf dem Boden.

Das Publikum in dem inzwischen locker gefüllten Pub klatschte und jubelte, und die Erdnusstüte war leer. »Sorry, jetzt hab ich dir doch alles weggegessen«, sagte Hanna in Neils Ohr.

»Ich teile gern mit dir«, erwiderte er und lächelte sie an, auf eine Weise, die neu war, mit einem sehr direkten Augenkontakt.

Vermutlich war es das gleiche Lächeln wie vorhin für die Kellnerin, und das nervte sie, aber dennoch verfehlte es seine Wirkung nicht, und sie wünschte sich, sein Gesicht zu berühren. »Ich auch mit dir«, hörte sie sich sagen.

In dem Moment kam Bonnie angestürmt, Frisur und Make-up rundumerneuert. »Der Ceilidh war noch nicht, oder?«, rief sie aufgeregt.

»Nein.« Hanna versuchte, den Moment abzuschütteln, nahm die zweite Packung Nüsse von der Theke und drückte sie Bonnie in die Hand. »Keine Sorge. Sie sind gerade erst auf die Bühne gegangen.«

»Das wird heute episch. Bis zum Umfallen«, kündigte Dougie an, während Bonnie eilig die Erdnusstüte aufriss und sich eine Ladung in den Mund schüttete. »Aaaaufstellung bitteeee!«

Es folgte ein allgemeines Gewusel, aus dem sich schließlich zwei Reihen Tänzer herausbildeten. Hanna hielt mit blutendem Herzen Abstand zu Neil, sodass Bonnie und er als Paar einander gegenüber zum Stehen kamen. Bonnie kaute und sah happy aus. Hanna kannte den *Strip the Willow* vom jährlichen Callander-Tanzabend. Man konnte die Formation in einer endlosen Schleife immer weiter tanzen, solange die Band spielte. Ihr gegenüber stand Fiona und lächelte sie schüchtern an.

»Go!«, befahl Dougie, und die Musik setzte ein.

»The Ball of Kirriemuir!«, stellte Bonnie nach wenigen Takten begeistert fest und begann mitzusingen.

»Hör nicht auf den Text!«, rief Neil zu Hanna hinüber.

Bonnie lachte und schmetterte noch lauter die vermutlich nicht jugendfreien Zeilen. Hanna verstand ohnehin nichts, weil die anderen im Takt der Musik mit den Füßen trampelten.

Während Paar um Paar sich durch die Reihen tanzte, schielte sie immer wieder zu Neil und Bonnie hinüber. In Callander war Neil bei den Tanzabenden nie aufgetaucht, doch er beherrschte sogar die korrekten Schritte. Sie erinnerte sich, wie sie am Anfang, als sie ihn noch nicht so gut kannte, wegen seines aufrechten, etwas tänzelnden Gangs gedacht hatte, er könnte schwul sein. Tja. Bonnie sah glücklich aus, wenn sie auf Neil zusprang, seinen Arm ergriff und sich mit ihm um die eigene Achse drehte.

Bei einem der nächsten Lieder wechselte Kieran von der Geige zum Dudelsack. Die Gitarre und der Bass, wiewohl elektronisch verstärkt, konnten eigentlich einpacken, sobald er ins Spiel kam. Wenn Neil in Callander seinen kleinen Reisedudelsack mit auf ihre Ausflüge genommen hatte, hatte sie seinen durchdringenden Klang immer etwas peinlich gefunden. Jetzt begriff sie seinen Sinn. Die orgelgleichen Pfeifentöne schienen jeden Körper und selbst das Mobiliar in Schwingung zu bringen und vorwärts zu peitschen, brachte alle dazu, sich mit noch mehr Verve dem Chaos hinzugeben. Denn dass man nicht wusste, wer der nächste Partner war und ob man ihn mit links oder rechts einhaken sollte, gehörte ebenso wie gelegentliche Stürze betrunkener Teilnehmer offensichtlich zum *Strip the Willow* dazu. Aber der Dudelsack hielt die Moral aufrecht, wie er es schon früher bei den Highland-Regimentern getan hatte.

Ungefähr zehn Lieder später waren alle vollkommen außer Puste, auch die Band. Schwer atmend grinsten Hanna und Fiona sich an. An einer Tanzschule nahe Hannas Berliner WG verkündete ein Schild: *Tanzen macht glücklich.* Für Formationstänze schien das in besonderer Weise zu gelten.

»Wir brauchen 'ne Pause«, verkündete Dougie jetzt. »Neil, übernimmst du mal kurz?«

»Hymne!«, rief jemand.

Noch jemand. »Hymne!«

»Du hörst es. Spielst du uns die *Flower of Scotland*, Neil?«, fragte Dougie ins Mikro.

Bonnie schubste Neil begeistert mit beiden Händen in

Richtung Bühne. Oben angekommen, übergab Dougie ihm das Mikrofon. »Okay«, sagte Neil hinein. Dann nahm er den Dudelsack vom Boden auf.

Bonnie nutzte seine Abwesenheit, um Richtung Bar zu verschwinden.

»Das ist inzwischen schon Tradition. Beim ersten Mal, auf einer Feier in Dundee, hat es sich nur so ergeben, weil Kieran zu betrunken war. Aber jetzt ist es Tradition«, rief Fiona in Hannas Ohr.

Neil begann zu spielen, und das untergründige, tiefe Summen des Sacks begleitete die langsame Melodie aus der Flöte wie ein mittelalterlicher Mönchschor. Die Art und Weise, wie Neil am Ende einer Zeile den Pfeifenton zittern und ersterben ließ, verlieh seinem Spiel eine besondere Melancholie. Als Dougie zum Mikro griff und mitsang, fiel auch das Publikum mit ein. Fiona legte ihren Arm um Hannas Schulter, und Hanna sah, dass sie feuchte Augen hatte. Auch die Jungs mit den Fußballtrikots vor ihnen hatten sich Arm in Arm in eine Reihe gestellt. Alle schienen sehr ergriffen, und Hanna dachte wieder an zu Hause. Maja und Adam, ihre Mitbewohner, kamen aus Köln und hatten viele Freunde aus der Gegend, und wenn es in der WG-Küche spät wurde, spielten sie manchmal Karnevalslieder. Spätestens bei einem Lied namens *In unserem Veedel* standen sie alle auf, die rockige Maja und der schnieke Adam, sangen Arm in Arm im Kreis die rührselige Schlagermusik mit und bekamen Tränen in den Augen, weil sie nicht mehr in Köln wohnten. Was irgendwie albern war, da sie ja niemand in Berlin festhielt. Trotzdem hätte Hanna auch gern eine Heimat gehabt, die sie zu Tränen rührte.

Bonnie hatte Fiona und ihr inzwischen ein neues Glas Wodka'n'Lime in die Hand gedrückt, sich an Hannas freier Seite eingehakt, und ihr Blick offenbarte ihre Hoffnung, dass sie es war, die Neil für Schottlands schönste Blume hielt.

»Hast du ihn schon gefragt?«, wollte sie von Hanna wissen, als er geendet hatte und mit einem Nicken die Bühne verließ.

»Nein, noch nicht.«

»Ich hol ihm jetzt auch ’nen Wodka. Und dann verschwinde ich hinten in der Ecke, damit ihr frei sprechen könnt.«

Neil gesellte sich wieder zu Hanna, die lässig an einer Säule lehnte.

»Ich glaube, der Dudelsack ist so was, wofür ich erst mal reifen musste, um ihn gut zu finden«, meinte sie.

»Ging mir so mit Rosenkohl.«

Sie lachte. »Neili ...«, sagte sie, und es klang fast etwas zärtlich, aber vielleicht bildete er sich das auch nur ein. Dann: »Wie lernt man so zu spielen?«

»Aus Liebe zu Schottland«, erwiderte er. Er fühlte sich angenehm betrunken. »Oder zu einem Schotten.« Er grinste. Dann dachte er, dass er es vielleicht nicht übertreiben sollte.

Aber Hanna lächelte nur hinreißend verlegen. Ihre Coolness schien jedenfalls vorübergehend verschwunden, und eine vage Hoffnung keimte in ihm auf.

»Ich meinte eher: Wie lange braucht man bei einer normalen hobbymäßigen Übefrequenz, um so zu spielen?«, korrigierte sie.

Er hob die Achseln. »Zwei Jahre vielleicht?«

Sie nickte, schien das einzuordnen und abzuspeichern. »Spielst du noch viel?«

»Ich hab hier in Edinburgh gar kein Instrument. Daher

nur, wenn ich bei meinem Vater bin oder auf einem Fest auf die Scotpops stoße. Ich hab mich ein paarmal verspielt, hat man das nicht gehört?«

»Ich nicht.«

»Und du, hast du inzwischen noch mal was gemalt?« Er hatte sie das, seit sie hier war, noch nicht gefragt. Sein letzter Stand war, dass sie es nicht mehr tat. Er trank sein Bier aus, stellte das Glas auf dem an der Säule befestigten Brett ab und nahm den Wodka'n'Lime, den Bonnie ihm gerade noch in die Hand gedrückt hatte.

»Nein, nur Teepackungsständer oder so was.«

»Und wenn ich ein Bild bei dir bestelle? Das wäre dann ja auch beruflich.«

»Nein«, sagte sie.

»Nein, das wäre nicht beruflich, oder nein, ich male auf keinen Fall?«

»Das wäre nicht beruflich.« Eben, als sich ihre Arme berührt hatten, war sie wieder etwas von ihm abgerückt. Aber ihr Blick war weich und zugewandt.

»Mit dem Malen hab ich einfach nur nicht mehr angefangen«, erklärte sie.

»Wenn du es mal wieder tust, hätte ich gern ein Selbstporträt von dir.« Falls das überhaupt möglich war, dann war sie noch schöner als früher. Konturierter.

»Hm ... Vielleicht irgendwann. Vielleicht gibt es ja für alles seine Zeit ... Für Rosenkohl und den Dudelsack und für das Malen und so.« Sie nahm einen Schluck aus ihrem Glas und sah in die Menge. Die Leute standen in kleinen Grüppchen, ihre Gespräche vermischten sich mit einem Song von Snow Patrol, der jetzt leiser vom Band kam. Unweit von ihnen stand Dougie und strich einem Mädchen im Spaghettiträgerkleid mit dem Zeigefinger über den Arm. »Apropos für alles seine Zeit: Wie findest du eigentlich Bonnie inzwischen?«, fragte Hanna.

Er sah sie überrascht an. »Bonnie? Du meinst …«

»Als Frau.«

»Äh … nicht schlecht. Aber jetzt nicht für mich, falls du das meinst.«

»Aber du findest sie schon … attraktiv?«

»Theoretisch schon, sie sieht gut aus und ist nett. Worauf willst du hinaus?«

Hanna beantwortete die Frage nicht, sondern sagte in einem Tonfall, der wohl ermutigend sein sollte: »Aber sie ist trotzdem nichts für dich?«

»Nein«, bekräftigte er. »Ich will nichts von Bonnie.« Dann fügte er hinzu: »Von keiner deiner Freundinnen.«

Sie schlug ihre Augen nieder. »Okay. Das ist …«, murmelte sie. Dann sah sie wieder auf, und ihre Augen waren sehr groß. »Neili … ich …«

Sein Herzschlag beschleunigte sich. Unwillkürlich legte er den Arm um sie und zog sie an sich heran, als wollte er sie und sich damit vor dem bewahren, was vielleicht gerade aus ihr herauswollte. Das ging ihm zu schnell, er fühlte sich nicht vorbereitet. Sie lehnte ihren Kopf an seine Seite und verbarg das Gesicht unter seiner Schulter. Seine Finger spürten den Hüftknochen unter ihrer Jeans.

»Sag nichts«, murmelte er.

»Ich kann auch gar nichts sagen«, sagte Hanna leise in sein T-Shirt.

Er fragte nicht nach, was sie meinte, denn plötzlich schien alles Sinn zu ergeben, die Coolness und die Blicke und alles.

Seine Hand rutschte höher, und er hakte seinen Daumen in ihren Hosenbund ein, sein Daumen an ihrer warmen Haut. Sie schmiegte sich noch fester an ihn heran, und er spürte, wie ihre Brust sich hob und senkte.

Sein Blick fiel auf Fiona, die nicht weit von ihnen stand und ihn verletzt anstarrte. Verkrampft lächelte er ihr zu, und ihn streifte der Gedanke, dass, wenn zwischen Hanna und ihm etwas liefe, alles andere vorbei wäre.

»Hoho, Neil geht wieder auf Stimmenfang«, sagte ein Kommilitone aus der *Association* im Vorbeigehen.

Hanna schien es auch gehört zu haben, sie versteifte sich.

»So ein Quatsch, du bist ja hier gar nicht wahlberechtigt«, murmelte er.

Hanna löste sich von ihm. »Es geht sowieso alles nicht. Und ich muss auch mal aufs Klo.«

»Da vorn«, erklärte er verwirrt.

Sie nickte und ging.

Als sie außer Sicht war, schloss er die Augen und lehnte sich an die Säule. Er atmete schwer. Was war das eben gewesen? Und was war das Problem? Ging es um Bonnie, die womöglich in letzter Zeit Gefallen an ihm gefunden hatte? Sie wäre doch in wenigen Wochen wieder in Aberdeen. Hanna nahm ihr nichts weg.

Dann kam ihm ein anderer, ein qualvoller Gedanke.

Was, wenn ihr einfach nur sein Gebaggere unangenehm war und sie nicht wusste, wie sie es ihm schonend beibringen sollte? Er hatte sie ja eben geradezu ... begrapscht. Hitze stieg in ihm hoch.

Als er die Augen wieder öffnete, sah von der Bar aus, die etwas höher gebaut war, die Bedienung herüber, die ihm vorhin den ersten Wodka ausgeschenkt hatte. Sie lächelte ihm zu.

Warum konnte ihn Hanna nicht so sehen?

Aber dann fiel ihm wieder ein, *wie* sie ihn angesehen hatte. Wie ihre Stimme geklungen hatte und wie nah sie ihm gerade gekommen war. Wie sie ihn manchmal beobachtete. Konnte das alles von einer Art Faszination des Grauens herrühren?

Ein Leichtathletikkumpel kam an, der einen Whisky zu viel bestellt hatte, ihm das Glas anbot und vorschlug, morgen zusammen einen Berglauf über den Arthur's Seat zu unternehmen. Er nahm den Whisky und schüttete ihn in zwei großen Schlucken hinunter. Seine Kehle brannte. Er hakte seinen Daumen oben in seinen Kilt ein wie eben in Hannas Jeans. Dabei verabredete er sich am Arthur's Seat zu einer Uhrzeit, zu der er eigentlich seinem Vater versprochen hatte, sich mit ihm in der Stadt zu treffen. Aber das konnte er jetzt unmöglich mehr auseinanderhalten.

Es dauerte eine gute Weile, bis Hanna wieder auftauchte, im Gesicht einen angespannten Ausdruck. »Ich wollte mich nur abmelden. Bonnie und ich gehen nach Hause, wir sind durch.«

»Oh. Okay. Soll ich euch begleiten, ich kann nur nicht sofort, ich müsste noch –«

»Weiß ich doch«, sagte sie betont locker. »Das Taxi steht schon draußen, es regnet immer noch heftig.«

»Ah, okay, dann ...«

»Bis später, Neili. Oder bis morgen.«

»Hanna ...«, sagte er hilflos. Sie ging steif auf ihn zu, und er nahm sie in den Arm, bis sie mit einem Mal weich wurde und ihre Arme um ihn schlang. Er drückte ihr einen Kuss ins Haar und flüsterte tonlos: »Ich liebe dich.«

Aber dann wohl eher nicht heute Abend. Ein Teil von ihm war erleichtert darüber. Denn es gab noch eine andere Angst. Und das war die, ihr am Ende nicht zu reichen. Dass, wenn es ernst würde, seine ganze Kunst in sich zusammenfiele, der linkische Junge aus Callander wieder zum Vorschein käme und alles zunichtemachte.

Den Rest des Abends führte er unkonzentrierte Unterhaltungen, die ihn und seine Gesprächspartner langweilten, bis das Mädchen hinter der Bar die Glocke läutete, mit der die letzte Runde angekündigt wurde.

2005

Alumnis

18:01 Uhr

Hanna stand im Gang vor ihrem alten Zimmer. Auch die unbekannte Catherine, die es nach ihr bezogen hatte, hatte wohl inzwischen schon ihren Abschluss, jedenfalls standen jetzt zwei neue Namen an der Tür. Die Schilder in den seitlich offenen Kunststoffhüllen waren nicht wie zu Hannas Zeiten in der Schönschrift der Schulsekretärin geschrieben, sondern mit dem Computer ausgedruckt worden. Auch in Callander verging die Zeit. Das Internat feierte dieses Jahr sein zweihundertstes Bestehen und hatte alle Ehemaligen zum großen Jubiläum eingeladen.

Zwei Mädchen kamen Hanna entgegen, etwas gehetzt und noch im Callander-Sportdress.

»Nimmst du jetzt das Grüne mit dem großen Ausschnitt?«

»Glaub schon, ich komm dann gleich mit dem Lockenstab rüber.«

»Okay, bis gleich, und bring auch die ...«

Die beiden verstummten kurz, als sie an ihr vorbeigingen und sagten höflich »Guten Abend«. Im ersten Moment war Hanna irritiert, dann schob sie es auf ihr Outfit. Sie hatte in einem Berliner Secondhandshop ein

Abendkleid erstanden, das vermutlich aus den Fünfzigern stammte, und sich an einer dazu passenden Grace-Kelly-Frisur versucht. Ihr Blond war sicher nicht ganz so golden und der Knoten in ihrem Nacken etwas schief geraten, außerdem hatte sie ein wenig unreine Haut auf der Stirn, aber in dem schwach beleuchteten Flur sah sie vielleicht doch ein wenig so aus wie gewünscht – distinguiert und extravagant.

Sie verließ den Yeats-Trakt durch einen der Seiteneingänge und überquerte den Innenhof. Es nieselte. Ein älterer Mann im Anzug zeigte seiner Frau ein Fenster im ersten Stock des Spencer-Trakts. Vielleicht war es einmal seins gewesen.

Es war noch früh. Eintreffen ab sechs stand auf der Einladung, aber erst ab sieben startete das Programm mit einem Grußwort von Mrs Pearsley und des District Councillors und einem Auftritt des Callander Jazz Quintetts. Da Hanna aber schon um zwei in Callander angekommen war und seither in ihrer winzigen, muffigen Bed-and-Breakfast-Mansarde unten im Ort gehockt hatte, während draußen die Wolken tief über den Bergen hingen und es unablässig regnete, hatte sie es um halb sechs nicht mehr ausgehalten. Sie hatte Neil versucht anzurufen und dann eine SMS geschickt, dass sie jetzt losging. Schließlich hatte sie sich mit ihren Pumps in einem Stoffbeutel über der Schulter und einem Schirm in der Hand an den Aufstieg hoch zum Internat gemacht und als eine der ersten einen Prosecco vom Tablett eines freundlichen Mädchens in weißer Bluse entgegengenommen. Neil sollte ihr eine Nachricht schreiben, wenn er eintraf.

Sie drückte die schwere Holztür zu Haus Spencer auf, und auch hier empfing sie der eigentümliche Geruch nach altem Gemäuer und Schule. Sie nahm die Treppe und stieg die ausgetretenen Steinstufen hoch in den ersten Stock, wo ihre hohen Schuhe in dem stillen Flur aufdringlich knallten. Sie erkannte Neils ehemalige Zimmertür an dem Jagdaquarell, das daneben an der Wand hing. Jemand hatte in der Zwischenzeit mit Folienstift auf dem Glasrahmen sowohl dem Hirsch als auch dem Jäger ein überdimensionales Geschlechtsteil gemalt. Sie verdrehte die Augen, checkte noch mal ihr Handy und öffnete dann einige Meter weiter die Tür zum Spencer Club. Offensichtlich war kurz zuvor geputzt worden, denn die Stühle waren an den Wänden zusammengestellt. Nur in der Mitte des Raums standen wie früher zwei Sofas, von denen ihr das eine noch bekannt vorkam. An der Decke hing eine selbst gebastelte Fotogirlande, die den achtzehnten Geburtstag einer gewissen Carla feierte. Überall wiesen winzige Verschiebungen darauf hin, dass die Jahre vergangen waren und jetzt andere Jugendliche ihre eigenen unvergesslichen Schullegenden bildeten und sich für den Mittelpunkt der Geschichte hielten. Hanna wünschte sich nicht direkt in ihre Schulzeit zurück, dennoch stimmte sie die Erinnerung daran melancholisch.

Aber so war es wohl oft mit Orten, die einem etwas bedeutet hatten. Wenn man sie nach längerer Zeit wiedersah, wirkten sie wie eine falsche Kulisse. Auch mit dem Haus ihrer Großeltern in Berlin-Lichterfelde war es so gewesen, einer um die Jahrhundertwende von Gustav Lilienthal erbauten Doppelhaushälfte mit kleinen Türmen und Erkern und einem verwunschenen Garten – jeder Raum mit seinem eigenen lebendigen Zauber. Schon nachdem ihr Opa gestorben war, war es nicht mehr dasselbe. Als schließlich auch ihre Oma dahingegangen und Hanna mit ihrer Mutter zum Ausmisten gekommen war, waren all die Erker, Wandschränke, Porzellanfiguren und knarzenden Treppen nur noch kaltes Material gewesen. Es waren wohl die Menschen, die einem Gebäude seine Aura verliehen. Wenn die Menschen andere oder weg waren, änderte sich auch die Ausstrahlung des Hauses.

Von irgendwoher erklang eine langsame Klaviermusik. Hanna trat zurück auf den Flur und lauschte. Ob im Musikzimmer jemand am Flügel saß? Sie nahm die Treppe nach oben, und tatsächlich war das getragene Spiel hier lauter zu hören, außerdem war jetzt auch eine heisere Männerstimme zu vernehmen, die dazu sang. Tastend, wie jemand, der noch übte. Hanna ging langsamer, damit ihre Absätze nicht so knallten. Sie wollte nicht stören. Aber da sie neugierig war und ungern wieder hinuntergehen und allein an einem Stehtisch an ihrem Prosecco nippen wollte, lugte sie durch die angelehnte Tür.

Ein Mann saß am Flügel, vielleicht vierzig oder fünfzig, mit kinnlangem, gewelltem graurotem Haar. Er erinnerte sie an Jared Harris, den sie einmal in London im Theater gesehen hatte. Er schien sie gehört zu haben, jedenfalls sah er auf und winkte sie mit einer Bewegung der linken Hand herein, die sein Spiel jedoch kaum unterbrach.

Da es jetzt seltsam gewesen wäre, einfach wieder zu verschwinden, trat sie ein. Der Mann spielte weiter und sang leise mit, während sie den großen Lennox-MacPhail-Druck an der Wand betrachtete. Die fast mystisch anmutende Ansicht von Loch Lomond, über den sich ein nebliger Sonnenuntergang in Gelb, Orange und Violett ergoss, vorn am Ufer das streitende Paar mit den Fast-Food-Resten auf der Picknickdecke. Ein Poster davon lag in ihrem Notfallkoffer.

Der Mann hatte indessen zu Ende gespielt und drehte sich auf dem Klavierhocker in ihre Richtung. Seine dunkelblaue Anzugjacke stand offen, er trug keine Krawatte, und sein weißes Hemd war etwas nachlässig in die Hose gestopft.

Hanna applaudierte mit einer Hand gegen ihr Sektglas.

Er hob eine Braue. »Ich wusste ja gar nicht, dass Jayne Mansfield auch in Callander war.«

»Jayne Mansfield?«

Er zeigte auf sie, und sie blickte an sich herunter.

»Ich hatte ja eher an Grace Kelly gedacht, aber gut. Dann eben Jayne Mansfield. Und wer sind Sie? Ludwig van Beethoven?« Ihr Tonfall war spöttisch, und sie machte mit ihrer freien Hand eine übertriebene Geste über ihrem Kopf, die sein bauschiges Haar nachzeichnete. Sie hoffte, dass er das vertragen konnte, aber schließlich hatte er sie zuerst mit einem Fünfzigerjahre-Pin-up verglichen.

Er lachte. »Nicht so talentiert, aber fast so alt.« Etwas Lausbübisches, Jugendliches blitzte in seinem Gesicht auf, das ansonsten nach zu viel Zigaretten und Alkohol aussah. »Und was hat Sie hier hochgetrieben?«

»Ich wollte mir das Bild da noch mal ansehen.« Sie wollte nicht zugeben, dass eigentlich sein schönes, trauriges Spiel sie hergelockt hatte.

»Und?«

»Immer noch der Hammer«, sagte sie spontan und dann, um nicht wie ein ahnungsloser Teenager zu wirken: »Jedenfalls technisch. Das hat mich schon fasziniert, als ich hier Schülerin war. Mit etwas Abstand würde ich sagen: Der Kontrast zwischen der ungebrochenen Schönheit der Landschaft und dem streitenden Paar am Bildrand ist vielleicht ein bisschen prätentiös.«

Er hob wieder seine eine Braue. »Klingt, als ob Sie Ahnung hätten. Machen Sie was mit Kunst?« Es war nicht auszumachen, ob er sie verulkte.

»Ich studiere Produktdesign«, antwortete Hanna knapp. »Und Sie, machen Sie was mit Musik?«

»Wollte ich mal, aber es ist nichts daraus geworden.«

»Wieso nicht?«

»Ich war zu schlecht.«

»Ich für die Kunst auch.« Sie drehte ihr Glas in der Hand. »Was war das, das Sie da eben gespielt haben?«

»Piece by Piece von Katie Melua«, las er vor. »Die Noten standen hier.«

»Sie können das einfach so vom Blatt spielen?«

»Das ist kein schweres Stück. Ich kenne es auch aus dem Radio.«

Hanna dachte an ihre eigenen Versuche auf dem Dudelsack. In Berlin gab es ja einfach alles, und so hatte sie sich beim Dudelsackunterricht angemeldet, bisher allerdings mit mäßigem Erfolg.

»Hat sich jedenfalls gut angehört. Ich geh dann mal wieder runter und schaue, ob jemand aus meinem Jahrgang eingetroffen ist.«

18:55 Uhr

Neil nahm die Treppe im Laufschritt. Erst kurz bevor er das Zimmer erreichte, verlangsamte er seine Schritte, um nicht dort einzufallen wie ein Vandale. Er klopfte, wartete zwei Sekunden, dann trat er ein.

19:03 Uhr

Hanna stand an einem der Stehtische, die umhüllt von weißen Hussen rund um das frisch bepflanzte Rondell vor dem Haupteingang aufgebaut waren. Zwischen den beiden Linden und der Schlossfassade waren Schnüre gespannt, von denen Lampions in den Schulfarben herabhingen: Rot und Gelb. Die Kieswege waren vom Unkraut befreit und ließen an den Rändern noch das Streifenmuster von Mr Drummonds Harke erkennen – von Mr Drummond oder seinem Nachfolger.

Bis sie gerade auf der Toilette verschwunden war, hatte Hanna sich mit Chiara aus ihrer alten Jazzdance-AG unterhalten. Ansonsten waren unerwartet wenige Leute da, mit denen sie früher zu tun gehabt hatte. Für sie lag dieses Wochenende eigentlich auch ungünstig mitten in der Prüfungszeit, und sie musste morgen schon wieder zurück nach Berlin. Sie war wegen Neil hier. Der allerdings immer noch nicht da war und auch nichts von sich hören ließ.

Wo bist du du verpasst noch die Rede von Mrs Pearsley,

schrieb sie. Der Verzicht auf eine korrekte Interpunktion deutete dezent darauf hin, dass sie ungeduldig war und ansatzweise verärgert. Verunsichert, eigentlich.

Warten auf Neil, dachte sie.

Auch ihr Aufenthalt in Edinburgh hatte spätestens seit jenem Ceilidh-Abend daraus bestanden. Aus einem fast körperlichen Sehnen, das nur gelindert wurde, wenn sie möglichst dicht neben ihm saß oder stand. Die kurze Nähe, diese Andeutung einer Möglichkeit im *Roy's Inn* hatte einen Damm in ihr brechen lassen. Immer wenn Neil danach nicht zugegen war, und das war oft der Fall gewesen, denn er hatte dauernd Termine, hatte sie sich gefühlt wie ein Invalide, der sein Bein nicht vergessen kann. Sie hatte nur so gelechzt nach seiner Zuwendung, seinem wohlwollenden Blick, nach einer Berührung von ihm und neuen Eindrücken, die ihr helfen konnten zu ergründen, was in seinem Schottenhirn vorging.

Natürlich war ihr klar gewesen, dass die Heimlichkeit und Bonnies Schwärmereien das Phänomen verstärkten, es half nur nichts. Unzählige Male war sie an den Fotos im Wohnzimmer vorbeigeschlichen, die Neil und Fergus in jüngeren Jahren zeigten.

Ein etwa zehnjähriger Neil mit einer selbst geschnitten aussehenden Frisur, der seinen Arm um einen sehr großen räudigen Kater legte. Eine wunderschöne junge Frau, die aussah wie Fergus, aber seine Mutter war und mit einem pummeligen Einjährigen, der Neil war, auf einem Perserteppich saß und mit einem kleinen roten Holzauto spielte. Ein nicht mehr ganz so pummeliger zweijähriger Neil, der in einem Ohrensessel saß und unverwandt den neugeborenen Bruder in seinem Arm betrachtete. Ein Teenager-Neil mit einem noch kindlich aussehenden Fergus auf Skiern in den Highlands. Am liebsten mochte sie das Porträt von Neil und Fergus, sie waren darauf vielleicht neun und sieben Jahre alt, auf dem ihre Tante hinter ihnen stand, je eine Hand beschützend auf ihren Schultern, und beide Jungs lachten aus vollem Halse mit schiefen Zähnen, die noch zu groß für ihr Gesicht waren.

Und dann hatte sie sich Nacht für Nacht auf der leise knirschenden Federkernmatratze herumgewälzt, an ihn gedacht, der er eine Etage tiefer genau unter ihr lag, und ihn beschworen, zu ihr hochzukommen. Für ein klärendes Gespräch, vielleicht für mehr. Aber es war nie geschehen.

Erst nach ihrer Rückkehr nach Berlin hatte das Sehnen mit der Zeit nachgelassen. Sie waren wieder zu ihren Telefonaten zurückgekehrt und hatten jenen Abend im Pub abgekapselt und aus ihrer Beziehung herauswachsen lassen wie der Körper einen Splitter. Dabei half, dass das Umfeld von Majas Indiepop-Frauenband »Die Amuse-Gueules«, in der sie am Keyboard saß und gelegentlich eine französische Rapeinlage einlegte, ein steter Quell für den Typ Mann war, der ansonsten Hannas Beuteschema entsprach: gut aussehende, unkonventionelle Typen mit kreativem Habitus. In gewissem Maße funktionierte das mit dem »Aus den Augen, aus dem Sinn«. Auch für Bonnie übrigens, die ein Jahr später in Aberdeen mit ihrem neuen Freund zusammengezogen war. Das lief so toll, dass sie jetzt erst gar nicht in Erwägung gezogen hatte, zum Jubiläum in Callander anzureisen.

Von Weitem prostete der Typ aus dem Musikzimmer ihr zu, und es war ihr unangenehm, dass sie allein hier herumstand.

20:55 Uhr

Neil hatte sich einen Stuhl ans Bett herangezogen. Als sein Vater seine Hand nehmen wollte, begriff er zuerst gar nicht, was er wollte, so ungerichtet und schwach war die Geste. Außerdem war sie ungewohnt.

Wir haben die gleichen Hände, dachte er dann. Nur dass die seines Vaters sich kalt anfühlte und Adern und Gelenke hervortraten.

»Danke, dass du gekommen bist.« Der Earl sprach mit einer heiseren Stimme, weil er über zwei Schläuche in der Nase mit Sauerstoff versorgt wurde. »Ich war gerade dabei, die Regenrinne rechts am Haupttor abzudichten. Ich glaube …«

Neil wartete. Es war nicht klar, ob seinem Vater das Sprechen schwerfiel oder er seine Gedanken nicht zu fassen bekam.

»… es ist noch fertig geworden.«

»Das ist gut, Dad.«

Neil nahm seine zweite Hand dazu, um die seines Vaters ganz zu umschließen, sie zu wärmen und ihm seine Lebensenergie zu übertragen. Für den Fall, dass die bedrohlichen Schläuche in seiner Nase dazu nicht ausreichten.

War es ihm seit dem Kauf von Cronberry House nicht eigentlich besser gegangen? Vielleicht nicht, vielleicht hatte es nur nach außen besser gewirkt. Aber er war nicht wirklich aufgeblüht, er war nur in einen dauerhaften angespannten Aktionismus verfallen.

»Aber dieser Mr Drissel hat ein Chaos unter dem Fenster hinterlassen, es ist zum Knochenkotzen!«

Mr Drissel war, wenn Neil sich richtig erinnerte, der Fensterbauer, der über Nacht sein Werkzeug sowie Staub und Späne liegen ließ. »Bis du wieder nach Hause kommst, ist das weg. Ich fahre hin und mach das.« Neil schielte auf das EKG. Er war sich nicht sicher, ob er sich das einbildete, aber die Ausschläge schienen stärker zu werden. Das Personal hatte das doch sicher auch aus der Ferne im Blick?

»In der Bibliothek im Westflügel stehen wir auch vor einem Riesenproblem. Wir brauchen bis zur Jagdsaison einen durchlässigen Kamin.« Der Atem seines Vaters ging schwach und schnell.

Neil und seine Tante Mary hatten manchmal am Telefon die schönsten Zitate ausgetauscht, um verschämt gemeinsam darüber zu lachen. Das diente der eigenen Entlastung, und das Riesenproblem mit dem Kamin in der Bibliothek wäre auf jeden Fall ein Kandidat dafür gewesen, schließlich gab es ungefähr siebenundzwanzig andere Räume, in denen die Gesellschaft ihren abendlichen Whisky einnehmen konnte. Aber jetzt schnürte Neil die Angst die Kehle zu.

»Ich kümmere mich um einen Handwerker. Dad, ich fahre diese Woche nach Cronberry, sehe deine Unterlagen durch und spreche mit Docherty. Mach dir keine Gedanken, wir übernehmen das. Hast du immer noch Schmerzen?«

Sein Vater ignorierte die Frage. »Versucht es wegen des Kamins bei Abbott. Den habe ich ...« Er schluckte schwer. »... bisher nicht gefragt, weil er mich bei den Schornsteinen für die Gesindehäuser übers Ohr hauen wollte. Aber wir haben jetzt keine Wahl mehr.«

Neil überlegte, ob es besser wäre, wenn er wieder ginge, damit sein Vater zur Ruhe käme. Oder dachte er das jetzt nur, weil er nach Callander wollte? Er war schon fast dort gewesen, aber dann hatte ihn das wiederholte Klingeln seines Handys beunruhigt. Er war rechts rangefahren, hatte das Handy aus der Seitentasche seines Rucksacks auf dem Rücksitz gezogen und einen Anruf von Docherty, dem Verwalter seines Vaters, gesehen, außerdem einen Anruf einer unbekannten Nummer, einen von Hanna und ihre Nachricht, dass sie sich jetzt auf zum Fest machte. Und dann noch drei Anrufe seiner Tante. Sie hatte er zuerst zurückgerufen und erfahren, dass sein Vater auf der Intensivstation lag.

»Warum trägst du eigentlich einen Anzug?«, murmelte der Earl jetzt.

»Ich war gerade auf dem Weg nach Callander, zur Jubiläumsfeier.«

»Verdammt!«

Neil sah ihn erschrocken an.

»Da sind wichtige Leute.«

Eine, korrigierte Neil im Geiste.

»Nevis Campbell wird da sein. So ein großer Rothaariger mit Halbglatze, du weißt, wie er aussieht? Er hat in London viel Einfluss.«

»Okay.« Neil strich sich mit der Linken durchs Haar, ein Haareraufen getarnt als Glattstreichen.

»Versprich mir, dass du gleich noch hinfährst. Hast du denn den Sitz im Transport- und Umweltkomitee bekommen?«

»Ja, Dad.«

»Und wirst du gehört?«

»Ich ... ich habe bisher noch nicht viel gesagt. Ich will erst mal die Dynamik verstehen.«

Sein Vater seufzte. »Nun gut.« Er drückte wieder seine Hand.

Der unausgesprochene große Plan seines Vaters sah eine familiäre Arbeitsteilung vor. Fergus war für ein Wirtschaftsstudium nach Amerika geschickt worden. Ihm fiel die Aufgabe zu, irgendwo eine internationale Konzernkarriere zu machen, um mit seinem Geld einspringen zu können, wenn Cronberry House mit den Einnahmen aus Pacht und Tourismus sich nicht selbst trug. Sein Vater kümmerte sich um die Verwaltung des neuen Stammsitzes und Neil darum, dem Namen der Familie auf dem politischen Parkett die Bedeutung zu geben, die ihm gebührte. Dabei würde er auch verhindern, dass so nachteilige Entscheidungen wie die Enteignung ihres alten Anwesens je wieder möglich waren.

Zwar arbeitete er gleichzeitig mit einer Doktorarbeit an einer Unikarriere, aber auch da beschäftigte er sich mit schottischer Politik, sodass er mit der ihm zugedachten Rolle prinzipiell einverstanden war. Schon Tage vor den gegenseitigen Besuchen ging er allerdings im Kopf immer wieder die möglichen Fragen durch, die sein Vater ihm stellen könnte, und feilte an seinen Antworten.

Die Tür ging auf, und eine Schwester erschien. »Guten Abend zusammen. Ich bin Schwester Priti«, stellte sie sich vor.

»Ich bin der Sohn. Neil.«

»Schön, Neil. Die Blutuntersuchung, die wir vorhin durchgeführt haben, bestätigt den Verdacht auf einen Infarkt. Wir nehmen Ihren Vater aber jetzt noch mal mit ins CT.«

»Ich bin noch nicht tot. Sie können auch mit mir sprechen«, kam es angestrengt aus dem Krankenbett.

»Sicher. Entschuldigung, Sir«, antwortete Schwester Priti ungerührt. »Im Anschluss würden wir dann mit Ihnen beiden die Diagnose besprechen.«

Neil nickte. »In Ordnung, ich warte hier.«

Er half Priti, das Bett mit dem Ständer, an dem das EKG und der Infusionsbeutel befestigt waren, auf den Gang zu schieben. Dann gab er seinem Vater zum Abschied einen Kuss auf die Stirn, kehrte in das leere Krankenzimmer zurück und begann zu weinen.

21:54 Uhr

Hanna war durch Haus und Gelände gestreift und hatte sich einige der Programmpunkte zu Gemüte geführt. Zwei Schüler aus dem Debating Club zeigten eine altkluge Show-Diskussion darüber, ob es sich in Haus Spencer oder Haus Locke besser lebte. Im Garten führte ein begeistertes Mädchen die Gäste an den Beeten entlang, in denen vergessene Heilkräuter und alte Beerensorten kultiviert wurden. Der Regen hatte aufgehört, Hanna sich hier und da unterhalten und zwischendurch immer wieder etwas zu trinken besorgt. Zuletzt hatte ein älterer Mitschüler, mit dem sie damals flüchtig zu tun gehabt hatte, sie sicher eine Dreiviertelstunde lang in einen ermüdenden Monolog über seine Vertriebserfolge in einem italienischen Chemiekonzern verwickelt. Irgendwann hatte sie es geschafft, ihn zu unterbrechen, und darum gebeten, eine SMS auszutauschen, um angesichts von Neils beharrlichem Schweigen zu testen, ob ihr Handy noch funktionierte. Er hatte vermutlich gedacht, sie wollte ihm ihre Nummer unterjubeln, nachdem seine B2B-Geschäfte doch so gut liefen. Gerade hatte sie sich losgeeist und war erneut auf dem Weg zur Bar im Foyer, als der Beethoventyp sie am Arm festhielt.

»Was gibt's?«, fragte sie, unwirsch, weil er die Konzentration störte, die der Gang über den Kies mit den hohen Schuhen erforderte. Und weil Neil immer noch nicht da und sie so schrecklich enttäuscht war und überhaupt nicht wusste, was sie davon halten sollte. Natürlich war ihr erster Gedanke gewesen, dass Neil oder seinem Handy etwas passiert war. Ihr zweiter allerdings, wie naiv sie es meistens fand, wenn andere das in Zusammenhang mit einem geplatzten Date vermuteten. Gut, das hier war Neil, das war was anderes. Aber war es das wirklich? Der neue Neil hatte bisweilen Lücken in seinen Erzählungen, hinter denen sie irgendwelche Frauengeschichten vermutete. Und er hatte immer tausend Termine. Und er war derjenige gewesen, der an jenem Abend im Pub, als sie ihm fast ein Geständnis gemacht hätte, gesagt hatte: Sag nichts.

»Du hast recht«, sagte der Typ.

»Womit?«

»Das Bild ist prätentiös. Ich wollte cool sein. Ich würde das heute nicht mehr so malen.«

Verständnislos sah sie ihn an.

»Ich bin Lennox.« Er schwenkte das Whiskyglas in seiner Hand und betrachtete es eingehend.

Hanna brauchte einen weiteren Moment, bis sie begriff, was er ihr sagen wollte. »Lennox MacPhail?«

»Ja. Ich bin hier zur Schule gegangen.«

»Das weiß ich. Aber ... zeigen Sie mir Ihren Ausweis.«

Er stellte das Glas auf dem Stehtisch vor ihm ab und fummelte eine abgegriffene Brieftasche aus seinem Jackett. »Es ist vieles hineininterpretiert worden in diese Bilder, alle möglichen Arten mehr oder weniger subtiler Gesellschaftskritik.« Er zog eine Plastikkarte heraus und hielt sie ihr hin. »Bitte sehr, mein Führerschein.«

Sie las den Namen und ließ ihre Augen mehrmals wie eine Grenzbeamtin zwischen dem Bild und seinem Gesicht hin- und herwandern.

»Aber eigentlich wollte ich nur cool sein und konnte die Schönheit nicht so stehen lassen«, führte Lennox MacPhail weiter aus. »Jetzt kann ich das. Bleiben Sie doch ein bisschen bei mir stehen.« Er grinste.

»Haha«, sagte Hanna, war aber gegen ihren Willen geschmeichelt.

»Trinken Sie Whisky, Miss Mansfield?«

»In Schottland schon.«

Lennox MacPhail winkte eins der Mädchen heran und orderte zwei Whisky auf Eis.

»Warum ist es Ihnen so schwergefallen, mir zu glauben?«, erkundigte er sich bei Hanna.

»Weil ... weil Sie auch noch göttlich Klavier spielen können? Wieso ist das so ungerecht verteilt?«

Er zuckte die Achseln. »Macht einen auch nicht glücklicher.«

»Und weil man normalerweise nicht die Idole seiner Jugend trifft!«, platzte Hanna heraus. Sollte dieser Abend vielleicht doch noch eine interessante Wendung nehmen?

Er horchte auf. »Ich war ein Idol Ihrer Jugend?«

»Allerdings.«

»Warum?«

»Wegen des Humors, der in den Bildern steckt. Und der überfotorealistischen Perfektion. Ich hab davon geträumt, auch so malen zu können.«

»Oh, danke schön. Und der Künstler? Kam der vielleicht auch in Ihren Träumen vor?« Er lallte zwar nicht, aber der Blick aus seinen verhangenen hellblauen Augen sagte Hanna, dass er in den vergangenen zwei Stunden ziemlich getankt haben musste.

Sie verdrehte die Augen. »Ein Maler in der Zeit vor dem Internet? Ich wusste ja nicht mal, wie Sie aussehen.«

»Na gut, war nur 'ne Frage.« Er grinste wieder.

Auf eine vierschrötige, verlebte Art sah er gut aus. Vermutlich war er in seiner Altersgruppe ein ziemlicher Womanizer.

»Und Sie wollten auch beruflich Kunst machen?«, fragte er.

Hanna nickte. »Bin aber nirgendwo genommen worden.« Ein Rest Bitterkeit war immer noch dabei, wenn sie das sagte, aber gerade wurde er gnädig vom Alkohol abgemildert.

»Auf den Kunstakademien bewerben sich so viele Leute auf so wenige Plätze. Wenn du nicht gleich in das Raster passt oder deine Kunst eher stiller ist, hast du keine Chance. Ich kenne so viele top Kollegen, wirklich begnadete Leute, die da abgewiesen wurden ...«

»Lieb, dass Sie das sagen.«

»Es ist die Wahrheit.«

Sie zuckte die Achseln.

»Ehrlich, Sie sind noch so jung. Sie können noch alles werden.« Er guckte jetzt irgendwie sehr nett, wahrscheinlich war er kein übler Typ. »Aber was studieren Sie noch mal? Produktdesign? Überlegen Sie mal, damit können Sie viel mehr Leute erreichen. Kunst ist doch, wenn man ehrlich ist, nur was für einen elitären Haufen. Wenn man dann in deren Raster des ausgeflippten Grenzgängers passt, dann läuft es. Solange man auf allen Empfängen mitsäuft.«

»Na, ob das so ein Opfer für Sie ist?«

»Sie haben recht. Bei mir passt es wie Arsch auf Eimer.« Er lachte. »Und manchmal ergeben sich dabei sogar unerwartet schöne Begegnungen. Man erfährt, dass man das Idol einer hübschen Studentin von brillantem Verstand gewesen ist. Auch wenn das leider vorbei ist. Und man sich damit kein bisschen mehr interessant machen kann – wirklich gar nicht?« Er bedachte sie mit einem nicht gänzlich uncharmanten Bettelblick aus seinen verwaschenen hellblauen Augen.

Sie musterte ihn jetzt ebenso offensiv, wie er es zuvor bei ihr getan hatte. Irgendwie gefiel ihr seine direkte Art. Zumal er jetzt Lennox MacPhail war. »Das oben im Musikzimmer hab ich auch nur gesagt, um cool zu sein«, gab sie zu. »Eigentlich finde ich Ihre Bilder immer noch den absoluten Hammer.«

22:30 Uhr

Neil war zurück auf der Straße. Er bremste sich immer wieder auf die erlaubten siebzig Meilen pro Stunde herunter, nur um eine Minute später zu bemerken, dass er erneut viel zu schnell war. Auf dem Weg vom Krankenhaus zum Parkplatz hatte er einen Regenschauer abbekommen, und weil sein feuchter Anzug die Scheiben beschlagen ließ, hatte er das Gebläse des Minis auf höchste Stufe gestellt. Ein Geruch nach altem Staubsauger pustete ihm aus den Lamellen entgegen, und es war gleichzeitig zu heiß und klamm in dem Wagen, in den er ohnehin kaum hineinpasste. Seine Gedanken irrten von Hanna über seinen Vater und die beklemmende Vorstellung, er könnte schon in den nächsten Jahren dessen Titel erben, zu der Frage, ob er hier nicht irgendwo rausmusste auf die M77.

Sein Handy, das jetzt auf dem Beifahrersitz lag, meldete eine SMS.

Mit gekrümmtem Rücken blickte er kurz über die Schulter und wechselte auf den rechten Fahrstreifen. Er sah noch mal in den Rückspiegel, dann griff er das Handy und klickte die Nachricht auf. Aber sie war nicht von Hanna, sondern von einem Mädchen, das er in einem Pub in Cumnock kennengelernt hatte, dem nächstgrößeren Ort nahe Cronberry. Er hatte nichts mit ihr gehabt, aber sie hatte ihn nach seiner Nummer gefragt. Jetzt schrieb sie ihm andauernd betont lockere Nachrichten mit nicht sonderlich originellen Alltagsbeobachtungen, die mit einem *Musst nicht antworten* oder *Fiel mir nur gerade so ein* endeten. Na dann. Er war genervt.

Insgesamt hatte das Frauenparadies etwas an Unschuld verloren. Es hatte hässliche Szenen gegeben, Fiona, die er sehr schätzte, hatte ihn eines Abends als *Fucking Independence Ficker* bezeichnet und ihm vorgeworfen, er würde seine politische Arbeit nur betreiben, um Frauen aufzureißen.

Einige Male war der Sex auch für ihn befremdlich gewesen. Er hatte es durchgezogen, weil er unfähig gewesen war, aus der Situation herauszukommen, ohne grob unhöflich zu sein, und sich danach beschissen gefühlt.

Der Wortwechsel mit Hanna damals im Pub war ihm im Nachhinein vollkommen unwirklich vorgekommen, und er hatte nicht mehr gewusst, ob sich das überhaupt so zugetragen haben konnte. Er hatte den Moment in seiner Erinnerung hin und her gewendet, andere Fortsetzungen geschrieben, von denen einige sehr erregend waren, aber in ihren Gesprächen danach hatte nichts mehr auf jenen Moment hingedeutet, jedenfalls nicht, was das gesprochene Wort betraf. Aber vielleicht heute Abend, persönlich, könnte es anders sein.

Zurück in Berlin hatte Hanna einige Male von irgendwelchen Typen erzählt, mit denen sie sich traf, und er hatte an der Art, wie sie die Episoden einbaute, und einem gewissen Lauern durch den Hörer erkannt, dass sie seine Reaktion darauf interessierte. Gerade das hatte ihn beruhigt.

Er zog nach links rüber, um direkt hinausfahren zu können, sobald die Abfahrt kam, da ertönte ein lang gezogenes Hupen, und er nahm aus dem Augenwinkel die Scheinwerfer eines Wagens wahr. Panisch riss er den Lenker wieder nach rechts. Während ihm gerade dämmerte, dass das hier keine Abfahrt gewesen war, sondern im Gegenteil eine Auffahrt, quietschten hinter ihm schon wieder Bremsen, und er sah im Rückspiegel den Laster aufragen, der ihm jetzt fast auf der Stoßstange hing.

Das Herz schlug ihm bis zum Hals. Er musste eindeutig besser auf den Verkehr achten.

23:21 Uhr

»Warum guckst du eigentlich dauernd auf dein Handy?« Sanft umfasste Lennox mit seinen breiten rauen Fingern Hannas linkes Handgelenk, nachdem sie erneut in ihrer Tasche den Bildschirm ihres Mobiltelefons angetippt hatte. »Ich bin ein alter Mann, ich find so was unhöflich.« Dazu setzte er allerdings wieder sein lausbübisches Grinsen auf. »Sag schon, wer meldet sich nicht?« Er drückte seine Zigarre aus.

»Mein bester Freund aus der Schule wollte eigentlich kommen«, erklärte Hanna widerstrebend.

»Lass mich raten: Du warst damals das hässliche Entlein, und jetzt hast du dich als Jayne Mansfield verkleidet und willst aus der Kumpelschiene raus?«

Hanna kicherte und schwankte ein wenig. »Nicht schlecht. Aber eigentlich war es, wenn überhaupt, andersherum.«

Er hatte ihren Arm nicht losgelassen, sondern begann im Gegenteil, ihn zu streicheln. Es fühlte sich angenehm an, sie ließ es geschehen.

»Du warst also schon immer hot und bist jetzt einfach gespannt, ob er immer noch so scheiße aussieht?«

»Er sah nie scheiße aus.« Jetzt schüttelte sie seine Hand doch ab.

»Aber aus der Kumpelschiene seid ihr trotzdem nie

rausgekommen? Lass hören, ich bin ein Mann mit Erfahrung.«

»Ich glaub nicht, dass deine Erfahrungen da allzu hilfreich sind.«

»Probier's aus.«

Hanna seufzte. »Ich war damals zu jung und dumm, um zu kapieren, dass ...« Sie brach ab und begann neu: »Ich hab zu viel Wert auf das Urteil anderer Leute gelegt, und er hatte es im Gegensatz zu uns zwei beiden noch nie nötig, cool zu sein. Das war das Dilemma.«

Lennox' glasige Augen sahen sie ernst an, und er begann erneut, ihren Arm zu streicheln.

Aus dem Foyer hämmerte jetzt elektronische Musik, Hanna hatte vorhin auf dem Weg zur Toilette gesehen, wie der DJ sein Equipment aufgebaut hatte. Die Honorigeren unter den Gästen waren gegangen, legten wahrscheinlich gerade in ihren geräumigen Hotelzimmern ihre teuren Ohrringe und schweren Uhren ab und legten sich in ihre frisch gestärkte Bettwäsche. Der Gedanke hatte seinen Reiz. Hannas Füße schmerzten in den hohen Schuhen, und in ihrem Magen schwappte säuerlich der Sekt.

»Aber im Bett gelandet seid ihr nie?«, fragte Lennox.

»Nein.«

»Auch nicht in Gedanken?«

»Mm«, machte Hanna. »Wir sind so gut befreundet ...« Sie schluckte. »Da kommt es mir anmaßend vor, eine sexuelle Fantasie ...« Hier hatte sie etwas Mühe mit der Aussprache. »... über ihn zu haben. Ich weiß ja nicht, ob er damit einverstanden wäre.«

Lennox sah ihr in die Augen. »Ganz bestimmt wäre er das, es kann gar nicht anders sein.«

Sie hob die Achseln und sah noch mal auf ihr Handy.

»Wenn er jetzt hier wäre, stünde euch nichts im Wege.«

»Toll. Ist er aber leider nicht.«

»Du siehst müde aus, Jayne.« Er strich über ihre Taille. »Was meinst du, wollen wir ins Bett?«

Sie schluckte. Einerseits hatte sie den Verdacht, dass er sie immer noch Jayne Mansfield nannte, weil er sich ihren Namen nicht merken konnte. Andererseits hatte er bestimmt eine Suite im Royal Countryside. Und sie könnte hinterher von sich sagen, sie hätte bei Lennox MacPhail ... oder mit Lennox MacPhail ...

Die ganzen hoch aufgetürmten Erwartungen, mit denen sie gekommen war, mussten irgendwohin, und betrunken, wie sie war, kam ihr plötzlich alles geradezu folgerichtig vor. Vielleicht steckte sogar ein schicksalhafter Plan dahinter, dass Neil nicht gekommen war. Die Kunstunis hatten sie nicht haben wollen, aber sie war jung, sie war sexy, und sie konnte alles werden. Lennox MacPhail wollte sie. Er war attraktiv, und er war ihr Idol. Sie kicherte.

23:22 Uhr

Er war inzwischen kurz vor Stirling, als sein Vordermann zu stehen schien. Neil bremste hart und schaltete den Warnblinker ein.

23:40 Uhr

Als ihr Taxi irgendwo am Berg war, auf halbem Weg zwischen der Callander Chambers Boarding School und Lennox' Hotel, verband sich der britische Mobilfunkanbieter, mit dem Hannas deutscher kooperierte, hoch über den Wolken mit jenem, bei dem Neil seinen Vertrag hatte, und es klingelte und brummte in Hannas Tasche. Sieben Nachrichten, Anrufe und Mailboxnachrichten trafen ein, mit denen Neil jeden Schritt seines aufwühlenden Abends mit ihr geteilt hatte. Hanna aber bemerkte es nicht. Sie war in den lederbezogenen Rücksitz des Toyotas gesunken und auf ihre Hand konzentriert, die in der von Lennox lag und dort sehr zart wirkte, was ihr gefiel. Mit seinem rauen, warmen Finger fuhr er die Linien darin entlang.

»Diese stäht fürrr deine Kreativität. Hierrrr ...« Er imitierte den Akzent einer südeuropäischen Wahrsagerin. »... ist sie unterbrrrochen. Aber hierrrr ... wird sie fortgesetzt.«

Hanna versuchte zu erkennen, ob er recht hatte, aber es war zu dunkel.

»Deine Läbenslinie ist brrreit und starrrk. Hier wirrrd sie etwas schwäscher, dann findet sie zu alter Stärrrke zuruck. Und hier ... das Wischtigste: die Liebe. Kein Gluck, kein Gluck! Doch halt – da!« Er kitzelte ihre Handfläche, und Hanna kicherte. »Da ist eine Ausschlag nach oben, eine Hohepunkt! Es ist der Abend, an däm Sie Lennox MacPhail treffen, der große Liebhaberrr.«

Hanna stöhnte gespielt genervt auf.

»Pass auf, wir machen es so«, sagte Lennox jetzt wieder in seiner normalen Stimme, aber leise und dicht an ihrem Ohr. »Ich schlafe mit dir ... und du brauchst dir keine Fantasie zu machen. Ich mache sie dir.«

Seine Finger wanderten von ihrer Handfläche die Innenseite ihres Arms hinauf.

Sie erschauerte.

»Ich schlafe mit dir, ganz liebevoll, aber auch leidenschaftlich, so wie dein guter Freund es tun würde. Und du schließt einfach die Augen und stellst dir vor, er wär's.«

Hanna überlegte, was die Taxifahrerin von ihnen beiden halten mochte. Aber wahrscheinlich hörte sie ihnen gar nicht zu, man war sich ja nur immer selbst so wichtig. Im Radio kam jetzt *When September Ends*, und die Fahrerin summte mit, während Lennox anfing, Hannas Hals zu küssen. Es kitzelte angenehm, und er roch gut, nach einer fremden männlichen britischen Kunstwelt mit würzigen Zigarren. Interessant. Seine Hand glitt an ihrer Flanke entlang, und in ihrem Inneren vermengten sich Sex und Traurigkeit mit Sekt und Whisky zu dem Wunsch, weiter so gestreichelt zu werden. »Aber nicht, dass du nachher enttäuscht bist, von wegen Mansfield«, lallte sie.

Lennox winkte ab. »Das passt schon.«

23:41 Uhr

Neil hatte ein mulmiges Gefühl, als er die Dorfstraße passierte. Das Pub, in dem noch Licht brannte, der Supermarkt, in dem sich die Callanderianer immer mit Snacks eingedeckt hatten, er möglichst antizyklisch, zu Zeiten, zu denen die anderen nicht dort herumlungerten. Dann die Kirche mit dem ligusterumrankten weißen Eingangstor, hinter der es den Berg hinaufging. Er setzte den Blinker. Ein Taxi kam ihm entgegen.

Seine Kehle war ausgedörrt, und ganz untypisch für ihn machte er sich plötzlich Gedanken um sein Aussehen. Er sah in den Rückspiegel und fuhr sich durch die Haare. Ob man ihm ansah, dass er geweint hatte? Fast fürchtete er, gleich würden Tucker & Co. feixend am Straßenrand stehen und sich darüber lustig machen, wie dumm er in dem kleinen Auto aussah. Die Sorge um seinen Vater hatte die zwiespältigen Gefühle, die er mit der Rückkehr nach Callander verband, bisher überlagert, aber jetzt kamen sie hervor. Wenn Hanna nicht wäre, hätte er sicher keinen Fuß mehr hierhergesetzt.

Oben waren am Straßenrand zahlreiche Lücken zwischen den parkenden Autos. Offenbar waren viele Gäste schon wieder aufgebrochen. Er parkte ein, wand sich aus dem Wagen und checkte noch mal sein Mobiltelefon. Zwei Nachrichten und ein Anruf von Hanna. Sie fragte, wo er blieb. Seltsam, aber er würde das hoffentlich gleich aufklären können. Er rückte seinen Anzug zurecht, versuchte, sich kurz zu sammeln, und inhalierte die kühle Nachtluft. Als er losging, musste er sich plötzlich beherrschen, nicht zu laufen. Er wollte zu Hanna, wollte, dass sie ihre Arme um ihn schlang, wollte seine Nase in ihre vom Tanzen verschwitzten Haare stecken und ihr alles genau erzählen. Sie sollte »Armer Neili« sagen und ihn mit ihren klaren liebevollen blauen Augen dabei ansehen. Gerade hatte er das Gefühl, dass sie die Einzige auf der ganzen Welt war, die noch irgendwas zum Guten wenden könnte.

Auf dem Platz vor dem Eingang blieb er stehen. Vereinzelt unterhielten sich Leute an Stehtischen. Die Hussen waren verrutscht, verwaiste Gläser standen herum. Vor dem Eingang wurde in Grüppchen geraucht, und aus dem Foyer dröhnten Bässe. Hanna war nicht zu sehen, vermutlich war sie drinnen.

Er bahnte sich seinen Weg zwischen den Tischen hindurch, ohne dass ihn jemand aufhielt. Nur die Partyhungrigen, die Labertaschen und die Säufer schienen noch da zu sein.

Drinnen war noch was los. Er durchkämmte den

Raum, und einmal dachte er im Stroboskoplicht, er hätte Hanna gesehen, aber dann drehte die Frau sich um und war es nicht. Ein ungutes Gefühl stieg in ihm auf. Ein Mädchen sprach ihn an, lächelnd, fragte, aus welchem Jahrgang er denn sei. Er antwortete höflich, aber kurz angebunden und ging weiter, bis er Chiara erkannte, die unter der Ahnentafel mit den berühmten Söhnen der Schule von einem Typ belagert wurde, der ebenso wie sie aus Italien stammte, wenn er sich recht erinnerte, und ein oder zwei Jahre vor ihnen abgegangen war.

»Darf ich kurz stören?« Er sprach laut, um die Musik zu übertönen. »Weißt du, wo Hanna ist?«

Ein undefinierbarer Ausdruck trat auf Chiaras Gesicht, als sie ihn erkannte. Mitleid? »Die ist nicht mehr da«, rief sie. »Sorry.«

»Wieso sorry, wo ist sie denn?«

Sie machte ein verdruckstes Gesicht, schien zu überlegen, was sie sagen sollte. »Sie ist mit Lennox MacPhail ins Dorf gefahren.«

0:20 Uhr

Das Schönste war gewesen, endlich die Schuhe auszuziehen und dann barfuß über den weichen Teppich zum Pinkeln in das große Badezimmer zu gehen. Danach hatte sie sich ausgiebig mit einer samtigen Schaumseife die Hände gewaschen. Und nun lag sie vollkommen entkleidet rücklings auf dem Kingsize-Bett. Lennox hatte ihr erst das Kleid und dann die Unterwäsche ausgezogen und nicht mit Komplimenten gespart über alles, was er dabei zu sehen bekam, sogar ihre Waden.

Mit aufgestütztem Kopf lag er neben ihr und sah sie unter schweren Lidern an, während er ihre Brust liebkoste. Sie rief sich in Erinnerung, dass die gleichen Hände, die jetzt sanft ihren Nippel umkreisten, auch den Pinsel gehalten hatten, der das Sonnenlicht über Loch Lomond einfing.

Er ging tiefer, und ihr Puls beschleunigte sich ein wenig. Eben war sie allerdings schon mal ganz kurz eingenickt. Lennox hatte sie wieder geweckt, gelacht und seine Bemühungen intensiviert.

Er trug noch seine Hose, aber sie spürte seine Erektion an ihrem Bein.

»Möchtest du denn überhaupt?«, murmelte er in ihr Ohr.

»Klar«, sagte sie matt. »*Go ahead.*« Das war nicht ihr erster One-Night-Stand, sie hatte gerne Sex. Und Lennox war Lennox MacPhail.

Er zog sich seine Hose aus, und sie machte noch einmal die Augen auf und drehte den Kopf in seine Richtung. Das wollte sie schon sehen. Es sah alles gut aus, normal, allerdings schien das Schamhaar grau zu sein. Sie machte die Augen wieder zu und hörte eine Kondomverpackung knistern.

Es knisterte ziemlich lange, Lennox kicherte in sich hinein. »Ich krieg das Scheißding nicht auf, warte ... ah, jetzt.« Er war genauso betrunken wie sie.

Er legte sich wieder neben sie, dann spürte sie ihn zwischen ihren Beinen. Er war schwer und ächzte ein bisschen. Es dauerte, bis er richtig in sie eindrang. Sie war einesteils erregt, anderenteils war ihr ein wenig übel. Der Gedanke an Neil lauerte die ganze Zeit unter der Oberfläche, aber nicht auf die Weise, wie Lennox es vorgeschlagen hatte.

Die Sache kam nicht richtig in Gang. Er mühte sich, und sie machte auch ein paar halbherzige Bewegungen, brach das dann aber wieder ab, weil der Raum sich zu drehen begann.

»Entschuldige, ich glaube, ich habe zu viel versprochen«, sagte Lennox nach einer Weile mit schwerer Zunge. »Tut mir leid, ich ... ich bin eben doch nur ein alter Sack.«

»Sch-sch«, machte sie und schlang ihre Arme um ihn. »Schon gut.«

Dann wurde er ihr zu schwer, sie ließ ihn los, und er rollte sich neben sie. »Ich bin schon eine Zumutung, oder?«

»Ich mag dich«, murmelte sie. »Du hast meinen Abend gerettet.«

Er legte seinen Arm um sie und vergrub sein Gesicht in ihrer Halsbeuge.

Lose über die Frage sinnierend, ob es jetzt toll war, Lennox MacPhail kennengelernt zu haben, oder im Gegenteil schade, dass das hier Lennox MacPhail war, schlief sie ein.

2006/07

Gute Vorsätze

Es war der 31. Dezember und Hanna war frühmorgens mit dem Zug in Genf aufgebrochen, wo sie Weihnachten bei ihren Eltern verbracht hatte. Genf im Dezember war sehr schön, pittoresk und kalt, mit raureifgeschmückten Bäumen vor dem Haus, in dem ihre Eltern eine Etage bewohnten. Aber am Ende hatte es Konflikte gegeben, die Tage waren ihr sehr lang geworden, und sie hatte jetzt das dringende Bedürfnis, schnell wieder in ihr normales Leben zu starten. Seit einer guten Stunde war sie zu Hause, hatte schon ihren Koffer ausgeräumt und eine Maschine Wäsche angestellt. Jetzt war sie dabei, die Küche abzuschmücken, und hoffte, dass Adam und Maja bald da wären. Adam war eigentlich schon seit dem 27. wieder in Berlin, aber sie konnte ihn nicht erreichen. Maja war noch im Zug und hatte vor anderthalb Stunden geschrieben, dass sie sich mit Kolja andauernd gestritten hatte und es das letzte Mal gewesen wäre, dass sie bei ihm Weihnachten gefeiert hätte. Außerdem, dass sie gerade auf offener Strecke hielten.

Hanna wickelte die trockenen Tannenzweige von dem Draht, den sie vor drei Wochen als Girlande am Küchenfenster drapiert hatte, und legte die daran befestigten Kugeln in einen Schuhkarton. Dann pflückte sie die roten Schleifen und die Zieräpfel von dem heruntergebrannten Adventskranz, der noch auf dem Küchentisch stand, legte sie dazu und warf die Kerzenstumpen in den Mülleimer. Als sie einen Schlüssel in der Tür hörte, lief sie in den Flur.

Es war Adam, und er war beim Späti gewesen, wie sie an den beiden dünnen weißen Plastiktüten erkannte, die er in den Händen hielt.

»Wenn ich gewusst hätte, dass du schon da bist, hätte ich nicht so lange mit Ulf gequatscht!« Er stellte die Tüten ab, und sie umarmten sich.

»Ich hab angerufen.«

Er zog sein Telefon aus der Tasche seiner Daunenjacke. »Oh, hab ich nicht gesehen«, meinte er mit Blick aufs Display. »Und Maja schreibt, es hakt vor Berlin.«

»Ja, hat sie mir auch geschrieben. Was hast du gekauft?«

»Ein bisschen was für heute Abend. Wein, Nudeln, Soße. Wir essen erst hier, oder?«

»Wär ich dafür.« So hatten sie es in den letzten Jahren immer gemacht. Erst zusammen gegessen, dann gegen elf auf eine größere Party in der Nachbarschaft gewechselt.

Adam nahm die Tüten wieder auf, und sie gingen zusammen in die Küche.

»Es ist noch Kaffee da, willst du einen?«, fragte Hanna.

»Oh ja, bitte.«

Sie goss ihm einen Becher voll, während er auspackte.

»Wie war's in Genf?«, fragte er.

»Zuerst ganz gemütlich, aber am 25. haben meine Eltern mir dann eröffnet, wie sie mich in Sachen Job auf Trab bringen wollen. Es kann ja nicht angehen, dass sie so viel Geld in meine Ausbildung stecken und ich dann mit meinen ganzen Abschlüssen nur herumsitze. Sie vermuten, dass es mir entweder an Willen fehlt oder ich mich beim Bewerben einfach sträflich dumm anstelle. Auf jeden Fall brauche ich Feuer unterm Hintern. Das wollen sie mir jetzt machen, indem sie mir die Zuwendung kürzen. Ist nicht böse gemeint, sie wollen mich damit motivieren.«

Adam sah sie entgeistert an. »Und danach bist du noch sechs Tage geblieben?«

»Ich hatte den Zug vorgebucht, nicht stornierbar ...«

»Also, wenn du Geld brauchst ...«

»Nein, nein, so schlimm ist es nicht. Mein Onkel und meine Tante haben mir welches zu Weihnachten geschenkt, und ich hab auch noch ein paar Hundert auf dem Konto. Erst mal komm ich klar. Aber danke fürs Angebot. Und wie war's bei dir?«

»Schön, es ist nur nach zwei Tagen zu eng da. Aber wir sehen uns ja auch öfter.« Adams Eltern wohnten inzwischen in der Nähe seiner Schwester in Potsdam und kümmerten sich um die Enkel, aber sie hatten nur eine Zweizimmerwohnung, und Adam schlief auf dem Sofa im Wohnzimmer, wenn er dort war.

»Leute!«, tönte es in diesem Augenblick aus dem Flur. »Wartet mit dem Bericht auf mich!«

Eine halbe Stunde später stand Adam am Herd, um ihnen »eine gute Grundlage« für die Party zuzubereiten, und sie waren alle auf dem neuesten Stand. Hanna und Maja saßen am Tisch, und Maja hatte ihren Kalender vor sich liegen. »Also, du hast letztes Jahr die folgenden Vorsätze zu Protokoll gegeben: Neil klarmachen und nach dem Abschluss einen erstklassigen Job als Produktdesignerin.« Das Buch war von eingeklebten Konzertankündigungen, Tickets und Flyern so dick, dass es schon aus dem Leim ging. »Außerdem, nicht weniger wichtig: einen Yogakurs buchen und auch hingehen und *Smoke on the Water* auf dem Dudelsack lernen.«

»Ha«, sagte Hanna. »Als ich mir die ersten beiden ausgedacht hab, muss ich betrunken gewesen sein.«

»Nicht unwahrscheinlich an Silvester.«

»Aber die letzten beiden hab ich geschafft. Also zwei zu zwei unentschieden.«

»Yogakurs buchen und hingehen zählen als zwei. Also drei zu zwei für dich.«

Hanna lachte. »Okay, danke. Mannomann, was für ein erfolgreiches Jahr.« Sie lehnte sich auf ihrem Stuhl zurück und schwang ihre Füße auf Adams. »Ich hoffe, 2007 wird genauso geil.«

»Geiler. Wir leben in einer Wachstumsgesellschaft«, sagte Adam, während er die Möhren klein schnitt, die die Fertigsoße für die Spaghetti verfeinern würden.

Maja legte den alten Kalender zur Seite und nahm den noch jungfräulichen für das neue Jahr zur Hand. »Gib mir mal den Kugelschreiber, Adam. Da oben, links, neben dem Pfeffer. Ich seh ihn von hier aus.« Sie wandte sich wieder an Hanna. »Und wie geht es 2007 weiter?«

»Ich will nicht mehr Teil der Generation P sein.«

»Generation P?« Adam kippte großzügig Olivenöl in die Soße und drehte sich um. »Wie Penis?«

Hanna verdrehte die Augen. »Nein, wie Generation X oder Y. Wir sind Generation P. Also ich jedenfalls. Stand irgendwo in der Zeitung. P steht für Praktikum. Weil sie uns ausbeuten für eure Wachstumsgesellschaft.«

»Ach so. Bei uns arbeiten übrigens auch ein paar Praktikanten. Arme Schweine, echt.« Adam selbst war vor einigen Jahren nach seiner Bankausbildung in ein festes Angestelltenverhältnis übernommen worden, hatte seither viele Fortbildungen gemacht und war prädestiniert für eine interne Karriere.

»Danke«, sagte Hanna, die vor zwei Monaten ihr drittes Praktikum in Folge angetreten hatte. Die Aufgaben, die man ihr übertrug, entsprachen ihrer Qualifikation, nur wurde nach Ablauf des Praktikums nicht sie eingestellt, sondern eine neue, billige Praktikantin. Das war es, was ihre Eltern nicht verstanden. Die Zeiten, in denen man mit einem Hochschulabschluss davon ausgehen konnte, eine gut bezahlte Stelle zu bekommen, waren vorbei.

»Haben sie schon irgendwas verlauten lassen, was die Übernahmechancen angeht?«, fragte Maja.

»Nein, aber weil meine Chefin so zufrieden mit mir ist, sprach sie davon, dass ich das Praktikum verlängern kann. Guter Witz.«

»Unverschämtheit.« Maja hatte gerade mit ihrem Referendariat angefangen. Sie würde Lehrerin werden, wenn es nicht doch noch mit dem musikalischen Durchbruch klappte. »Meine Tante hat mich gefragt, ob ich Interesse hätte, bei ihr zu jobben. Die mit dem Kunstgewerbeladen am Savignyplatz. Sie zahlt bestimmt fair. Das wäre auch nicht Vollzeit, man könnte nebenher noch was anderes machen.«

»Hat sie denn Interesse an einer abgehalfterten Produktdesignerin ohne Verkaufserfahrung? Du kannst sie ja mal fragen, Geld wäre auf jeden Fall willkommen.«

»Wenn alle Stricke reißen, hat Hanna ja noch ihren Koffer in Schottland«, kommentierte Adam vom Herd aus.

»Genau«, bestätigte Maja. »Zur Not wirfst du alles hin und wirst Prinzessin.«

»Nicht Prinzessin. Neil wird Earl.« Hanna lächelte.

»Zu was macht dich das dann? Earlin?«, fragte Adam.

»Keine Ahnung, Lady wahrscheinlich. Die Frauen sind alle Ladys. Oder Countess? Allerdings müsste er mich dafür heiraten wollen.«

»Das ist doch wohl Formsache«, meinte Maja.

»Mmh. Na ja.« Hanna genoss den Wortwechsel, die kleine Utopie, die darin aufschien. Es brachte ihr Neil wieder näher, wenn über ihn geredet wurde. In Wirklichkeit war nämlich seit dem Alumnifest der Wurm drin. Natürlich hatte sich am nächsten Tag alles aufgeklärt, sie hatten sich sogar noch kurz getroffen, bevor Hannas Flugzeug ging. Aber Neil schrieb jetzt öfter mal eine Mail oder SMS, als dass er anrief. Und sie hatte, davon seltsam eingeschüchtert, den Zustand nicht durch eigene Initiative verbessert. Einige Male hatten sie sich am Telefon über irgendwelche Nichtigkeiten in die Wolle bekommen, gereizte Stellvertreterdiskussionen, sie wusste nur nicht so recht wofür. Gut, einmal war es um die schottische Unabhängigkeit gegangen, da verstand Neil natürlich keinen Spaß. Im Sommer war Zinédine Zidanes Kopfstoß beim WM-Finale der Stein des Anstoßes gewesen. Neil hatte größtes Verständnis für die männliche Aggression auf dem Platz, Hanna fand sie lächerlich. Ein anderes Mal waren sie sogar über das Wertungssystem des European Song Contest in Streit geraten, wobei Neil den gar nicht geguckt hatte.

»Lady Hanna.« Adam sprach ihren Namen englisch aus. »Darf ich Ihnen von diesem köstlichen Weißwein nachschenken? Bitte entschuldigen Sie den Schraubverschluss, es wird nicht wieder vorkommen.«

»Demnächst nur noch Tetrapak mit Korken, oder was?« Hanna lachte.

Adam seufzte. »Ach, ich hätte auch gern einen Koffer irgendwo bei einem tollen Mann in einem tollen Land. Wenn Berlin und die Kollegen mal wieder nerven. Vielleicht nicht gerade in Schottland. Lieber Portugal oder so.«

»Oder Bremen«, schlug Maja vor und blickte auf die sogenannte Crushwand ihr gegenüber, wo der irgendwann mal gelb gestrichene Putz mit den wechselnden Helden der WG-Bewohner beklebt war. Adam hatte seit dem WM-Sommermärchen eine Leidenschaft für Miroslav Klose entwickelt, der derzeit bei Werder unter Vertrag stand und ebenso wie er als Kind aus Polen gekommen war.

Für Maja hingen an der Crushwand die Sänger einiger unbekannter Indie-Bands, außerdem Evergreens wie Johnny Depp, Brad Pitt und Christiane Paul. Hanna, die immer um stilvolle Deko bemüht war, hatte zuerst nur ein künstlerisches Porträtposter von Paul Schlesinger beigesteuert, der nicht wirklich ihrer, sondern der Crush von David Hockney, dem bekannten Maler, war. Aber seit einiger Zeit hing auch Neil dort. Maja hatte ihn aufgehängt, als Hanna ihr mal die Fotos gezeigt hatte, die sie an ihrem letzten Abend in Callander mit Neils Kamera geschossen hatte. Hanna fand Neil auf dem Foto zum Niederknien süß, vermutete aber, dass die anderen nur einen etwas pickeligen Achtzehnjährigen mit einem scheelen Grinsen darauf sahen.

Was sie bei Bonnie falsch gemacht hatte, machte sie in ihrer WG auf alle Fälle wett. Neil und der Koffer waren hier Legende.

Auch für sie selbst war der Koffer der Fluchtpunkt, zu

dem ihre Gedanken strebten, wenn eine Jobabsage kam oder ein vielversprechender Lover am Morgen plötzlich besserwisserisch zu dozieren begann. Auch wenn sie bisher noch nicht konkret vorgehabt hatte, sich bei Neil zu verkriechen, war ihr der Gedanke an die Möglichkeit ein Trost. Zur Not könnte sie trotz allem in eines seiner Gästezimmer ziehen und sich von da aus einen Job als Nachtportier suchen oder so.

Und auch sie hielt seinen Koffer weiterhin in Ehren. Er stand an prominenter Stelle neben ihrem Schreibtisch und diente als Bücherregal, was ziemlich raffiniert aussah. Neils Sachen (bis auf den Dudelsack) lagen wieder gewaschen und ordentlich gefaltet darin.

»Ein Koffer bei Miro Klose«, kicherte Adam. »In Bremen! Das wär's doch. Er wohnt bestimmt großzügig. Oh nein, die Soße!« Er drehte sich hektisch um und rührte. Aus dem Topf stieg ein leicht angebrannter Geruch auf. »Na ja, das wird noch gehen.« Er schob den Topf von der Platte, dann fischte er mit einer Gabel eine Spaghetti aus dem anderen Topf und hielt sie Hanna zum Probieren hin.

Sie pustete und biss ab. »Auf den Punkt«, bestätigte sie.

Adam goss das Nudelwasser ab und schaufelte ihnen je eine großzügige Portion in einen Suppenteller, Hanna rieb jedem ein Häufchen Parmesan dazu.

Die ersten Gabeln verzehrten sie in genussvollem Schweigen, dann schluckte Maja, legte das Besteck hin und fragte: »Also soll ich hier auch dieses Jahr wieder eintragen: Neil klarmachen?«

Hanna drehte ein Spaghettinest auf ihre Gabel, das sich am Ende wieder abrollte. »Ach ... schreib besser: irgendeine Beziehung länger als zwei Monate. Dann bin ich ein bisschen flexibler und loose beim nächsten Mal nicht so ab.«

Maja schrieb.

Es kam heraus, dass sie, indem sie mit Tim Schluss gemacht und sich endlich getraut hatte, ihre selbst komponierten Songs den Bandkolleginnen vorzustellen, die Jahressiegerin war. Adam gab fürs nächste Jahr zu Protokoll, dass er in die Firmenkundenbetreuung wechseln und mal mit Gregor ins Bett wollte. Maja notierte für sich als Ziele einen Auftritt als Vorband von Mia, und dass sie eine alte Freundin ausfindig machen wollte. Der Nudeltopf war leer, und Maja drehte sich zum Nachtisch einen Joint. »Es ist übrigens schon halb zwölf!«, stellte sie fest. »Wollen wir überhaupt noch auf die Party?«

Adam streckte sich auf seinem Stuhl. »Von mir aus können wir auch hierbleiben.«

»Sicher?«, fragte Hanna erstaunt. »Vielleicht ist Gregor da.«

»Vielleicht auch nicht. Und ich sehe ihn sowieso am Wochenende bei Karen. Mach dich rar, und du bist der Star.«

Hanna hätte zwar schon noch Lust gehabt, auf die Party zu gehen, aber sie sagte nichts, weil es auch irgendwie schön war, zusammen hierzubleiben. Dass sie sich so ausreichten.

Als sie zwanzig Minuten später mit einer Flasche Sekt über den Schreibtisch unter dem Fenster in Hannas Zimmer auf den Dachvorsprung kletterten, schneite es ein wenig. An den Rändern der Dachpappe blieben die Flocken sogar liegen.

»Wie schön«, sagte Maja.

Hanna reckte ihr Gesicht in den Himmel und genoss die kühlen Schneeflocken auf ihren Wangen. Irgendwo unter demselben Himmel, hinter dem weiß umwirbelten Kuppeldach der Zionskirche und einigen Graden Erdkrümmung lagen die kopfsteingepflasterten Gassen von Edinburgh, dachte sie, gesäumt von alten grauen Steinhäusern, die im Dunkeln mit ihren vereinzelt beleuchteten Fenstern immer etwas Magisches hatten. Neil hatte schon seit Weihnachten Fergus zu Besuch. Ob er jetzt im Garten zwischen den winterlich kahlen Hortensienbüschen stand oder auf der Straße? Oder waren sie zusammen in einen Pub gegangen?

Adam friemelte den Draht und das Alupapier von der Sektflasche.

Von unten auf der Straße hörten sie eine laute Frauenstimme. »Zehn, neun ...« Andere fielen ein, auch Adam und Maja. Hanna schüttelte ihre Sehnsucht ab, schloss sich an, und als wollten sie ihren Anspruch an das neue Jahr klarstellen, schrien sie immer lauter. »Acht! Sieben! Sechs! Fünf! Vier! Drei! Eins! Nuuuull!«

Während um sie herum die Raketen hochgingen und die Luft mit Schwefel schwängerten, ließen sie alle durcheinander redend die Sektflasche kreisen, wünschten sich ein tolles neues Jahr und versicherten sich gegenseitig, wie glücklich sie waren, so tolle Mitbewohner zu haben, nur das mit dem Putzplan könnte noch besser klappen.

Eine Viertelstunde später stiegen sie nacheinander wieder durch Hannas Fenster ins Innere und hinterließen nasse Fußspuren auf ihrem Schreibtisch.

»Geht ihr schon mal rüber. Ich bleib noch eben hier und versuche, Neil ein frohes neues Jahr zu wünschen.«

Maja und Adam machten vielsagende Gesichter und verzogen sich in die Küche.

Hanna wischte mit ihrem Schlaf-T-Shirt über die Fußspuren, warf es dann in das zum Wäschekorb umfunktionierte Holzfass und ließ sich auf ihrer Matratze nieder.

Zweimal ertönte das britische Doppeltuten, dann war Neil dran.

»Hallo, ich bin's ... Ich wollte dir ein gutes neues Jahr wünschen. Absolute Mehrheiten, erfolgreiche Gesetzesvorhaben und viele schöne Momente und so.«

»Die wünsch ich dir auch, meine Liebe. Wobei auch immer. Und Gesundheit und immer einen Schein im Portemonnaie.«

»Wird schon«, antwortete Hanna. »Hier schneit es. Bei dir auch?«

»Nein. Wir haben achtundvierzig Grad und Regen. Fahrenheit. Also neun Grad Celsius. Wir sind alle schon wieder im Wohnzimmer.«

»Hast du eigentlich meinen Koffer noch?«

»Natürlich. Willst du kommen?« Er klang erfreut.

»Ja. Ich muss nur gucken, wann. Ist halt gerade schwer zu planen.«

»Du kannst auch spontan kommen. Jederzeit. Oder soll ich besser dich besuchen? Ich kann gleich morgen buchen.« Er überlegte. »Für Mai vielleicht.«

»Nein, ich komme lieber. Ich hab Heimweh nach Schottland. Oder Fernweh oder was auch immer.« Irgendwoher würde das Geld schon kommen.

Ein Gewirr englischer Stimmen drang hinter Neil durch den Hörer, Gelächter. Dann rief ihn jemand.

»Wir machen gerade ein Spiel«, sagte er.

Auch drüben in der WG-Küche brandete ein Lachen auf. »Okay, Neili, ich mach Schluss, aber ich freu mich schon, dich wiederzusehen.«

Dann legten sie auf.

2007

Nach der Schonzeit

Die Ansitzgrube, in der Hanna und Neil warteten, bestand aus einem knapp einen Meter tief ausgehobenen Erdloch. An einer Seite war sie von einem mit Gräsern und Moos überwucherten Bruchsteinwall begrenzt, auf dem sie sich abstützten. Neil hoffte, dass Docherty und die beiden Treiber aus dem Dorf noch etwas Zeit brauchen würden. Wenn die Moorhühner jetzt kämen, würde er danebenschießen. Er fühlte sich ganz zittrig.

Auch Hanna wirkte müde. Sie war heute Morgen sehr früh in Edinburgh angekommen. Ihr Kopf lag auf ihren übereinandergefalteten Armen auf der breiten Oberkante des Walls.

Nur Hydra, die English-Setter-Hündin seines Vaters, war bereit und saß, die Nase in den Wind gereckt, leise hechelnd zwischen ihnen.

»Hab ich eigentlich die Waffe gerade geladen?« Er war sich plötzlich nicht mehr sicher.

»Ja, du hast eben diese pinkfarbenen Patronen reingefummelt.«

»Okay, danke.« Er atmete aus und lehnte sich, den Kopf auf die Hände gestützt, ebenfalls auf die Mauer, das Gewehr griffbereit neben ihm.

Nasse gelbliche Wolken hingen über den Hügeln und

ließen deren Konturen mit dem Himmel verschmelzen. In nordwestlicher Richtung durchschnitt ein geschlängelter Bach das eintönige Grünbraun bis zum Horizont. Meine Hügel und mein Bach. Der Gedanke war unwirklich, erhaben und furchteinflößend. In seiner Jackentasche spürte Neil das Gewicht des Porzellangefäßes, in dem er die Asche seines Vaters transportiert hatte. Jetzt war es leer. Gestern hatte die große Trauerfeier in der Kapelle von Cronberry House stattgefunden, vorhin hatten sie, Dads Wünschen gemäß, seine Überreste hier im Moorland in alle vier Winde zerstreut. Tante Mary hatte die Urne Richtung Norden, Fergus gen Westen, Dads ältester Freund Alasdair gen Osten und er Richtung Süden geschüttelt, bis sie leer war. Einige wenige hartgesottene Jagdkumpel und Freunde der Familie, die sich nicht scheuten, ihre Autos durch den Matsch zu steuern und später in den beiden rudimentär ausgestatteten Cottages hier in der Wildnis zu übernachten, hatten der selbst entworfenen Zeremonie beigewohnt, bei der er eine kurze Ansprache gehalten und Tante Mary *The Flowers of the Forest* gesungen hatte, ein an Traurigkeit kaum zu überbietendes Volkslied, ihre schöne tiefe Stimme davongetragen vom scharfen Wind.

Nach einer Reha war sein Vater zunächst nur etwas schlapper als zuvor zurück nach Cronberry gekehrt. Dort hatte ihn ein Dreivierteljahr später der nächste Infarkt ereilt, dieses Mal in der Nacht. Als er nicht wie verabredet morgens bei einem der Pächter auftauchte, hatte Docherty ihn in seinem Bett vorgefunden, noch lebend, aber nicht mehr zu retten. Das Moorhuhnschießen zu seinen Ehren war Fergus' Idee gewesen, und sie war gut. Dad hatte die Jagd geliebt.

»Ich fand's schön, deine Tante mal zu erleben. Sie hat

so eine herzliche Ausstrahlung.« Hanna hob ihren Kopf, stützte ihn auf ihre Arme und sah ihn von der Seite an. »Wie ging eigentlich genau der Text von dem Lied?«

»Welchem Lied?«

»Das, was du gerade vor dich hin gesummt hast. Was deine Tante eben auch gesungen hat.«

»Oh. Hab ich gar nicht gemerkt. Also, dass ich gesungen hab.«

»Du hast auch nur gesummt.« Sie lächelte, unsicher, schien ihm.

Natürlich hatte sie sich ihren Besuch anders vorgestellt. Er ja auch. Und dann war der große, schreckliche Tod dazwischengekommen, und Hanna war trotzdem angereist.

»Den Anfang habe ich verstanden, aber das Ende nicht.«

»Die Blumen des Waldes kämpften vorn an der Front, der Stolz unseres Landes, jetzt liegt er kalt im Lehm«, zitierte er.

»Das immerhin nicht.«

»Mmmh«, antwortete er und mehr zunächst nicht, weil er befürchtete, dass ihm sonst die Tränen kämen. Als er sich wieder gefasst hatte, sagte er: »Aber der Rest stimmt, jedenfalls für die letzten Jahre ...«

Hanna schwieg, schien abzuwarten, was noch kommen würde.

»Er hat so viel gekämpft. Nach außen hin aufgeregt hat er sich immer nur über die Spitze des Eisbergs, über unzuverlässige Handwerker und so was. Was mir manchmal lächerlich erschien.« Er hielt wieder inne. »Ich Idiot. Über die echten Herausforderungen hat er nämlich nie ein Wort verloren. Vermutlich wollte er nicht, dass wir uns sorgen. Es ist beeindruckend, was er mit einem so auf Kante genähten Budget in Cronberry geschaffen hat. Ich hab das natürlich immer noch nicht alles vollkommen durchschaut, aber Docherty hat mir schon mal einen ersten Überblick verschafft.«

»Klingt, als ob du dir Vorwürfe machst.«

Er nickte stumm.

»Neili, also abgesehen davon, dass man hinterher immer schlauer ist und dass dein Vater ja offensichtlich nicht wollte, dass du dich da auch noch reinhängst, und du dich daher genau in seinem Sinne verhalten hast …«

Er hing an ihren Lippen.

»… warst du wirklich immer der hilfreichste, ergebenste Sohn, den man sich vorstellen kann. Du hast in Rekordzeit studiert, nebenbei sinnvolle Arbeit geleistet, bist dauernd nach Cronberry gefahren und hast nie über die Stränge geschlagen.«

»Na ja …«

»Okay, dann hast du eben über die Stränge geschlagen. Aber du brauchst ja auch nicht so viel Schlaf.«

Er wischte sich etwas Feuchtes aus dem Auge.

»Vom Wind, nehme ich an«, sagte Hanna und lächelte.

Er lächelte traurig zurück.

Es war das erste Mal, dass sie sich wiedersahen nach jener Nacht, an dem sein Vater den ersten Herzinfarkt gehabt hatte und in Callander Jubiläum gefeiert wurde. Er war es ja schon seit der Schule, seit dem schönen Sean, gewohnt gewesen, dass Hanna sich irgendwelchen Typen hingab. Aber Lennox MacPhail, das war etwas anderes. Das hatte sich angefühlt wie Betrug. Vielleicht weil der Typ ebenfalls Callanderianer war, vielleicht weil er selbst es gewesen war, der ihr damals MacPhails Bilder vorgeführt hatte. Oder weil sie ihn ihm so direkt vorgezogen hatte – so hatte es sich jedenfalls angefühlt. Es war nicht so, dass er richtig sauer auf Hanna gewesen wäre. Aber sein Glaube, dass sie füreinander bestimmt waren und im richtigen Moment zueinanderfinden würden, den er ganz entgegen seiner sonstigen rationalen Denkweise gepflegt hatte, der war ins Wanken geraten. Vielleicht war sie doch nur eine Jugendliebe. Die sich, wenn es ernst würde, immer für die Lennox MacPhails dieser Welt entscheiden würde. Aber, hatte er sich dann wieder gesagt, sie wusste ja damals nicht, dass er noch zu dem Alumnifest kommen würde. Sie hatte ja selbst auch geglaubt, versetzt worden zu sein. Doch an der Stelle lauerte schon das nächste Aber: Hätte sie nicht wissen müssen, dass er das nicht tun würde? Hätte sie nicht trotzdem warten sollen?

Und dann ging es wieder von vorn los. Aber jetzt war es auch egal. Jetzt war sein Vater tot, er war mit knapp fünfundzwanzig Jahren der neue Earl of Finterey mit einem Besitz und einer Aufgabe, die vor ihm lag wie der Sgùrr Alasdair ohne Bergausrüstung.

Die Kälte kroch ihm von unten in die Kleidung hinein.

»Musst du dann jetzt aus Edinburgh wegziehen?«, nahm Hanna das Gespräch wieder auf.

Er zuckte die Achseln. »Die Wohnung bleibt ja, Fergus wird da wohnen, wenn er demnächst aus den Staaten zurückkommt. Er will mir auch bei der Verwaltung helfen. Die Büroleitung bei Dunmore werde ich trotzdem abgeben müssen. Das Haus mit den ganzen Ländereien ist eine Vollzeitaufgabe. Ich werde viel Zeit in Cronberry verbringen müssen. Aber das ist gar keine Frage, das ist jetzt eben so.«

Hydra gab einen Laut von sich, und Neil richtete sich auf. »Mach dir die Ohrstöpsel rein. Hab ich dir in die Jackentasche gesteckt«, sagte er leise, während er sich selbst ebenfalls welche in die Ohren schob.

Eine halbe Minute später sahen sie sie – eine Strecke von etwa zwanzig Moorhühnern. Neil spannte seine Holland & Holland, legte an und nahm einen der Vögel ins Visier. Als der bis auf geschätzte fünfunddreißig bis vierzig Yards herangekommen war, schoss er. Und traf. Oder vielleicht war es auch einer der anderen gewesen, der den anvisierten Vogel niedergestreckt hatte, das ließ sich schwerlich feststellen, denn jetzt knallten von überall Schüsse durcheinander, und es roch nach Schrot.

»Sie versuchen zu entkommen«, schrie Hanna entsetzt.

Neil zog die Stöpsel wieder aus den Ohren.

»Ja, deswegen ist die Moorhuhnjagd so beliebt. Weil die Hühner so geschickt im Zickzack fliegen, das ist die besondere Herausforderung.« Es tat ihm leid, dass sie das Spektakel offensichtlich mitnahm, aber er hatte jetzt wirklich keine Kraft für eine Diskussion über das Für und Wider der Jagd. »Und weil sie so schmackhaft sind«, fügte er noch hinzu.

Hanna rang sich ein Lächeln ab. »Heute Abend werde ich das wahrscheinlich zu schätzen wissen.«

»Hier in Schottland regte man sich wenn überhaupt darüber auf, dass die Moorhühner von der Jagdlobby so gut geschützt werden und ihre natürlichen Feinde bekämpft. Füchse und so.«

»Ist schon gut, ich hab vollstes Vertrauen, dass du weißt, was du tust. Wirklich. War nur eine spontane Reaktion. Tut mir leid.« Sie sah ihn an mit ihren blauen Augen, in denen das Weiß weißer war als bei anderen, das hatte er schon immer gedacht, und er musste schon wieder die Tränen zurückhalten. Was war nur los? Er hatte die ganze Zeit so gut durchgehalten.

Jetzt legte sie ihm auch noch ihre zarte Hand an die Wange, und er spürte, wie sich unter der Berührung etwas in ihm lösen wollte. Kurz war er versucht, es geschehen zu lassen.

Aber dann spannte er den Kiefer an und machte sich hart. Er war es seinem Vater schuldig, dass dieser Nachmittag gelang. Er musste den Überblick behalten und den Abend mit dem gemeinsamen Essen überstehen und vermitteln, der neue Earl habe alles im Griff, bis es hoffentlich irgendwann wirklich so war.

Er wandte sich ab, lehnte sich wieder auf das Mäuerchen und starrte nach vorn in die Hügel.

»Vielleicht kommen noch welche«, sagte er.

Aber erst kam Alice. Typisch, sie hielt sich mal wieder nicht an die Regeln. Eigentlich war sie mit Fergus zusammen in eine Grube etwa fünfhundert Meter entfernt gelost worden.

Sie trug eine Wachsjacke, darunter einen Wollpullover mit einem Rollkragen, aus dem der hochgestellte Kragen einer karierten Bluse herausschaute. Ihr Gewehr hatte sie geschultert. Sie sah aus wie eine der Ladys in den Homestorys der Hochglanzmagazine, die in Cronberry im Foyer für die Gäste auf den Beistelltischchen neben den tiefen Sesseln lagen. Sein Vater war ein Fan von Alice gewesen. Eine beeindruckende junge Frau, hatte er gesagt, nachdem sie ihm einmal einige spontane Vorschläge zur Erweiterung von Cronberry House unterbreitet hatte. Sehr weitsichtig.

»Rupert hat mir gerade geschrieben«, erklärte sie jetzt. »Du kannst ihn Montag anrufen. Er betreut bei der Royal Newcastle die Landwirtschaftskunden. Irgendwas geht da sicher, sie geben die Gelder auch meistens binnen vierzehn Tagen frei – oh, da!« Blitzschnell legte Alice ihre Flinte an und schoss.

Der Vogel, einer von zwei Nachzüglern, fiel zu Boden, titschte dort noch einmal auf, dann blieb er liegen und war im hohen Gras nicht mehr zu sehen.

»Hydra. Los!«, befahl Alice, und Hydra ließ sich das nicht zweimal sagen. »Ich hab im Cronberry Arms Hotel angerufen. Die schicken jemanden, der die überzähligen Vögel direkt hier abholt. Er kommt um 17 Uhr zur Hütte, die wollen sie ganz frisch.«

»Danke«, antwortete Neil. Am Anfang hatte er Alice manchmal etwas übergriffig und irritierend gefunden, in ihrer lauten, fast grob selbstbewussten Art. Aber inzwischen war er hauptsächlich dankbar für ihre zupackende Hilfe und kannte sie gut genug, um zu wissen, dass darunter ein gutmütiger, ehrlicher Kern steckte. Und, was sein Urteil womöglich mit prägte, eine geradlinige und leidenschaftliche Liebhaberin. Gelegentlich schliefen sie miteinander, wenn sie sich sahen, und das war nicht selten, weil Alice zu Fergus' engstem Freundeskreis gehörte.

Hydra kam zurückgaloppiert, im Maul einen der Vögel, dessen einer Flügel abgespreizt nach unten hing, und er sah, wie Hanna den Blick abwandte.

2010

Ein weiterer uniformierter Zollbeamter betrat den Raum, in der Hand eine Tasse, aus der es nach Kaffee duftete. Hanna hatte kurz die törichte Hoffnung, dass der für sie wäre. Aber der Mann wollte nur wissen, wann sie hier fertig wären.

»In zwei Minuten«, antwortete die Beamtin mit dem schwarzen Pony.

Hanna sah sie erschrocken an.

»Wie viel Zeit haben Sie noch, bis Sie boarden müssen?«, fragte die Frau.

Hanna sah auf die Uhr. »Eine knappe halbe Stunde.«

»Vorschlag: Sie drehen kurz eine Runde, gehen in sich und überlegen in Ruhe, ob Sie ohne den Dudelsack weiterreisen oder mit ihm wieder nach Hause fahren wollen. Falls ich nichts mehr von Ihnen höre, nehme ich das Instrument in Verwahrung und setze mich mit dem Bundesamt für Naturschutz in Verbindung – und Sie melden sich, wenn Sie zurück sind.« Sie suchte etwas in dem Spind und reichte Hanna schließlich ein kopiertes Merkblatt, das oben links das Wappen des Zolls trug. »Da steht drauf, wohin Sie sich wenden können, wenn Sie das Instrument zurückbekommen wollen, und welche Unterlagen Sie dafür brauchen. Und falls Sie lieber mit dem Dudelsack nach Hause gehen möchten, kommen Sie einfach gleich wieder. Ich gehe dann mal davon aus, dass Sie keine Handelsabsicht hatten, und bringe Sie raus.«

Hanna nickte ergeben, stand auf und schob etwas umständlich ihren Stuhl wieder unter den Tisch, während die Zollbeamtin ihr bereits die Tür aufhielt.

Mit ihrem kleinen Koffer zurück in der großen Halle folgte sie erst mal den übrigen Reisenden in Richtung der Gates. Sie imitierte den zielstrebigen Schritt der anderen mit ihren Strohhüten oder Businesstrolleys und fühlte sich wie eine Anomalie. Als sie den Duty-free-Shop und die ersten Abflugsteige passiert hatte, erinnerte sie das laute Schlürfen des silberglänzenden Kaffeeautomaten in einer Snackbar daran, dass sie einen Kaffee gewollt hatte. Vielleicht würde er ihr beim Denken helfen.

Alle Tische waren besetzt, als sie sich, einen dampfenden weißen Becher und einen in Plastik verpackten Keks auf einem Unterteller vor sich her balancierend, einen Platz suchen wollte.

»Kann ich mich kurz dazusetzen?«, fragte sie einen Typen um die dreißig mit Schiebermütze, der allein mit einer Zeitung an einem Tisch direkt neben dem großen Panoramafenster saß, von dem aus man das Rollfeld überblicken konnte. Er hatte schon ausgetrunken, wie sie mit Blick in seine Espressotasse feststellte, und machte eine einladende Geste. Hanna hängte ihre Handtasche über den freien Stuhl, schob ihren Trolley zur Seite, sodass er niemanden störte, dann setzte sie sich ein wenig von ihrem Tischnachbarn abgewandt hin und nahm einen Schluck von ihrem Kaffee. Er war heiß und gut.

Sie rief Maja an, landete jedoch auf der Mailbox. »Du glaubst es nicht, aber ich wurde gerade vom Zoll festgesetzt«, sagte sie leise. »Ruf mich mal zurück, wenn du das abhörst.«

Als sie aufgelegt hatte, warf sie dem Schiebermützentypen einen prüfenden Blick zu und ertappte ihn dabei, wie er sie über die *Süddeutsche* hinweg ansah. Er trug ein braunes Cordjackett über einem schwarzen T-Shirt. Beides schien etwas zu klein für seine breite Statur.

»Es waren keine Drogen im Spiel«, erklärte sie vorsichtshalber.

»Waffen?«, fragte er.

»Ein Dudelsack mit Pfeifen aus Elfenbein.«

»Oh. Wo wolltest du denn damit hin?«

»Zur Hochzeit meiner großen Liebe.« Sie lachte auf, etwas hysterisch, es klang fast wie ein Schluckauf. »Er ist Schotte«, fügte sie hinzu.

»Und du ... bist die Braut?«

»Nein, leider nicht.«

»Das ist ja empörend. Und was hattest du mit dem Dudelsack vor?«

»Dem Brautpaar ein Ständchen spielen.«

Er sah sie erstaunt an. »Obwohl du ihn gern selbst gehabt hättest?«

»Ja.«

»Versteh ich nicht.«

»Ich auch nicht.«

»Wann geht dein Flieger?«

»Die Frage ist eher, ob ich ihn nehme. Dann muss ich nämlich den Dudelsack hierlassen, und der ist ziemlich wertvoll, soweit ich weiß.« Sie riss ihren Keks auf und tunkte ihn in den Kaffee.

»Kannst du ihn nicht später wieder auslösen?«

»Doch, aber das ist kompliziert und kostet. Ich müsste wahrscheinlich ein Gutachten erstellen lassen, aus dem hervorgeht, dass das Elfenbein alt ist. Und dann muss das Bundesamt für Naturschutz ein Einsehen haben.«

Er überlegte. »Macht es langfristig einen Unterschied für den Verlauf von jemandes Leben, ob du hinfliegst oder nicht?«

Seltsame Frage. »Wahrscheinlich nicht«, meinte sie frustriert.

Er faltete die Zeitung zusammen und lehnte sich vor. »Also keine faktische Entscheidungsunsicherheit. Nur eine evaluative: Du weißt nicht, wie du deine beiden Optionen bewerten sollst.«

»So kann man das wohl sagen. Bist du Psychologe oder was?«

»Philosoph«, sagte er. »Kierkegaard-Schwerpunkt. Ein dänischer Philosoph des 19. Jahrhunderts.« Er sah sie erwartungsvoll an.

Aber sie hatte im Augenblick keinen Sinn für einen Abriss seiner Wissenschaftskarriere. »Hab ich schon mal gehört«, antwortete sie nur.

Er legte nach. »Sich entscheiden zu müssen ist ein Charakteristikum menschlicher Existenz. Es macht dich zum Menschen.«

»Na immerhin, ich war mir gerade nicht mehr so sicher.«

Er schmunzelte, was ihn irgendwie spießig, aber auch ganz sympathisch aussehen ließ. »Welche Werte stehen denn auf dem Spiel, wenn du nicht fliegst?«

Hanna fragte sich, ob sie sich weiter auf dieses Gespräch einlassen sollte. Aber dann dachte sie, warum nicht? In ihrem Inneren herrschte ein Patt, und sie hatte nur noch eine gute Viertelstunde, um es aufzulösen. »Also. Als gute Freundin fände ich es unhöflich, nicht zur Hochzeit zu gehen, zumal so kurzfristig. Und irgendwie *will* ich auch dabei sein. Ich will ihn wiedersehen. Ich will's mir so richtig geben. Außerdem hab ich das Hotel schon bezahlt.«

»Soso. Und was steht auf dem Spiel, wenn du fliegst?«

»Mein Seelenfrieden. Oder das, was davon übrig ist. Und die Kosten für das Gutachten von meinem ohnehin überzogenen Konto.«

»Also, die Hotelkosten können wir aus der Rechnung herauslassen. Das Geld dafür ist ja in beiden Fällen weg – auch wenn du fliegst.« Jetzt war er schon beim »wir«. »In dem Fall kommen noch die Kosten für das Gutachten dazu und vermutlich Spesen vor Ort. Finanziell ist es ganz eindeutig die bessere Option, hierzubleiben. Schauen wir also darauf, was du für deine Kosten bekommst: große Gefühle offenbar, allerdings schlechte. Wenn deine ›große Liebe‹ ...« Hier schrieb er zwei Anführungszeichen in die Luft. »... dann vor dem Altar eine andere küsst.«

Die Art, wie er hier über ihr Leben dozierte, ließ sie sich unwohl fühlen. Auch wenn sie ihn gefragt hatte.

»Wobei dieses Konzept der großen Liebe natürlich mehr als angreifbar ist, aber das ist ein anderes Thema«, erklärte er weiter.

»Ach ja?«

»Viele Menschen sind so infiltriert von den romantischen Vorstellungen, die Hollywood und bestimmte populäre Bücher vermitteln, über die eine, immerwährende große Liebe zu Mr Right, dass sie von der Realität nur enttäuscht werden können. Wahrscheinlich hast du insgeheim sogar gehofft, dass du mit dem Dudelsack da ankommst, er filmreif die Hochzeit abbläst und mit dir in die Highlands flüchtet.« Er lachte, hörte aber wieder damit auf, als er ihre roten Wangen sah.

Natürlich hatte sie das nicht gehofft. Nicht wirklich. Dafür war Neil viel zu loyal.

»Die Gewissensfrage, die du aufgeworfen hast, ist allerdings hochinteressant«, fuhr er in versöhnlicherem Tonfall fort. »Bin ich moralisch verpflichtet, der Hochzeit meines Freundes beizuwohnen, auch wenn ich ihn heimlich liebe? Das ist ein veritables Dilemma und auf keinen Fall einfach zu beantworten. Die Frage ist ja auch: Wie steht er zu dir? Machst du es ihm vielleicht sogar schwerer, wenn du mit traurigem Gesicht auf seiner Hochzeit herumstehst?«

Hanna antwortete zunächst nicht und sah aus dem Fenster. Ganz nahe rollte ein riesiges, in den Farben der Fluggesellschaft gestaltetes Flugzeug in Startposition. Es war immer wieder erstaunlich, die Maschinen von Nahem und in voller Größe zu sehen. Wahrscheinlich weil man sie so viel häufiger ganz klein von Ferne sah. Es war ein bisschen wie mit Neil. An seine Telefonstimme war sie gewöhnt, seine physische Präsenz jedoch war etwas anderes. Wenn er dann so groß vor ihr stand und sie alles wiedererkannte, die kantige Form seiner Schultern, den klugen Blick aus seinen Welpenaugen, seinen Geruch und wie seine Stimme in ihrem Magen widerhallte, dann wurde ihre Zuneigung riesig und körperlich und war nur noch schwer händelbar.

Sie dachte an das Telefonat, in dem Neil ihr erzählt hatte, dass er Alice heiraten würde. Sie konnte es abrufen wie eine innere Aufzeichnung, denn sie war es danach wieder und wieder durchgegangen und hatte nach dem Schlupfloch in seinen Worten gesucht. Gefunden hatte sie keines. Vielleicht hätte sie trotzdem noch irgendetwas unternommen, hätte ihm eine verzweifelte Eröffnung gemacht, um den Fehler zu verhindern – wäre es nicht Alice gewesen. Alice war ihr einfach immer voraus gewesen, schon damals in Callander. Und jetzt endgültig. Alice war fast wie ein Trauma. Tatsächlich träumte sie manchmal von ihr. Dass sie wieder in Callander war und Alice und Neil ihr zusammen auf dem Flur entgegenkamen, einträchtig plaudernd auf dem Weg zu einer Geschichtsprüfung, auf die sie selbst vergessen hatte sich vorzubereiten. »Wie – du wusstest das nicht?«, fragte Alice dann ungläubig, während Neil sie bedauernd ansah. Diese Art Träume.

Aber für Neil war Alice offensichtlich das, was er brauchte und wollte.

Sie hatte ihm damals gerade erzählt, dass an dem Tag Amy Macdonald bei ihr im Laden gewesen war. Inzwischen fest angestellt bei »Schöne Sachen«, dem Geschäft von Majas Tante Thea am Savignyplatz, hatte sie das Schaufenster umdekoriert und ein paar Waren in Szene gesetzt, die Thea schon in die Kiste mit den Sonderpreisen hatte legen wollen. Und dann war tatsächlich die schottische Singer-Songwriterin in den Laden hineinspaziert und hatte das bunte afghanische Sitzkissen gekauft. »Wenn du also demnächst auf einer Glasgower Fensterbank ein großes orientalisches Kissen siehst, weißt du, dass Amy Macdonald da wohnt«, schloss sie.

»Das müsste auch Fergus wissen, er hatte mal was mit ihr«, erwiderte Neil. »Aber ich hab auch noch eine Neuigkeit.«

Die Wortwahl und der harte Themenwechsel waren untypisch für Neil. Sie war sofort alarmiert gewesen.

»Alice und ich werden heiraten. Im Spätsommer, September wahrscheinlich.«

Die zwei Sekunden Verspätung, mit denen sie antwortete, hatten sie vermutlich verraten. »Oh ... herzlichen

Glückwunsch, wie schön!«, behauptete sie, während ihr Herz auf den Fußboden knallte und brach.

»Ja ... wer hätte das gedacht ...« Neil redete sonst nicht in Floskeln.

Hanna hatte es jedenfalls nicht gedacht. Sie hatte gedacht oder wenigstens gehofft, das mit Alice würde vorübergehen.

»Ich hab zuerst überlegt, ob ich dich frage, ob du Trauzeugin werden willst. Aber dann habe ich gedacht: Komm, frag lieber Patrick. Du weißt nicht, ob Hanna Lust hat ... Oder hast du? Ich hab Patrick noch nicht gefragt.« Er sprach hektisch, stolperte fast über die Worte.

»Ja, äh nein, das wäre wahrscheinlich schlecht. Ich bin ja nicht vor Ort. Und eine Frau beim Junggesellenabschied ... das wäre komisch.« Sie lachte nervös. »Am Ende halten mich deine Freunde noch für die Stripperin.«

Neil lachte höflich.

Wahrscheinlich war er erleichtert, dass sie nicht als Trauzeugin neben ihm am Altar stehen würde und er sich an seinem großen Tag mit ihren Gefühlen auseinandersetzen musste.

»Flug FR427 nach Edinburgh ist jetzt bereit zum Boarden. Wir bitten zunächst die Passagiere der Reihen 1 bis 27 zum Gate«, kam es aus dem Lautsprecher.

»Du musst jetzt aufstehen, wenn du nach Edinburgh willst«, meinte ihr Tischnachbar, als sie sich nicht rührte.

»Ja«, sagte Hanna. »Aber ich bleib hier. Ich erklär ihm, was passiert ist. Er wird es verstehen.«

Unter der Schiebermütze erschien ein Lächeln. Die Entscheidung schien im Sinne des Philosophen zu sein.

Zweiter Teil

SPÄTER

Erich schlenderte über den Boxhagener Platz. Wobei Schlendern natürlich relativ war bei jemandem, der einen schweren Lederkoffer schleppte und ein schlimmes Knie hatte. 1961, als ganz junger Steppke, damals noch im Wedding, hatte er als Klempner begonnen, daher das mit dem Knie – zwanzig Jahre lang gebückt in den dreckigen Badezimmern anderer Leute. Danach war er beim Willi eingestiegen, der alte Benze nach Tschechien verschob, das brachte gut Geld. Er, Erich, war sein Mann für die Automärkte am Wochenende. An- wie Verkauf. So war das gewesen, bevor das Internet kam.

Jetzt hatte er sich eigentlich nur beim Backshop ein Schinkenbrötchen mit Remoulade holen wollen, für ein spätes Frühstück. Aber dann hatte die Herbstsonne so schön geschienen. Seine Wohnung war zwar sehr groß – sein Vater, der alte Fuchs, hatte sie bald nach der Wende für 'n Appel und 'n Ei gekauft –, aber sie war dunkel.

Oder vielleicht ging es ihm auch weniger um die Sonne als um die Tische mit den alten Schätzen, denn auf dem Boxi war sonntags Flohmarkt. Wie gesagt, seine Wohnung hatte vier große Zimmer mit hohen Decken, und er hatte sie ganz für sich. Seine Olle hatte ihn einen Sammler geschimpft und später einen Messi. Nun war sie Geschichte, schon lange, wegen eines Ingenieurs aus Coburg, aber das Gute daran war, dass er kaufen konnte, was er wollte.

Wie die Kuckucksuhr, eine echte aus dem Schwarzwald, wenn er das richtig sah, und diese gut erhaltene NVA-Offiziers-Uniform und das antike Plätteisen, das aussah wie das von seiner Oma damals, und dann den Koffer, den er gekauft hatte, um die anderen Sachen und das Schinkenbrötchen zu transportieren. Und weil er interessant aussah, als hätte er eine Geschichte. Vielleicht würde er in seinem karierten Futter eingenäht sogar noch altes Geld finden, man wusste ja nie. Er freute sich darauf, ihn zu Hause genauer zu untersuchen. Und dann würde er vielleicht die NVA-Uniform darin lagern und die Kriegsauszeichnungen von seinem Vater dazulegen. Das hätte System. Ein Sammler war er vielleicht, ein Messi war er nicht.

Jemand packte ihn bei der Schulter. Als er sich umdrehte, stand eine nach Atem ringende Frau vor ihm. Olala. Im ersten Moment war ihm die Pumpe gegangen, Reflex. Früher auf den Automärkten wurde auch schon mal zugepackt.

»Entschuldigung, aber Sie müssen mir den Koffer wieder zurückgeben, der stand nicht zum Verkauf.«

Erich hob die Augenbrauen. »Man immer langsam mit die jungen Pferde, junge Frau. Wat ham Se denn mit den Koffer zu tun?«

»Er gehört mir. Mein Mann hat ihn aus Versehen mit zum Flohmarkt genommen. Das Geld bekommen Sie natürlich wieder.«

»Da machn Se Ihr'm Mann ma 'en Einlauf.« Er lachte. »Aber dit is nu ma Jeschäft.«

Die Frau fand das nicht witzig. Er konnte es an der Falte erkennen, die sich zwischen ihren Augenbrauen bildete. »Bitte, ich leg noch zwanzig Euro drauf«, sagte sie.

Erich antwortete nicht und sah sie nur an, während ein altes Gefühl in ihm ansprang. Das Gefühl, dass hier ein dickes Geschäft zu machen war. Ein Deal, wie man heute sagte. Es bedurfte nur etwas Taktik und Fingerspitzengefühl, und das hatte er unbedingt.

Er versuchte einzuschätzen, wie viel Schotter sie so ganz generell hatte, aber das war heute schwierig, wo sie alle dermaßen wunderliche Sachen vom Flohmarkt und abgewetzte Jeans anhatten. Die hier auch. Trotzdem hatte sie was Gutsituiertes, vielleicht war es die Art, wie sie redete.

»Vornewech: Dit ist zu wenich. Aber wat is 'n Ihnen an den Koffer so wichtich?« Er dachte an das eingenähte Geld.

»Er hat sentimentalen Wert für mich. Für Sie nicht.«

»Dit könn Se nich wissen. Vielleicht hat ja meen Opa och so een jehabt.«

»Wohl kaum. Der kommt aus Schottland.«

Er hob wieder die Brauen und erkannte an der Art, wie sie nun die Lippen aufeinanderpresste, dass sie ihren Fehler bemerkte. »Oho! Weit jereist! Dit is ja wohl'n janz besonderet Stück.« Sein Arm wurde ihm langsam lahm, aber er hielt den Koffergriff fest umschlossen.

Die Frau kramte in ihrer Handtasche, zog ein Portemonnaie hervor und entnahm ihm mit entnervtem Gesicht einen Hunni. »Haben oder nicht haben?« Sie wedelte mit dem Schein.

Er sah, dass das Portemonnaie noch mindestens zwei weitere Scheine enthielt. Anfängerfehler. »Nich haben«, sagte er. »Und zwar Sie den Koffer.« Der ihm allerdings doch langsam schwer wurde. Er klemmte ihn zwischen seine Beine und warf einen auffordernden Blick auf das noch geöffnete Portemonnaie.

Das wiederum war sein Fehler. Denn so verpasste er den Entschluss, der in diesem Moment in der Frau einrastete. Blitzschnell packte sie zwischen seine Beine und entriss ihm den Koffer. Im Gegenzug warf sie ihm den Hunni zu und schickte sich an, schnellen Schrittes das Weite zu suchen.

Er sicherte den Schein mit dem Fuß und rief: »Stehn bleiben! Haltet den Dieb!« Er hob das Geld auf, dann rannte er, so schnell es sein Knie zuließ, der Frau hinterher und schnitt ihr den Weg ab. »Jebn Se ma sofort meen Eijentum zurück!«, schrie er.

Sie sah ihn an, dann die umstehenden Händlerinnen und Kauflustigen, die jetzt zu Schaulustigen wurden. Ihre Wangen waren leicht gerötet, ihr Gesichtsausdruck extrem gestresst, und er erkannte seinen Vorteil: Ihr war das Ganze peinlich – ihm nicht.

»Das ist mein Koffer mit meinen Sachen. Machen wir den Test: Was ist drin? Wenn Sie es wissen, dann ist es wohl Ihrer. Weiß ich es, dann ist es offensichtlich meiner!« Er sprach weiterhin laut, jetzt in feinstem Hochdeutsch und im Grunde für die Umstehenden, als wäre er ein Zauberkünstler auf der Bühne.

Seine Konkurrentin war wie erstarrt und antwortete nicht.

Fast tat sie ihm leid. Eigentlich war sie 'ne Hübsche, wenn auch ein bisschen abgekämpft.

»Jetzt kommen Se, Mädchen. Ick will Ihnen ja nix Böses«, sagte er etwas leiser. »Aber ick hab den Koffer nun mal jekooft, und er jefällt ma richtich jut. Und ick brauch ihn ooch, um meene Sachen nach Hause zu tragen.« Er trat zu dem Koffer, den sie inzwischen auf dem Boden abgestellt hatte, und öffnete ihn. »Kieken Se mal, wat da allet drin is. Wie soll ick dit denn allet nach Hause schaffen?«

Sie schniefte. »Sie können das Brötchen oder was das da ist aufessen, die Uniform anziehen, und dann haben Sie je einen Arm für die Kuckucksuhr und das Bügeleisen.«

»Jut, dit wär ne Möglichkeit. Aber wenn ick hier wie so 'n hängenjebliebener armer Teufel mit ner NVA-Uniform übern Boxi wandeln soll, dann muss mir dit och wirklich teuer bezahlt werden. Dit is ja peinlich.« Das verstand sie sicher. »Zeijen Se mal, wie viel ham Se denn dabei?«

Als sie zögerte, sagte er wieder etwas lauter: »Wir können dit hier och mit de Polizei und allem Pipapo regeln. Janz wie Se wolln.«

Da öffnete sie ihr Portemonnaie und zog die weiteren beiden Fuffis heraus, die er gesehen hatte, und sogar noch einen zerknüllten Zwanziger dazu.

Er dachte kurz nach. Das mit dem Geld im Futter war ja eigentlich höchst unwahrscheinlich. Lieber den Spatz in der Hand als die Taube auf dem Dach. Und zweihundert Tacken extra an einem sonnigen Sonntagvormittag war ein ziemlich fetter Spatz.

Er nahm das Geld und hielt ihr seine freie Linke hin. »Kommt von Herzen«, sagte er.

2013

Das Geschenk

Sie stand in einer Art Lore, die auf einem ratternden Transportband lief. Um sie herum herrschte diffuse Dunkelheit, und sie spürte, dass der Blick nach unten gefährlich war. Dringlicher war jetzt ohnehin der Druck ihrer Blase. Hoffentlich war die Fahrt bald zu Ende und führte zu einer Toilette. Sie musste echt dringend. Ob sie hier einfach ...? Langsam schälte sich die Vermutung aus ihrem trägen Geist, dass sie sich in einer Achterbahn befand. War so was videoüberwacht? Aber wenn sie sich tief in den Wagen hockte? Sie duckte sich, friemelte wieder an ihrer Hose, da wurde das Rattern richtig laut und ließ sie erneut innehalten – vielleicht ein anderer Wagen, der an ihr vorbeifuhr.

Da sah sie das Baby. Es lag in einer Ecke der Lore und war ganz still. Sie krabbelte auf allen vieren hinüber, um nach ihm zu sehen – es wirkte unecht, wie aus Plastik. Ob es tot war? War es ihres? Panik stieg in ihr hoch. Hinter sich spürte sie eine Bewegung. Sie drehte sich um, froh über den Grund, sich von dem reglosen Neugeborenen abzuwenden. Sie hatte ja keine Milch und keine Ahnung. Blinzelnd öffnete sie die Augen. Direkt vor ihr lag das zerknautschte Gesicht des schönen Sean. Er schlug im Schlaf mit dem Arm nach ihr.

Langsam setzten das Begreifen ein und die Erleichterung. Sie hatte ihr Baby nicht vergessen. Sie hatte überhaupt kein Baby, auch wenn sie das manchmal bedauerte, wenn sie so ein samtiges Köpfchen friedlich schlafend aus einem Tragetuch herausschauen sah. Aber immerhin konnte sie einfach aufstehen und pinkeln gehen. Sie war in Seans Apartment, und das Rattern des Transportbands rührte von der Straßenbahnlinie her, neben der er wohnte.

Vorsichtig nahm sie seinen Arm, der auf ihrer Hüfte liegen geblieben war, und legte ihn neben sich auf der Matratze ab. Sie wollte nicht, dass er schon aufwachte, sondern lieber noch einen Moment für sich haben.

Auf leisen Sohlen schlich sie über das Laminat in sein winziges Bad, schloss die Tür hinter sich, drückte auf den Lichtschalter und schob den Riegel vor. Nachdem sie ihrem dringenden Bedürfnis nachgegeben hatte, wusch sie sich erst die Hände, dann das Gesicht. Ihre Augen waren gerötet und deuteten ebenso wie die leisen Kopfschmerzen auf zu wenig Schlaf und zu viel Bier hin. Im Licht der Neonröhre über dem Spiegel sah sie nach dem langen Winter fahl und fertig aus, und sie hatte einen Pickel im Nasenwinkel, der sich zum Glück widerstandslos ausdrücken ließ.

Der grüne Plastikwecker in der Form eines Froschs, der neben dem Spiegel an einer in eine Fuge gedrehten Schraube hing, zeigte halb neun. Das waren fünfeinhalb Stunden häufig unterbrochenen Schlafs gewesen. Sean schlief unruhig, sprach im Traum und wälzte sich herum.

In letzter Zeit berechnete sie immer die Stunden, die sie geschlafen hatte. Meist waren es zu wenig, und sie fühlte sich tagsüber entsprechend. Sie neigte im Bett zum fruchtlosen Grübeln über längst getroffene Entscheidungen und ihre wenig versprechende Zukunft. Daher konnte sie sich abends immer erst spät dazu überwinden, die Glotze auszumachen und sich hinzulegen. Gegen drei oder vier Uhr wachte sie dann häufig noch einmal auf, ging Dialoge mit Kirsten, ihrer neuen Chefin, durch und überlegte sich bessere Antworten als die, die sie in Wirklichkeit gegeben hatte. Von da ausgehend haderte sie damit, dass sie Theas Laden nicht selbst übernommen hatte, als die sich letztes Jahr zur Ruhe setzen wollte. Bestimmt hätte sie den Kredit dafür bekommen. Aber sie hatte sich nicht getraut. Irgendwie fehlte ihr die Vorstellung davon, dass eine, die in ihrem Alter noch in einem kleinen Dachzimmer in einer WG wohnte und noch nie eine Beziehung gehabt hatte, die den Namen verdient hätte, ein Geschäft führen konnte. Davon abgesehen hatte es ihr aber auch nicht behagt, sich so endgültig auf den Laden festzulegen. Selbst wenn sie mitnichten eine andere Vision für ihre berufliche Zukunft hatte.

Als Produktdesignerin würde sie ganze sechs Jahre nach ihrem Abschluss jedenfalls erst recht niemand mehr einstellen. Und sie hatte immer gern bei »Schöne Sachen« gearbeitet, solange Thea da gewesen war. Wenn es mal ein bisschen stressig gewesen war, dann hatte später der Umsatz dafür entschädigt, und sie hatte immer gewusst, dass sie etwas tat, was sie gut konnte. Sie hatte ein Gespür für verkaufsträchtige Deko, und auch beim Einkauf hatte Thea ihr zunehmend freie Hand gelassen. Der Laden war vielleicht keine Goldgrube, aber er hatte sich gerechnet, und es gab keinen Grund, warum sich das unter ihrer Führung hätte ändern sollen. Unter ihrer neuen Chefin, die in Hannas Augen eine Menge geschmacklosen Nippes ins Sortiment aufnahm und mit ihrer künstlichen, aufdringlichen Art die Kunden verschreckte, war das allerdings nicht so sicher. Und an der Stelle konnte sie sich in richtige Existenzängste hineingrübeln.

Sie wusste, dass die seelische Düsternis zur dunkelsten Stunde der Nacht kurz vor dem Morgengrauen durch einen physiologisch niedrigen Serotoninspiegel begünstigt wurde, aber das zu wissen half wenig, wenn sie es doch so stark fühlte.

Nun gut, jetzt war Tag, und es war Wochenende, und sie hatte ausnahmsweise keinen Dienst.

Sie riss sich eines der dicken grauen Haare aus, die in letzter Zeit verstärkt am Scheitel zwischen ihrem Blond sprossen, trug dann etwas von Seans Aftershave-Lotion auf ein Stück Klopapier auf und rieb sich damit die grauen Mascaraschleier weg. Das Zeug brannte in den Augen.

Behutsam, um Sean nicht zu wecken, schob sie den Riegel an der Tür wieder zurück und trat zurück ins Schlafzimmer. Aber er war schon wach und sah von seinem Handy auf.

»Morgen«, sagte sie.

»Morgen.«

Sie trug nur eine verwaschene rosafarbene Baumwollunterhose und einen BH, an dem sich das Gummi aus dem Unterbrustband gelöst hatte, und fühlte sich unwohl. Hastig schlüpfte sie wieder unter den Schlafsack, den er ihr gestern Nacht gegeben hatte.

Sie waren eigentlich nur fürs Kino verabredet gewesen, aber dann hatten sie sich danach noch ein Kioskbier geholt und dann noch eins und dann noch eins. So war sie wieder hier gelandet. Alle paar Wochen mal lief das so oder ähnlich.

»Hast du geheult?«, fragte er misstrauisch.

»Nein, ich hab mir nur die Wimperntusche mit deinem Aftershavezeug entfernt.«

»Ich dachte schon ...«

»Was?«

»Wegen mir oder so.«

Irritiert sah sie ihn an.

»Na, weil das mit uns nichts Festes ist«, sagte er, jetzt etwas verlegen.

Sie seufzte. »Das geht klar.«

Er sah sie prüfend an.

Gott, er war immer noch derart von sich überzeugt. Wo nahm er das bloß her?

Er wechselte immer zwischen Hartz IV und der Hilfsarbeit bei einem Bühnenbeleuchter und erzählte überall, dass er eigentlich DJ, also Künstler, war. Allerdings war Hanna gestern die dicke Staubschicht auf seinen Plattentellern aufgefallen. Davon abgesehen konnte man ihn inzwischen allenfalls noch als den mittelschönen Sean bezeichnen. Mit inzwischen Mitte dreißig wich sein Haaransatz deutlich zurück, und er hatte ein Polster unter dem Kinn. Aber der Sex war okay. Man kannte sich.

Sie wünschte sich nur eigentlich jemanden, mit dem nicht alles so abgeklärt war. Sie wünschte sich, selbst nicht so abgeklärt sein zu müssen.

Er hatte sich wieder seinem Handy zugewandt, ihr dabei aber unter dem Schlafsack die Hand auf den Po gelegt. Sollte wohl eine begütigende Geste sein.

Sie drehte sich ebenfalls zu ihrem Handy um, das auf der umgedrehten Obstkiste aus Sperrholz neben der Matratze lag, und schaltete den Flugmodus aus.

Drei Nachrichten trudelten ein.

Die erste von Kirsten. Ob sie heute Abend noch mal

zwei Stunden in den Laden kommen könnte. Sie selbst müsse früher weg. Hanna seufzte. Ja, konnte sie.

Die nächste war von Maja.

Happy Birthday, meine Allerliebste. Wann kommst du?

Sie musste lächeln. Gestern Abend hatte sie sich extra mit Sean verabredet, weil der garantiert nicht daran dachte, dass sie heute Geburtstag hatte. Aber natürlich hatte Maja es nicht lassen können und irgendwas vorbereitet. Sie merkte, dass sie sich darüber freute, auch wenn sie den Tag eigentlich hatte übergehen wollen.

Die dritte Nachricht war von Thomas, dem Philosophen vom Flughafen. Er hatte sie damals nach ihrer Nummer gefragt, und sie gab ihm manchmal Bescheid, wenn Maja ein Konzert spielte oder sie in der WG ein paar Leute einluden. Er hatte bisweilen ein paar Schwierigkeiten mit der zwischenmenschlichen Interaktion, trat den Leuten zu nahe oder begann, von einer plötzlichen Nervosität befallen, komplett merkwürdiges Zeug zu reden, das allenfalls in einem Seminar voller fortgeschrittener Kierkegaard-Spezialisten Sinn ergeben hätte, und noch nicht einmal da war sich Hanna so sicher. Aber eigentlich war er ein lieber Kerl, bot immer freigiebig seine Hilfe an – letztens hatte er einen ganzen Samstag mit Adam bei Ikea verbracht – und gehörte inzwischen auf seine Weise dazu.

werte hanna, schon seit jahren forsche ich an der bedeutung des umstands, dass du mit sören kierkegaard den geburtstag teilst. du heute den 20., nehme ich an, er den 200. hab einen erkenntnisreichen tag.

Sie ignorierte die altmodische Galanterie bezüglich ihres Alters und googelte für eine Antwort nach einem halbwegs passenden Zitat seines Idols und Meisters.

Das Leben kann nur in der Schau nach rückwärts verstanden, aber nur in der Schau nach vorwärts gelebt werden.

Sie wusste, das würde Thomas begeistern.

»Ich düse mal nach Hause«, sagte sie dann zu Sean.

»Ich hätte dir auch noch Frühstück gemacht!«, versicherte er.

»Weiß ich doch.« Sie hatte schon mal das Vergnügen gehabt, Weißmehltoast und Scheiblettenkäse mit Erdbeermarmelade als mit großer Geste angebotenem Topping. »Aber Maja erwartet mich zu Hause.«

»Okay, Babe.« Er nahm seine Hand von ihrem Hintern, sie stand auf und schlüpfte in ihre Jeans, Pullover und Jacke, die über Seans Klamottenhaufen auf einem Stuhl lagen.

Er setzte sich auf, griff unter die Obstkiste an seiner Bettseite, holte seinen Medizinbeutel hervor und drehte sich einen Joint. »Willst du noch mal ziehen?«

Sie winkte ab und warf ihm eine Kusshand zu. »Ciao, bis demnächst.«

»Bis demnächst, Babe.«

Irgendwie hoffte sie, dass das nicht allzu bald sein würde.

Draußen auf der Straße schien die Sonne – ein Novum in diesem außergewöhnlich kalten und trüben Frühling. Seans Apartment lag nach Norden raus und so eingekesselt von Gebäuden, dass es drinnen gar nicht aufgefallen war. Plötzlich tat er ihr leid, und sie schrieb ihm eine Nachricht.

Pro-Tipp von Hanna: heute in den Park gehen. Ist echt schön draußen. Kuss

Der Weg nach Hause war kurz, aber sie spürte sofort die Veränderung. Sie hörte es an den aufgekratzten Stimmen der Jugendlichen, sah es in den lächelnden Gesichtern der Nachbarn, als sie ihren Kiez erreichte, dass es für die anderen wieder losging.

Dass sie etwas erwarteten von diesem Frühling. Eine neue Liebe oder auch nur das Sprießen der Forsythie vor dem Küchenfenster. Eine Reaktion auf das Kleid, im letzten Sommerschlussverkauf erworben und noch nie getragen. Sie erwartete eher nichts. Oder na ja, vielleicht doch. Bestimmt hatte Maja in ihrer kleinen Gugelhupfform einen Kuchen gebacken.

Sie schloss die Haustür zu dem Gründerzeithaus auf, in dem ganz oben die WG lag, und stieg die Treppen hoch. Als sie in dem schmalen Flur ihre Jacke an den Haken hing und sich die Sneakers von den Füßen trat, hörte sie ihre Mitbewohner in der Küche tuscheln.

»Erwischt«, sagte sie und öffnete mit einem Ruck die Tür.

Und tatsächlich: Auf dem Küchentisch stand der mit Puderzucker bestäubte Gugelhupf. Drei Wunderkerzen steckten darin, von denen Adam gerade die letzte anzündete.

»Hoch soll sie leben, an der Decke kleben, drei – mal – hoch!«, sang Maja.

»Hoch hoch«, machte Adam weiter. »Hoch hoch.« Er sang wie ein Eunuch und begleitete seine Anstrengungen mit den Armbewegungen eines Dirigenten.

»Sie leeebeee hoch!«, beendete Maja die Darbietung.

Dann kamen sie nacheinander, um sie zu umarmen

und zu beglückwünschen. Vielleicht lag es am wenigen Schlaf, aber Hanna war sehr gerührt. Auf jeden Fall hatte es auch seine guten Seiten, mit nunmehr einunddreißig Jahren in einer WG zu wohnen. Sollten ihre Eltern davon halten, was sie wollten. Die beiden lebten derzeit in New York und hatten sich zwar einigermaßen damit abgefunden, dass ihre einzige Tochter gesellschaftlich hinter ihren Erwartungen zurückblieb, aber hin und wieder leitete ihr Vater doch noch Wohnungsanzeigen weiter, deren Angebot entweder viel zu weit draußen lag, zu teuer oder so gut war, dass es auf keinen Fall echt sein konnte.

Jetzt überreichte ihr Adam mit stolzem Griemeln einen Umschlag. Er fand es offenbar ziemlich gut, was die beiden sich für sie ausgedacht hatten.

Maja guckte gespannt und ein bisschen unsicher drein, als wollte sie erst noch abwarten, wie Hanna reagierte, bevor sie sich für sie freute.

»Was schaut ihr denn so ... Also da bin ich ja fast ein bisschen aufgeregt. Und das in meinem fortgeschrittenen Alter!« Geschenkeauspacken vor Publikum war ja immer eine Sache für sich.

Sie riss den Umschlag auf – und holte ein Flugticket heraus. Berlin – Glasgow, las sie. Hin und zurück. In diesem Sommer. In zwei Monaten.

Entgeistert sah sie ihre beiden Mitbewohner an, während ihr leicht flau im Magen wurde. Ihr Blick fiel auf die Crushwand. Neils Foto war inzwischen unter einem der süßen Beatrice Egli verborgen, die gerade bei *Deutschland sucht den Superstar* durchmarschierte, und einem von Richard Madden, einem anderen Schotten, der in *Game of Thrones* den Robb Stark gespielt hatte. Nach seiner Hochzeit war es ihr pietätlos erschienen, Neil offen dort hängen zu lassen.

Dann las sie die Karte, die neben dem Umschlag steckte. Die beiden schenkten ihr eine ganze Reise! Zwei Wochen. »Aber … aber, ich weiß doch gar nicht, ob der Drachen mich dann weglässt«, stotterte sie.

»Alles schon geregelt«, erklärte Adam. »Ich bin höchstpersönlich bei ihr im Laden vorbeigegangen. War nicht einfach. Aber du hast garantiert Urlaub.« Er zog etwas aus seiner hinteren Hosentasche. Zwei weitere Tickets. »Du musst auch nicht alleine fliegen. Wir kommen mit.«

Jetzt schossen ihr die Tränen in die Augen. »Aber das ist doch viel zu teuer.«

»Hör mal, ich bin ein erfolgreicher Banker, Maja liegt als verbeamtete Französischlehrerin dem Land Berlin auf der Tasche, und wir sparen dank unserer beengten Bude eine Menge Miete. Wir können uns das leisten. Und wir wollen auch mal nach Schottland, nachdem du immer so viel davon erzählt hast. Wir wollen nachts durch die magischen Gassen von Edinburgh streifen oder in Glasgow in einen irren Club oder ein fancy Restaurant gehen. Und natürlich wollen wir in die Highlands und uns von der ursprünglichen Natur die Seele streicheln lassen.«

Hanna lachte. »Du hast dir wohl ein paar Reiseblogs zu Gemüte geführt.«

»Er hat dir nur immer gut zugehört«, meinte Maja lächelnd.

König Drosselbart

»Gib dir keine Mühe.« Adam, der neben Hanna auf dem Beifahrersitz saß, starrte aufdringlich in den Rückspiegel und grinste.

»Warum denn nicht?« Maja saß auf der Rückbank und versuchte gerade umständlich, unter ihrer Bomberjacke und dem Handtuch auf ihrem Schoß ihren nassen Bikini gegen trockene Unterwäsche einzutauschen.

»Hab ich alles schon mal gesehen.«

»Seit wir den Riegel an der Badezimmertür haben, nicht mehr.«

»Ach, die guten alten Zeiten – Hanna, neiiin!« Adam starrte angstvoll auf den Kreisverkehr, in den Hanna gerade eingebogen war.

»Doch«, sagte sie. »Linksverkehr. Das ist der Grund, aus dem du nicht am Steuer sitzt. – Ihr hattet früher keinen Riegel an der Badezimmertür?«

»Nein, den haben wir erst angebracht, kurz bevor du eingezogen bist.«

»Oh, danke. Ich glaub, ich erinner mich düster.«

»Mit dem Strand heute, das war eine super Idee«, meinte Maja von hinten. Sie zog ihre Jeans hoch, wickelte den Bikini in ein Handtuch und warf die Sachen neben sich in den Fußraum.

Adam, der sich erst noch daran gewöhnen musste, dass er seinen Sommerurlaub dieses Jahr nicht auf Ibiza verbringen würde, hatte am Morgen mit Blick auf den Wetterbericht vorgeschlagen, den mit dreiundzwanzig Grad ungewöhnlich warmen Tag für einen Ausflug zum Irvine Beach zu nutzen. Im eiskalten Wasser des Firth of Clyde hatten sie zwar arg nach Luft gejapst, aber zurück in ihrem kleinen roten Hyundai, der sich auf dem Parkplatz vor den grasbedeckten Dünen in der Sonne aufgeheizt hatte, erschien ihnen der Ausflug an den menschenleeren, weitläufigen Strand wie ein tolles Abenteuer.

»Und was machen wir heute Abend?«, fragte Adam.

»Ich guck mal.« Maja kramte in ihrer großen Umhängetasche und zog einen Reiseführer hervor.

»Ich auch«, antwortete Adam und entsperrte sein Handy.

»Glasgow, in Deutschland ganz ohne Grund als graue Arbeiterstadt bekannt, bietet in Wahrheit viel viktorianischen Prunk und am Ufer des River Clyde eine futuristische Skyline. Mit der Glasgow School of Art und dem Riverside Museum ist die schottische Metropole außerdem ein Zentrum für Kunstfans und Künstler und mausert sich gerade zu einem Geheimtipp für Foodies aus aller Welt«, las Maja.

Adam sah von seinem Handy auf. »Für Fußfetischisten?«

Hanna lachte.

»Nee, Food wie Essen. Leute, die gerne gut essen«, erklärte Maja.

»Also wir.«

»Genau. Hier werden auch ein paar Restaurants empfohlen, wartet ...«

Hanna ließ die anderen machen und konzentrierte sich auf den Verkehr. Sie war keine routinierte Autofahrerin und der Linksverkehr ihr zwar von früher vertraut, aber früher war lange her. Außerdem wollte sie die Landschaft auf sich wirken lassen. Die Gegend war ländlich, Bäume, Gehöfte und die typischen neongrünen Wiesen säumten die Straße. Hin und wieder passierten sie eine Siedlung, von denen manche schmuck in Sandstein gebaut waren, andere eher wie grob verputzte Container wirkten und einen Eindruck von der Armut gaben, die das Ende der Kohle in diesem Teil des Landes hinterlassen hatte. Die Gegend wirtschaftlich wieder auf die Beine zu bringen war zumindest früher eines von Neils Anliegen gewesen.

»Hanna, ist dir eigentlich klar, dass wir hier ganz in der Nähe von Cronberry House sind?«, fragte Maja plötzlich.

»Hm«, brummte Hanna.

»Und?«

»Nix und.«

»Wir wären gerade in der Gegend, ich sag's ja nur.«

»Sind wir vor dem Rückflug auch noch mal.«

Hanna spürte, wie Adam sie von der Seite ansah. »Vielleicht lieber am Ende der Reise, okay? Ich würde dann ein paar Tage vorher anfragen, ob Neil Lust auf Besuch hat.«

»Er freut sich doch auf jeden Fall«, meinte Maja.

Hanna zuckte die Achseln und schaltete. »Ich hab ja nach der Hochzeit den Kontakt einschlafen lassen. Total durchschaubar und peinlich.«

»Er hat dir vor zwei Monaten noch zum Geburtstag gratuliert.«

»Na ja, er war auf meiner Mailbox. Ich hab mich per SMS bedankt.«

»Jetzt komm, gib dir 'nen Ruck. Vielleicht hat er inzwischen 'ne Glatze, sieht aus wie ein spießiger Landjunker, alles ist total krampfig, und ihr habt gar keinen Draht mehr zueinander. Dann ist das für zwei Stunden traurig, aber danach bist du ein für alle Mal erlöst.«

»Ich bin sowieso erlöst.« Das hatte sie sich in den letzten Jahren jedenfalls eingebildet. Seit sie gestern Mittag in Glasgow gelandet waren und überall Schottisch gesprochen wurde, sah sie allerdings dauernd Männer, die sie an Neil erinnerten. Früher war es ihr nicht so aufgefallen, aber mit seiner schlanken Gestalt, der hellen Haut bei dunklem Haar und den blauen Augen mit der Lidfalte, die ihnen das Tierbabyhafte verlieh, entsprach er offenbar einem typisch britischen Phänotyp. Dessen Anblick jedes Mal eine ziehende Sehnsucht in ihrem Magen auslöste.

Natürlich war sie neugierig auf Cronberry und auf Neil, sechs Jahre nachdem sie sich bei der Beerdigung seines Vaters das letzte Mal gesehen hatten. Aber gleichzeitig fürchtete sie, dass ein Treffen alte Wunden wieder aufriss, die in ihrer derzeitigen Grundverfassung Monate brauchen würden, um zu heilen. Es würde ihr kaum guttun, den Mann, den sie einmal für sich gewünscht und dessen Liebe sie sogar in greifbarer Nähe gewähnt hatte, wiederzusehen, wenn er jetzt nun einmal mit einer anderen verheiratet war. Mit der er zu allem Überfluss in einer Art Märchenschloss residierte. Das war ja schon fast ironisch.

»Cronberry sieht megageil aus«, sagte Adam mit Blick auf sein Smartphone. »Der vermietet sogar Zimmer! Wow, und was für welche. *Downton Abbey*-Style!« Er wischte weiter auf seinem Display herum. »Man kann durch den Garten wandeln, und am Wochenende gibt es eine Theke mit Kaffee und Kuchen!«

Hanna reckte sich, um sich im Rückspiegel zu mustern. »Ich bin völlig zerzaust und nicht geschminkt. So kann ich ihm auf gar keinen Fall unter die Augen treten.«

»Er weiß doch sowieso, wie du aussiehst.« Adam hatte jetzt Feuer gefangen. *Downton Abbey* hatten sie alle zusammen gebingt.

»Er weiß, wie ich vor sechs Jahren aussah.«

»Na ja, okay. So sehr hast du dich aber doch nicht verändert.«

Er klang nicht ganz glaubwürdig, und Hanna wusste warum. Sie schlief zu wenig, trank zu viel Kaffee, ernährte sich von Schokoriegeln und abends nicht selten von Chips, wenn keiner von den anderen gekocht hatte. Es war ewig her, dass sie in einem Secondhandladen gestöbert und irgendein ausgefallenes Kleid gekauft hatte. Wenn sie sich morgens fertig machte, um in den Laden zu gehen, war ihr eher nach Verschwinden zumute, und entsprechend zog sie sich an. Manchmal, wenn sie sich dort in der Toilette im Spiegel ansah, meinte sie schon eine Ahnung davon zu bekommen, wie sie sehr viel später einmal aussehen würde.

»Außerdem hab ich diesen gelben Helm auf dem Kopf«, sagte sie, denn das hielt sie für ihr stärkstes Argument.

»Ja, okay, der zählt.« Adam grinste.

Hanna musste auch grinsen, obwohl sie, nachdem sie ihn sich gefärbt hatte, erst mal geheult hatte. Eigentlich hatte sie vor der Reise noch zur Friseurin gewollt, um ihre grauen Haare verschwinden zu lassen. Aber dann hatte die Friseurin den Termin abgesagt und sie sich kurzerhand entschlossen, die Sache selbst in die Hand zu nehmen. Mangels Erfahrung hatte sie jetzt besagten gelbblond durchgefärbten Helm auf dem Kopf.

»Wir können ja noch mal halten, du bindest dir die Haare straff aus dem Gesicht und schminkst dich?«, schlug Adam zur Güte vor.

»Ich hab kein Make-up dabei.«

Während draußen weiter die Felder vorbeizogen, rangen in ihrem Inneren Neugier und Sehnsucht mit ihren als Stimme der Vernunft getarnten Ängsten und Komplexen. Als ein Straßenschild schließlich den Abzweig nach Cumnock und Cronberry ankündigte, fiel ihre Entscheidung spontan. Oder vielleicht war sie hier auch einfach schon in Reichweite von Neils Magnetismus. Jedenfalls setzte sie den Blinker. »Machen wir es doch so«, schlug sie vor. »Wir fahren hin, und du fragst erst mal jemanden, ob die Herrschaften da sind. Sie leben ja halb in Edinburgh. Wenn sie nicht da sind, kannst du nach Herzenslust im Garten wandeln, ein Stück Torte essen und dir vorstellen, du wärst Lord Grantham.«

Adam grinste zufrieden.

Es dauerte noch zwanzig Minuten, bis der Hyundai langsam über eine von einem steinernen Säulengeländer eingefasste Bogenbrücke fuhr. Dahinter eröffnete sich zur Linken eine Gartenlandschaft mit gepflegten Blumenrabatten, Bäumen und verschlungenen Pfaden und zur Rechten die Anlage von Cronberry House, Springbrunnen und Buchsbaumlabyrinth inklusive.

»Ach, hätt' ich doch genommen den König Drosselbart«, bemerkte Adam.

Neil indessen hatte weder Augen für den Reiz seines Anwesens noch für den roten Hyundai auf dem Besucherparkplatz, als er den Mini, dessen Motor seit kurz vor Muirkirk ein verdächtiges Geräusch machte, über den Kies bis vor das Kutschenhaus an der Rückseite des Hauses rollen ließ. Er stellte den Motor aus, ließ den Schlüssel jedoch stecken und zog die Beschreibung aus dem Handschuhfach. Beim Vergleich der Leuchte auf dem Armaturenbrett mit den Symbolen im Handbuch fand er seine Vermutung bestätigt, dass es wieder das Getriebe war. Er stöhnte, dann nahm er sein Handy aus der Mittelkonsole und rief Alice an.

Sie ging sofort dran. »Nur ganz kurz, Darling. Ich muss gleich rüber in eine Besprechung.« Alice leitete das

Edinburgher Büro des Duftkerzenimperiums ihrer Familie.

»Der Mini hat irgendwas mit dem Getriebe. Ich ruf jetzt Dochertys Sohn an, er soll sich das angucken. Wollte dir nur Bescheid geben, dass ich nicht weiß, ob ich es bis morgen Abend zurückschaffe.«

Kurzes Schweigen in der Leitung. »Ich sag jetzt nichts.«

»Danke, das weiß ich zu schätzen.«

»Aber es geschieht dir natürlich recht. Hoffentlich ist es ein Totalschaden, du kommst ja sonst nicht zur Vernunft.«

Sie war schon seit Langem der Meinung, er bräuchte ein größeres Auto ohne Dellen. »Guck dir mal den neuen Range Rover an. Er soll leichter sein als sein Vorgänger, ergo weniger Verbrauch, und er hat einen großen Fußraum.« Alice war ein Autofreak und hatte sogar die *Autocar* und die *Top Gear* abonniert.

»Gute Argumente«, antwortete er.

»Perlen vor die Säue.«

Sie wussten beide, dass er sich niemals einen Wagen für eine knapp sechsstellige Summe kaufen würde. Alice war nach ihrem Studienabschluss mit Anteilen an der florierenden Firma ihrer Familie ausgestattet worden, entsprechend locker saß bei ihr das Geld, und sie bot dauernd an, ihm dies oder das zu kaufen, von dem sie sich wünschte, dass er es besaß, und auch in Cronberry House zu investieren. Letzteres hatte er einmal angenommen, als ein Sturm größere Schäden am Dach verursacht hatte, wenn auch nur in Form eines Kredits, den er seither zurückzahlte. Generell aber versuchte er, mit den Einnahmen aus den zu Cronberry House gehörenden Ländereien, der Zimmervermietung und den politischen

Beraterverträgen, die er noch annahm, wenn es seine Zeit erlaubte, sowohl das Haus zu erhalten als auch seinen Lebensunterhalt zu finanzieren.

Sie hatten über diesen Punkt schon des Öfteren diskutiert. Alice verstand nicht, warum er das so beibehielt. Warum er nicht einfach ihr Geld als seines betrachtete. Er hatte ihr erklärt, dass er nicht einer dieser ausgehaltenen Grüß-Earls sein wollte, die vom frischen Geld ihrer vorteilhaften Heirat lebten. Sie hatte entgegengehalten, dass er ja, wenn er sich weniger um die Bewirtschaftung von Cronberry House kümmern müsste, mehr Zeit für seine politische Karriere hätte. Aber Alice war gegen die schottische Unabhängigkeit von Großbritannien, er bekanntlich dafür, wenn auch nicht mehr mit der gleichen brennenden Leidenschaft wie früher. Und so war es doch eine widersinnige Vorstellung, dass sie Cronberry House finanzierte, um ihm den Rücken für politische Ziele freizuhalten, die sie selbst eigentlich ablehnte.

Aber zwischen den Zeilen ging es wohl auch noch um etwas anderes. Darum, dass sie seine Zurückhaltung gegenüber ihrem Geld unterschwellig als Zurückweisung ihrer selbst auffasste. Als hielte er sich damit ein Hintertürchen offen, oder als hätte sein Wunsch, die Finanzen nicht allzu sehr zu vermischen, eine Entsprechung auf der Gefühlsebene. Sie hätte es selbst vielleicht gar nicht so formulieren können, dazu war sie viel zu positiv, aber hin und wieder meinte er zu spüren, dass etwas in der Art an ihr nagte.

»Er hätte mir ja nie einen Antrag gemacht«, stöhnte sie manchmal im Spaß, wenn bei einer Dinnerparty die Sprache darauf kam, und erzählte dann raumgreifend, wie sie ihm auf einem Wochenendtrip nach Paris als männliches Pendant zum Verlobungsring die alte Arnold

& Son-Uhr ihres verstorbenen Großvaters ums Handgelenk gelegt und gesagt hatte: »Es ist Zeit, Baby.« Sie genoss die garantierten Lacher, aber er merkte auch, dass ihr sein »Du bist mir nur zuvorgekommen, Süße« wichtig war, mit dem er die Story stets kommentierte.

Für morgen Abend waren sie in einem der Privatclubs der Edinburgher New Town verabredet. »Ich sag dir nachher Bescheid, was Docherty junior sagt«, meinte er in sein Handy. »Tut mir wirklich leid wegen morgen. Aber Fergus ist ja auf jeden Fall da.« Alice und Fergus waren beide gesellschaftlich ziemlich umtriebig. Ihm war das oft zu viel, er blieb gern zu Hause und las Zeitung oder ging mit einem ehemaligen Kommilitonen ins Pub, aber er musste zugeben, dass Alice' und Fergus' Vernetzung ihm bisweilen für seine Arbeit nutzte.

»Ja, ich komm schon klar. Wenn du einen einfachen Wagen willst, denk mal über den Freelander nach, von mir aus auch gebraucht.«

»Guck ich mir an, danke. Je nachdem, was John Docherty meint.«

»Wahrscheinlich kaufst du ihm gleich für dreihundert Pfund irgendeinen alten Toyota ab, den er noch auf seinem Hof stehen hat.«

Neil grinste, obwohl er wusste, dass sie das gar nicht witzig gemeint hatte. »Ertappt.«

»Ich muss jetzt rüber. Kuss und bis später.«

»Okay. Kuss auch.«

Er rief den jungen Docherty an und bekam von ihm für heute eine Absage, aber das Versprechen, dass er morgen früh vor der Öffnung seiner Werkstatt vorbeikommen und sich den Wagen ansehen würde. Neil stieg aus und streckte sich. Es war wärmer als heute Vormittag in Edinburgh. Er zog seinen Wollpullover über den

Kopf, warf ihn auf den Fahrersitz und ging los, um nach dem neuen Teich zu sehen, wegen dem er außerplanmäßig hergekommen war. Ein Gartenbauer war gerade dabei, hinten am Chinapavillon die Parklandschaft wieder instandzusetzen, und Gäste hatten angemerkt, dass der unfertige Teich eine Gefahr für Kinder darstellte. Da Docherty senior vorgestern von einem Hexenschuss niedergestreckt worden war und in halb sitzender Position vom heimischen Sofa aus nur das Nötigste erledigen konnte, war nun er hier. Docherty hielt die Angelegenheit für übertrieben, aber Neil hatte dennoch auf dem Weg im Baumarkt haltgemacht und eine Rolle rotweißes Flatterband gekauft, das er sich jetzt wie einen Armreif ums Handgelenk legte. Er schloss das Kutschentor auf, hinter dem sie die Gartenutensilien aufbewahrten, und fand einige Bambusstöcke, mit denen sonst die Rosen angebunden wurden.

Mit dem aufmerksamen Blick des Schlossbesitzers, der sein Anwesen vornehmlich als Aneinanderreihung anstehender Sanierungsarbeiten wahrnimmt, lief er, die Bambusstäbe in der Hand, um das Haus herum, um in den Park zu gelangen. Die schiefen Ziegel oben am Schornstein musste man beobachten und beim nächsten Regen auf dem Dachboden nachsehen, ob sie noch dicht hielten. Die Kletterrosen am Ostflügel begannen, die Fenster der Gästezimmer im Erdgeschoss zu überwuchern, und brauchten einen Schnitt. Das würde er gleich noch erledigen. Das schmiedeeiserne Geländer der Fußgängerbrücke, die den Vorplatz des Hauses vom Park trennte, war zur Hälfte abgeschmirgelt und dann offenbar auf halbem Wege vergessen worden. Dabei war der Maler seines Wissens nach schon am Dienstag da gewesen.

Ich werde noch wie mein Vater, dachte er.

Zwei der Sitzgruppen drüben vor dem Westflügel waren besetzt. Das war gut, dann wurde Aleen ihren Kuchen los. Eins seiner Probleme mit Cronberry war, dass er sich für all seine Pächter, Mitarbeiter und angeschlossene Kleinunternehmer übertrieben verantwortlich fühlte, meinte Alice. Aleen war Ende fünfzig, hatte einen violett gefärbten Igelschnitt und tätowierte Arme und kam jeden Samstag und Sonntag bei gutem Wetter aus Cumnock mit zwei selbst gebackenen Torten vorbei, die sie in einem kleinen Kühlschrank mit einer Plexiglastür präsentierte und an die Besucher verkaufte. Dazu gab es Kaffee und Kaltgetränke.

Irgendetwas, eine leise Irritation seines Unbewussten, bewog ihn zu einem zweiten Blick auf das eine Grüppchen von Leuten, die in etwa siebzig Metern Entfernung auf roten Bistrostühlen die Sonne genossen. Eine blonde und eine dunkelhaarige Frau, die ihm den Rücken zuwandten, und ein Mann. Er kannte ihn nicht.

Nachdem er das Teichloch, in dem sich eine Handbreit Regenwasser gesammelt hatte, einmal mit dem Flatterband umspannt und auch noch den gemulchten Weg, der dorthin führte, abgesperrt hatte, ging er zurück, und sein Blick fiel erneut auf die Kuchen essenden Touristen.

Die blonde Frau bewegte sich, drehte ihren Kopf und sagte etwas zu ihrer Begleiterin, und sein Körper reagierte, noch bevor sein Verstand ihm sagen konnte, dass das ja gar nicht möglich war. Sein Magen krampfte sich zusammen, sein Herzschlag beschleunigte sich, und er blieb wie angewurzelt stehen und starrte. Die Frau hatte andere Haare und andere Kleidung. Die ganze Haltung ... war nicht Hanna, und dann war sie es doch. Aber sie konnte es nicht sein, sie lebte in Berlin, und wenn sie in Schottland wäre, hätte sie ihm doch Bescheid gesagt?

Im großen Bogen ging er um die Sitzgruppe herum, um die Frau von vorn betrachten zu können, und dann gab es keinen Zweifel mehr. Da saß Hanna, auf dem Platz vor seinem Haus, vor ihr ein leer gegessener Teller mit einer kleinen Marzipanmöhre, mit der Aleen ihren Möhrenkuchen verzierte. Hanna mochte kein Marzipan. Ihre beiden Begleiter unterhielten sich, auf Deutsch und so schnell, dass er nichts verstand. Hanna beteiligte sich nicht daran. Sie saß etwas eingesunken da, und ihr Blick wanderte immer wieder unverwandt über das Gelände. Sie sah älter aus, als er sie in Erinnerung hatte, fremd, was kein Wunder war, ihn aber schmerzlich berührte.

Fast hatte er das Gefühl, es wäre ungehörig oder aufdringlich, jetzt zu ihnen zu gehen und sich zu erkennen zu geben. Sicherheitshalber nahm er noch mal sein Handy aus der Hosentasche und sah nach, ob sie ihm vielleicht doch geschrieben hatte. Auch im Spamordner guckte er nach. Dann fing er den Blick des Typen auf, der neben Hanna saß, steckte das Handy weg und ging auf die drei zu.

Als Hanna ihn sah, wandte sie mit einer unwillkürlich wirkenden Bewegung des Kopfes den Blick ab, als könnte sie auf diese Weise die Begegnung noch verhindern.

»Das ist ja eine schöne Überraschung«, sagte er und lächelte, um Souveränität bemüht.

Hanna fuhr sich mit der Zunge über die Zähne, vielleicht wollte sie sicherstellen, dass keine Kuchenreste darauf klebten. »Hi.« Ihre Stimme klang brüchig. »Äh, wir waren gerade in der Gegend und – ich hätte dir auch Bescheid gesagt, aber … es war sehr spontan.«

»Klar, verstehe«, sagte er, obwohl das nicht stimmte. »Ihr macht Urlaub?«

»Ja, wir sind gestern erst in Glasgow angekommen. Heute waren wir am Strand, Irvine Beach. Deswegen sehen wir so aus …« Es strömte ihr aus jeder Pore, wie unbehaglich ihr zumute war. Vielleicht fühlte er das so stark, weil es ihm ähnlich ging.

»Oh, schön. Ihr macht also Urlaub?«, fragte er wieder und merkte, dass er das Absperrband um sein Handgelenk drehte wie einen Hula-Hoop-Reifen.

»Genau«, schaltete sich der Mann ein. Hannas Freund? »Ein tolles Anwesen hast du.«

»Danke.«

»Das sind Adam und Maja, meine Mitbewohner«, erklärte Hanna, und die beiden nickten freundlich.

»Angenehm, Neil.«

Die beiden lächelten wissend.

»Setz dich doch zu uns«, sagte Maja, von der er früher viel gehört hatte.

Er sah zu Hanna, wie um ihre Bestätigung einzuholen, aber sie starrte ihn nur an. Also zog er sich einen der Bistrostühle zurecht, legte die rotweiße Rolle auf den Tisch und setzte sich.

Prompt kam Aleen auf sie zu. »Kann ich Ihnen auch etwas bringen, Mylord? Sie sind vorzeitig zurück? Ich hab den Herrschaften gerade noch erzählt, dass wir Sie und Ihre Ladyschaft frühestens morgen zurückerwarten.«

»Gern, einen Kaffee. Es gab Probleme mit dem Teich hinten, da musste ich mal nachschauen.« Er hatte Aleen schon mehrmals gesagt, sie solle ihn einfach Neil nennen, aber sie schien es geradezu zu genießen, dass er der Lord und Alice seine Ladyschaft war und sie ein großes

Gewese darum machen konnte. Jetzt, vor seiner alten Schulkameradin und ihren bundesrepublikanischen Freunden, war ihm das besonders unangenehm. Fast fühlte er sich wie ein Hochstapler und auf jeden Fall wie eine komische Figur, mit seinem Schloss und seinem Titel. Und seinem Absperrband.

Maja sagte irgendwas auf Englisch dazu, wie schön der Vormittag am Strand gewesen war. Er nickte mechanisch und murmelte eine höfliche Bestätigung, während er überlegte, ob das noch normal war, dass ihn Hannas Anblick so aus der Bahn warf.

Es lag nicht etwa daran, dass sie so blendend ausgesehen hätte. Das tat sie eher nicht so sehr, mit dem verspannten Zug um ihren Mund, während sie konzentriert die letzten Kuchenkrümel auf dem Teller mit der Gabel zerdrückte, und diesen seltsamen Haaren. Allerdings schien das für den Moment sein Bedürfnis, sie zu berühren und diese Kluft zwischen ihnen zu überbrücken, nur noch zu verstärken.

»Ich hatte mir Schottland ganz anders vorgestellt«, plauderte Adam mit einem starken deutschen Akzent. »Viel karger, und nicht so lieblich.« Er ließ den Blick über die grünen Weiden schweifen, die an der Frontseite des Hauses hinter einer flechtenüberzogenen Steinmauer sanft abfielen. Lockere Reihen von Laubbäumen grenzten verschiedene Areale voneinander ab und spendeten Schatten, vereinzelt grasten Schafe.

»Hier in Ayrshire sieht es eher noch typisch englisch aus. Die Highlands beginnen nördlich von Glasgow. Wo wollt ihr denn auf eurer Reise noch hin?«, antwortete Neil und bemühte sich um eine deutliche Aussprache. Er sah Hanna an.

»Wir haben nur wenig fest gebucht. Bis morgen sind

wir in Glasgow, danach Callander, dann Balmoral, zwei Tage ein Bed and Breakfast am Loch Ness und später noch Skye. Und am Ende wollten wir noch mal hier in die Gegend, da hätte ich dir dann auch Bescheid gegeben.«

»Ah.«

»Wir wollen auch gar nicht stören. Du hast bestimmt viel zu tun.«

Neil runzelte die Stirn. Dieses Rechtfertigen, dieses Unterwürfige, seit wann hatte sie das? Es erinnerte ihn an die unsicheren Angestellten, die manchmal bei ihm im Hotelbetrieb anfingen. »Nein, ihr stört überhaupt nicht. Wollt ihr heute Nacht hierbleiben? Ihr seid eingeladen.« Er brachte das fast schroff vor. Denn die Vorstellung, dass sie sich gleich steif voneinander verabschieden würden, Hanna mit hängendem Kopf zum Parkplatz trottete, und das war es dann, erschien ihm unerträglich.

»Danke, das ist aber nicht nötig, wir haben ja unser Bed and Breakfast in Glasgow«, antwortete Hanna, aber mit einem Zögern in der Stimme, in das jetzt Adam vorstieß.

»Das sagst du, die heute Nacht mit Maja im richtigen Bett und nicht auf dieser Schlafcouch von 1985 direkt neben dem lauten Kühlschrank geschlafen hat.«

Maja lachte. »Sorry, das konnte man im Internet nicht erkennen. Das Zimmer wurde wohl mit Weitwinkel aufgenommen.«

»Alice ist in Edinburgh«, bemerkte Neil, was von einem kurzen Flattern von Hannas Pupillen quittiert wurde. »Ich würde mich wirklich sehr freuen.« Er nahm sich ihre Marzipanmöhre vom Teller und steckte sie in den Mund, wie um mit dieser forcierten Geste der Intimität etwas von der alten Verbindung wiederherzustellen.

»Aber hast du denn so viele Zimmer frei? Wir bezahlen sie natürlich.«

»Ja – und auf gar keinen Fall.«

»Wir haben aber nur unsere Badesachen dabei.«

»Kosmetikartikel findet ihr auf den Zimmern, Adam kann was von mir ausleihen, Maja bekommt was von Alice. Und du hast sowieso noch einen Koffer hier.«

Als sie ihn daraufhin anlächelte, zog etwas in seinem Magen.

»Eventuell müsste mir jemand helfen, ihn aufzukriegen. Beim letzten Mal hat er geklemmt«, sagte sie.

»Ich gebe Mr Sharma an der Rezeption Bescheid. Der kann so was.«

»Okay, also ... Wenn ihr auch wollt, dann bleiben wir heute Abend hier?«

Maja und Adam nickten erfreut, dann stand Adam auf. »Ich muss mal wohin.«

»Da links rum sind Toiletten«, sagte Neil und zeigte in die entsprechende Richtung.

»Oh, ich riesele.« Adam wischte mit der Handfläche über seinen Stuhl. Er trug noch seine Badeshorts.

»Im-po-sand«, bemerkte Maja.

Hanna grinste und erklärte Neil, dessen Deutsch dafür nicht ausreichte, den alten Kinderwitz.

Aleen kam an und brachte ihm den Kaffee und ein nicht bestelltes Stück Möhrenkuchen. »Der Kuchen geht aufs Haus, Mylord«, sagte sie und zwinkerte ihm zu.

»Vielen Dank«, sagte er, lächelte und schnipste, als sie weg war, eins ihrer violetten Haare vom Teller.

Er hatte keine Ahnung, wie dieser Abend werden würde, aber er fühlte eine riesige, erwartungsvolle Freude darauf.

Adam war inzwischen von der Toilette zurück und Neil ins Haus gegangen, um Bescheid zu geben, dass drei Zimmer fertig gemacht werden sollten.

»Rucke di gu, Blut ist im Schuh. Der Schuh ist zu klein, die rechte Braut sitzt noch daheim. Beziehungsweise hier auf diesem stilvollen roten Bistrostuhl. Wie er dich die ganze Zeit angestarrt hat!« Adam sah Hanna fast ungläubig an.

An einem anderen Tag hätte sie sein Erstaunen vielleicht verletzt. Aber gerade schien ihr ohnehin alles vollkommen unwirklich. »Ich hab mich echt gefühlt wie Aschenbrödel. Und am Anfang wie gelähmt.«

»Aber heute Abend wird im Schloss getanzt. Bin mal gespannt, was für Kleidung von dieser Alice ich bekomme«, meinte Maja gut gelaunt.

»Das wird nichts Schlechtes sein«, frohlockte Adam. »Neils Poloshirt hat über hundertzwanzig Euro kostet – ich kenne die Marke.«

»Das muss ihm Alice gekauft haben. Neil trägt normalerweise alte Wollpullover. Oder trug er jedenfalls früher ...«

»Menschen verändern sich. Aber du hast ja einen schottischen Akzent, wenn du Englisch sprichst, total witzig.« Adam war ganz aufgekratzt. »Und Maja hat auch ganz verzückt geguckt, als Neil sich zu uns gesetzt hat, ich hab's genau gesehen.«

Maja lachte. »Selber!«

»Streite ich gar nicht ab. Aber Mylord hat ja nur Augen für Hanna.« Er richtete sich mit übertrieben geradem Rücken auf seinem Stuhl auf, was offensichtlich Neil darstellen sollte, und starrte mit aufgerissenen Augen Hanna an. »Und ihr macht also Urlaub? Macht ihr Urlaub? Urlaub?«

»Lass das«, sagte Hanna, lächelte aber geschmeichelt. »Der Drops ist gelutscht. Und zwar nicht von mir.«

Adam grinste anzüglich. »Wart's ab. Alice ist ja, wie wir jetzt alle wissen, in Edinburgh.«

Der liebenswürdige alte kleine Mr Sharma an der Rezeption hatte gefragt, wer von ihnen Hanna war, und ihr dann den Schlüssel für die Tranquility Suite im ersten Stock ausgehändigt. Schon im Flur begann sich die namensgebende Ruhe und Gelassenheit auf sie zu übertragen. Ein dicker karierter Teppich, der sie an den in Neils Haus in Edinburgh erinnerte, verschluckte ihre Schritte, und wenn es hier noch andere Gäste gab, dann waren sie wohl unterwegs. Sie betrachtete die Bilder an den Wänden: mehrere Ölminiaturen, die den wichtig dreinblickenden Nachwuchs vergangener Jahrhunderte verewigten. Am toten Ende des Flurs stand ein hoher Schrank aus dunklem Holz, dessen Tür einen Spalt offen stand. Sie trat darauf zu und sah hinein. Im oberen Fach lagerten mehrere Wolldecken, an einer Stange darunter hingen von Plastiküberziehern geschützt drei Schottenröcke mit den dazugehörigen Bauchtaschen. Es roch kaum merklich nach Lavendel. In der Ecke lehnte in einer Ledertasche ein Dudelsack, der fast doppelt so groß war wie der aus Neils Koffer. Sie lehnte die Schranktür wieder an, dann drehte sie den großen alten Schlüssel im Schloss zu der Suite, deren Name in einer geschwungenen Schrift auf die Tür gepinselt war.

Als sie eintrat, wurde sie von der Nachmittagssonne geblendet, die durch die hohen Fenster in den großen Raum schien. Winzige Flusen tanzten über dem Bett in der Luft. Es hatte einen in Gelb- und Orangetönen geblümten Überwurf und einen braunen Himmel mit goldenen Fransen, der am Kopfende zusammengefasst war. Auf einer Sitztruhe am Fußende des Betts lag ihr Koffer. Der Raum war angenehm warm, was nicht nur von der Sonne herrührte, sondern auch von einem Feuer im Kamin. Neil beziehungsweise Mr Sharma hatte ja wirklich an alles gedacht. Sie hoffte, dass die anderen es genauso gemütlich hatten und besonders Adam auf seine royalen Kosten kam. Die beiden waren in zwei Räumen im Erdgeschoss untergebracht, die Thistle und Moss hießen – Distel und Moos, zwei typisch schottische Gewächse. »Da geht es um die Farben der Einrichtung«, hatte der alte Rezeptionist erklärt und Hanna es für die anderen übersetzt, weil er ein so ausgeprägtes Schottisch sprach.

Das Zimmer lag an der rückwärtigen Seite des Schlosses, und aus den Fenstern gab es nichts zu sehen als grüne Weiden, auf denen hier jedoch nicht Schafe, sondern Kühe grasten, und weit hinten am Horizont eine Baumreihe und den Umriss eines Gehöfts. Der Himmel war hier und da von einem durchlässigen Weiß schraffiert.

Sie wusste, dass Neil immer viele Sorgen mit Cronberry gehabt hatte. Aber hier leben zu dürfen, in diesen großzügigen, alten Räumen, umgeben von der Ruhe der Natur, das musste guttun. Auch die Kühe draußen vor dem Fenster grasten bis auf zwei Kälber, die immer wieder in einen kurzen spielerischen Galopp verfielen, in aller Gemächlichkeit. Ob auch Neil und Alice bald ein Baby haben würden? Es musste herrlich sein, hier aufzuwachsen. Mit Neil als Vater.

Hanna legte die flache Hand an eine der Butzenscheiben und fühlte sich wie die tragische Figur in einem Film. Es fehlten nur noch die daran herabrinnenden Regentropfen.

Schließlich riss sie sich los, vom Fenster und ihren

neidvollen Gedanken, und rief sich auf, den Tag zu genießen, als einen schönen Ausflug in die Vergangenheit oder vielmehr in eine Gegenwart, die nun mal nicht eingetreten war.

Ihr Blick fiel auf ihren Koffer. Der Deckel lag nur lose auf. Mr Sharma hatte es offenbar geschafft, ihn zu öffnen. Dies war nicht der Moment ihrer Träume, in dem sie gekommen wäre, um zu bleiben. Aber einen besseren würde es nicht geben. Außerdem war sie neugierig und hatte keine Wechselunterwäsche dabei.

Sie klappte den Kofferdeckel hoch und stieß auf ihr neunzehnjähriges Ich. Als Erstes fiel ihr das Skizzenbuch ins Auge. Sie hatte nicht mehr gewusst, dass sie es in den Koffer getan hatte, und bisweilen überlegt, wo es hingeraten war. Mit jener Mischung aus Neugier und Angst, mit der andere ihr altes Tagebuch aufklappen würden, schlug sie es auf und ließ den Daumen durch die Seiten fahren. Nur die ersten zehn Seiten waren benutzt, aber alles war etwas wellig von den nassen Pastellkreiden, die sie für manche Bilder benutzt hatte.

Zunächst war da der Blick aus ihrem Zimmer. Das mit einer Lichterkette geschmückte Fenster bildete den Rahmen für den Blick auf den Obstgarten von Callander Chambers. Sie hatte den Ausblick immer sehr geliebt, sich aber offensichtlich nicht erlaubt, ihn einfach nur so zu zeichnen, sondern anstatt der Äpfel, die im Spätsommer an den Bäumen hingen, Geldscheine an die Äste gezeichnet. Düster erinnerte sie sich, dass sie damit das elitäre britische Schulsystem hatte anprangern wollen. Sie lächelte milde. Irgendetwas stimmte nicht mit den Proportionen des Fensters, und das war vermutlich keine Absicht gewesen.

Die nächste Seite war farbig mit groben Strichen gestaltet und zeigte Neil und sie unter der Föhre, bei der sie sich immer getroffen hatten, um zu ihren Streifzügen aufzubrechen. Und unter der Neil später sein erstes Schäferstündchen mit Alice gehabt hatte. Aber das hatte sie noch nicht gewusst, als das Bild entstanden war, sonst hätte sie sie beide wohl nicht mit Beinen ausgestattet, die unter der Erde in die Wurzeln des jahrhundertealten Baums übergingen und darüber ebenso miteinander verbunden waren. Ob sie damit ihre Freundschaft und ihre Verwurzelung mit dem Land hatte ausdrücken wollen? So richtig ging das Bild nicht auf, obwohl es schön aussah, mit dem leuchtend orangeroten Himmel. Man hätte es als Baum des Lebens in einem evangelischen Eine-Welt-Basar verkaufen können.

Dann gab es noch eine verschmierte Kohleporträtzeichnung, in der Bonnie zu erkennen war, eine Karikatur der Direktorin Mrs Pearsley, von der eine andere Version es später ins Abschlussbuch geschafft hatte, und einige weitere bedeutungsschwangere Naturbilder. Es waren die Werke eines Mädchens mit Zeichentalent. Aber inzwischen war sie oft genug bei Eröffnungspartys an der Berliner Universität der Künste gewesen, um zu wissen, dass die Studentinnen dort ein anderes Kaliber waren. An handwerklichem Geschick und wohl teilweise auch an Gedankentiefe. Sicher, auch sie hätte dazugelernt. Aber sie hatte sich wohl auch schlicht überschätzt. Fast schämte sie sich ein bisschen. Aber mehr noch spürte sie die Melancholie darüber, dass sie diesen naiven, selbstbewussten Ernst verloren hatte, mit dem sie damals nicht nur ihre Kunstwerke angegangen war, sondern auch alles andere. Sie hatte sich selbst so gefallen. Sie hatte sich und ihre Fertigkeiten so ernst genommen und war so selbstverständlich davon ausgegangen, dass ihr das Leben gelingen würde und ihr das zustand.

Eine Träne fiel auf die Seite, auf der sie den runden Vorplatz von Callander Chambers als eine Art Weltkugel dargestellt hatte, auf der einige Schülerinnen in Uniform saßen und lasen oder ruderten oder Badminton spielten, während weiter außen, an der Peripherie der Atmosphäre, Bomben und eine brennende Concorde flogen und seltsamerweise Helmut Kohl halb hinter einer Wolke versteckt einen Geldkoffer von einem bewaffneten Mann im Anzug überreicht bekam. Die Träne war Helmut Kohl auf die Birne gefallen und verwischte die Kreide, sodass es jetzt aussah, als schmelze ihm das Gehirn. Hanna trocknete sie mit dem Saum ihres T-Shirts, dann schlug sie das Buch zu, steckte es zurück in den Koffer, wischte sich über die Augen und zog ihr Regenbogenhäkelkleid heraus.

Es war noch genauso gerollt, wie sie es von ihrer Mutter gelernt hatte, die die Methode aus einem Aufräumseminar mitgenommen hatte. Auch das kleine, in Callander gestohlene Handtuch mit dem Wappen der Schule war noch perfekt eingerollt. Im Gegensatz zu ihr, die damals keine zwei Tage hatte verstreichen lassen, bis sie seinen Koffer geplündert hatte, hatte Neil wohl nicht in ihrem Notfallkoffer gewühlt. Dabei wusste sie, dass sie den weinroten Spitzen-BH und das dazu passende Unterhöschen mit dem Gedanken eingepackt hatte, dass Neil es vielleicht entdecken würde. Sie konnte sich noch erinnern, dass sie etwas gehadert hatte, weil die Garnitur neu gewesen war und sie sie gleichzeitig gern mit nach Berlin genommen hätte. Sie breitete das Kleid auf der Bank neben dem Koffer aus, strich es glatt und überlegte, ob es ihr wohl noch passte. Als sie die Unterwäsche herausnahm, kam darunter die Travis-CD zum Vorschein, damals eines ihrer Lieblingsalben. Sie war mit Bonnie und ein paar anderen Mädchen in Glasgow bei einem Konzert im legendären Barrowland gewesen. Von Bonnie hatte sie zuletzt vor zwei Jahren eine Sammelmail mit der Geburtsanzeige ihres zweiten Sohnes erhalten und ihr daraufhin ein hübsches Delfin-Mobilé von »Schöne Sachen« geschickt. Wenn sie jetzt nicht auf Facebook gesehen hätte, dass Bonnie zurzeit eine Futtermittelproduktionsanlage in Portugal auf Vordermann brachte, dann hätte sie ihr womöglich einen Besuch abgestattet.

Travis hatte ihr Lust auf Musik gemacht. Schade, dass es hier im Zimmer keinen CD-Player gab. Sie holte ihr Handy und wählte einen Scottish Indie Music Mix aus. Zu den Klängen von Emma Pollocks *The Child in Me* zog sie sich aus und erst die rote Unterwäsche und schließlich das Häkelkleid wieder an. Gespannt trat sie vor den mannshohen Standspiegel, der links vom Bett in der Ecke stand. Die gehäkelten Maschen zogen sich an Brust, Bauch und Hüften in die Breite, aber sie hatte es sich schlimmer vorgestellt. Schon krass, worin sie früher so rumgelaufen war. Sie grinste ihrem Spiegelbild zu und überlegte, ob sie nicht auch Kosmetik eingepackt hatte.

Tatsächlich, in einer Seitenlasche lagen lose ein Fläschchen mit einem schwarzen Flüssigeyeliner, wie sie ihn früher immer benutzt hatte, und ein dunkelroter Lippenstift. Sie drehte den Eyeliner auf und probierte den Pinsel auf ihrem Handrücken aus. Ein kleiner trockener Pfropfen hing daran, den sie im Bad an einem Stück Toilettenpapier abwischte, aber unten in dem Fläschchen war noch Flüssigkeit. Sie ging zurück zum Spiegel und versuchte sich an einem Lidstrich, den sie an den Außenrändern ein wenig über den Rand hinaus nach oben zog. Es gelang ihr ganz gut. Sie zwinkerte sich zu. Dann zog sie mit einem Ploppen die Hülse von ihrem alten Lippenstift.

Neil hörte die Musik aus der Tranquility Suite schon von Weitem. Frightened Rabbit, eine Band aus Glasgow. Gut, dass Hanna auf dem Flur heute die Einzige war. Er klopfte an ihre Tür, wollte fragen, ob sie noch irgendetwas brauchte. Sie öffnete nicht, und er klopfte noch einmal fester. Wahrscheinlich war die Musik zu laut. Er öffnete die Tür und trat vorsichtig ein, bereit, sich wieder zurückzuziehen, falls er unpassend käme.

Hanna stand in der Zimmerecke dicht vor dem Spiegel. Sie wandte ihm den Rücken zu und war dabei, sich den Mund zu schminken. Sie pappte mehrmals ihre Lippen aufeinander, korrigierte dann mit dem Fingernagel irgendetwas an ihrer Unterlippe, dann lächelte sie ihrem Spiegelbild zu. Er merkte, dass er den Atem angehalten hatte, und atmete aus, dann klopfte er noch mal extra laut von innen an die Tür.

Hanna fuhr herum. Als sie ihn sah, weiteten sich ihre Augen, und sie sah an sich herunter.

»Ich erinnere mich«, sagte Neil lächelnd, während Hanna ihr Handy vom Bett nahm und die Musik leiser stellte.

»Ich hatte es fast vergessen«, erwiderte Hanna und lächelte auch. »Ist ein bisschen eng geworden.«

»Egal, es stand dir einfach schon immer.« Er grinste.

Ihre Haltung lockerte sich.

»Ich wollte nur wissen, ob du noch was brauchst.«

»Nein, ich hab ja meinen durchdacht gepackten Koffer. Make-up, ein schickes Kleid, Lektüre …« Sie hielt eine englische Ausgabe von Jane Austens *Stolz und Vorurteil* hoch. »Deko.« Sie fuchtelte mit einer Plakatrolle herum. »Ein Handtuch, Stricksocken, eine CD. Okay, es fehlt der CD-Player.«

»Sorry, ich fürchte, so was haben wir gar nicht mehr.«

»Nein, im Ernst, es ist alles absolut perfekt, ich kann mich gar nicht oft genug bedanken.« Kurz erschien wieder dieser unterwürfige Gesichtsausdruck, den er nicht an ihr sehen wollte. »Sogar ein Feuer im Kamin. Im Juni!«

»Die Mauern sind noch kalt. Da gehört das zum Standardservice.« Er lächelte wieder. »Wir haben uns ja noch gar nicht richtig begrüßt. Lass dich mal drücken.«

Statt einer Antwort ging sie auf ihn zu, und als er seine Arme um ihren Rücken schlang, roch er das Salzwasser in ihrem Haar und den Kofferdunst des Kleids. Er spürte ihre Weichheit und hatte das Gefühl, etwas sehr Wichtiges wiedergefunden zu haben.

Hanna inhalierte den Duft nach Waschmittel und etwas Undefinierbarem, das schon immer zu Neil gehört hatte, und versuchte, es sich einzuprägen, damit sie später davon zehren könnte. Oder es für den Rest ihres Lebens vermissen.

Ein Moment der Verlegenheit entstand, als sie sich voneinander lösten.

»Essen gibt es nachher im anderen Flügel, auch im ersten Stock. Also, du musst erst mal raus ins Treppenhaus und dann einfach den Wegweisern zum ›Kleinen Dining Room‹ folgen«, erklärte Neil.

»Vielen Dank. Kriegen wir dann auch eine Führung?«

»Klar, wenn ihr wollt.«

Sie wollte nicht, dass er schon wieder ging. »An dem Schrank draußen stand eben die Tür offen, und ich hab den Dudelsack gesehen. Ist der noch spielbar?«

»Ich glaube schon, warum?«

An seiner schnellen, erfreuten Reaktion merkte Hanna, dass auch er nicht unbedingt sofort wieder loswollte. »Wenn ich ihn holen darf, zeig ich's dir.«

»Jetzt machst du mich aber neugierig.«

Sie hatte ihm damals am Tag seiner Hochzeit nicht erzählt, dass sie wegen seines Dudelsacks aufgehalten worden war, sondern nur vage von einem Erbstück mit Elfenbein gesprochen. Es wäre so banal und irgendwie peinlich gewesen, am Telefon von ihrer gescheiterten Überraschung zu berichten.

Neil betrachtete daher mit wachsendem Staunen, wie sie zurückkam, die Ledertasche öffnete, sich den Sack unter den Arm klemmte, die Pfeifen zurechtrückte und das Mundstück zwischen ihre dunkelroten Lippen nahm. Mit kräftigen Atemstößen blies sie den aus braunem Samt gefertigten Sack auf, und dann legte sie los. Die Pipe quietschte grauenhaft, sie war wohl lange nicht gefettet worden, und Hanna verspielte sich andauernd, aber es war dennoch zu erkennen, dass sie *I'm gonna be* von The Proclaimers spielte, einen oft für den Dudelsack adaptierten Song.

»Das hatte ich eigentlich auf eurer Hochzeit vorführen wollen. Damals konnte ich es perfekt«, erklärte sie atemlos, als sie fertig war.

Er applaudierte. »Wenn du das gemacht hättest – ich wäre imstande gewesen und hätte die Braut vorm Altar stehen lassen.« Als er ihren betretenen Blick sah, fügte er hinzu: »Also, ich meine ... eine Frau, die Dudelsack spielt ... Wann hast du damit angefangen?«

»Nach meinem Praktikum in Edinburgh. Ich hatte Lust, mir ein bisschen Schottland nach Berlin zu holen. Karlheinz, ein Schottlandfan an der Musikschule, hat mir Unterricht gegeben. In Berlin gibt's für alles irgendwen.«

»Erstaunlich. Was haben denn deine Mitbewohner dazu gesagt?«

»Sie haben mit Kündigung gedroht.« Sie grinste.

»Spiel noch was, hier darfst du.«

»Das war das einzige Lied, das ich so ohne Noten ansatzweise hinbekomme. Ich hab damals wie eine Besessene dafür geübt.«

»Na gut. Hat mich jedenfalls auch nachträglich sehr gefreut.«

Er nahm ihr das Instrument ab, das noch unter ihrem Arm klemmte, und legte es neben den Koffer auf die Truhe. Dann setzte er sich aufs Bett, als hätte er sich entschlossen, jetzt ganz offiziell länger zu bleiben.

Sie setzte sich im Schneidersitz neben ihn, zog das Häkelkleid über ihren Oberschenkeln lang und steckte es unter den Knien fest. »Und wie läuft's mit Alice ... seitdem?« Ihr Tonfall war locker, der einer guten, alten Freundin, die sich auf den aktuellen Stand bringen lässt.

»Gut«, sagte er heiter.

Das fand er wirklich, im Großen und Ganzen. Er bewunderte, mochte und schätzte Alice, und er fand sie nach wie vor attraktiv und hatte gern und regelmäßig Sex mit ihr. War das in der Kombination nicht Liebe? Das, was er früher für Hanna gefühlt hatte, war zwar anders gewesen, absoluter, allumfassender und drängender. Aber das war eine unerfüllte Teenagerliebe gewesen und insofern nicht vergleichbar. Jede Liebe hatte ihre Geschichte, und die zwischen ihm und Alice hatte körperlich begonnen, damit, dass er sich in ihre Brüste mit den kleinen hellen Sommersprossen verliebt hatte und erst danach in den Rest. Er hatte Alice nie hinterherschmachten müssen. Das erklärte den Unterschied.

Dennoch fiel ihm auf, wie intensiv er jedes Detail an

Hanna wahrnahm. Die nach vorn gezogenen Schultern, mit denen sie vorhin auf dem Stuhl vor ihrem Kuchen gesessen hatte. Die er nicht mit dem Mädchen zusammenbrachte, das damals als die Neue im Geschichtskurs mit einem huldvollen Lächeln vorn gestanden und verkündet hatte, sie sei überall auf der Welt zu Hause und interessiere sich für moderne Kunst. Ihr alter Übermut, der während ihres schiefen Ständchens durchgeblitzt war. Wie sie ihn die ganze Zeit über ansah, aus ihren blauen Augen mit dem schwarzen Schminkstrich. Wie die Golden Hour, die draußen angebrochen war, ihre Wangen färbte. Und wie ihr Kleid über ihr linkes Knie ein Stück hochgerutscht war. Es war, als würde all das zu ihm sprechen.

»Sie war ja schon immer dein Schicksal. Seit eurer Nacht vom Abschlussball«, sagte Hanna.

»Was?«

»Alice, meine ich.«

»Ach so.« Er zögerte. »Hab ich dir das nie erzählt«, sagte er, halb Frage, halb Feststellung.

»Was?«, fragte jetzt sie.

»In der Abschlussballnacht hatte ich gar nichts mit ihr. Das kam erst viel später. Als mein Vater schon krank war. Da hat sie mir viel geholfen.«

»Ich weiß, aber warum ...« Hanna stockte verwirrt. »Ihr seid doch sogar vor Mrs Pearsley zitiert worden. Und Alice hat es Tabatha erzählt ...«

»Schon, aber es stimmte nicht, was sie da erzählt hat. Es war Fergus, der draußen mit Alice rumgemacht hat. Ich war nur spazieren, und dann kamen mir die beiden entgegen, auf der Flucht vor Mr Drummond und seinem Hund. Alice hat mich geistesgegenwärtig, wie sie ist, darum gebeten, dass ich mich an Fergus statt stelle. Er wäre sonst von der Schule geflogen, und er hatte noch zwei Jahre. Während ich und Alice schon durch waren.«

Hanna antwortete zunächst nicht, sondern starrte nur bewegungslos aus dem Fenster. Aber er sah ihr an, dass es in ihr arbeitete. »Warum hast du es *mir* nicht gesagt?«, fragte sie schließlich überraschend scharf.

»Gute Frage.«

»Ja.«

»Wir haben vereinbart, es niemandem zu erzählen, bis Fergus von der Schule runter ist. Es wäre eine Katastrophe gewesen, wenn Fergus suspendiert worden wäre. Mein Vater wäre am Boden zerstört gewesen.«

»Aber hast du denn geglaubt, ich könnte nicht dichthalten?«

»Nein, natürlich nicht, aber ... Wir haben nur einmal zwischen Tür und Angel darüber gesprochen und dann nie wieder.«

Sie schwiegen eine Weile. »Es wäre irgendwie wichtig gewesen«, sagte Hanna schließlich. »Damals.«

Er wagte nicht zu fragen, wie sie das meinte. Es war so oder so zu spät. Für den Moment würde es ihnen auf eine nostalgische Art schmeicheln, wenn sie sich gegenseitig gestanden, dass zwischen ihnen mehr als Freundschaft hätte sein können. Aber es wäre nicht fair gegenüber seiner Frau. Und es führte auch für sie beide nirgendwohin.

Und dann sagte er es trotzdem, weil Hanna so niedergeschlagen wirkte. »Außerdem ... Ich hatte das Gefühl, dass du mich in dem Moment mit anderen Augen gesehen hast. Vielleicht wollte ich mir das noch etwas erhalten. Aber danach hab ich wirklich einfach gar nicht mehr daran gedacht.«

Hanna zuckte die Achseln, aber sie wirkte ertappt.

Als sie nach der Hochzeit langsam den Kontakt hatte

einschlafen lassen, hatte er es akzeptiert und um ihretwillen so halb gehofft, dass er einfach nicht mehr interessant für sie war. Dass ihr WG-Leben in der Großstadt aufregender war als die Telefonate mit einem alten verheirateten Schulfreund, der sich um die Verpachtung von Fischteichen, undichte Fenster und die Sonderwünsche von Touristen kümmerte.

Er wusste nicht so recht, was er noch sagen sollte, und nahm die Posterrolle in die Hand, die oben auf dem Koffer lag. »Was ist das?«

»Irgendwas von Lennox MacPhail. Roll es doch mal aus.«

Der schon wieder. Wenig enthusiastisch entrollte er den Karton, hielt die Enden fest, und zusammen betrachteten sie den Druck von dem streitenden Paar vor Loch Lomond. »Wie war er?«, fragte er.

»Hat nicht so richtig einen hochgekriegt.«

Neil lachte auf. »Geschieht ihm recht.«

Hanna grinste, dann entstand ein kurzes Schweigen.

»Ich meinte ja eigentlich als Mensch«, erklärte Neil.

»Ach so. Extravagant. Unterhaltsam. Aber mit dem Herz am rechten Fleck, denke ich.« Sie dachte einen Moment nach. »Sie sind so jung, Sie können noch alles werden, hat er damals zu mir gesagt.«

»Stimmt ja auch. Ich glaub, so was Ähnliches hab ich auch schon zu dir gesagt.«

»Du hast ja auch das Herz am rechten Fleck, Neili.« Sie lächelte ihn an, und als sie seinen Namen so aussprach, schwoll etwas in seiner Brust an. »Aber es ging dabei um meine Kunst. Und ich hab gerade in mein altes Skizzenbuch hineingeschaut, das mit im Koffer war. Das war ziemlich ernüchternd, muss ich sagen. Ich konnte ganz anständig malen. Aber auch echt nicht mehr.«

»Ich hab ja keine Ahnung, aber ich hab immer an dich geglaubt. Kann natürlich sein, dass ich nicht ganz objektiv war.« Er lehnte sich zurück und stützte die Ellbogen nach hinten auf.

Sie lächelte. »Aber geworden bin ich nichts. Ich bin immer noch Verkäuferin in dem Laden, weißt du? In dem ich damals für Thea gearbeitet habe.« Sie zog eines der Kissen vom Kopfende des Betts auf ihren Schoß und schlang ihre Arme darum. »Inzwischen hat Thea den Laden allerdings verkauft, und ich hoffe jeden Morgen, dass die Bahn stecken bleibt, in der ich sitze. Meine neue Chefin ist ein ausbeuterisches Biest, und ich verkaufe Tassen, auf denen ›Bist wohl inne S-Bahn jeborn‹ steht« – sie übersetzte den Satz in ein übertrieben breites Schottisch – »und Windspiele mit kleinen Phalli aus Glas«.

»Klingt anspruchsvoll«, sagte er trocken. »Nicht jede würde es schaffen, so was zu verkaufen.«

Hanna lachte. »So kann man es natürlich auch sehen.«

»Du willst also wechseln.«

»Eigentlich schon. Aber ich weiß nicht, wohin. Es sollte dann ja mal was Richtiges sein. Und wenn ich abends nach Hause komme, bin ich so ausgelaugt, dass ich nur noch die Beine hochlegen und die Glotze anmachen kann. Dann schreib ich keine Bewerbungen mehr. Dabei bin ich bin schon einunddreißig, Neil.«

»Ich weiß. Ich bald auch.«

»Aber du betreibst ein wunderschönes Schloss und führst Schottland in die Unabhängigkeit. Und bist verheiratet. Während ich nur wieder mit dem ehemals schönen Sean angebändelt hab.« Sie atmete aus. Sie wusste auch nicht, was sie zu dieser Lebensbeichte veranlasste. Attraktiv machte sie sich damit nicht gerade. »Wenn Kinder in irgendwas versagen, tröstet man sie immer damit, dass sie dafür etwas anderes besonders gut können. Ich hab mal mit Querflöte angefangen, und nach einem halben Jahr hat die Lehrerin – das war noch in Budapest – zu meiner Mutter gesagt, sie wolle mich nicht mehr unterrichten, ich hätte leider überhaupt kein Talent. Ich hab das mitbekommen und geweint, obwohl ich selbst keine Lust auf die Querflöte hatte. Meine Mutter hat mich getröstet und gesagt, jeder könne irgendwas sehr gut. Und wer das eine nicht kann, der kann dafür eben was anderes. Aber was, wenn ich einfach überhaupt kein Talent hab, für gar nichts? Mein Abschluss in Produktdesign war auch nur mittelmäßig.«

»Die meisten Menschen haben doch kein herausragendes Talent. Ich auch nicht. Ich find es nicht schlimm. Vielleicht rede ich es mir schön, aber ganz bestimmt sitzen deine Mitbewohner nicht in der Küche zusammen und seufzen: Ach, hätten wir doch eine Mitbewohnerin, die was Tolles aus sich gemacht hat. Eine mit einem herausragenden Talent, auf die wir richtig stolz sein könnten. Dann würde es uns allen besser gehen.«

Hanna lächelte. Es breitete sich wieder in ihr aus, dieses spezielle Neil-Gefühl. Diese warme Gewissheit, dass sein Wohlwollen ihr sicher war. Und dass alles nicht so schlimm sein konnte, wenn er noch einen Witz draus machte. Wahrscheinlich war das auch der Grund, warum sie bei ihm so offen war wie sonst nur bei Maja. Weil sie ihm – und das mehr noch als Maja – glauben konnte, dass alles okay mit ihr war. Weil er schon immer diese weise Aura gehabt hatte, selbst damals, als unsicherer Teenager.

»Das heißt natürlich nicht, dass du nicht einen Job verdient hast, der dir Spaß macht und genügend Geld einbringt. Aber ich bin überzeugt, dass du dir über kurz oder lang selbst aus der Patsche hilfst. Komm schon, du bist die Hanna, die ganz allein in unwegsamem Gelände und bei aufziehendem Unwetter unerschrocken nach der besten Perspektive für ihr Bild sucht.«

»Die bin ich nicht mehr. Genauso wenig wie du noch Neil, der klemmige Graf Homeless mit dem Schafspullover bist.« Definitiv war er das nicht, wie er da so entspannt auf dem Bett saß, die langen Beine in der Chino übereinandergeschlagen, die Leichtathletenarme nach hinten aufgestützt, sodass das T-Shirt sich über der Brust spannte.

»Also, ich kann ja nur für mich sprechen«, meinte er. »Aber den Schafspullover trage ich im Gelände immer noch gern. Und der klemmige Graf Homeless ist natürlich auch noch da. Vorhin noch, als ich dich da sitzen sah. Bevor ihr mich gesehen habt. Fast hätte ich mich wieder verdrückt.«

Hanna wandte erstaunt den Kopf zu ihm hin, und die Art, wie sie das Lächeln an ihren Mundwinkeln zu kontrollieren versuchte, war genau wie früher, wenn sie sich geschmeichelt fühlte, aber versuchte, es nicht zu zeigen. Und auch sein Gefühl, niemals genug von ihrer Gegenwart bekommen zu können, und der Wunsch, sie glücklich zu machen, war wie früher.

»Jedenfalls bist *du* in ganz vielem toll«, sagte Hanna.

»Freundlich, dass du das so siehst, aber nein. Für die Politik bin ich nicht kumpelig genug oder nicht skrupellos oder was auch immer. Dass ich nur noch hin und wieder einen Beraterauftrag übernehme, hat nicht nur mit Cronberry zu tun, sondern auch damit, dass ich für eine eigene Kandidatur nicht gemacht wäre. Für den Hotelier auf Cronberry wiederum fehlt mir der Geschäftssinn. Ohne Alice und ihr Geld würde es jetzt durch die

Zimmerdecke regnen. Wahrscheinlich hätte ich besser an die Uni gepasst. Aber als ich mit der Doktorarbeit angefangen hab, hatte niemand eine Stelle für mich.«

»Vielleicht gab es gerade keine.«

»Vielleicht. Aber vielleicht gab es auch bessere Kandidaten.«

Wieder wirkte Hanna ungläubig. Etwas leid tat es ihm schon, ihre Illusionen über ihn zu zerstören.

»Tja, dann bleibt Lennox MacPhail wohl der Einzige mit richtig Talent. Auch am Klavier war er übrigens groß.« Sie nahm das Poster, das neben ihr auf dem Bett lag, rollte es wieder zusammen, spannte das Gummi darum und warf es über Neil hinweg zurück in den Koffer. »Aber so richtig glücklich wirkte er auch nicht.«

Neil sah sie forschend an. »Du weißt schon, dass er tot ist?«, fragte er vorsichtig.

Hanna starrte ihn an. »Nein. Seit wann?«

»Letzten Sommer glaube ich. Ein Aneurysma. Ich hab es nur in der Zeitung gelesen.«

Tränen sammelten sich in ihren Augen. Er hätte gern den Arm um sie gelegt, aber er wusste nicht, ob das angemessen war.

»Er hat mir nach der Nacht in Callander noch eine Entschuldigungsmail geschrieben«, sagte sie schließlich. »Ich hab ihm zurückgeschrieben, dass die Entschuldigung sehr lieb, aber vollkommen unnötig ist.«

»Wofür hat er sich entschuldigt?«, fragte er, obwohl er sich nicht sicher war, ob er das wirklich hören wollte.

»Für seine Belagerung. Dabei war mir die eigentlich ganz willkommen ... als du nicht gekommen bist.«

»Ich bin gekommen.«

»Ich weiß. Aber das wusste ich ja nicht. Du nimmst mir das doch nicht immer noch übel?«

»Nein.« Er grinste schief.

Sie stieß ihn in die Seite.

»Hey, echt nicht.« Er zögerte. »Aber wenn wir uns an dem Abend gesehen hätten ... das wäre auch wichtig gewesen.«

»Ja ...« Sie seufzte und umschlang das Kissen auf ihrem Schoß fester. »Ich hatte mich so auf dich gefreut. Als du dann nicht gekommen bist, hab ich mir deswegen eingebildet, es müsste Schicksal sein, dass ich Lennox kennenlerne – ich war ziemlich betrunken, muss ich dazusagen. Ich hab mir eingebildet, dass die Begegnung auf verschlungenen Pfaden irgendwas mit meiner Künstlerinnenkarriere zu tun haben könnte.« Sie kniff die Augen zusammen und boxte ein Loch in das Kissen. »Aber danach hat das Schicksal die Sache einfach nicht weiterverfolgt. Ich hab Lennox nie wiedergesehen, und mit Kunst hatte das natürlich sowieso nichts zu tun.«

»Manchmal ist das Schicksal nicht konsequent.«

»Nein. Da muss man selbst ran ...«

Sie blickten beide aus dem Fenster, und Neil fragte sich, ob Hanna auch dieses straff gespannte Band aus Erinnerungen und unerfüllten Sehnsüchten zwischen ihnen spürte.

»Das war jetzt ein ziemlicher Deep Talk, dafür, dass wir jahrelang gar keinen Kontakt hatten«, sagte sie.

»Hm. Wird das jetzt besser, mit dem Kontakt, meine ich?«

»Ich weiß es nicht ...«

Sie sahen sich immer noch nicht an. Draußen hatten sich die Wolken verdichtet. Morgen würde es wieder vorbei sein mit dem Sommerwetter. Im Zimmer hatte sich ein trübes Spätnachmittagslicht ausgebreitet.

»Ich hab mir übrigens die Haare gefärbt, ist etwas schiefgegangen«, erklärte Hanna.

»Hab ich gesehen. Sieht komisch aus.«

Hanna lachte, schien befreit, als hätte ihre Haarfarbe noch zwischen ihnen gestanden.

»Warum hast du sie gefärbt?«

»Wegen der grauen. Ich werde schon grau, Neil.«

Er bedachte sie mit einem zärtlichen Blick. »Schick mir ein Foto, wenn es rausgewachsen ist. Ich will's sehen.«

»Ich lass das nicht rauswachsen. Ich lass das nur demnächst lieber eine Friseurin machen.«

»Na gut. Schick mir trotzdem ein Foto.«

»Flirtest du eigentlich mit mir, Neili?«

»Mmh«, machte er unbestimmt. »Ich hab dich einfach sehr vermisst.«

Er rückte ein Stück näher, griff über sie hinweg und schaltete die Nachttischlampe ein. Was er eigentlich tun wollte, war, ihr das Kissen aus dem Schoß zu nehmen, sie rücklings auf das Himmelbett zu werfen und mit Küssen zu bedecken. Sein Kopf war ziemlich leer bis auf diese Vorstellung.

Hanna schien etwas davon zu spüren, und sah ihn verstört an.

Er räusperte sich. »Ich geh mal runter. Ich mach euch Mac'n'Cheese. Man sagt, darin wäre ich gut.«

2014

Eine sehr lange Nacht

18 Uhr

Wohl schon hundert Mal war es so geschehen, in Abwandlungen der immer gleichen Szene. Sie sitzen nebeneinander auf dem Bett, und Neil schaut sie an, kantige Schultern, schief gelegter Kopf. Aus seinen Welpenaugen spricht alles. Es ist der Moment, für den sie bis dahin gelebt hat. Sein vertrautes Gesicht neigt sich ihr zu, ihr Puls rast, und sie sehnt sich nach Erlösung. Er legt seine rechte Hand auf ihre Hüfte, all ihre Nervenenden feuern, und sie weiß, es ist wirklich seine Hand, die dort liegt. Was sie auch weiß: Er wird alles lieben, was er fühlt. Mit Neil ist es die vollkommene Akzeptanz, und deswegen kann es die vollkommene Hingabe sein. Sie weiß, dass er sie liebt, immer geliebt hat und immer lieben wird. Dass sie für ihn gemacht ist und er für sie. Die andere Hand streicht sanft über ihren rechten Oberarm, dann wird sein Griff fester, verlangender, während seine Lippen sich auf ihre senken, das allererste Mal, weich und warm ihr Inneres zum Explodieren und alles andere zum Verschwinden bringen. Seine Zunge ist in ihrem Mund, alles geht automatisch, es ist höchste Bewusstheit und Hingabe zugleich, es gibt keine Überlegungen mehr, nur zwei

Körper, die sich jetzt aneinanderpressen, zwei Herzen, die aneinanderschlagen, und das Wissen, dass endlich alles gut ist.

Es war nicht richtig gut, aber es war okay.

Sie saß im Hinterhof des Ladens auf einem Küchenstuhl, den sie sich rausgestellt hatte. Ein Becher Kaffee mit der Aufschrift *Niemand ist perfekt, aber als Berliner ist man verdammt nah dran* stand neben ihr auf dem Fenstersims. Der Einkaufskatalog von Ethiquette, einem Anbieter für *nachhaltig gefertigte Haushalts- und Dekorprodukte mit Stil und langer Lebensdauer*, den sie sich als Lektüre für ihre abendliche Zehnminutenpause mit rausgenommen hatte, lag auf ihren Knien. Aber dann hatte sie mit der Spätsommersonne im Gesicht und dem Kaffeeduft in der Nase die Augen geschlossen und die Gedanken schweifen lassen. Zu einer schönen Fantasie, wie es hätte sein können.

Dabei war bei ihrem Wiedersehen letzten Sommer nicht mehr passiert als ein beschwingtes Mac'n'Cheese-Dinner zu viert bei Kerzenschein von Silberkandelabern und zwei gemütliche Whiskyrunden in der Bibliothek. Und doch hatte die Reise etwas verändert.

Neils Blick an dem Abend hatte wie eine Infusion von Jugend, Schönheit und Zuversicht gewirkt. Mit Maja und Adam in Callander hatte er ihr dann an jeder Straßenecke so sehr gefehlt. Auf den langen Wanderungen in den Cairngorms jedoch, bei denen jeder seinen Gedanken nachhing und sie nur wenig sprachen, inmitten all des abgetönten Grüns und Brauns unter verhangenem Himmel, während über Stunden nur ihr Atem, ihre Schritte, der Wind und die Rufe der Vögel zu hören waren, war ihre aufgewühlte Seele allmählich zur Ruhe gekommen. Die felsige Landschaft, in der alles groß und weit war, hatte ihre Themen immer kleiner und leichter werden lassen, bis die stete Brise sie hinwegpusten konnte.

Ich weiß, warum die Highlands so beliebt sind, hatte Neil einmal gesagt. Während man sich in der lieblichen Schönheit Englands schon mal fehl am Platz vorkommt, fühlt sich in den stoischen Hochland-Bergen jeder akzeptiert. »Akseepted«, lang gezogen und mit Betonung auf der zweiten Silbe.

So hatte sie bei aller Melancholie einen positiven Vibe von ihrer Schottlandreise mitgebracht. Oder vielleicht hatte sie auch nur wieder das unerschrockene Mädchen sein wollen, an das Neil sich erinnerte. Jedenfalls hatte sie sich zurück in Berlin einige Male beworben, für Verkaufsjobs, aber auch auf Stellen für Produktdesignerinnen. Bei Letzteren hatte sie meistens keine Antwort erhalten, einmal aber war sie in die letzte Runde gekommen. Zwei Stellen als Verkäuferin hätte sie annehmen können, doch die eine bot nicht genug Stunden, um einigermaßen komfortabel über die Runden zu kommen, bei der anderen hätte sie jeden Samstag bis acht Uhr arbeiten müssen, und das wollte sie nicht.

Die Erfahrung, dass sie zur Not anderswo unterkäme, hatte jedoch das Verhältnis zwischen Kirsten und ihr verändert. Sie hatte einige Male einfach Nein gesagt, wenn sie kurzfristig eine Schicht übernehmen sollte, oder sich den Tonfall verbeten, wenn Kirsten ihr Befehle erteilte wie eine ungehaltene Königin ihrer Zofe. Und siehe da, ihre Chefin hatte wohl auch keine Lust, sich eine neue Mitarbeiterin zu suchen, und gab sich seither im Rahmen ihrer Möglichkeiten Mühe.

Was ihr Gefühl für Neil betraf, so hatte sie beschlossen, es zu betrachten wie die kostbare Brosche, die sie von ihrer Lichterfelder Oma geerbt hatte: Der große, in Gold gefasste und mit Rubinen, Saphiren und Smaragden geflügelte Schmetterling aus der Schmuckschatulle ihrer Großmutter hatte sie als Kind immer ganz besonders fasziniert, und so war er nach ihrem Tod direkt an sie gegangen. Hin und wieder, wenn ihr heute in der Sockenschublade die mit dunkelblauem Samt ausgekleidete Pappschachtel in die Hände fiel, holte sie ihn heraus, hielt ihn gegen das Licht und erinnerte sich an lang vergangene Sommerferien in dem verwinkelten Haus mit den kleinen Türmchen. Vermutlich gab es nichts in ihrem Besitz, das wertvoller gewesen wäre, aber getragen hatte sie die Brosche nie. Ebenso lupenrein und schön und von nostalgischem Wert war auch ihre Liebe, und es machte eine bittersüße Freude, sie hin und wieder zu betrachten. Aber auch sie war ungeprüft von der Wirklichkeit.

Hanna nahm einen Schluck Kaffee und blätterte jetzt doch durch den Katalog, riss einige Seiten mit Dingen aus, die auch Kirsten mit ihrem Faible für Berlin-Devotionalien gefallen könnten. Das signierte Poster einer Berliner Künstlerin und für die kommende Weihnachtssaison eine silberne Christbaumspitze in der Form des Fernsehturms. Der Grund, aus dem Ethiquette ihre besondere Aufmerksamkeit genoss, war der, dass sie dort gerade eine Bewerbung laufen hatte. Das Unternehmen suchte einen Scout mit einem Auge für Kunst und Design, Verhandlungsgeschick, Flexibilität und der Bereitschaft zur Reisetätigkeit. Hanna hatte all das und sich beim Vorstellungsgespräch gut verkauft, fand sie.

Die Hintertür ging auf, und Kirsten schaute heraus. »Es wird gerade voll. Würdest du …« Es war fast witzig, wie Kirsten sich bemühte, ihre Gereiztheit zu unterdrücken.

»Einen Moment noch, ich komme gleich«, gab Hanna huldvoll zurück. Wahrscheinlich waren ganze drei Kunden gleichzeitig im Laden, die Frau hatte Nerven wie Spinnweben. Sie nahm ihren Kaffee vom Sims und trank ihn gemächlich aus.

Neil trank Tee. Er saß in seinem Büro in einem der niedrigen Ohrensessel am Besprechungstisch, auf den er neben das Tablett mit dem Teegeschirr seine Füße gelegt hatte. Im Bücherregal an der gegenüberliegenden Wand lief ein kleiner Röhrenfernseher. Auf seinem Schoß hatte er seinen Laptop, neben ihm auf dem Boden lagen eine Mappe mit Abrechnungen und Korrespondenz, die Docherty ihm zusammengestellt und an den entscheidenden Stellen mit gelben Klebezetteln markiert hatte. In den letzten Wochen hatte er Cronberry ziemlich vernachlässigt, und das lag an einer einfachen Frage von großer Tragweite, über die heute bis zehn Uhr abends viereinhalb Millionen wahlberechtigte Schottinnen und Schotten abstimmen würden: »Soll Schottland ein unabhängiges Land sein?«

So war auch die Sondersendung überschrieben, die er nebenher verfolgte. Gerade lief noch einmal der angespannte, heisere Gordon Brown auf dem Bildschirm hin und her wie ein Tiger im Käfig, eingerahmt von jubelnden Anhängerinnen der »No«-Kampagne, also denen, die Nein zur Abspaltung von Großbritannien sagten, und warnte in eindringlicher Rede vor einem Fehler, der nicht mehr rückgängig zu machen wäre. Der Mann war von der Labour Party und vor vier Jahren noch britischer Premier gewesen – einer der wenigen Schotten, die das in der Geschichte des Königreichs geschafft hatten. Sein Wort hatte Gewicht und würde vielen auf den letzten Metern Angst machen.

Neil öffnete sein E-Mail-Programm, um sich einer anderen unerfreulichen Sache zu widmen, die er aber noch zu beeinflussen hoffte: die Abrechnungsprobleme von Holidayreservation.com, einer Buchungsplattform, über die ein Teil der Gäste kam.

In dem Moment schwang die Tür auf.

»Ach, hier versteckst du dich«, sagte Alice und schaltete den Deckenkronleuchter ein.

»Ja«, sagte er nur und verzichtete darauf zu erklären, dass er sich nicht versteckte, sondern sich einfach nur in seinem Arbeitszimmer aufhielt.

»Warum guckst du nicht im Wohnzimmer, sondern auf dem alten Ding da?«, fragte sie mit Blick auf den Fernseher.

»Weil ich nebenher arbeite. Außerdem will ich dich damit nicht nerven.«

»Hm«, machte sie gereizt, der beste Beweis dafür, wie umsichtig der Gedanke gewesen war.

Früher hatte Alice die schottische Unabhängigkeit als liebenswürdigen kleinen Spleen von ihm abgetan, jetzt, da aus dem Spleen eine echte politische Option geworden war, war sie *not amused.* Insbesondere, seit Fiona von der *Student's Association for Scottish Independence* zusammen mit Kieran von den inzwischen aufgelösten Scotpops auf ihn zugekommen war und ihn gebeten hatte, aktiv in die »Yes«-Kampagne einzusteigen. Er hatte zugesagt, und die Kampagne hatte in den letzten Wochen einen großen Teil seiner Zeit beansprucht. Und Alice, die schließlich Engländerin war, nahm die Sache persönlich.

»Und was soll das da sein?« Sie zeigte wieder empört auf den Fernseher.

»Oh – das bin ja ich«, sagte er.

»Wa…?«

»Warte kurz«, unterbrach er sie und bedeutete ihr, den Blick auf den Fernseher geheftet, sich zu setzen.

Alice blieb stehen.

»Westminster ist jetzt mit weitreichenden Zugeständnissen auf die Befürworter der schottischen Unabhängigkeit zugekommen«, sagte die Moderatorin auf der Mattscheibe zu ihm. »Ändert das Ihre Meinung?«

Der Neil auf dem Bildschirm hob die Augenbrauen. »Wie fänden Sie das, wenn Ihr Mann, der Sie jahrelang betrogen hat, zwei Tage vor dem Scheidungstermin plötzlich behaupten würde, sein Interesse an anderen Frauen sei für immer erloschen und er würde außerdem ab jetzt immer für Sie kochen? Aber natürlich erst, nachdem Sie den letztmöglichen Scheidungstermin haben verstreichen lassen. Glaubwürdig? Ich würde das allenfalls für den Beweis halten, dass Ihr Mann Ihnen glaubt, dass Sie sich wirklich scheiden lassen wollen.«

Das Gesicht der Moderatorin danach wurde nicht mehr eingeblendet, stattdessen verkündete ein grauhaariger Mann, dass er sich auf seine alten Tage nicht mehr auf eine neue Währung einstellen wolle und deshalb für »No« stimmen würde.

In der Bauchbinde hatte Neils voller Titel gestanden, *Neil Farquharson, 18th Earl of Finterey*. Fiona, die sich um die Medienarbeit kümmerte, würde zufrieden sein. Er war dafür geholt worden, als adretter junger Adeliger auf der Zielgeraden noch die konservativen Wähler zu überzeugen, die sich von der wirtschaftsliberalen Politik der Londoner Regierung prinzipiell gut repräsentiert fühlten und die Unabhängigkeitsbewegung als etwas Proletarisches empfanden. Entsprechend hatte er an dem Abend ein grünes Tweedsakko getragen.

Alice sah jetzt noch irritierter aus. »Wieso fällt dir ausgerechnet so ein Scheidungsbeispiel ein? Wo war das überhaupt, du hast gar nichts davon erzählt?«

»Das war vorgestern, auf der Veranstaltung in Ayrshire. Ich wusste ja nicht, ob das gesendet wird, die haben viele Leute interviewt. Und du hast recht, das Scheidungsbeispiel ist populistisch, keine Ahnung ... Wenn dir plötzlich jemand ein Mikro vors Gesicht hält, sagst du eben irgendwas. Wollen wir jetzt los ins Wahllokal?«

»Wir könnten auch einfach hierbleiben«, sagte Alice genervt.

»Weil wir uns ohnehin gegenseitig aufheben?« Er lachte entgeistert.

»Exakt. Du stimmst ›Yes‹, ich bekanntlich ›No‹.«

»Okay, klar, aber ... So viel Symbolik muss sein, zumindest für mich.«

»Wir sind doch noch die ganze Nacht unterwegs.«

Er schlug einen sanften, versöhnlichen Ton an. »Du musst heute Nacht nicht mitkommen. Geh einfach schlafen. Und morgen ist es dann erst mal vorbei.«

»Na hoffentlich ... Aber natürlich muss ich heute Nacht mitkommen. Ich bin deine Frau, da muss ich bei so was mitkommen.«

Die Aktiven beider Seiten würden heute Nacht zusammen im Freizeitcenter in Kilmarnock ausharren, in dem die Stimmen der Region ausgezählt und schließlich das Endergebnis verkündet würde.

Er stand auf und gab Alice einen Kuss und, als sie immer noch böse guckte, noch einen, bis immerhin ein missbilligendes Lächeln erschien.

»Lass uns in zehn Minuten in der Halle treffen, dann fahren wir und setzen das leidige Kreuz«, sagte sie, ging hinaus, schloss die Tür hinter sich, und er stand auf, um das Deckenlicht wieder auszumachen.

20:30 Uhr

Kirsten war zum Glück schon nach Hause gegangen, Radio Eins spielte aus dem neuen Album von Annie Lennox *September in the Rain*, und Hanna machte auf dem Tisch in der Kaffeeküche noch die Abrechnung, als sie es klopfen hörte. Erst nach und nach drang in ihr Bewusstsein, dass der Rhythmus nicht zum Song gehörte, und Unbehagen kroch in ihr hoch. Sie stand auf, trat zum Radio, das auf dem Kühlschrank stand, drehte langsam den Lautstärkeregler runter und lauschte. Zunächst hörte sie nichts, dann klopfte es wieder. Es musste jemand draußen an der Ladentür stehen. In den ersten Jahren hatte sie abends allein mit dem Geld immer Angst vor einem Überfall gehabt. Aber es war nie was passiert, und mittlerweile wurde so viel mit EC-Karte bezahlt, dass ein Überfall sich kaum noch lohnte.

Ein Dieb würde aber wohl auch kaum klopfen? Eine Trickdiebin höchstens, die erst um Hilfe bat, und wenn sie öffnete, käme der Komplize und schlüge sie nieder. Das war eine Zwickmühle, vor der sie sich schon immer gefürchtet hatte. Half man, stand man später als die Dumme da, die drauf reingefallen war. Half man nicht, war man später die Frau ohne Zivilcourage, die jemanden in Not im Regen stehen gelassen hatte.

Sie öffnete die einen Spaltbreit aufstehende Küchentür noch etwas weiter, trat in den kleinen Flur, der die Küche mit dem Verkaufsraum verband, und hoffte, dass die

Schaufensterbeleuchtung die Person an der Tür so weit blenden würde, dass sie die Bewegung nicht bemerkte. Draußen stand eine Gestalt mit Hut. Im ersten Moment, noch in ihrem Film gefangen, dachte Hanna an einen Detektiv, dann wurde ihr klar, dass das einfach Thomas war, der statt Schiebermütze manchmal auch einen braunen Hut auf dem Kopf hatte.

»Mann, hast du mich erschreckt«, sagte sie, als sie den innen in der Tür steckenden Schlüssel gedreht hatte und ihn hereinließ.

Sie umarmten sich, und Thomas gab ihr einen herzhaften Kuss auf die Wange. Er machte das immer so, aber die Geste hatte etwas Antrainiertes, als hätte er sie sich bei den wirklich coolen Jungs nur abgeguckt. »Ich war gerade in der Nähe und dachte, ich hol dich ab, also wegen Kino und so«, sagte er leicht verlegen.

Sie waren heute Abend alle verabredet, Thomas, Maja und ihr neuer Freund Henry, Adam, ein Freund von Adam und sie. Maja hatte Tickets für *A Most Wanted Man* reserviert, einen britischen Spionagethriller mit dem kürzlich verstorbenen Philip Seymour Hoffman in der Hauptrolle.

»Das ist aber nett. Willst du kurz mit nach hinten kommen? Ich muss noch die Abrechnung fertig machen und ein bisschen aufräumen.«

»Klar.«

Sie ging vor, er hinterher. In der Küche schob sie ihm einen Stuhl zurecht. »Kann ich dir was anbieten?«

»Weiß nicht, ob du kannst.«

»Oh, bitte verschon mich mit diesem Studienratshumor. Willst du was trinken?«

»Hej, das ist Universitätsdozentenhumor!«

Hanna grinste.

»Was hast du denn vorrätig?«

»Gute Frage. Also ... Kaffee natürlich.«

»Nicht nach fünf.«

Sie sah in den Kühlschrank. »H-Milch«, sagte sie. »Und die hier ... tja.« Sie nahm einen der beiden Piccolos heraus, die ihnen eine dankbare Kundin vorbeigebracht hatte, nachdem Hanna ihr eine Vase für eine Hochzeit besonders opulent eingepackt hatte. »Die können Sie nach Feierabend mal mit Ihrer Chefin trinken«, hatte die Dame gesagt. Aber keine von ihnen hatte im letzten Jahr Interesse daran gezeigt.

»Willst du den?«, fragte sie daher jetzt Thomas.

Er zögerte. »Du trinkst nicht mit?«

»Nein, erst die Abrechnung. Und vorm Kino auf nüchternen Magen eigentlich sowieso nicht. Aber tu dir keinen Zwang an, du kriegst den auch alleine leer.«

»Na gut, warum nicht.«

Hanna stellte ihm eins der Sektgläser hin, die seit Theas Ausstieg im Schrank verstaubten, und schenkte den Piccolo ein. »Wo kommst du denn gerade her?«

»Ich hab einen Lehrauftrag an der HWR in Schöneberg.«

Hanna fragte sich, ob es von da aus keinen direkteren Weg zum Kino gab und wann wohl sein Kurs geendet hatte, aber sie fragte ihn nicht. Er mochte seine Gründe haben.

Der Parkplatz vor dem Freizeitcenter in Kilmarnock war voll. Neil beglückwünschte sich, dass er weiterhin den Mini fuhr, und rangierte ihn auf ein kleines Stück Schotter neben einem Laternenpfahl.

Alice und er hatten vorhin ihre Stimmen abgegeben und dann zusammen zu Abend gegessen. Wenn wie heute Übernachtungsgäste mit Essenswunsch da waren, kam immer eine Köchin aus dem Dorf, kümmerte sich um das Dinner, und er und Alice bekamen in ihrem Wohnzimmer den appetitlich angerichteten Überschuss serviert. Jetzt wollte Alice sich ein wenig hinlegen, um später, wenn die ersten Ergebnisse zu erwarten waren, wieder zu ihm zu stoßen. Sie hatten beim Essen alles Politische, das bei ihnen auch privat war, gemieden und sich über die Probleme mit dem Buchungssystem unterhalten. Alice hatte ihm einen Fahrplan entworfen, der mehrere Eskalationsschritte, wie sie es nannte, enthielt. Die höfliche E-Mail, die er schon abgeschickt hatte, fand sie unbrauchbar, aber süß.

Auf dem Weg zu dem gläsernen Haupteingang des in den Achtzigern erbauten Gebäudes, das diverse Sporteinrichtungen und außerdem die Boulehalle beherbergte, in der die Auszählung stattfand, kamen ihm erst zwei muskulöse Männer mit Sporttaschen entgegen, dann eine junge Frau mit einem leeren Buggy, schließlich ein älteres Ehepaar. Sie alle sahen ihn schon von Weitem neugierig an und grüßten freundlich. Er kannte sie nicht, lächelte jedoch und grüßte ebenfalls. Er war hier so was wie ein Lokalpromi. Er kannte das von klein auf von seinem Vater, würde sich aber wohl nie daran gewöhnen.

Im Inneren des Gebäudes herrschte noch der gleiche Geruch nach Chlor, Sportschuhmuff und Klimaanlagenluft wie in seiner Kindheit. Sie waren früher manchmal mit dem Bus hierhergefahren, wenn die Grundschulen der Region im Hockey oder Schwimmen gegeneinander antraten. Heute waren jedoch nur Erwachsene auf den Fluren unterwegs, und statt Sporttrikots trugen viele T-Shirts, die verrieten, ob sie dem Yes- oder No-Lager angehörten. Sie liefen zielstrebig mit Pappkartons oder

Stühlen durch die Gänge und strahlten eine geschäftige Anspannung aus, und er fragte sich, warum er selbst sich so unbeteiligt fühlte.

Am Ende des Flurs hielt ihm eine Frau im Rentenalter die Tür zur Boulehalle auf. Ihre unterschwellig aggressive Haltung führte er auf den »No«-Anstecker an ihrer Bluse zurück. Die Halle war ein weitläufiger, von Neonröhren an den niedrig hängenden Decken beleuchteter Raum, in dem sonst rüstige alte Herren in Cordhosen Kugeln über den Kunstrasen rollten. Heute waren überall Tische und vorn eine Bühne aufgebaut. Er fragte die Frau, wo er helfen könne, und ein Ausdruck schlechten Gewissens erschien auf ihrem Gesicht. Wahrscheinlich war sie eigentlich gar nicht so. Sie wies auf einen Mann mit einem Klemmbrett in der Hand, der in der Mitte der Bühne stand, und wünschte ihm einen spannenden Abend.

Noch knapp anderthalb Stunden, dann würden überall in Schottland die Wahllokale schließen.

3:53 Uhr

»Bah, der ist feucht«, sagte Hanna, als sie sich ihren Mantel überzog. Nach dem Kino waren sie noch auf einer improvisierten Party in einer Lagerhalle gewesen, von der Maja gehört hatte. Den Mantel hatte sie gerade hinter einer Box auf dem Boden wiedergefunden.

»Willst du das haben?« Thomas hielt ihr sein Cordjackett hin.

Hanna grinste. »Auf jeden Fall. Aber nur, wenn du dann meine Jacke anziehst.«

»Klar«, meinte Thomas gutmütig und nahm Hanna den wadenlangen geblümten Mantel ab, den sie ihm hinhielt. Sie war kürzlich doch noch mal im Secondhandladen gewesen. Der Mantel spannte über Thomas' Schultern.

»Jetzt siehst du aus wie so ein verrückter Modeschöpfer – mit dem Hut auch noch!« Hanna kicherte.

»Du siehst aus wie Anton Hofreiter von den Grünen. Aber in hübsch.«

Hanna lachte schallend. Sie fühlte sich nach dem Abend erschöpft, aber auf eine angenehme Weise. DJs auf mehreren Areas hatten an Plattentellern gerappt, und sie hatte hauptsächlich getanzt, außerdem mit einigen Leuten gequatscht, die sie lange nicht gesehen hatte, und mit Thomas. Er musste betrunken sein, sonst hätte er sie nicht »hübsch« genannt. Er sagte so was sonst nicht.

Maja kam mit Henry aus dem Gebäude, küsste und umarmte ihn zum Abschied und stellte dann ihre leere Flasche in einen der herumstehenden Getränkekästen. »Wir können.«

»Wo lang?«, fragte Hanna.

Maja deutete in Richtung einiger heruntergekommener Gebäude, bei denen Lampions und selbst gemalte Schilder darauf hinwiesen, dass sie kreativ genutzt wurden. »Da hinten ist ein Durchgang.«

»Aber da drüben kommen wir direkt zur Haltestelle«, meinte Thomas und zeigte in eine andere Richtung.

Maja nickte. »Okay, dann da lang.«

Sie liefen los. Das Gelände war kaum beleuchtet, aber Thomas ging mit eingeschaltetem Handydisplay vorweg.

»Hast du eigentlich den Auftritt vom schönen Sean mitbekommen, Hanna? Er war gar nicht schlecht.« Maja lief direkt vor ihr.

»Hab ich und war positiv überrascht. Ansonsten war

er aber wie immer. Hat ganz wichtig und cool getan, als wir uns begrüßt haben.«

Thomas drehte sich um und sah Hanna an, als wollte er wissen, wie sie das fand. Das Handydisplay beleuchtete sein Gesicht, und Hanna dachte, dass er etwas von Roger Cicero hatte, aber vielleicht auch nur wegen des Huts, als sie stolperte.

Sie fiel nach vorn und konnte sich gerade so abfangen und verhindern, dass sie mit dem Gesicht im Dreck landete. Ein stechender Schmerz fuhr durch ihre Hand, und sie schrie auf. »Schon gut, nichts passiert«, sagte sie hastig und rappelte sich mit galoppierendem Herzen wieder hoch. Stürzen war ja immer etwas peinlich.

»Scheiße, da waren Schienen!«, rief Maja empört.

»Tut mir leid, ich wusste nicht …«, sagte Thomas.

»Ist ja nicht deine Schuld«, sagte Maja. »Ich hab mich nur erschreckt. Zeig mal.«

Hanna schwankte, ihre Knie zitterten, und sie traute sich nicht, ihre Hand zu betrachten. Thomas trat hinter sie, wie um sie zu stützen.

Sie sah an sich herunter und bemerkte das Blut an seinem Jackett, das sie immer noch trug. »Sorry, ich glaub, ich hab deine Jacke versaut.« Jetzt hob sie doch den Arm, drehte die Handfläche nach oben – und hörte hinter sich ein dumpfes Geräusch.

Thomas war umgekippt und hatte dabei seinen Hut verloren.

Für eine Sekunde schien er weggetreten, dann murmelte er: »Das sieht echt schlimm aus. Wir müssen ins Krankenhaus.« Er befühlte seinen Kopf, und ein Anflug von Panik erschien auf seinem Gesicht.

»Du bist mir ja ein tüchtiger Ritter.« Maja lief dem Hut hinterher, der von einem Windstoß angetrieben einige Meter weggerollt war. Thomas' Handy lag auf dem Boden und spendete ein schwaches Licht.

Hanna starrte verdattert zwischen Thomas und ihrer Hand hin und her. Die sah echt fies aus, kein Wunder, dass Thomas aus den Latschen gekippt war. Dreckig, blutig, und im Ballen klaffte ein etwa zwei Zentimeter breiter Schnitt, aus dem das Fettgewebe herausquoll. Vorsichtig klaubte sie mit der anderen Hand ein Blatt davon ab. Thomas aber hatte sie noch nie ohne Hut oder Mütze gesehen und angenommen, das läge daran, dass er darunter schütteres Haar oder eine Glatze zu verbergen hatte, mit der er sich nicht gefiel. Sie trat einen Schritt auf ihn zu. Sein Kopf war bedeckt von einem etwas zerdrückten, sehr hellblonden Flaum.

»Thomas, das sieht ja total niedlich aus! Wie ein Küken!«, rief sie.

Er verdrehte die Augen, Maja kam mit seinem Hut an, und er setzte ihn sofort wieder auf und drückte ihn fest. »Ja, eben«, sagte er und stand wieder auf. »Und jetzt lass uns schleunigst ins Klinikum fahren.«

Die Stimmung im Yes-Lager in Kilmarnock war vergleichbar mit der bei einem Eins-zu-Null-Rückstand in der fünfzehnten Minute eines Fußballspiels. Sieben Councils hatten ihre Stimmen schon ausgezählt und verkündet, und das Votum hatte bei allen mehr oder weniger knapp gelautet: *No.* Es soll alles bleiben, wie es ist. Allerdings waren das hauptsächlich die Wahlergebnisse dünn besiedelter Inseln gewesen, es war also nichts verloren, so versicherten sich die Yes-Anhänger gegenseitig über die Tische hinweg, an denen hier in East Ayrshire weiterhin die Stimmzettel ausgezählt wurden.

Jetzt erschien der Wahlleiter von Dundee auf der Leinwand, auf die per Beamer die Fernsehübertragung der Ergebnisse geworfen wurde. Er stand an seinem Stehpult vor einem Bild des Hafens und verkündete zunächst die Wahlbeteiligung – 75 Prozent.

»Das ist relativ wenig«, sagte Fiona besorgt hinter Neils Stuhl. Die Dundonians galten als Unabhängigkeitsbefürworter, entsprechend wichtig war ihre Mobilisierung.

Schräg hinter der Leinwand saß Kieran mit abgeknicktem Kopf auf dem Boden und schlief. Neil vermutete, dass er und Fiona sich in den intensiven letzten Kampagnenwochen näher gekommen waren, nur dass Fiona den Schlafmangel besser wegzustecken schien.

»Ja!«, stieß sie hervor, als der Leinwand-Mann die Anzahl der No-Stimmen verlas. Offenbar kannte sie alle Einwohnerzahlen in ganz Schottland auswendig und konnte schon von den No- auf die Überzahl an Yes-Stimmen schließen.

Und so war es dann auch. Dundee stimmte als Erstes der insgesamt zweiunddreißig Councils mit *Yes.* Jubel und Applaus brandete bei den ihrigen auf, und Neil erhob sich von seinem Stuhl und klatschte mit.

Alice indes blieb sitzen und faltete am Tisch neben ihm mit Rekordgeschwindigkeit weiter Stimmzettel auf und machte Striche auf ihrer Liste.

»Du bist wahrscheinlich die effektivste Freiwillige in ganz Schottland«, raunte Neil ihr grinsend zu und küsste sie aufs Ohr. Nichts an ihr passte in diese Halle.

6:08 Uhr

In zwei Lagern standen sie jetzt vor der Leinwand. Eben hatte auch hier in East Ayrshire die Wahlleiterin das Ergebnis erklärt: No, wenn auch knapp. Es wurde eng, schon seit einer Stunde wurde es eng. Auf der Leinwand trat der Wahlleiter aus Fife ans Mikro, einen einfachen Zettel in der Hand. Fife war ein großer Bezirk, und es konnte sein, dass es heute Morgen zum Zünglein an der Waage würde. Der Wahlleiter hielt das Blatt seltsam weit von sich weg, als hätte er entweder bei der Fernsehübertragung nicht mit Lesebrille auftreten wollen oder als wollte er sagen: Ich bin nur der Vorleser, mit dem Ergebnis hab ich nichts zu tun.

Vor Neil stand ein Typ um die fünfzig, der immer an seinem Haar fühlte und es glattstrich, wenn die Kamera, die an einem großen Schwenkarm über ihnen schwebte, sich wieder entfernte. Eine junge Frau mit einer modischen Hornbrille machte permanent ein Gesicht wie Alice vor dem Spiegel, mit vorgeschobenen Lippen und großen Augen. Verdammte Fernsehübertragung, so konnte man nicht einmal in Ruhe trauern. Alice selbst stand abseits der Kameras. Nicht weil sie nicht auch davor eine gute Figur gemacht hätte, sondern weil sie auf keinen Fall inmitten einer Gruppe ländlicher Yes-Anhänger auf den landesweiten Bildschirmen erscheinen wollte.

»Fife stimmt mit *No*«, verlas der Wahlleiter mit unbeteiligter Miene, und dann brach überall, auf dem Fernsehbildschirm wie hier im Saal, der finale Jubel der No-Campaigner los. *»Fife brings it over the line, Scotland says No!«*, rief auch der Kommentator mit unterdrückter Euphorie aus dem Off, während vor Neil die Frau mit der Hornbrille weinend zusammenbrach. Ihre Freundin versuchte sie zu stützen, doch auch ihr liefen Tränen übers Gesicht.

Fiona kam mit zitternder Unterlippe auf ihn zu, und er nahm sie schweigend in den Arm. Der Jubel der No-Anhänger klang hässlich in seinen Ohren, aber sonst fühlte er nicht viel. Vor zehn Jahren wäre er am Boden zerstört gewesen.

Er wünschte sich immer noch eine Alternative zu dem kaputten, undemokratischen Regierungssystem in Westminster, das von den Interessen des reichen britischen Südostens und der City of London dominiert wurde. Er wünschte sich, dass sie in Schottland ihre Wirtschaft selbst steuern und die Gelder gerechter verteilen könnten. Aber er sah die Dinge nicht mehr so schwarz-weiß wie früher. Es wurde Geld aus Schottland abgezogen, aber es floss auch welches hin. Und dann, was schwer wog: Auch die beste Idee konnte versemmelt werden, wenn das politische Personal es nicht hinbekam. Und da war er sich bei den derzeitigen Akteuren, auch den schottischen, nicht so sicher.

Unendlich leid tat es ihm für die Leute, die so viel Zeit, Herzblut und Geld in die Kampagne gesteckt hatten. Das Mädchen mit der Brille weinte immer noch in heftigen Schluchzern. Ein ausgemergelter Mann in mittlerem Alter, der nur noch einige Zahnstumpen im Mund hatte, kaute auf seiner Lippe und starrte ins Leere. Vor allem die ärmeren Leute in den Städten mit niedergehender Industrie hatten auf die Unabhängigkeit gehofft, auf eine bessere Gesundheitsversorgung und auf eine Politik, die sie mehr im Blick hatte. Aber er selbst hatte wohl hauptsächlich nicht gut Nein sagen können und außerdem vielleicht Fiona beweisen wollen, dass er doch kein saturierter Independence-Ficker war, und diese Erkenntnis ließ ihn sich ganz leer und brüchig fühlen.

»Marisa Sedlazek?«, fragte die Schwester.

Hanna schreckte hoch und merkte, dass sie irgendwie

schief an Thomas' Schulter hing und er ihren Kopf festhielt.

Die Frau mit dem Arm in der Schlinge, die ihnen gegenüber gewartet hatte, stand auf, und Hanna wischte sich über den Mund. »Entschuldigung«, murmelte sie. »Muss eingeschlafen sein.«

»Hab ich gemerkt. Irgendwann ist dein Kopf zur Seite gesackt. Genau genommen bei der Meldung, dass Wolfsburg seinen Europa-League-Auftakt verpatzt hat.« Er wies auf den kleinen, an der Decke befestigten Fernseher, auf dem bei stumm geschaltetem Ton NTV lief. Er klang aufgekratzt.

»Oh. Ja, das ist mir echt egal.« Sie gähnte.

»Wie geht's deiner Hand?«

»Pocht ein bisschen. Willst du noch mal sehen?« Scherzhaft drohte sie damit, den Verband abzurollen, den die Schwester bei ihrer Ankunft in der Notaufnahme provisorisch um die Wunde gelegt hatte, bis sie gleich genäht werden konnte.

»Ja, zeig noch mal. Nehm ich als Strafe dafür, dass ich die Abkürzung vorgeschlagen habe.«

»Ach Quatsch, das hast du doch eben vor Ort schon gesühnt.«

»Erinner mich nicht daran.«

»Ich fand's toll. Du wolltest mich stützen. Die Geste war wirklich männlich. Und dann hat mich natürlich gefreut, bei der Gelegenheit mal deinen Kükenflausch zu Gesicht zu bekommen.« Sie grinste.

Thomas wackelte etwas freudlos mit den angewinkelten Armen wie eine Ente. »Piep, piep, piep, ich ...« Er unterbrach sich. »Hat mich übrigens auch gefreut, bei der Gelegenheit mal dein Handballenfettgewebe zu Gesicht zu bekommen.«

Hanna lachte. »Gern geschehen.«

Maja musste morgen einen Stapel Französischarbeiten korrigieren und war schon nach Hause gegangen. Hanna hatte ihr versichert, dass sie klarkäme. Aber sie war doch froh, dass Thomas darauf bestanden hatte, mit ihr auszuharren. Morgens um sechs mit einer Stolperverletzung allein in der Notaufnahme, das hätte etwas Armseliges gehabt.

Sie schwiegen eine Weile.

»Kannst dich ruhig wieder anlehnen«, sagte Thomas leise.

»Bin ja wach.«

»Ach so, klar.«

Die Schwester kam wieder rein, und Hanna erhob sich.

»Tut mir leid, dass Sie so lange warten müssen, heute Nacht ist der Teufel los. Gerade kam noch ein Autounfall rein. Vielleicht kann Ihr Freund was Leckeres aus der Cafeteria holen, die hat jetzt um sechs aufgemacht.«

»Danke, sehr nett«, sagte Hanna und setzte sich wieder.

Thomas stand beflissen auf. »Soll ich?«

»Vielleicht einen Schokoriegel oder einen Donut oder so was und einen Kaffee? Warte, ich geb dir Geld. Kauf dir bitte selbst auch was.«

Thomas nahm den Schein, den sie aus ihrem Portemonnaie kramte, nickte ihr zu und ging.

Die Schwester hielt sie offensichtlich für ein Paar. Hanna sah sie beide vor sich, wie sie in den Augen der Frau wirken mussten. Ein Pärchen in seinen Dreißigern, er intellektuell, sie flippiger – sie hatten ihre Jacken wieder ausgetauscht, bevor sie das Krankenhaus betreten hatten. Er wachte über ihren Kopf und stand ihr bei. Das war etwas, wonach sie sich durchaus sehnte, noch verstärkt, seit Maja mit Henry zusammen war. Auch mal zu zweit bei einer Party aufzutauchen oder sagen zu können: mein Freund. Einfach Teil eines Paars zu sein. Jemanden zu haben, der als ihr ureigenster Freund für sie zuständig war, so wie sie für ihn. Der die Feiertage mit ihr verbrachte, der die Anlage trug, wenn sie ihren Geburtstag feierte, der bei ihren Bewerbungen mitfieberte und mit ihr einschlief. Auch sie hätte als Freundin etwas zu geben. Liebe, Fürsorge und Sinnlichkeit. Da war so viel in ihr, was brachlag, was nicht zum Zuge kam, was jemandes Leben besser machen könnte. Und im Bekanntenkreis häuften sich in letzter Zeit die Hochzeiten, Schwangerschaften und Babys.

Auf dem Fernsehbildschirm erschien Barack Obama und erklärte, dass es trotz russischer Besetzung der Krim keine Waffenlieferungen an die Ukraine geben würde. Als das Bild nach Westafrika wechselte, wo Menschen in gelber Schutzkleidung Desinfektionsmittel versprühten, um den Ebola-Ausbruch einzudämmen, erregte der Newsticker, der in Rot unten übers Bild lief, Hannas Aufmerksamkeit: *Historisches Referendum: Schottland bleibt britisch – 45 % sagen Yes, 55 % stimmen No.*

Daran hatte sie gestern gar nicht mehr gedacht. Armer Neil. Sie holte ihr Handy aus der Jackentasche, überlegte kurz und tippte dann eine Nachricht. Als Thomas zurückkam, klickte sie schnell auf Senden und hoffte, es war nicht blöd, was sie geschrieben hatte.

»So, hier hab ich Transfette, Emulgatoren und Konservierungsstoffe, damit du schnell wieder gesund wirst.«

Hanna lächelte und nahm die Sachen entgegen.

Thomas war manchmal etwas verspannt mit seinem Kierkegaard, aber er hatte auf seine Art Humor und etwas Treues. Vielleicht sollte sie nicht denselben Fehler zweimal machen und jemanden gar nicht erst in Erwägung ziehen, weil er nicht so eindeutig hot war. Weil ihm diese lockere Souveränität fehlte, die Frauen unmittelbar anzog. Vielleicht würde es sich lohnen, ihn näher zu ergründen.

Sie biss in ihren Donut und lehnte dann doch ihren Kopf an seine Schulter.

Es vibrierte in Neils Hosentasche. Er zog sein Handy heraus und rechnete mit Fergus, aber die Nachricht war von Hanna.

Tut mir leid, Neili. Das Ergebnis ist knapp, und ich hätte es dir andersherum gewünscht. Aber dann denke ich wieder: Wäre es andersherum ausgefallen, dann wäre es immer noch fast die Hälfte der Bevölkerung, die will, dass das Land so bleibt wie es ist. Das wäre keine gute Grundlage für eine so existenzielle Veränderung, finde ich. Schreib mir, was du von diesem Gedanken hältst. P.S. Bin sicher, dass du in Ayrshire noch eine Menge Stimmen rausgeholt hast!!

Die herzensgute, süße Hanna. Seit ihrem Urlaub in Schottland ließ sie wieder gelegentlich von sich hören. In den letzten Monaten hatte sich ihm hin und wieder die Vorstellung aufgedrängt, er wäre Teil einer Delegation, die im Auftrag der neuen schottischen Regierung nach Berlin reiste. Aber das war ja jetzt hinfällig.

Er schrieb ihr zurück, dass sie recht hätte und er weniger niedergeschlagen sei, als man meinen könnte. Dass er sich sehr freute, von ihr zu hören.

Dann trug er noch ein paar Stühle aus der Halle und ging Alice suchen.

2016

Seine Regine

Hanna saß in der WG auf einem der Barhocker an der neuen Küchentheke und wartete auf Maja, die in Adams Badezimmer nach einem Kamm suchte. Nachdem die alte Dame aus dem Apartment gegenüber ins Heim umgesiedelt war, hatten sie deren Wohnung dazugemietet, und Adam, inzwischen Abteilungsleiter, hatte dort ein neues Schlaf- und ein eigenes Badezimmer bekommen. Sein altes Zimmer war zum gemeinsamen Wohnzimmer umgestaltet worden, und im Zuge der Renovierungen hatten sie sich auch die Küche vorgenommen. Das fleckige Gelb an den Wänden war einem Cremeton namens »Linen« gewichen, die Crushwand Geschichte und Harry Styles und Sandra Hüller und alle, die darunter hingen, von Maja in einer Kladde archiviert worden. An ihrer Stelle hingen nun drei gerahmte Kunstdrucke, die zusammen ein abstraktes Stillleben von Spaghetti mit Rotwein und Aschenbecher ergaben. Hanna hatte das Ensemble bei einer Berliner Künstlerin für Ethiquette akquiriert, wo sie seit gut zwei Jahren als Scoutin arbeitete, und es ihnen allen zur Feier der Renovierung geschenkt. Das war jetzt ein gutes Jahr her. Insgeheim vermisste sie die Crushwand und den alten Schmuddelcharme ein bisschen, aber die WG war jetzt zweifelsohne eine richtige Erwachsenenwohnung.

Die sie nichtsdestotrotz kommende Woche für immer verlassen würde.

Sie zündete zwei dicke weiße Kerzen an dem prächtigen, aus Tannengrün, Buchsbaum, Moos und Zapfen gewundenen Adventskranz auf der Theke an und dachte darüber nach, wie sie das gleich mit den Schuhen machen sollte. Draußen hatte Schneeregen eingesetzt.

»Hab einen.« Maja schwenkte den Kamm und beugte sich dann über Hannas Kopf.

Hanna spürte, wie der Kamm ihre Haare zu einem Seitenscheitel teilte, und betrachtete das Dekolleté ihrer Freundin in dem kurzen blauen Samtkleid, bis diese zurücktrat und auf dem Tablet, das vor ihnen auf der Theke stand, erneut das YouTube-Tutorial startete.

Eine junge Frau mit schwarz gefärbten Haaren und sehr weißen Zähnen nahm zu einem Lied von den Parlotones drei Strähnen von der breiten Seite des Scheitels und begann sie geschickt um ihren Kopf herumzuflechten, wobei sie immer ein wenig mehr Haare hinzunahm und andere herausfallen ließ, damit sie dekorativ ihr Gesicht umspielten.

Maja hielt das Video an und machte sich deutlich langsamer daran, das Gleiche bei Hanna durchzuführen. Als Hanna sich vorhin angeschickt hatte, ihren üblichen Pferdeschwanz zu binden, hatte Maja sie gestoppt und darauf bestanden, ihr eine richtige Hochzeitsfrisur zu flechten.

»Wie aufgeregt bist du, auf einer Skala von eins bis zehn?«

»Drei«, antwortete Hanna.

»Also weniger aufgeregt als an einem durchschnittlichen Tag oder nur weniger aufgeregt als eine durchschnittliche Braut am Tag ihrer Hochzeit?«

Hanna versuchte, beim Lachen den Kopf still zu halten. »Letzteres, glaube ich.«

»Woran liegt's?«

»Ich bin eben ein cooler Typ. Außerdem machen wir ja keine große Party.«

»Schade eigentlich.«

»Er wollte ja nicht.«

»Warum noch mal?«

»Weil er nicht so ein Partytier ist. Und er meinte, mehrere Tausend Euro für einen Tag wären unmoralisch.«

»Der alte Moralphilosoph ... Nutzt die Argumente, wie sie ihm passen.« Maja begutachtete ihr Werk und zog links vorn noch eine Strähne hervor. »Da geh ich nachher noch mal mit dem Lockenstab dran. Aber erst kurz bevor wir losmüssen, damit das bis nach dem Standesamt hält. Und wir machen einfach trotzdem Party. Wenn nachher alle weg sind, wird im Wohnzimmer getanzt.«

Sie ging vor ins Bad. Hanna blies die Kerzen wieder aus und folgte ihr. »Gott, ich werd dich so vermissen. Ist echt hart, hier auszuziehen.«

»Seit fünfzehn Jahren wohnen wir jetzt hier zusammen, das muss man sich mal vorstellen. Wir könnten eine fast erwachsene Tochter zusammen haben!«

»Sie wäre wunderschön. Wir wären ganz neidisch.«

Sie grinsten, doch dann langten sie gleichzeitig nach der Klopapierrolle, um sich die Nase zu schnäuzen.

»Kannst du den Brautstrauß bitte in meine Richtung werfen?«, bat Maja.

»Ich weiß gar nicht, ob Thomas einen besorgt hat. Macht man das nicht nur bei einer kirchlichen Trauung?«

Maja stöhnte. »Ihr beiden, echt ey. Das kann man doch machen, wie man will. Ich will jetzt auch unter die Haube, und dafür brauch ich den Brautstrauß.« Von Henry hatte Maja sich vor einem guten Jahr wieder getrennt.

Hanna drückte sich einen Streifen Zahnpasta auf ihre Zahnbürste. »Wir kommen auf dem Weg zur Bahn bei Blumen Höhne vorbei. Da können wir einen Notstrauß kaufen.«

»Einen Notstrauß für meine Notlösung.«

»Ich bitte dich, mein Brautstrauß ist Garant für Mr Right.«

»Ach weißte, in meinem Alter ...« Maja nahm ihren Zahnputzbecher und kippte mit einer komikhaft resignierten Geste einen imaginären Schnaps hinunter.

»Was?«

»Du weißt, was ich meine.«

»Du meinst, dass ab Mitte dreißig auf drei ungebundene, hübsche, witzige und verträgliche Frauen ein halber Mann mit den Eigenschaften kommt?«

»Genau.« Maja zog die Hülse von ihrem Lippenstift und drehte ihn ein Stück heraus. »Die bindungswilligen Männer bleiben bei der Freundin, die sie Ende zwanzig, Anfang dreißig haben. Und die übrigen haben so viel getindert, dass sie sich nicht mehr binden können.«

»Komisch eigentlich, dass sich das bei Frauen nicht genauso auswirkt.«

»Wir haben den biologischen Druck. Und Frauen ohne Partner werden von der Gesellschaft bedauert. Das will man ja nicht.«

»Uuuund, hast du jemanden kennengelernt?«, meinte Hanna mit Zahnpasta im Mund und einer affektierten Stimme. »Hat Kirsten mich früher nach jedem Wochenende gefragt.«

»Und dann muss man sich aber gleichzeitig auch selbst genügen und alleine glücklich und auf gar keinen Fall einsam sein, sonst wirkt man bedürftig und kann es sofort vergessen.«

»So wie du redest, hab ich langsam den Eindruck, du meditierst nicht genug. Ich kann dir auch Yoga empfehlen und eine Morgenroutine. Starte den Tag mit einem Glas Wasser und einem Esslöffel Apfelessig. Und ganz wichtig: nach dem Duschen immer die Hornhaut an den Füßen eincremen.« Hanna spülte sich den Mund aus.

»Ich crem dir gleich das Gesicht ein, du.«

»Bitte sehr«, sagte Hanna und drehte ihr den Kopf zu.

Maja öffnete eine Cremedose und machte ihr zwei weiße Tupfer auf die Wangen. »Bist du heute überhaupt mit allen nötigen Symbolen ausgestattet?«

»Also, einen Ring haben wir.«

»Das will ich wohl hoffen. Nein, ich meine: *Something old, something new, something borrowed, something blue.* Wie im Film.«

»Ach so, ja. Lass mich überlegen. Alt ist schon mal das Kostüm.« Sie trug ein altrosa Kostüm im Chanelstil aus dem Secondhandladen. »Neu ist die Haarfarbe.« Für die blonden Strähnen war sie natürlich beim Friseur gewesen. »Die Klämmerchen in meinen Haaren sind von dir, also geliehen. Das heißt, ich brauche nur noch was Blaues.«

»Lidschatten?«

»Ich wollte heute Gold auftragen. Blau hab ich auch nicht. Irgendeinen Schmuck vielleicht? Aber mir fällt nichts ein.«

»Unterwäsche?«

»Ich hätte einen BH in Lila. Gilt das auch?«

»Nee, Lila ist der letzte Versuch, hat meine Mutter immer gesagt.«

»Passt doch. Also … hoffentlich.«

»Bestimmt. Aber es muss Blau sein. Blau als die Farbe der Treue.«

»Neils Boxershorts sind blau.«

Maja, die gerade mit der Pinzette ein widerspenstiges Augenbrauenhaar zu fassen versuchte, unterbrach ihre Bemühungen und sah Hanna erstaunt an. »Er würde sie sicher für dich ablegen, aber er kommt doch nicht, oder?«

Hanna lachte wieder. »Nein.« Da Thomas sie damals kennengelernt hatte, als sie gerade vollkommen durch den Wind am Flughafen auf dem Weg »zur Hochzeit ihrer großen Liebe« festgehalten wurde, war sie so rücksichtsvoll gewesen, Neil nicht zu dem engsten Kreis zu zählen, der heute eingeladen war. Vor Kurzem waren sie beim gemeinsamen Kistenpacken auf ein Foto gestoßen, auf dem Neil und sie glückselig lächelnd hinter zwei leeren Makkaroni-Tellern für die Kamera die Köpfe zusammenlegten. »Das ist also dieser Schotte«, hatte Thomas misstrauisch festgestellt. Adam hatte das Bild auf ihrer WG-Reise in Cronberry House geknipst. »Warum hast du dir das abziehen lassen?«

»Hab ich nicht. Adam hat das gemacht.«

»Warum? Er zieht dir doch sonst keine Fotos ab.«

»Weil es ein schöner Abend war.«

»Aha.«

»Thomas, das war vor deiner Zeit.«

»War's nicht.«

»Bevor wir zusammengekommen sind, meine ich.«

»Aber wir kannten uns da schon seit drei Jahren.« Er neigte manchmal zu dieser Art von Selbstkasteiung.

»Ich bin eben schwer von Kapee. Das war damals bei Neil auch so. Den kannte ich auch schon mehrere Jahre, bevor mir aufgefallen ist, dass …« Sie sah Thomas' Blick und verstummte. »Ist auch egal. Lassen wir das Thema. Ich heirate schließlich dich.«

Da hatte er sie sehr fest an sich gedrückt und sie ihn. So hat eben jeder seine Trauma-Person, hatte sie gedacht. Sie hatte Alice, Thomas hatte Neil. Damit konnte man leben lernen. Erst Tage später war ihr aufgefallen, dass die Konstellation nicht ganz dieselbe war …

Neil hatte sie eine Nachricht geschrieben.

Neili, dass ich mein spätes Glück gefunden habe, weißt du ja schon. Ende des Jahres wird es auch offiziell: Thomas und ich heiraten. Das hier ist leider keine Einladung, weil wir nur ein kleines Kaffeetrinken mit Familie und Trauzeugen veranstalten. Aber vielleicht denkst du ja mal an mich: Am 11.12. wird hier Tacheles geredet. X, Hanna.

Und Neil hatte einige Stunden später geantwortet.

Liebste Hanna, das sind ja Neuigkeiten! Ich gratuliere schon jetzt dem unbekannten Bräutigam zu seiner glücklichen Wahl, fühle mich in Gedanken trotzdem eingeladen und werde am 11.12. selbstverständlich den ganzen Tag über bei dir (und euch) sein. X, Neil.

»Ich meine die blauen Boxershorts aus seinem Koffer«, erklärte Hanna Maja jetzt. »Die ich früher immer zum Schlafen getragen hab.«

»Ich erinnere mich nicht.«

»Ist auch schon Jahre her. Warte, ich hol sie mal.«

Sie lief hinüber in ihr Zimmer, wo der Koffer noch

neben ihrem Schreibtisch stand. Die Bücher, die sie vorher darauf gelagert hatte, waren schon in einem der an den Wänden aufgestapelten Umzugskartons verschwunden. Für nächste Woche hatten Thomas und sie einen Sprinter gemietet und würden alles hinüberfahren in ihre neue gemeinsame Wohnung. Drei Straßen weiter nur, sie hatten wirklich Glück gehabt. Ebenfalls Altbau und ein frisch saniertes Badezimmer. Kein Balkon, aber im Wohnzimmer eine nachträglich vergrößerte Fensterfront, die man im Sommer öffnen konnte. Echt eine schöne Wohnung und groß genug auch für ein Kind.

Sie überlegte, wann sie den Koffer das letzte Mal aufgemacht hatte. Vielleicht als sie den Dudelsack herausgeholt hatte? Oder danach noch mal, in einem Anfall von Sehnsucht? Sie wusste es nicht mehr.

»Hanna?« Maja stand in der Tür und hielt ihr eine hellblaue Baumwollunterhose hin. »Nimm die. Ist meine, aber frisch gewaschen. Du wolltest doch jetzt nicht allen Ernstes mit Neils Unterhose ins Standesamt gehen?«

»Nein«, sagte Hanna schnell und ließ das Schloss wieder einrasten. »Ganz blöde Idee.«

Untergehakt und beide die Kapuzen ihrer Mäntel ins Gesicht gezogen führten Hanna und ihre Mutter die kleine Hochzeitsgesellschaft an, die nach der Trauung im Standesamt Mitte den kurzen Weg in das kleine Café, das sie für die anschließende Feier gemietet hatten, zu Fuß bestritt. Hannas Zehen in den goldenen Ankle Boots waren empfindlich kalt.

»Bist du glücklich, Spatz?«, fragte ihre Mutter.

»Ja, klar.«

»Ich hab mich nur gerade gefragt. Du warst früher oft so überschäumend. Das hast du nicht mehr so.«

»Ich bin ja auch nicht mehr fünf, Mama.«

»Stimmt.« Ihre Mutter seufzte. »Das ist manchmal schwierig zu verstehen ... Weil ich mich an die Fünfjährige und die Fünfzehnjährige noch so gut erinnere.«

Eine Weile hörte man nur die Schritte ihrer beider Absätze auf dem Asphalt. Einerseits nervte Hanna die Frage, andererseits rührte es sie immer, wenn ihre Mutter solche Ansätze von Sorge und Mütterlichkeit zeigte. Sie sahen sich nicht oft, im Grunde war ihr Verhältnis distanziert. Jetzt fasste sie ihren Arm fester, und ihre Mutter erwiderte den Druck.

Dann fing sie wieder an. »Du bist dir aber sicher, dass das alles so richtig war?«

»Ich hab gerade geheiratet. Natürlich bin ich mir sicher. Und wenn ich es nicht wäre, wäre die Frage auch nicht gerade hilfreich.«

»Du hast recht. Entschuldige. Vielleicht habe ich auch nur dieses Störgefühl, weil Winter ist und das Wetter nicht so gut zum Thema Hochzeit passt.«

»Viele Leute heiraten im Winter. Die meisten natürlich wegen der Steuer noch im alten Jahr. Aber das ist bei uns nicht der Grund, wir verdienen ungefähr gleich viel.« Nach einer kurzen Pause fuhr sie fort: »Vielleicht gibt es Winter- und Sommerhochzeiten, wie es Winter- und Sommerlieben gibt. Damit meine ich nicht die Jahreszeiten, in denen sie entstehen, sondern wie sie sich anfühlen.« Sie sah sich kurz um, aber die nächsten hinter ihnen waren ihr Vater und Adam in ein angeregtes Gespräch vertieft, bei dem es um Geldanlagen zu gehen schien.

»Sommerlieben sind heiß und leidenschaftlich. Winterlieben sind gemütlich und warm.«

Es raschelte, als ihre Mutter den Arm in ihrem Daunenmantel um sie legte. »Du bist ja schon richtig weise.« Sie schmunzelte. »Papa und ich hatten eine Sommerliebe, daher kenne ich das mit der Winterliebe nicht so. Aber wir haben uns ja auch immer viel gestritten. Und tun es noch.«

»Thomas und ich streiten eigentlich nie. Wir diskutieren nur.«

Hannas Mutter lachte herzlich auf, ein bisschen künstlich, wie es ihre Art war, und dann konnten sie nicht mehr weiterreden, weil sie vor dem weihnachtlich geschmückten Café Torte angelangt waren. Hanna stieß die Glastür auf, und von innen schlugen ihnen Kuchenduft und Wärme entgegen.

Kelly aus dem Yogakurs, der der Laden gehörte, kam sogleich auf sie zu und nahm ihnen die feuchten Mäntel ab. Die Tische hatte sie zu einer langen Tafel zusammengeschoben und mit einem roten Tischtuch, Tannenzweigen, weißen Kerzen und Papierschnee für die Feier einer Winterhochzeit dekoriert, wobei Hannas und Thomas' Gedecke vor Kopf an zwei großen weißen Turteltauben aus Porzellan zu erkennen waren, die davor standen.

Die frischgebackenen Eheleute setzten sich als Erste, während die anderen sich noch um den Tisch sortierten. Hanna legte ihre noch ungewohnt beringte Hand über die von Thomas und drückte sie. Thomas trug heute einen Anzug von H&M, den sie gemeinsam gekauft hatten, dazu eine schwarze Basecap, was ihm für den Nachmittag etwas Hipsteriges gab, das Hanna sehr gefiel.

»Ich bin so was von am Ziel«, raunte er in ihr Ohr.

Es kitzelte, und Hanna überlief ein wohliger Schauer. Sie lächelte und lehnte sich in ihrem Stuhl zurück, während unter dem Tisch prickelnd ihre Zehen auftauten.

Weil Thomas doch auch einen Brautstrauß dabeigehabt hatte, waren es jetzt zwei, und Maja hatte alles gegeben, sie beim Auszug aus dem Standesamt beide zu fangen. Jetzt quetschte sie sie zusammen in eine bauchige Vase, die Kelly ihr gebracht hatte. »Viel Spaß mit deinem Harem«, meinte Kelly.

Maja lachte und nahm den Platz neben ihrer Tante Thea ein, die mit dem Zug aus der Toskana gekommen war, wo sie mittlerweile mit ihrem Freund lebte.

Hannas Eltern saßen gegenüber von Thomas' Eltern, und ihre Mutter, ganz die geübte Societylady, versuchte sich darin, die Schwiegereltern ihrer Tochter, die aus einfacheren Verhältnissen kamen und noch etwas fremdelten, mit engagiertem Small Talk aus der Reserve zu locken. Hannas Vater klamüserte indessen launig mit Thomas' bestem Freund und Trauzeugen Rüdiger auseinander, zu wem wohl welche Kaffeetasse gehörte.

Hanna sah ihre noch von der Kälte gerötete Hand an, wie sie auf Thomas' ruhte, und den neuen Ring daran und fühlte Zuversicht und Stolz. Es war ein einfacher goldener Ring, aber mit einer soliden Dicke. Sie würden ein gutes Leben haben. Sie hatten beide feste Jobs, die ihnen Spaß machten, eine schöne Wohnung, Freunde in der Nähe und waren sich einig, dass sie mit den Kindern nicht mehr lange warten wollten. Alle, die geladen waren, waren gekommen. Alle waren gesund. Das war vielleicht fast ein bisschen spießig, aber es war gut. Der Lauf der Welt. Wenn man richtig großes Glück hatte.

Sie beugte sich zu Thomas hinüber, legte ihm in einem Anfall heftiger Zuneigung und Dankbarkeit die Arme um den Hals, drückte ihm einen Kuss auf die Wange und flüsterte ihm ins Ohr: »Ich liebe dich.«

Er sah sie begeistert an, sie hatte das noch nicht oft gesagt.

Als alle saßen, das Stühleruckeln nachließ, die Kuchen und die Sahneschalen aufgetischt waren und jeder ein Glas des vom Brautvater spendierten Champagners vor sich stehen hatte, stand Thomas auf und klopfte mit einem Teelöffel an sein Glas.

»Ich will meine kleine Rede mit Kierkegaard starten – wer mich kennt, erwartet sicher nichts anderes«, begann er, als das Geplauder verebbte.

Freundliches Stöhnen von Rüdiger ebenso wie von Adam. Thomas' Eltern guckten etwas verängstigt.

»Wiederholung, das ist die Wirklichkeit und der Ernst des Daseins, hat Kierkegaard geschrieben«, sagte er im Tonfall des geübten Dozenten. »Das wissen wir ja alle. Das Leben besteht aus Wiederholungen. Wir stehen auf, wir gehen zur Arbeit, wir kaufen ein und bringen anschließend das Altglas und den Müll wieder raus.«

»Jööö«, sagte Maja, und alle lachten.

Thomas ließ sich nicht beirren. »Auch die Ehe ist eine Wiederholung. Tag für Tag schlafen wir mit der gleichen Frau ...«

»Stop!«, rief Adam.

Thomas grinste. »... schlafen wir mit der gleichen Frau ein und wachen mit der gleichen Frau wieder auf. Und da kommt Kierkegaard wieder ins Spiel. Er sagt: Die Wiederholung ist eine geliebte Gattin, deren man nie müde wird. Und dann weiter: Aber es gehört Mut dazu, die Wiederholung zu wollen.«

Das Publikum guckte jetzt skeptisch, und Hanna verdrehte die Augen.

»Und hier muss ich Kierkegaard tatsächlich widersprechen!«, verkündete Thomas. »Für mich ist Hanna ein Muss und ein Lebenselixier, und es kostet mich keinerlei Mut, mit ihr zu leben, es hat mich nur sehr viel Mut gekostet, ihr das zu gestehen. Und jetzt freue ich mich auf die gemeinsame Reise. Das hat Kierkegaard nämlich auch gesagt: Die Ehe ist und bleibt die wichtigste Entdeckungsreise, die der Mensch unternehmen kann.« Er lupfte unter Jubel sein Käppi, das machte er jetzt manchmal, und setzte sich wieder. Sein Gesicht leuchtete.

Es war ein großartiges Gefühl, einen Menschen so glücklich zu machen. Auch wenn er seltsame Reden darüber schwang.

Als die ersten Kuchenstücke im Magen waren und die Scheiben des Cafés beschlagen von all der Wärme und ihrem Atem, erhob sich Adam, der dem Brautpaar gegenüber an der Stirnseite der Tafel saß. Mit gewichtiger Miene nahm er die zwei Zettel zur Hand, die bisher neben seinem Teller gelegen hatten. Er machte schon seit zwei Wochen ein riesiges Gewese um seine Rede, und Hanna befürchtete das Schlimmste.

»Ich will meine kleine Rede spontan mit Friedrich Nietzsche starten – wer mich kennt, erwartet sicher nichts anderes«, fing er an.

Allgemeines Gelächter.

»Bevor man eine Ehe eingeht, sollte man sich fragen, ob man sich mit dem Partner bis ins hohe Alter gut unterhalten kann. So hat ja vorhin die Standesbeamtin den berühmten Existenzphilosophen des 19. Jahrhunderts zitiert – hab ich gerade noch mal auf dem Klo gegoogelt. Weil sie nach dem Kennenlerngespräch mit dem Brautpaar den Eindruck gewonnen habe, dass das hier zuträfe. Vielleicht ist das ihre Standardrede, und sie sagt das allen. Aber ich kann das an dieser Stelle nur bekräftigen. Mein Zimmer ist direkt neben der Küche, und ich kann ein Lied davon singen: Hanna und Thomas reden viel.«

Er machte eine Kunstpause, die mit wohlwollendem Geschmunzel gefüllt wurde.

»Und trotzdem«, fuhr er fort. »Eigentlich überrascht es mich, dass wir heute hier so sitzen. Thomas war ja schon lange unser guter Bekannter und Gast in der WG. Als ich dann eines Tages zu Ikea wollte, um mir einen neuen Kleiderschrank und diversen Kleinkram zu kaufen, und Thomas von sich aus anbot, mitzukommen und mir außerdem beim Aufbau zu helfen und der Aufbau dann noch mal verschoben werden musste, weil wir noch mal zurückmussten, um ein vergessenes Teil zu holen, und Thomas bis nachts um eins mit mir geschraubt hat – da war ich mir sicher: Der Mann will was von mir.«

Hanna grinste, sie erinnerte sich noch gut, auch wenn sie damals schon Zweifel an Adams Deutung gehabt hatte.

»Once you have seen it, you can't unsee it«, fuhr Adam fort. »Und so fand ich in den darauf folgenden Monaten immer mehr Hinweise darauf, dass Thomas meine Nähe suchte. Es tat mir richtig leid, dass er nicht mein Typ ist. Sorry Thomas, zu wenig androgyn.«

Thomas grinste und deutete eine Bodybuilderpose an.

»Tja, so dachte ich also bis zu diesem einen Abend – es war auch ein Wintertag wie heute, wir hatten Glühwein getrunken, und ich war schon auf dem Weg ins Bett, weil ich am nächsten Tag arbeiten musste –, bis ich ihn da aus der Küche lallen höre: ›Du bist mmeine Regine, Hannna.‹ Er hatte offenbar ein paar Becher mehr getrunken als ich. Ich bleibe im Schatten des Flurs stehen, um zu hören, was es damit auf sich hat. Denn irgendwie klingt das bedeutungsschwanger. Thomas sitzt mit dem

Gesicht in meine Richtung, Hanna sehe ich nur von hinten.

Hanna misstrauisch: ›*Wer* bin ich?‹

Thomas: ›Mmeine Re-gine.‹

Hanna: ›Aha. Und was bedeutet das jetzt für mich?‹ (By the way, ich liebe es, wie trocken du manchmal klingst, Hanna.)«

»Und ich liebe es, wenn du den Stand-up-Comedian machst.« Hanna grinste und warf Adam ein Luftküsschen zu.

Adam lächelte geschmeichelt und fuhr fort: »Dann also Thomas so: ›Das bedeutet, dass ich dich llliebe.‹

Stille. Kaum auszuhalten. Ich im Flur halte den Atem an. Bin verwirrt und leicht beleidigt. Ich dachte, er liebt *mich*!

Aber Thomas redet schon weiter: ›So wie Kierkegaard seine Re-hicks-gine. Er war sein Lleben llang unglücklich, weil sie einen anderen geheiratet hat.‹ Er trinkt noch einen großen Schluck und verzieht das Gesicht. ›Das hat zwar seine Arbeit beflügelt …‹ Hier breitet er schwerfällig seine Arme zu imaginären Schwingen aus, um zu verdeutlichen, wie er das meint. ›Aber ich will lieber glücklich sein.‹

Immer noch keine Antwort von Hanna. Und ich sehe ja auch leider nicht, wie sie guckt. Sie kann sehr skeptisch gucken, richtig einschüchternd.

›Was m-meinst du jetzt dazu?‹ Thomas klingt jämmerlich.

Das will ich in meinem Versteck jetzt aber auch wissen.

›Dass wir uns darüber morgen noch mal unterhalten‹, sagt Hanna sehr vernünftig, aber ihre Stimme klingt, als wäre sie gerührt. Wie die Sache am nächsten Tag genau weitergegangen ist, weiß ich nicht, aber jedenfalls war es so, dass Thomas in den folgenden Tagen und Wochen noch öfter als vorher bei uns rumhing und deutlich wurde, dass es dabei nie um mich gegangen war.«

Die Hochzeitsgäste schmunzelten wieder.

»Und wenig später bekam ich dann auch den Eindruck, dass Thomas ziemlich gut im Bett ist – wie gesagt, mein Zimmer lag damals noch ziemlich zentral in der Wohnung.«

»Adam!«, entfuhr es Hanna.

Aber ihre Mutter neben ihr lachte herzlich, als hätte diese Eröffnung endlich all ihre Zweifel zerstreut. Nur ihr Vater guckte ein wenig indigniert.

»Tja, der Rest ist Geschichte, und wir sitzen hier, und Thomas ist glücklich und seine Regine, äh Verzeihung, Hanna auch. Und wirklich nur deswegen können Maja und ich es gutheißen oder überhaupt nur aushalten, dass wir demnächst ein Zimmer mehr haben. Dass uns niemand mehr zurechtweist, wenn wir hässlich aufräumen – wusstet ihr, dass man hässlich aufräumen kann? Ich wusste es nicht, bevor ich Hanna kennengelernt hab. Hässlich aufräumen ist, wenn man Dinge an Stellen räumt oder aufstapelt, wo sie die Harmonie zwischen Möbeln, Deko und Licht stören. Man lässt es dann lieber unordentlich, damit hat sie weniger Probleme, stimmt's, Hanna? Und apropos Licht ... Thomas, das musst du wissen: Hanna hasst Licht aus Deckenleuchten. Es ist unter allen Umständen ausschließlich indirekte Beleuchtung einzuschalten.«

2018

Das Dinner

»Ich glaube, ich brüte was aus«, sagte Thomas, nachdem er vorher den ganzen Weg über geschwiegen hatte.

»Was denn, ein Küken?« Hanna legte den Arm in seinen Nacken und kraulte seinen Haaransatz.

Thomas schüttelte sie ab. »Eher eine Erkältungsgrippe«, antwortete er humorlos.

Sie blieb stehen, legte ihre Hand erst auf seine Stirn, dann auf ihre und konnte keinen Unterschied feststellen. »Vielleicht hast du dich mit dem Badezimmer übernommen.« Er hatte den Tag geräuschvoll damit verbracht, die Duschverkleidung, alle Armaturen und die Fugen zu putzen und den Badezimmerschrank auszumisten.

»Das war leider nötig. Ich hab eingetrockneten Nagellack, abgelaufene Gesichtsmasken und brüchige Haargummis im Wert von mehreren Hundert Euro gefunden. Ich verstehe nicht, warum du das nicht vor dem Umzug mal aussortiert hast«, sagte er mürrisch.

»Das war meine Altersvorsorge, ich hoffe, du hast das nicht weggeschmissen.«

Er lachte widerwillig, und Hanna nutzte den Moment, um sich bei ihm unterzuhaken und seine Hand zu streicheln.

»Die Sachen stehen in einer Tüte im Flur. Bitte tu mir

den Gefallen und guck die spätestens morgen Vormittag mal durch«, sagte er etwas versöhnlicher.

»Mach ich. Und jetzt komm schon, das wird bestimmt ein schöner Abend. Die beiden sind wirklich nett und unterhaltsam.«

»Die Mediathek ist auch unterhaltsam. Ich hätte den Abend lieber mit meiner Frau allein auf der Couch verbracht und an unserem Baby gearbeitet.« Den letzten Satz sagte er in einer schmollenden Kinderstimme.

»Das können wir auch morgen noch – guck, ich glaub, das sind sie.«

Sie spürte, wie Thomas sich an ihrem Arm verkrampfte, spürte ihr eigenes klopfendes Herz und fragte sich für einen Moment, ob sie besser eine Ausrede für das Treffen gefunden hätte. Sie hatte keine Ahnung, wie Neil und Alice als Paar waren. Würden sie zärtlich zueinander sein? Oder was, wenn sich herausstellte, dass Alice schwanger war, und sie und Neil über Vornamen und ihre Zukunftsaussichten als schlaflose Eltern scherzten? Neil hatte zwar nie von Kinderplanung gesprochen, aber das hatte sie selbst auch nicht getan.

Die beiden trugen halblange Wollmäntel, Neil in Dunkelblau, Alice in Beige. Sie kam gleich freudig auf Hanna zu. »Wie schön, dich zu sehen! Das ist lange her, damals zu traurigem Anlass, wenn ich mich recht erinnere ...« Küsschen rechts und links.

»Ja, das müssen schon mehr als zehn Jahre sein.« Hanna wusste es eigentlich genau, es waren elf, seit Neil die Asche seines Vaters über dem Moor verstreut hatte.

Neil lächelte, mit neuen zarten Fältchen um die Welpenaugen. Er hatte immer jung ausgesehen und tat es noch, aber wie annähernd dreißig wirkte er jetzt, mit fünfunddreißig Jahren, doch. Sie hatte einen Kloß im

Hals, als sie auf ihn zuging. Ob sie sich auch mit Wangenküssen begrüßen sollten? Einen kurzen Moment verharrten sie voreinander, schienen beide zu warten, welche Entscheidung der jeweils andere bezüglich der Begrüßung treffen würde. Mit einem verlegenen Lachen fanden sie sich schließlich in einer kurzen, losen Umarmung mit einem an der Wange vorbeigehauchten Kuss zusammen.

Dann langte Hanna mit dem Arm nach Thomas, der mit missmutiger Miene die vor der Restauranttür angeschlagene Karte studierte, und zog ihn zu sich heran. »Das ist mein Mann Thomas«, sagte sie mit einem Lächeln.

Thomas reichte den beiden nacheinander die Hand. »Nett, euch kennenzulernen.« Er hatte vor Jahren mal zwei Forschungssemester in Cincinnati verbracht und sprach ein ziemlich gutes amerikanisches Englisch.

Hanna bemerkte, dass Neil ihn aufmerksam betrachtete, während er ihm etwas übertrieben enthusiastisch die Hand schüttelte. »Ist das Lokal okay?«, fragte er. »Wir wussten nicht ... Alice hatte von Freunden gehört, dass es hier gut sein soll, aber ...« Er hatte wohl Thomas' Blick richtig gedeutet, der den Eindruck gewonnen hatte, dass das ein teurer Abend werden könnte.

»Klar«, sagte Hanna schnell. »Ich hab es mir im Internet angeguckt. Sieht fancy aus.« Sie war generell der Ansicht, dass man sich hin und wieder etwas gönnen konnte. Und heute entsprach es dem besonderen Anlass.

»Es kostet offenbar nichts«, bemerkte Thomas spöttisch. »Jedenfalls fehlen da die Preise.«

Neil sah unsicher aus, aber Alice lächelte Hanna zu und fragte: »Wollen wir reingehen?«

»Gern.« Da musste Thomas jetzt mal über seinen

Schatten springen. Es war ja auch keineswegs so, dass sie den Rest des Monats Kartoffeln essen mussten, wenn sie ausnahmsweise in ein hochpreisiges Restaurant gingen.

Alice stieß die Tür auf und teilte einem vorbeilaufenden Kellner auf Englisch mit, dass sie für vier Personen auf den Namen Farquharson reserviert habe. Während der Angestellte an einem Bildschirm die Reservierung aufrief, zog sie ihren Mantel aus. Als er wieder aufsah, hielt sie ihn dem Mann hin. Im ersten Moment schien er erstaunt, aber dann winkte er eine junge Kollegin heran und bedeutete ihr, auch den anderen dreien die Jacken abzunehmen, bevor er sie zu einem bereits eingedeckten runden Tisch in einer Ecke führte.

Alice ging vor Hanna her und setzte sich als Erste. Sie trug einen fließenden zartrosa Kaschmirpullover mit Stehkragen und eine weite Anzughose in einem knalligen Türkis, dazu rosa Wildlederloafer und sah auf eine Weise fantastisch aus, die sich nur erzielen ließ, wenn Geld, Geschmack und Figur eine unheilige Allianz eingingen. Als Hanna zu Hause aufgebrochen war, hatte sie sich in ihrem blauen Strickkleid und den goldenen Ankle Boots von ihrer Hochzeit gut gefühlt, doch jetzt sah sie nur noch die Knötchen, die sich an den Seiten, wo die Arme über das Kleid streiften, auf der Wolle gebildet hatten.

Neil kam direkt von der ITB, der Internationalen Tourismusbörse in den Messehallen, und war noch im Anzug. Er zog Hanna den Stuhl zurecht, und sie spürte, dass er noch einen Moment hinter ihr verharrte, bevor er den Platz schräg gegenüber und neben Alice einnahm, die ihn ungeduldig beobachtete. Sie war sehr schlank, und ihr Gesicht konnte schnell etwas Scharfes annehmen. Ihre Untergebenen spurten sicher gut, dachte Hanna.

Dann sah sie sich um. Das Lokal war alt und wunderschön. Die Fenster waren im Art-déco-Stil mit farbigen Glassteinen verziert, die hohen Decken mit kunstvoll geschnitzten Holzintarsien verkleidet. An den unverputzten Wänden hing moderne Kunst, und im Raum verteilt standen auf Frachtkisten aus Holz große Blumenbouquets.

Die Kellnerin, die ihre Jacken weggebracht hatte, kam zurück und verteilte die Menükarten.

»Wenn das Essen so erlesen ist wie das Interieur, dann können wir uns freuen. Ich muss gleich mal nach der Bezugsquelle für diese Mobilés fragen.« Hanna zeigte auf die Girlanden aus transparenten Glaskugeln in Rosa und Lila, die wie Ketten aus Seifenblasen in unterschiedlichen Größen von der Decke herabhingen.

»Ach richtig, Neil hat erzählt, du arbeitest jetzt als Scout? Wie spannend, erzähl mal«, sagte Alice.

»Ich arbeite für einen Versandhandel, der sich auf nachhaltiges Interieur spezialisiert hat. Heißt entsprechend Ethiquette. Ich bin da für die Deko zuständig, das heißt Kunst, besondere Pflanztöpfe, Sachen zum Aufhängen wie die da oben, Saisonales wie Krippenfiguren oder österliche Kerzenleuchter. Die großen Messen besuchen die normalen Einkäufer – ich bin eher für das Besondere da, gucke bei Galerien oder kleinen Webshops, ob da jemand was entwickelt hat, das sich für eine Kooperation eignet. Ich halte eigentlich immer und überall die Augen auf.«

»Läuft das auf Provisionsbasis?«

»Ich bekomme ein Festgehalt und zusätzlich Provision, wenn später etwas besonders gut im Absatz ist.«

»Es war ja schon früher klar, dass du irgendwas mit Kunst machen würdest.«

»Ja. Jetzt bin ich zwar auf der Einkaufsseite gelandet, aber ich bin ganz zufrieden so. Und du, bei dir war der Weg ja auch vorgezeichnet?«

Alice nickte. »Ich bin inzwischen Teilhaberin und Direktorin für Schottland bei St. John's Candles Ltd. Wir denken über eine Expansion nach Kontinentaleuropa nach, deswegen bin ich mitgekommen und hab mich mit ein paar Leuten getroffen.«

»Ich kann gern den Kontakt zu unseren Einkäufern herstellen.«

»Was habt ihr für einen Jahresumsatz?«

»Knapp zwei Millionen, glaube ich.«

»Ach so, sorry, das ist nicht das Level, auf dem wir planen.«

Es war sicher nur sachlich gemeint, dachte Hanna.

»Du bist an der Uni, oder?«, sprach Neil Thomas an.

Thomas richtete sich in seinem Stuhl auf. »Ja, ich forsche über Kierkegaard und leite an der Humboldt-Uni den Masterstudiengang für Philosophie.«

Vielleicht lag es daran, dass er Englisch sprach, aber so formuliert hörte es sich an, als sei er ordentlicher Professor mit Leitungsfunktion, was nicht zutraf. Er war promoviert, als Akademischer Rat für die Organisation des Masterstudiengangs zuständig und gab daneben einige Kurse. Damit saß er auf einer der wenigen unbefristeten Stellen im Mittelbau einer deutschen Uni, was einem Sechser im Lotto gleichkam. Es gab so gesehen keinen Grund, sich größer zu machen, als er war.

»Ich hab gehört, bei dir hat das nicht geklappt mit der Uni?«, fragte er mit mitfühlender Stimme zurück.

Neil warf Hanna einen kurzen Blick zu. »Nein, leider nicht.«

Alice sah erstaunt von Neil zu Hanna, vielleicht waren

Neils Promotionspläne schon kein Thema mehr gewesen, als sie zusammengekommen waren.

»Es ist ja auch nicht so einfach, da reinzukommen. Woran hat's denn gelegen?«, wollte Thomas wissen.

Neil hob die Achseln. »Ich hatte eine Doktorarbeit begonnen, aber eigentlich keine Zeit dafür. Und auch keine Stelle an der Uni. Irgendwann habe ich keinen Sinn mehr darin gesehen und sie nicht mehr angefasst.«

»Du warst in Edinburgh, richtig? Da kenne ich ein paar Leute, von interdisziplinären Kongressen. Wenn du mir deinen Text schickst, kann ich mal drüberschauen und gegebenenfalls eine Empfehlung ausrichten«, bot Thomas großzügig an, in einem lässigen Tonfall, den Hanna nicht von ihm kannte.

»Äh ... Das ist alles lange her«, meinte Neil irritiert. »Über zehn Jahre. Meine Arbeit ist veraltet, und ich habe jetzt keine Verwendung mehr für einen Doktor.«

»Stimmt, du hast ja schon einen Titel.« Thomas lachte und deutete eine Verneigung an. »Na ja, wenn du es dir anders überlegst, weißt du ja, wo du mich findest.« Er legte einen Arm auf Hannas Stuhllehne.

»Wollen wir mal ins Menü gucken?«, schlug Hanna vor. »Ich hab Hunger.«

Alice und Neil murmelten zustimmend und schlugen die Karten auf.

»Ihr müsst übersetzen«, meinte Alice.

»Das ist einfach«, sagte Hanna. »Es gibt zwei Fünf-Gänge-Menüs, ein vegetarisches und eins mit Wildkaninchen, alternativ kann man aber auch einfach nur ein Hauptgericht bestellen. Da gibt es Steak mit irgendeinem besonderen Gemüseschaumzeugs, eine Dorade und Gnocchi mit ... Moment, das muss ich nachgucken ...«

Hanna nahm ihr Handy aus ihrer Handtasche, um herauszufinden, was Bärlauch auf Englisch hieß.

»Ich nehme sowieso das Menü mit dem Kaninchen«, sagte Alice.

»Alles klar, ich auch«, meinte Hanna, und Neil schloss sich an.

»Ich die Bärlauchgnocchi«, brummte Thomas.

Alice fuhr mit dem Finger die Weinkarte entlang. »Der Beaujolais passt gut. Teilen wir uns eine Flasche?« Sie sah Hanna und Thomas an. Von Neils Zustimmung schien sie auszugehen.

»Gern«, sagte Hanna.

Thomas sah sie von der Seite an, tadelnd, wie ihr schien. Wahrscheinlich hatte er Sorge wegen des Preises. Oder wegen des Alkohols. Sie verzichtete eigentlich gerade auf das abendliche Glas Wein, um ihre Fruchtbarkeit zu befördern. Aber das hieß ja nun nicht, dass sie gar nichts trank, wenn sie mal mit Freunden essen gingen.

»I'll have a beer«, sagte Thomas.

Neil starrte auf seine Karte und wirkte ein wenig, als wäre ihm übel. Jetzt war er das erste Mal hier, saß nur anderthalb Meter von ihr entfernt, und sie konnten gar nicht richtig reden. Was für ein Mist.

Die Kellnerin kam zurück an den Tisch, Neil sah hoch und gab in einem niedlichen falschen Deutsch die Bestellung auf. Alice warf einen verstohlenen Blick auf ihre Cartier-Uhr, Thomas guckte unterm Tisch auf sein Handy, und Hanna musste dringend mal kurz durchatmen. »Ich verschwinde mal wohin.«

Neil nickte, und sie griff ihre Handtasche, schob den Stuhl zurück und folgte den Toilettenzeichen.

Auf dem Klo sitzend schrieb sie Maja eine schnelle Nachricht.

Thomas ist aggro, Neil gefühlt ganz weit weg, nur Alice ist nett. So hab ich mir das nicht vorgestellt!

Darunter war der Chat mit Neil. Auf seinem Profilbild stand er lachend neben einem seiner Teiche, mit einem alten Turnschuh an der Angel. Sie mochte das Bild sehr. Die letzte Nachricht in der Unterhaltung stammte von ihr.

Sitzen jetzt in der Bahn.

Sie scrollte hoch. Am Morgen, bevor er auf die Messe gegangen war, hatten sie lose hin- und hergeblödelt. So war das jetzt. Alle paar Wochen schickte einer von ihnen ein lustiges Bild aus seinem Leben, ein Tiervideo aus dem Internet oder eine ironische Bemerkung zum Weltgeschehen. Daraufhin entwickelte sich dann meist ein längerer Chat, der jedoch jede Tiefe vermied. Selten mal, wenn das Hin- und Her-Geschreibe zu nervig wurde oder etwas via Messengerdienst schlecht zu erklären war, telefonierten sie kurz. Diese Art der Kommunikation hatte eine angenehme Vertrautheit und war gleichzeitig belanglos genug, um nichts aufzuwühlen, was nicht sein durfte. Als sie jetzt in ihr Geplänkel von heute Morgen hineinlas, konnte sie ihre Vorfreude auf den Abend wieder spüren.

Neil: *Um 10 geht es los mit einem deutschen Anbieter für Studienreisen. Ich bin da als Interessenvertreter der CAOSMAP, der Caledonian Association of Small and Medium-sized Accomodation Providers. Kannst du dir nicht ausdenken. So, muss mich jetzt anziehen.*

Hanna: *😂 Die ganze Welt in einer Abkürzung. Übrigens: Wenn man dich ernst nehmen soll, verzichte heute ausnahmsweise auf den Kilt. Die deutsche Reisebranche ist noch nicht bereit für Männer im Rock beim Geschäftstermin.*

Neil: *Check ✓Noch andere Pro-Tipps, damit ich nicht in ein kulturelles Fettnäpfchen trete?*

Hanna: *Auf dem Weg keine fremden Hunde knuddeln. Das macht man hier nicht.*

Neil: *Auch nicht, wenn sie richtig, richtig süß sind? 😧*

Hanna: *Dann erst recht nicht. Beim Termin könntest du dann damit einsteigen, dass du dich über irgendwas beschwerst, die Temperatur in der Halle oder so. Damit können Deutsche immer was anfangen.*

Neil: *Vielleicht die Preise für die Snacks auf dem Messegelände? Damit würde ich gleichzeitig das Klischee vom geizigen Schotten bedienen. Bringt Authentizität, wenn ich schon meinen Kilt nicht tragen darf.*

Hanna: *Gute Idee. Und wenn wir schon bei den Snacks sind: Bitte stell dich an der Theke nicht in die Schlange wie ein Brite. So kriegst du nie was.*

Neil: *Aye. Übrigens haben die Fratellis ein neues Album draußen.*

Dazu der Link. Die Fratellis waren eine Band aus Glasgow, die Neil mochte.

Sie scrollte wieder ans Ende. Dann, kurz entschlossen, tippte sie:

Ich hab das mit deinen Uniplänen vor Jahren mal in irgendeinem Zusammenhang vor Thomas erwähnt, auf keinen Fall irgendwie abwertend, das weißt du sicher. Sorry, er ist sonst nicht so.

Genau genommen hatte sie es damals erwähnt, damit Thomas sich Neil gegenüber etwas besser fühlte, aber das konnte sie Neil ja nicht schreiben. Vielleicht schrieb sie sowieso besser überhaupt nichts. Sie löschte die Nachricht wieder, dann zog sie die Klospülung und ging, nachdem sie einen der Barkeeper wegen der Mobilés angesprochen hatte, zurück zu den anderen.

Dort angekommen, waren die Getränke und der erste Gang schon da, gebratene Sardine mit Aubergine und einem schwungvoll darübergemalten Dressing. Auf ihrem Teller fehlte bereits etwas, offensichtlich hatte Thomas nicht auf seine Gnocchi warten wollen.

Im ersten Moment war sie genervt, aber dann sagte sie sich, dass sie selbst schuld war. Thomas hatte von vornherein keine Lust auf den Abend gehabt, aber sie hatte Alice und Neil nicht alleine gegenübertreten wollen. Da konnte sie sich jetzt nicht beschweren, wenn er sich seltsam benahm.

Sie schob sich etwas von der restlichen Aubergine auf die Gabel, legte ihre Rechte unter dem Tisch auf Thomas' Bein und fragte dann an Neil gewandt: »Hast du auch bei deinen Messeterminen so schön Deutsch gesprochen?«

»Zur Begrüßung. Ansonsten habe ich mich nur um ein verständliches Englisch bemüht.«

Alle schmunzelten.

»Wie war eigentlich der Termin mit Holidayreservation, hast du die Abrechnungssache noch mal angesprochen?«, fragte Alice.

»Nein, ich war da ja als Vertreter der CAOSMAP, nicht als Cronberry-Manager.«

»Es ist aber nicht verboten, seine Beziehungen zu nutzen. Die kriegen das ja seit Jahren nicht in den Griff.« In gespielter Verzweiflung fügte sie an Hanna und Thomas gerichtet hinzu: »Er hat leider einen Hang zu den falschen Prioritäten.«

Neil zeigte keine Reaktion, offenbar war er derlei Bemerkungen gewohnt.

»Das kenne ich von meiner Frau.« Thomas lachte und schüttelte Hannas Hand unter dem Tisch ab.

»Na dann Prost.« Hanna hob ihr Glas. »Auf unseren schottisch-deutschen Abend.«

»Gestern Abend in der designierten Schottischen Regierungsvertretung gab es original schottischen Blaubeerwein«, erzählte Neil.

Thomas verzog das Gesicht. »Örgs, das klingt nach Frauengetränk.«

Alice zog eine Augenbraue hoch.

»Als Überbrückung, bis der Klimawandel auch bei uns in Schottland gute Trauben wachsen lässt, ist er gar nicht so schlecht«, meinte Neil.

»Designiert heißt, die Vertretung wird demnächst neu eröffnet?«, wollte Hanna wissen.

»Genau, als Reaktion auf den Brexit.« Neil warf Alice einen Blick zu. »Schottland wäre ja lieber in der EU geblieben, und die schottische Regierung versucht jetzt verstärkt, ihre eigenen Verbindungen in die EU-Staaten zu pflegen, vor allem wirtschaftlich.«

»Als Geschäftsfrau sehe ich im Brexit tatsächlich manche Nachteile«, bemerkte Alice. »Aber innenpolitisch ... Sagen wir mal so: Ich kann jeden verstehen, der dafür gestimmt hat.«

»Hast du dafür gestimmt?«, hakte Thomas nach.

Alice zog wieder die Augenbraue hoch. »So was ist bei uns in Großbritannien Privatsache.«

»Na dann.« Thomas lachte verkrampft.

Hanna nahm einen großen Schluck Wein, und Neil schenkte ihr nach.

»Ich habe wohl versehentlich den Kinderteller bestellt«, sagte Thomas, als zwanzig durchwachsene Minuten später die Hauptgänge und damit auch endlich Thomas' Bärlauchgnocchi kamen.

Eine weitere Dreiviertelstunde später, ihre Dessertschalen waren fast leer, fragte das Mädchen, ob sie noch etwas bräuchten, einen Espresso oder etwas anderes.

»Danke, nein«, sagte Alice, die wohl das Wort Espresso aufgeschnappt und daraus geschlossen hatte, worum es ging. »Wir müssen morgen früh raus. Neil will unbedingt auf die Museumsinsel und den ganzen Tag vor irgendwelchen Infotafeln stehen. Oder wollt ihr noch was?«

Sie sah Hanna an, die den Kopf schüttelte.

»Da steht er eher den ganzen Tag vor irgendwelchen Baugerüsten«, witzelte Thomas und nahm den letzten Löffel von Hannas Honig-Rosmarin-Aprikose.

»Siehst du, Neil?«, meinte Alice.

»Vielleicht gefällt es dir besser, als du jetzt denkst. Man hat viel Auswahl, was die Sammlungen betrifft«, sagte Hanna.

»Ja, es gibt da jede Menge britischer Raubkunst aus der Kolonialzeit zu besichtigen, die an reiche deutsche Sammler verkauft wurde. Ich wurde von einer deutschen

Wochenzeitung mal dazu befragt, wie das aus philosophischer Sicht zu betrachten ist. Da tun sich Abgründe auf.«

Hoffentlich fragt niemand näher nach, dachte Hanna.

»Ich verspreche, das kritisch mitzudenken«, meinte Neil zum Glück nur und schlug dann an Alice gerichtet vor: »Du kannst auch in der Nähe einkaufen, während ich da reingehe, und dann treffen wir uns später wieder.«

»Das klingt schon besser.« Alice sah auf ihr Handy, und plötzlich kam Leben in sie. »Guck mal auf dein Telefon, Neil, Fergus hat den Auftrag! Das heißt: auch den Bonus!«

Neil zog ebenfalls sein Handy hervor, tippte, dann lächelte er. Alice war aufgestanden und deutete mit einer Kopfbewegung an, dass sie mal zur Toilette wollte.

»Schreibst du ihm?«, fragte Neil. »Gratulier ihm schon mal von mir mit.«

Alice nickte abwesend, dann verschwand sie.

Sie hatte jeden Tag so viel von Neil, dass sie es gar nicht mehr zu schätzen schien; Hanna registrierte das mit einer Mischung aus Genugtuung und Schmerz. Während sie selbst schon ein warmes Gefühl im Bauch bekam, wenn er ihr nur Wein nachschenkte. Kurz überlegte sie, ob sie vorschlagen konnte, ihn morgen zu begleiten. Raubkunst, Infotafeln und Baugerüste, alles wäre ihr willkommen. Aber dann verwarf sie die Idee, Thomas wäre das kaum beizubringen.

Neil winkte der Kellnerin und bat um die Rechnung, und Hanna fischte unter dem Tisch unauffällig nach ihrem Portemonnaie. Sie wollte gleich schnell sein. Weder sollte Neil ihre Rechnung übernehmen noch Thomas Gelegenheit bekommen, mit dem Finger auf dem Beleg umständlich die einzelnen Posten auseinanderzudividieren. Als die junge Frau zurückkam, zog sie es hastig hervor und öffnete den Magnetverschluss, aber das darunter liegende Reißverschlussfach mit dem Kleingeld war wohl nicht geschlossen gewesen, jedenfalls ergossen sich ihre gesammelten Centstücke über den Boden.

Neil lachte laut auf, das erste Mal an diesem Abend, dann kroch er unter den Tisch und machte sich daran, ihre Münzen zusammenzuklauben.

Thomas warf Hanna einen genervten Blick zu, bevor er sich ebenfalls bückte und hastig nach dem Kleingeld zu grapschen begann, als wollte er Neils Vorsprung aufholen.

»Es gibt keine Rechnung, die andere Dame hat schon alles bezahlt«, erklärte das Mädchen.

In diesem Moment kam Alice zurück. »Was ist denn hier los?«, fragte sie spöttisch.

»Was kriegst denn du?«, fragte Hanna zurück. Sie fühlte sich seltsam entblößt mit ihrem offen stehenden Kleingeldfach, das ihre vereitelte Bezahlabsicht offenbarte, mit den zerfledderten Kassenzetteln, die aus dem alten Portemonnaie herausragten, und den Mengen an kleinen Münzen, die die beiden Männer jetzt bei ihr ablieferten.

Alice winkte ab. »Ihr seid eingeladen.«

Sie bat die Kellnerin um die Mäntel, und dann ging plötzlich alles sehr schnell. Vor der Tür verabschiedeten sie sich, Alice sprach eine höfliche Einladung nach Cronberry House aus, Neil sagte: »Ich schreib dir«, und dann drehten die beiden sich um und gingen die Straße hinunter. Zwei große, schlanke Gestalten in schicken Mänteln.

Während Thomas seinen Schnürsenkel neu band, sah Hanna ihnen nach. Sah, wie Alice Neil mit einer entschlossenen Geste unterhakte, und schnappte dann gerade noch ein paar Satzfetzen auf. *»Poor Hanna«* und *»a chav with a degree«*, hörte sie Alice sagen. Alice fand also, die arme Hanna war an einen Proll mit Uniabschluss geraten – hatte sie das wirklich gesagt, diese arrogante Schnepfe? Ob oder was Neil antwortete, konnte sie nicht mehr hören.

Eben am Tisch hatte sie sich selbst für Thomas' Angeberei und sein destruktives Gerede geschämt, aber jetzt, da Alice so über ihn sprach, stieg eine bittere Wut in ihr hoch. Wie konnte sie es wagen? Sie kannte Thomas doch gar nicht. Sie hatte ihn einen Abend lang erlebt, in einer Situation, die für ihn schwierig war, und hatte keine Ahnung, wie intelligent und lustig und treu und lieb er war. In ihrer Empörung über Alices elitäres, arrogantes Urteil spürte sie mit einem Mal wieder heftig ihre Zusammengehörigkeit. Alice und Neil würden übermorgen nach Hause fliegen, in ein anderes Land auf einem anderen Breitengrad, in ein gänzlich anderes Leben. Es verband sie nichts als zwei gemeinsame Jahre in der Schule. So lange war sie mit Thomas allein schon verheiratet. Sie und Thomas würden jetzt zusammen zurückkehren in ihre gemütliche Wohnung, in ihr gemeinsames Leben, in dem sie gemeinsame Pläne hatten und gemeinsame Freunde. Und Neil ... Hier hakte ihr Furor etwas. Neil war immer noch Neil, und das würde sich wohl auch nie ändern, wenn sie ihn sah, aber sie sah ihn ja nur alle paar Jahre, und irgendwann würde sie ihn vielleicht gar nicht mehr sehen, und im Grunde hatte auch er keinerlei Relevanz mehr für ihr Leben, so wie es inzwischen war.

Sie nahm Thomas' Hand und zog ihn hoch. »Es ist noch gar nicht so spät. Die Mediathek ist bestimmt noch wach.«

Überrascht sah er sie an, dann lächelte er, und Erleichterung spiegelte sich auf seinem Gesicht. Wahrscheinlich hatte er eher mit einer Standpauke gerechnet. »Die beiden sind schon speziell«, sagte er. »Muss ich nicht öfter haben.«

2019

Der Einzige, der hin und wieder sprach, war die Stimme aus dem Navi. Ansonsten war noch das Geräusch zu hören, das Thomas' Rosinenbrötchen in seinem Mund machte. Er hatte es sich vorhin auf dem Weg vom Boxi zum Auto gekauft, während Hanna mit dem Koffer, dem Tapeziertisch und den restlichen Habseligkeiten vor der Bäckerei gewartet hatte.

Sie stellte das Radio an, um das matschige Kauen zu übertönen.

Franz Ferdinand sang *Slow, don't kill me slow.*

»Das kann ich jetzt nicht haben«, sagte Thomas und drehte es wieder aus.

»Fahren Sie am Kreisverkehr an der ersten Ausfahrt rechts auf die Lichtenberger Straße«, sagte das Navi, und Thomas setzte den Blinker.

Er schluckte einen Brocken Rosinenbrötchen hinunter, dann erklärte er: »Der Koffer liegt seit unserem Einzug vor drei Jahren unberührt auf unserem Schlafzimmerschrank und staubt ein. Er nimmt Platz weg und ist zu schwer und sperrig, um wirklich damit zu reisen. Die Sachen, die da drin waren, nehmen in der Vakuumfolie höchstens ein Viertel des Platzes weg. Es wäre durchaus sinnvoll gewesen, ihn zu verkaufen. Zwanzig Euro waren ein guter Preis dafür.«

»Der Koffer gehört Neil, wir können ihn nicht einfach

verscherbeln. Frag mich einfach demnächst, bevor du meine Sachen verkaufst.«

»Du warst einkaufen, als ich gefahren bin. Wenn Neil ihn noch wollte, hätte er ihn ja mitnehmen können, als er das letzte Mal hier war. Platz genug müsste er haben. Warum hast du ihn überhaupt?«

»Noch von früher eben.« Sie hatte ihm nie von ihrem Pakt erzählt und jetzt erst recht keine Lust dazu. Die Vorstellung von einem Neil in Not, der sich bei ihnen einquartierte, würde Thomas sicher nicht gefallen. Es würde ja auch nie passieren. Aber trotzdem konnte der Koffer nicht einfach weg. Und ein großes Problem war das ja nun nicht. Sollte er doch weiter auf dem Schrank einstauben. Was kümmerte es Thomas.

Bevor sie zusammengezogen waren, hatte sie Thomas' strukturierte Wohnung als charakterlichen Pluspunkt betrachtet, aber jetzt war die Ordnung neben ihrem unterschiedlichen Umgang mit Geld ein Thema, das regelmäßig zu Streit führte. Dauernd räumte er auf, mistete aus, klingelte am Wochenende frühmorgens jemand, der irgendwas kaufen wollte, das Thomas im Internet zum Verkauf angeboten hatte.

»Ist uns jetzt teuer zu stehen gekommen, dein Verkaufswahn«, sagte Hanna, um ihn noch mal richtig zu ärgern.

Vor ihnen erschien eine rote Ampel, und Thomas bremste unnötig scharf. »Was? Wie viel hast du dem Typen denn gegeben?«

»Zweihundertzwanzig Euro.«

»Waaas?«

»Ja.«

»Dann hast du dem zweihundert Euro in den Rachen geworfen, spinnst du?«

»Ich kann rechnen, danke. Du hättest den Koffer eben nicht verkaufen dürfen.«

»Ich musste ihn sogar verkaufen. Er stört mich. Ich will ihn nicht in meinem Schlafzimmer.«

»Du siehst ihn doch gar nicht. Es stand ja eine deiner hässlichen Plastikkisten davor.«

»Ich weiß, dass er dahinter ist. Ich hatte ja auch schon mal vorgeschlagen, ihn in den Keller zu stellen.«

»Wie gesagt, der Keller ist feucht und muffig, das Leder würde da schimmeln.« Jemand hupte hinter ihnen. »Außerdem ist grün.«

»Danke, seh ich selbst.«

Und dann schwiegen sie wieder. Zum Glück war die Tüte mit dem Rosinenbrötchen leer. Als sie an der nächsten Ampel zum Stehen kamen, faltete Thomas sie zusammen und deponierte sie in der Mittelkonsole. Nachher würde er sie mit nach oben in ihre Wohnung nehmen und im Abstellraum in dem Karton mit dem Altpapier deponieren, in den nur gefaltetes Material hineingehörte, wie Hanna schon zu Anfang ihres Zusammenlebens gelernt hatte. Man sparte damit Zeit, weil der Karton dann weniger schnell voll wurde und man ihn seltener zum Ausleeren in den Keller tragen musste. Was natürlich prinzipiell stimmte. Trotzdem nervte es Hanna, mal mehr, mal weniger. Heute mehr.

Zu Hause angekommen, zog sie sich ins Arbeitszimmer zurück, ging am Laptop ihre berufliche Reiseplanung für die nächste Woche durch und schrieb eine Mail an eine Silberschmiedin in Hamburg, die noch gut in eine Lücke am Mittwochnachmittag hineinpassen würde. Dann blätterte sie durch die neue Ausgabe eines Designmagazins, aber ihre Gedanken schweiften immer wieder ab.

Sie wanderten ins Badezimmer, in den Schrank, den Thomas im vergangenen Jahr ausgemistet hatte und seither in gutem Zustand hielt. Zu den Schwangerschaftstests, die sich darin befanden. Drei noch übrige Streifen aus einer Zehnerpackung.

Zu Anfang hatte sie die Tests noch einzeln verpackt in der Drogerie gekauft. Als ihre Illusionen, dass das mit dem Baby schnell und unkompliziert funktionieren würde, sich Monat um Monat verflüchtigten, war sie zum Kauf im Internet übergegangen.

Seit gut zwei Jahren verhüteten sie jetzt nicht mehr, zunächst noch locker und optimistisch mit der Haltung: Wenn's passiert, dann passiert's. Dann offiziell immer noch mit der gleichen Haltung, aber auf Hannas Seite mit dem Kalender im Hinterkopf. Diese Phase zwei war ziemlich schnell, nach zwei Monaten schon, eingetreten. Phase drei regelte offiziell und regelmäßig der Kalender. Phase vier war die gewesen, in der sie etwaige Dienstreisen nach dem Eisprung plante, in einem Kinderwunschforum mitlas und weinte, wenn ihre Tage kamen. Bis vor wenigen Wochen war sie in Phase fünf gewesen, in der sie Babymeldungen im Bekanntenkreis als persönlichen Schicksalsschlag empfand. Dann hatten sie einen Termin in der Kinderwunschklinik ausgemacht, und als sie dort beim Erstgespräch in dem Sprechzimmer mit den hellen skandinavischen Möbeln saßen, ihre Geschichte erzählten und sie sich dabei ganz befremdet fühlte, hatte Phase sechs begonnen, und das war die des Zweifels, ob sie nicht geblendet von einer fixen Idee auf dem falschen Gleis fuhr.

»Wir sind wir«, sagte Thomas tröstend zu ihr, als sie wieder auf der Straße standen. »Ob mit oder ohne Kind.«

Das war ein schöner Satz, genau der, den man von seinem Mann in einem solchen Moment hören sollte. Aber in ihr rief er einen Widerwillen hervor. Sie wusste nur noch nicht genau, ob das daran lag, dass man ihn auch als Abwertung ihres Bemühens um ein Kind verstehen konnte, oder ob ihr dieses »Wir« nicht mehr behagte.

Auf den folgenden Eisprung legte sie eine Dienstreise. Im Monat danach war sie zu Hause, ließ aber die fruchtbaren Tage ungenutzt verstreichen. Thomas sagte nichts, vermutlich hatte er ihren Zyklus nicht genau im Blick. Erst danach schliefen sie an einem ungewohnt harmonischen Wochenende wieder miteinander. Sie hatte ihm nichts von ihren Zweifeln erzählt, sie wollte sich erst selbst klarer darüber werden. Das war jetzt zwei Wochen her. Die Zweifel waren nicht gewichen, aber ihre Periode war überfällig.

Sie legte das Magazin weg, ging hinüber ins Schlafzimmer, kuschelte sich unter die Decke und nahm den Krimi auf ihrem Nachttisch zur Hand. Es war schließlich Wochenende.

In der Küche lief die Kaffeemaschine.

Sie begann zu lesen, fand nicht in die Handlung hinein und blätterte ein paar Seiten zurück, um sich in Erinnerung zu rufen, was vorher passiert war. Als sie etwa zehn Seiten weitergelesen hatte, nahm die Story eine Wendung, die ihr nicht gefiel, und wurde grausam. Sie schlug das Buch zu, legte es auf ihren Nachttisch zurück und tippte den Bildschirm ihres Handys an. Keine Nachrichten.

Ihre Gedanken wanderten wieder zu den Teststreifen im Badezimmer, und sie beschloss, der Sache ein Ende zu machen, sie würde ja sonst doch keine Ruhe finden.

Zehn Minuten später saß sie auf dem Klodeckel und starrte mit einer Mischung aus Schock, Stolz, Freude und

Angst auf den zartrosa Strich, der sich neben dem dunkleren Kontrollstrich abzeichnete.

»Thomas?«, krächzte sie und rief dann noch mal lauter, bis er mit einem missmutigen Ausdruck im Gesicht seinen Kopf zur Tür hineinsteckte.

Sie zeigte auf den Test und begann hysterisch zu kichern. »Demnächst darfst du dich auf dem Flohmarkt um die Babyklamotten kümmern.« Sie hatte im Freundeskreis gehört, dass die Berge an Kleidern und Equipment, aus denen die Kleinen in den ersten Jahren so schnell herauswuchsen, fast immer an den Müttern hängen blieben. In dem Punkt, immerhin, würde sie es besser haben.

Dritter Teil

BALD

In einer fließenden Bewegung klopfte Priti erst an die Tür und drückte dann die Klinke. Sie rollte den Geschirrwagen in den schmalen Flur, von dem rechts das Bad abging, und trat schließlich an das vordere Bett. Der Mann saß halb aufrecht gegen sein Kissen gelehnt mit abgeknicktem Kopf da und schlief. Sein Essenstablett stand auf seinem Nachttisch, ragte aber so weit über den Rand, dass es aussah, als könnte es bei der kleinsten Erschütterung herunterfallen. Sie griff danach und stellte es in den Wagen. Der Teller mit der Lauch-Kartoffel-Suppe war kaum angerührt worden.

Als sie dem Patienten vorsichtig, um ihn nicht zu wecken, den Puls fühlte, bemerkte sie, dass er Suppe auf die Bettdecke gekleckert hatte. Der arme Teufel hatte Lähmungserscheinungen in einem seiner Arme. Sie wischte den Fleck notdürftig mit einer Serviette ab, zog ihm dann die Decke über seinen Füßen zurecht und steckte sie zwischen Matratze und Bettrahmen fest.

Dann nahm sie sein iPad, das neben ihm lag, um es in die Nachttischschublade zu schieben, denn hier wurde nicht selten geklaut. Als sie dabei mit dem Finger das Display berührte, ging es an, und sie kam nicht umhin, ein paar Fetzen zu lesen. Eine E-Mail.

… was gewesen wäre … ich ihn gleich nach meiner Ankunft in Berlin … ob ich dir das überhaupt so schreiben darf …

Jemand öffnete die Tür. Priti zuckte zusammen und verstaute das iPad schnell in der Schublade. Niemand kam, aber sie hörte, wie eine Frau mit ausgeprägtem Upper-Class-Akzent einen Arzt zu sprechen verlangte. Kirstie, eine Reinigungskraft, vertröstete sie höflich.

Priti sah dem Mann noch einmal ins Gesicht, mit neuem Interesse nun. Hatte er selbst die Mail geschrieben, jetzt im Angesicht von Krankheit und Tod an etwas erinnert? Oder war er der Empfänger? Sie versuchte, ihn sich vorzustellen, wie er außerhalb des Krankenbetts wirken mochte, aber es gelang ihr nicht recht. Er war nicht hässlich. Aber wenn sie hier lagen, in ihren Schlafanzügen oder Joggingklamotten mit zerlegenem Haar, waren die Patienten meist so auf ihren Körper zurückgeworfen, dass man sie sich schwer vorstellen konnte, wie sie vor nicht allzu langer Zeit noch in einem Meeting präsentiert, in einem Pub geflirtet oder sich auch nur selbst eine Mahlzeit zubereitet hatten.

Sie drehte sich um und machte sich daran, das Geschirr des Patienten im Nachbarbett einzusammeln, der mit halbem Auge auf dem stumm geschalteten Fernseher eine alte Agatha-Raisin-Folge verfolgte.

Dann hörte sie Schritte hinter sich, und die Frau mit der poshen Stimme sprach sie an. »Entschuldigung, wo finde ich jemanden vom medizinischen Personal?«

Priti drehte sich um. »Vielleicht kann ich Ihnen helfen?«

Die Frau, eine sehr gepflegte Rothaarige, sah zweifelnd

auf das Geschirrtablett in ihren Händen. »Ich meine einen Arzt.«

»Da müssten Sie morgen Vormittag zwischen neun und elf Uhr zur Visite hier sein.«

Die Frau warf einen unzufriedenen Blick auf den Mann im vorderen Bett, zu dem sie offenbar gehörte. »Da arbeite ich.«

»Wie gesagt, vielleicht kann ich Ihnen helfen? Ich bin Schwester Priti«, bot sie wiederum an. »Und Sie sind?«

»Seine Frau. Bitte, versuchen wir es«, sagte die Frau und rang sich ein höfliches Lächeln ab.

»Er hat Lähmungserscheinungen und Gleichgewichtsstörungen, aber das wissen Sie ja sicher bereits. Verschiedene Tests wurden gemacht und ein MRT, aber die Ergebnisse sind noch nicht ausgewertet. Sein Zustand ist vorerst stabil.«

»Haben Sie eine Vermutung, was dahintersteckt?«

»Ich möchte ungern spekulieren. Es kann gut sein, dass wir ihn erst an ein größeres Krankenhaus überweisen müssen.«

Beide sahen sie zu dem Mann hinüber, der jetzt begann, sich zu regen, als würde er bald aufwachen.

»Gut, lassen wir ihn schlafen«, sagte die Frau hastig. »Ich versuche es später noch mal telefonisch.« Sie nickte Priti zu, und dann war sie auch schon zur Tür hinaus.

2021

Brüche und Briefe

Hanna kam von einem Termin in der Ethiquette-Zentrale in der Friedrichstraße zurück, wo sie über ihren schrittweisen Wiedereinstieg nach der Elternzeit gesprochen hatten. Sie schloss die Wohnungstür auf, legte den Schlüssel in das geschnitzte Vogelnest an der Wand und stellte ihre Tasche ab. Sie hängte ihre Jacke an die Garderobe, trat sich die Stiefel von den Füßen und ließ sie mit einem gewissen Genuss mitten im Flur liegen. In der Küche stand noch ihr Geschirr von heute Morgen auf der Theke. Als sie die Drahtkörbe aus der Spülmaschine zog, um die Sachen einzuräumen, durchriss das Rumpeln die Stille der Wohnung. Instinktiv hielt sie inne, bis ihr einfiel, dass niemand hier war, der aus seinem Schlaf hochschrecken konnte. Wilma war heute das erste Mal den ganzen Nachmittag allein bei Thomas. Hanna hatte geplant, einige Klamotten zusammenzuräumen, aus denen Wilma schon herausgewachsen war, Küche und Bad sauber zu machen und sich dann, wenn möglich, noch ein Stündchen aufs Ohr legen. Es fühlte sich nach Luxus an, nach einer lang entbehrten Freiheit, und gleichzeitig einsam und verlassen.

Das wird jetzt immer so sein, dachte sie. Entweder ich

bin zuständig oder ich bin ohne sie. Dazwischen gibt es nichts.

Sie schaltete das Radio ein, um die Stille und die Müdigkeit zu vertreiben, schob eine Tiefkühlpizza in den Ofen und nahm die Lautsprecherbox mit ins Schlafzimmer, wo Wilmas Ausstattung einige überquellende Schrankfächer belegte. Während Dota Kehr ein Gedicht von Mascha Kaléko sang, zog sie kurzärmlige Bodys, Strampler und winzige Socken hervor, stapelte sie auf dem Wickeltisch und überlegte, ob sie die Sachen Thomas nachher für den Flohmarkt mitgeben konnte, wenn sie alles sorgfältig faltete und ordnete. Vorhin, als sie Wilma bei ihm abgeliefert hatte, war er gut drauf gewesen. Sie hatte sich das noch immer nicht abgewöhnt, dieses Einschätzen von Thomas' Stimmungen, die Überlegungen, wie sie etwas formulieren konnte, um keine grantige Antwort zu kassieren.

Während ihrer komplikationslos verlaufenden Schwangerschaft hatte sie sich noch mal richtig in die Beziehung reingehängt. Sie hatte ihrem Baby eine intakte Familie bieten wollen, und auch für sich selbst und Thomas hätte sie die gewollt. Aber Thomas, der wohl spürte, wie sie trotz allem innerlich von ihm wegdriftete, hatte in seiner Verletzung all ihre Versuche, ihre Bindung zu erneuern – das verlängerte Wochenende in Amsterdam, das psychologische Kartenspiel für Paare, den Besuch beim Therapeuten –, mit frustrierter Ironie torpediert. Ihr Zusammenleben wurde zu einer ständigen Kraftanstrengung. Den Online-Geburtsvorbereitungskurs – denn draußen grassierte zu dieser Zeit das Virus – brachen sie ab, weil Thomas es gleichzeitig schaffte, alles ins Lächerliche zu ziehen und dennoch an Hannas Ausführung der Übungen herumzukritisieren. Sie hingegen, so warf er es ihr vor, quälte ihn mit ihren verächtlichen Blicken und hatte ihn ohnehin schon abgeschrieben. Vielleicht hatte er recht. Es gab Tage, an denen schon sein Schritt auf dem Flur einen Widerwillen in ihr hervorrief. Aber sie hoffte darauf, dass die Ankunft des Babys die Dinge noch einmal zum Guten verändern konnte.

Es war ein normaler, gar nicht mal so schlechter Tag, an dem sie innerlich den Schlussstrich zog.

Wilma wollte auch nachts regelmäßig trinken und vertrat das jeweils mit einem selbstbewussten Schrei. Thomas wachte dann oft mit auf und wälzte sich seufzend auf seiner Matratze herum.

»Kannst rüber aufs Sofa gehen«, murmelte Hanna schlaftrunken.

Thomas brummte etwas.

»Du wolltest doch morgen Vormittag arbeiten. Echt, du musst das nicht mit aushalten«, betonte sie mit gedämpfter Stimme, während sie Wilma, die neben ihr lag, an die Brust nahm.

»Das hättest du wohl gern.«

»Was?«

»Dass ich aus dem Bett ausziehe. Du wiederholst es ja dauernd.« Er setzte sich auf und starrte auf die gegenüberliegende Wand.

Wilma hielt beim Trinken inne.

»Nur weil ich der Meinung bin, dass wir nicht beide gleichzeitig als unausgeschlafene Zombies herumlaufen müssen?«, fragte Hanna.

»Ich bleibe hier«, beharrte Thomas.

»Wie du willst. Aber dann lass deine schlechte Laune, wenn du morgen müde bist, nicht an mir aus.« Hanna versuchte Wilma zum Weitertrinken zu animieren.

»Dass ich sie nicht stillen kann, willst du mir ja wohl kaum vorwerfen.«

»Hab ich nicht gemacht. Ich hab dir sogar freundlich vorgeschlagen, anderswo zu schlafen.«

»Wie gesagt, danke nein, ich schlafe in meinem Bett.«

Er legte sich in einer heftigen Bewegung wieder hin, das Gesicht von ihnen beiden weggedreht.

Hanna gab Wilma noch die andere Brust und ärgerte sich. Erst am Morgen, nachdem Thomas schon aufgestanden war, nickte sie noch mal für eine Stunde ein.

Gegen halb zehn kam sie, die frisch gewickelte Wilma auf dem Arm, in die Küche. Die Tür zum Esszimmer, wo Thomas mit dem Laptop am Tisch saß, stand offen.

»Morgen«, sagte Hanna und bemühte sich um einen freundlichen Tonfall, um dem Tag eine neue Chance zu geben.

»Ihr Schlafmützen«, sagte Thomas, ebenfalls mit einem bemühten Lächeln, und sah auf die Uhr.

Hanna lächelte zurück, obwohl sie die Bemerkung unpassend fand, schließlich hatte sie die halbe Nacht wach gelegen. Sie legte Wilma auf der Kuscheldecke in der Ecke ab und schaufelte Kaffeepulver in die Maschine.

»Denk bitte dran, nur so viel zu machen, wie du auch trinkst«, mahnte Thomas vom Sofa aus. Er hielt sie für eine Kaffeepulver- und Energieverschwenderin, weil es ihr bisweilen passierte, dass sie ihre Tasse nur halb austrank, wenn Wilma zwischenzeitlich ihre Aufmerksamkeit abzog. »Ist auch besser für Wilma«, legte er nach, als sie nicht antwortete. »Stichwort Schlaf.«

»Nach vier trinke ich ja keinen mehr«, wehrte sie sich. Als ob sie schuld war, dass ein zwei Monate altes Baby nachts aufwachte. Das war doch völlig normal.

Wilma begann, dezent darauf aufmerksam zu machen,

dass es auf der Kuscheldecke langweilig war. Erfahrungsgemäß steigerte sich das binnen der nächsten neunzig Sekunden zu einem Schreien. »Wilmchenwürmchen«, sagte Hanna, während sie innerlich die Kaffeemaschine beschwor, schnell zu machen. »Ich bin hier gleich fertig.«

Sie überlegte, ob sie die Tür schließen sollte, damit Thomas in Ruhe arbeiten konnte, oder ob er das im Gegenteil wieder als Affront empfinden würde.

»Kannst du bitte die Tür zumachen?«, sagte Thomas.

Erleichtert kam sie seinem Wunsch nach. Die Anspannung zwischen ihnen beiden schien regelmäßig wie eine giftige Strahlung durch die Luft zu wabern, und sie wollte ihr Baby davor schützen.

Für den Nachmittag hatte sie – es war Samstag – einen Ausflug in die »Gärten der Welt« vorgeschlagen, einen großen Park mit unterschiedlichen Arealen, die in der Gartentradition verschiedener Länder gestaltet waren. Eine Mutter, die Hanna auf der Wöchnerinnenstation im Krankenhaus kennengelernt und mit der sie Kontakt gehalten hatte, war dort gewesen, und es gab aufgrund des Virus dieser Tage nicht viel, was man unternehmen konnte.

Dort angekommen hatte Thomas sich Wilma von Hanna ins Tuch binden lassen. Wilma sah wahnsinnig niedlich aus, wie sie mit interessiertem Blick unter ihrem weißen Mützchen daraus hervorschaute. Es war ein schöner Herbsttag, und sie liefen mit einem Eis vom Kiosk – Hanna ein Magnum, Thomas ein Mini Milk – durch den Irrgarten aus immergrünen Eiben. Die Stimmung war okay.

Zweimal wurden sie von Vätern überholt, die ihre begeistert kreischenden Kinder durch die Gänge jagten.

Dicht gefolgt von den Müttern, die das Spektakel auf ihren Handys festhielten.

Sie stellte sich Thomas vor, wie er hinter einer Wilma im Kindergartenalter herrannte, und dann versuchte sie sich selbst vorzustellen. Und da fühlte sie ganz stark: Sie wollte das nicht. Die Vorstellung, dass sie in fünf Jahren noch zusammen wären, war einfach nur bedrückend. Sie sah ihn an, wie er neben ihr herging und an seinem kleinen Milcheis leckte, und dachte nur: Ich liebe ihn nicht mehr. Überhaupt nicht mehr. Und das Gefühl wird auch nicht mehr zurückkommen.

Zwei Wochen später sagte sie ihm, dass sie die Trennung wollte. Eltern zu werden bedeutete Veränderung, und die gelang nicht immer auf Anhieb. Aber sie spürte, dass das hier mehr war. Oder weniger.

Thomas nahm es gefasst auf, fast erleichtert, als wäre er froh, dass eine lange Seelenqual ein Ende finden würde. Vier Tage später hatte er nahe des Tempelhofer Felds eine Wohnung gefunden, weitere vierzehn Tage später zog er aus. Als der Sprinter unten vor dem Haus eintraf, Adam am Steuer, weinten sie zum Abschied noch einmal gemeinsam, Hanna ein kleines trauriges Weinen der Erschöpfung, Thomas ein verzweifeltes Schluchzen wie ein letztes Aufbäumen.

»Der Hass ist die Liebe, die gescheitert ist«, erklärte er unter Tränen.

»Kierkegaard?«, fragte Hanna entgeistert.

»Die Provenienz ist nicht ganz klar, aber wahrscheinlich schon.«

»Und du hasst mich?« Das tat jetzt doch noch mal weh.

»Nein, ich hab mich nur so benommen. Es tut mir so leid.«

Statt einer Antwort nahm sie ihn in den Arm, und so standen sie eine Weile, bis Adam Sturm klingelte. Sie waren sieben Jahre zusammen gewesen.

Das war jetzt drei Monate her, und Thomas ging seither kühl mit ihr um, aber einigermaßen konstruktiv. Und heute hatte er das erste Mal wieder einen seiner seltsamen Witze gemacht.

Sie holte die Pizza aus dem Ofen, nahm den Teller mit ins Schlafzimmer und überlegte kauend, wo sie den kleinen Stapel mit den Neugeborenensachen hintun sollte, die sie besonders gemocht hatte und daher nicht verkaufen, sondern als Erinnerung behalten wollte. Da war unter anderem der Pinguinstrampler, den sie bald nach dem positiven Test im Schaufenster einer Boutique gesehen und so niedlich gefunden hatte, dass sie ihn gleich kaufen musste. Außerdem Wilmas hellgrünes Seidenmützchen, das sie in den ersten Wochen auf ihrem spärlich behaarten Kopf getragen hatte, um ihn vor Sonne und Wind zu schützen, und eine kurze rote Hose, die Wilmas weichen Beinchen immer besonders gut gestanden hatte.

Ihr Blick fiel auf Neils Koffer. Nach dem Flohmarkt-Streit hatte sie als Zeichen ihres guten Willens einen neuen, unauffälligen Platz dafür gefunden – in der Nische hinter der Tür zwischen Schrank und Wand. Nach Thomas' Auszug hatte sie ihn wieder als dekoratives Bücherbord eingesetzt. Die paar Sachen würden bestimmt noch hineinpassen.

Sie nahm einen weiteren Bissen von ihrer Pizza, dann stellte sie die Bücher auf den Boden und öffnete den Koffer. Sie schob Neils Wachsjacke zur Seite und drückte Wilmas Sachen in die entstandene Lücke. Dabei fiel ihr auf, dass das Futter des Koffers sich an einer Ecke gelöst hatte. Als sie die Stelle genauer inspizierte, stellte sie fest, dass es hier nur angeklebt gewesen zu sein schien, während es sonst rundherum genäht war. Dann konnte sie es auch schnell reparieren.

Ob Thomas bei seinem Auszug den Kleber mitgenommen hatte? Sie ging in den Abstellraum und sah nach. Die Flasche war fast leer, aber noch da.

Zurück im Schlafzimmer und mit einem neuen Stück Pizza im Mund wollte sie gerade etwas Klebstoff auf der Innenseite des Futters auftragen, als sie das Blatt bemerkte, das mit einem langen Klebestreifen auf dem nackten Leder darunter befestigt war, wie eine Rechnung oder ein Lieferschein, der einer Sendung beilag. Vielleicht ein alter Kaufbeleg? Sie knibbelte den Klebestreifen ab, wunderte sich kurz über das Karopapier, während sie die Blätter auffaltete – es waren zwei –, und erkannte dann Neils kleine, unleserliche Handschrift.

Callander, 29. Juni 2001, stand da.

Und dann: *Liebe Hanna,*
gerade bist du rüber in dein Zimmer gegangen, um deinen Notfallkoffer zu packen, und ich will die Zeit – du brauchst dafür garantiert länger als ich – nutzen, um mich noch mal bei dir zu bedanken. Dafür, dass du mein Internatsleben um mindestens tausend Prozent verbessert hast. Neben Fergus und vielleicht Patrick warst du die Einzige hier, bei der ich so was wie ich selbst sein konnte (wenn auch natürlich trotzdem ein Idiot). Es ist ja durchaus nicht selbstverständlich, dass sich ein so schönes, talentiertes, kosmopolitisches und beliebtes Mädchen wie du mit einem wie mir abgibt. Das zeugt schon von einem ganz besonders tollen Charakter und großer Weitsicht.

Ich hätte mich natürlich gerade persönlich bedanken können, bis vor zwanzig Minuten hast du hier auf meinem Bett gesessen. Aber es geht noch um etwas anderes. Du merkst das spätestens jetzt, weil ich so herumdruckse. Eigentlich ist das hier nämlich ein Liebesbrief. Mein erster, deswegen der verschämte Einstieg. Ich liebe dich, Hanna. Ich liebe alles an dir. Ich liebe deine schnippische Art manchmal und deine Selbstverliebtheit. Dazu natürlich alles Großartige, neben dem, was ich oben schon aufgezählt habe, dein großes, gutes Herz, dass du so witzig bist und so ehrlich, deine Stimme, deine (hier war jetzt etwas durchgestrichen) *und ganz viele andere Dinge, mit denen ich dich hier verschone. Es macht unerwartet viel Spaß, das zu schreiben, deswegen wiederhole ich es noch mal (wie großartig muss es erst sein, es zu sagen): Ich liebe dich. Ich weiß nicht, wann du diesen Brief finden wirst, vielleicht nie, aber das macht es natürlich überhaupt erst möglich, ihn zu schreiben. Ich stelle mir vor, dass du dann einen eleganten grauen Knoten im Nacken hast. Du steigst mit zittrigen, pergamentenen Beinen auf den Dachboden, um etwas zu verstauen. Du siehst den Koffer und denkst dir: Ach, der alte Koffer, da könnte ich doch meine Skizzen drin aufbewahren. Du schaust rein, ob er leer ist, und bemerkst hinter dem brüchig gewordenen Futter den Brief. Ich sitze in der Zeit mit einer polierten Glatze in meinem Arbeitszimmer und brüte über einem in Leder gebundenen Band über die gälische Kultur. Beim gemeinsamen Abendessen halte ich dir einen langweiligen Vortrag darüber, den du geduldig erträgst, weil ich so lieb gekocht habe und außerdem, weil du gerade meinen rührenden Brief gelesen hast, der dich an unsere Jugend erinnert.*

Vielleicht findest du ihn aber auch nie, und ich zeige ihn dir irgendwann. Ich wische auf unserem Schlafzimmerschrank Staub, sehe den Koffer, und da fällt mir der Brief wieder ein. Ich trenne ihn heraus, lese ihn mir noch mal durch, bin mir selbst ein bisschen peinlich, aber dann gehe ich rüber in dein Atelier. Du liest ihn auch und lächelst mich an. Damals konnte man deine Schrift noch lesen, sagst du. Unsere Tochter kommt rein und fragt, warum wir so grinsen. Sie sieht aus wie du heute, nur größer. Sie will Model werden, aber wir wollen, dass sie was Vernünftiges macht, wie Kunst oder Geschichte, hehe.
Kann natürlich auch sein, dass du ihn gleich in Berlin findest. Du wühlst neugierig in meinem Koffer, fühlst plötzlich etwas unter dem Futter, reißt es auf und liest dann entgeistert, was ich für dich vorgesehen habe. Tja, das wäre ziemlich unangenehm. Ich hoffe, du ekelst dich nicht, von wegen Tochter und so. Aber ich vertraue jetzt einfach mal darauf, dass der Brief dich im richtigen Moment erreicht. Deswegen schicke ich ihn ja auch nicht, sondern überantworte ihn dem Schicksal. Weil ich selbst ja keine Ahnung habe. Und um ehrlich zu sein auch, weil ich mich nicht traue.
Auf jeden Fall siehst du an den obigen Beispielen, dass wir später mal zusammen sein werden. Ich hoffe, das wirkt jetzt nicht creepy. Ich wünsche es mir ja nur und erlaube mir nicht, mir vorzustellen, dass es nicht passieren könnte. Entscheiden musst natürlich du. Ich bin da. Als dein Freund oder Lover, ganz wie du willst.

Für immer
Dein Neil

Sie faltete die Blätter sorgfältig wieder zusammen, legte sie auf den Nachttisch und schluckte schwer. Nostalgie und Sehnsucht schnürten ihr die Kehle zu, und sie hatte unterdessen ganz vergessen, die Pizza weiterzukauen. Sie sah Neil vor sich, nicht den jungen, nicht den heutigen Neil, sondern sozusagen die Essenz seines Gesichts, und ihr Körper erinnerte sich an das warme Gefühl, das sie immer durchströmt hatte, wenn der intelligente, zugewandte Blick seiner Welpenaugen auf ihr ruhte. Sie lächelte und wischte sich gleichzeitig die Tränen aus dem Gesicht. Es war als Erkenntnis banal, aber dennoch erschütternd, wie gründlich sich das Leben von ihren Jugendträumen entfernt hatte.

Der nächste Tag war randvoll mit Terminen, zuerst bei der Kinderärztin zur U-Untersuchung, dann ging es raus zu einem Kunsthandwerkermarkt nach Potsdam, wieder zurück nach Berlin und zum Geburtstag einer Bandkollegin von Maja, solange das mit Wilma im Tuch gut ging. Als morgens um halb acht der Wecker klingelte, fiel ihr Blick auf den Brief, der immer noch auf dem Nachttisch lag, und bevor sie aufstand, las sie ihn ein weiteres Mal. Über den Tag kehrten ihre Gedanken immer wieder dorthin zurück. Zu ihrem großen, guten Herzen, an dem sie in der heißen Phase der Trennung selbst gezweifelt hatte, und ihrem Witz, der ihr zwischenzeitlich vollkommen abhandengekommen war. Manchmal kam ihr einfach so eine von Neils Zeilen in den Sinn, manchmal lenkte sie ihre Gedanken bewusst dorthin, um die fruchtlosen Grübeleien über das Ende ihrer Ehe oder ihre Zukunft als alleinerziehende, berufstätige Mutter zu unterbrechen, die sie hin und wieder befielen.

Am folgenden Tag fuhr sie abends mit Wilma und

Adam in seinem Audi zu Ikea, um einen Kinderstuhl und neue dicke Vorhänge fürs Schlafzimmer zu kaufen, von denen sie hoffte, dass sie Wilmas Schlaf verbessern würden. Sie erzählte ihm von dem Brief und wie sie ihn gefunden hatte.

»Dann haben wir es jetzt schwarz auf weiß.«

»Auf Karopapier.« Hanna lächelte. »Dahinten links, glaube ich.«

»Und hast du schon geantwortet?«

»Nein, was soll ich da auch schreiben, zwanzig Jahre später. Dumm gelaufen?«

»Zum Beispiel. Ihr seid ja noch nicht tot.«

»Aber verheiratet. Also, ich ja nicht mehr so lange, aber dafür hab ich ein Kind von einem anderen.«

»Ist doch gut. Dann musst du ihn mit dem Thema nicht stressen.«

Hanna grinste.

»Jedenfalls habe ich kaum je was Romantischeres gehört. Ein in einem Koffer versteckter Brief ... Bestimmt hat er sich all die Jahre gefragt, ob du ihn gelesen hast.«

»Glaub ich nicht. Wahrscheinlich hat er ihn längst vergessen.«

»Möglich. Ich finde trotzdem, dass so ein Brief eine Antwort verdient.«

»Ich weiß nicht ... Ich glaub, ich hab ein bisschen Angst davor, was er dann zurückschreibt. Er wird natürlich charmant sein, aber vielleicht schwingt dennoch mit, wie lange her und weit weg das alles ist. Stell dir vor, er schreibt: ›Ach, ist ja witzig. Ich erinnere mich noch dunkel. Du warst ja auch 'ne Süße.‹ Und dann schickt er ein Bild von seinem neuen Hund oder so.«

»Verstehe. Damit wär die romantische Wichsvorlage natürlich zerstört.«

»Boah, Adam. Aber du hast natürlich recht. Oder was, wenn Alice seine Post öffnet? Nicht, dass sie was falsch versteht.«

»Es gibt ja mittlerweile digitale Kommunikationswege.«

»Stimmt. Ich steh wohl etwas auf dem Schlauch.«

»Du wirkst auch etwas geschlaucht. Aber kein Wunder.«

»Nee, kein Wunder.« Hanna warf einen zärtlichen Blick in den Rückspiegel, wo Wilma mit viel Gesabbere an ihren Fingern lutschte, und dann schwiegen sie beide für eine Weile.

Am nächsten Morgen hatte sie einen Zahnarzttermin, Vorsorge. Wilma hatte sie für zwei Stunden bei Thomas abgegeben.

»Hier haben wir einen kleinen Karies. Ist nicht viel, ich mache Ihnen das eben sauber«, sagte die Ärztin und griff zum Bohrer.

»Aahh«, brummte Hanna zustimmend.

»Wir versuchen es erst mal ohne Spritze, in Ordnung? Sie melden sich, wenn es wehtut.«

»Aah«, machte Hanna wieder.

Und während sie so mit aufgesperrtem Mund dalag, kam ihr ein Satz in den Sinn.

Vor einigen Tagen habe ich beim Aufräumen deinen Brief gefunden.

Er ließ sie die nächsten Tage über nicht mehr los und immer wieder, beim Wickeln, beim müden Starren auf den Computerbildschirm oder beim Warten am Bahngleis, kamen weitere Satzfetzen dazu, wurden verworfen, kamen beim Stillen oder Müll runterbringen wieder, wurden noch einmal verworfen, bis neue sich formten.

Am Ende stand da:

Lieber Neil,
vor einigen Tagen habe ich beim Aufräumen der Wohnung einen Brief von dir gefunden, im Futter deines Koffers versteckt. Der Kleber hatte sich gelöst. Auch wenn der ja nun schon sehr alt ist, war ich sehr gerührt und erfreut. Der Moment war insofern gut, als ich nach meiner Trennung etwas Liebes ganz gut gebrauchen konnte. Ich hab dir das noch gar nicht erzählt, aber Thomas ist vor drei Monaten ausgezogen.
Mir kam der Gedanke, was gewesen wäre, wenn du den Brief nicht versteckt hättest, sondern ich ihn gleich nach meiner Ankunft in Berlin gefunden hätte. (Verworfene Version: Hättest du den Brief doch damals nicht versteckt. Hättest du ihn mir doch einfach in meine Jugendherberge geschickt oder wenigstens obenauf gelegt.) *Du hattest recht, ich habe damals gleich neugierig nachgesehen, was du alles eingepackt hast. Vermutlich wäre ich etwas überrumpelt gewesen von deiner Entschlossenheit. Aber keineswegs abgeneigt, das wollte ich doch mal festhalten. Aber gut, das ist lange her.* (Schnell verworfen: Spätestens seit unserem letzten Schuljahr bin ich dir verfallen, auch wenn ich das zuerst gar nicht so gemerkt habe, und jetzt werde ich dich auf eine ferne Art wohl immer lieben. Das ist aber nicht schlimm, ich bin ja daran gewöhnt.) *Was bleibt: Wenn ich mich an meine glücklichsten Momente erinnere, sind sehr viele dabei, in denen ich mit dir zusammen war. Danke dafür.* (Verworfen: Die Tage mit dir waren immer die schönsten. Erst recht verworfen: Neben dir war immer mein schönster Ort.) *Ich habe lange mit mir gerungen, ob ich dir das überhaupt so*

schreiben darf, jetzt, unter den Umständen, du seit Langem verheiratet und so. Aber dann denke ich mir: Ich habe so vieles nicht gesagt. Wenigstens danke will auch ich sagen.

Deine Hanna

Vier Tage lag die Mail in Hannas Entwürfe-Ordner, dann sandte sie sie ab, aus einem Impuls heraus, beim Essen, Wilma auf dem Schoß, mit einem Zucken ihres Fingers auf dem Handydisplay.

Ankunft

Neil antwortete nicht. Es war jetzt vierzehn Tage her, seit sie die Mail geschickt hatte. In den ersten Tagen hatte das Symbol für eine neue Nachricht auf dem Display ihr noch jedes Mal den Blutdruck hochgetrieben. Inzwischen rechnete sie nicht mehr mit einer Antwort und schämte sich ein bisschen. Dieser bedeutungsschwangere letzte Satz ... na ja. Hoffentlich war sie ihm nicht zu nahe getreten. Aber irgendwie auch egal. Er hatte ihr einen Brief geschrieben, sie hatte geantwortet. In zwei Wochen könnte sie ihm ein süßes Video von Wilma schicken und einen Gruß dazu, und damit wäre die Sache abgeschlossen. Sie hatte auch wirklich genug, worum sie sich kümmern musste.

In der vergangenen Nacht war der neue Schlafzimmervorhang zusammen mit der Stange auf den Boden gekracht und hatte zwei Löcher in der Wand hinterlassen. Jetzt stand sie mit einer Dose Blitzzement auf einer von den Nachbarn geliehenen Leiter und versuchte, eine neue, leichtere Aufhängung in der bröseligen Altbauwand zu befestigen. Sie musste über Kopf arbeiten, und der Arm war ihr bereits lahm, als es an der Tür klingelte. Wahrscheinlich ein Paket für die Nachbarn. Wilma war im Wohnzimmer unter dem Spielbogen eingeschlafen, hoffentlich wachte sie jetzt nicht auf. Das Paket würde heute jemand anderer annehmen müssen.

Als es ein drittes Mal klingelte, fiel Hanna ein, dass sie doch etwas bestellt hatte: neue Beutel für den alten Staubsauger ihrer Oma, weil das modernere Modell an Thomas gegangen war. Diese Beutel brauchte sie dringend.

Sie berührte die Masse, die sie zusammen mit der Aufhängung für das Drahtseil in das Loch gepappt hatte. Immerhin die obere Schicht fühlte sich schon trocken an. Sie beschloss, das Risiko einzugehen, sprang von der Leiter, drückte den Türöffner, ohne die Gegensprechanlage zu bemühen, und riss die Wohnungstür auf.

»Hallo!«, rief sie ins Treppenhaus. »Ich bin da!«

Sie wollte schon hinunterlaufen, da hörte sie jemanden, und ein Mann bog um die Ecke, nicht im üblichen Blau oder Gelb-rot gekleidet, nicht im üblichen Laufschritt. Sie trat einen Schritt zurück in die Wohnung.

»Das ist gut«, sagte der Mann auf Englisch und lächelte unsicher. »Hi.«

Hannas Hand krallte sich in den Türrahmen. »Hallo«, sagte sie. »Neil.«

»Die Nachbarn haben mir aufgedrückt. Komme ich ungelegen?« Seine Augen suchten nach der Reaktion in ihrem Gesicht.

»Nein, äh … Ich zementiere gerade ein Vorhangseil. Vielleicht kannst du mir helfen. Du bist groß.«

»Das stimmt. Ich versuch's.«

Sie trat zur Seite, um ihn durchzulassen.

»Schuhe aus?«, fragte er.

»Wie du möchtest.«

Er zog die Schuhe aus, seinen Parka auch, ziemlich umständlich, sodass sie Zeit hatte, sich etwas zu sammeln. Und dann standen sie in dem schmalen Flur, der plötzlich noch enger wirkte, für einen Moment dicht voreinander. Er roch nach frischer Luft und Kälte – es war Januar.

»Wo muss ich hin?«, fragte er.

»Du willst jetzt nicht wirklich mein Vorhangseil zementieren, oder? Komm, ich mach dir erst mal was Warmes zu trinken, und du erzählst mir, was dich hertreibt.«

»Ich mach mich gern nützlich. Aber was zu trinken nehme ich dann auch.«

Hanna schüttelte ungläubig den Kopf. »Na gut, wenn du unbedingt willst. Also erst mal hier rein.« Sie ging vor, hob eine Socke vom Boden auf und warf sie in das Holzfass für die Schmutzwäsche. Sie stopfte die zusammengerollte Windel, die noch auf dem Wickeltisch lag, in den dafür vorgesehenen Müllbehälter und griff sich das Eimerchen mit dem restlichen Zementpulver. »Bin gleich zurück. Mit dem angerührten Zement und einer Tasse Tee. Schwarz oder Früchte?«

»Schwarz, bitte. Ist es denn okay, dass ich hier so bei dir reinschneie? Ich meine ...« Er deutete auf den Wickeltisch.

Sie zeigte auf den Koffer, der daneben stand, zwischen den beiden hohen Fenstern, und als Regal für ihre Babyliteratur diente. »Ich bitte dich. Dein Koffer ist schon hier.«

Neil lächelte zurückhaltend, und Hanna fühlte sich an

Callander-Tage erinnert. Er schien dünner geworden zu sein, fast so dünn wie damals.

»Schön hast du es hier. Ich glaube, wenn man mir die Schlafzimmer von hundert jungen Müttern zeigen würde, hätte ich erkannt, dass das hier deins ist«, sagte er.

»An der stinkigen Windel und dem ungemachten Bett?«

»An dem kreativen Mobiliar, an diesem merkwürdigen … ich nehme mal an, es ist ein Schlafanzug.« Er zeigte auf den Batik-Onesie, einen flauschigen Einteiler, den Maja ihr fürs Wochenbett geschenkt hatte. »Und na ja, vielleicht auch an der Highland-Bettwäsche aus dem Cronberry-Touri-Shop«, gab er zu.

Sie grinste. »Die ist mir die liebste von allen.«

Als sie wenige Minuten später mit einem Tablett, auf dem der Eimer mit dem angerührten Zement und zwei dampfende Keramikbecher standen, zurückkam (und etwas hastig aufgetragenem Rouge und Abdeckcreme im Gesicht), saß er auf ihrem Bett. Es war seltsam, ihn hier zu sehen, in ihren Möbeln. Aber wunderschön. »Ich hab nur Hafermilch da«, sagte sie.

»Nehm ich.«

»Gut. Aber erst die Arbeit, der Zement muss leider sofort verarbeitet werden. Deswegen heißt er ja Blitzzement.«

Sie stellte das Tablett auf dem Bett ab und zeigte auf die zweite Wandbefestigung, die noch auf dem Wickeltisch lag. »Es sollte am Ende so aussehen wie an der anderen Seite. Oder besser.«

Mit einer Hand zog er die Leiter, ein wackliges Modell zum Anstellen an die Wand, unter das Loch. Das Metall ratschte über die Dielen. »Sorry«, sagte er.

Beim Erklimmen der Leiter suchte er auf jeder Stufe

zunächst konzentriert Halt, bevor er höher stieg. Hanna nutzte die Gelegenheit, ihn ungeniert von hinten zu betrachten. Die braune Cordhose, die ihm sehr locker auf den schmalen Hüften hing, den bordeauxroten Wollpullover mit den schon etwas fadenscheinigen Ellbogen. Die schöne Form seines Rückens. »Hast du Höhenangst?«, fragte sie grinsend.

»Eigentlich nicht«, murmelte er und stützte sich an der Wand ab.

Immer noch in sich hineingrinsend reichte sie ihm den Zementeimer und, als er den vorsichtig oben auf der Leiter abgestellt hatte, auch noch die Wandbefestigung. Er ist einfach wundervoll, aber als Handwerker nicht zu gebrauchen, dachte sie. Trotzdem genoss sie es sehr, ihm zuzuschauen. Hauptsächlich natürlich, weil er es war, aber auch, weil er ihr diese kleine Arbeit abnahm. Sie war stolz darauf, was sie sich in den letzten Monaten alles per Internet-Videos beigebracht hatte – Regale anbohren, Lampen anschließen, solche Dinge. Aber dass es jetzt jemand anders für sie tat, war trotzdem schön. »Man muss es etwa fünf Minuten in der Position festhalten, bis der Zement getrocknet ist«, erklärte sie. »Nach fünfzehn Minuten soll es dann schon voll belastbar sein.«

Während Neil die graue Masse in das Loch pappte, meldete sich Wilma.

»Warte, ich muss kurz ...« Hanna lief durch den Flur ins Wohnzimmer. Wilma war von ihrer Decke heruntergerollt und lag auf dem Bauch. »Ellellellellell«, machte sie in klagendem Tonfall.

Hanna nahm sie hoch, wischte ihr die Spucke vom Kinn und gab ihr einen Kuss auf die Wange. »Wir haben hohen Besuch, Wilmchen.« Sie hoffte sehr, dass Neil sofort erfassen würde, wie toll Wilma war.

Ihr Herz klopfte schneller, als sie zurück ins Schlafzimmer trat und ihre Tochter hoch in Neils Richtung hob, der weiterhin auf der Leiter stand und die Aufhängung festhielt. »Das ist Wilma«, erklärte sie. »Und das ist Neil. Mein ältester Freund. Er hat dir diesen schönen warmen Schafspullover mit dem roten Löwen drauf geschickt, der dir aber noch ein bisschen zu groß ist.«

Neil sah zwischen ihr und Wilma hin und her und schwankte ein wenig. Als er die Balance wieder hatte, lächelte er, und Hanna meinte, ein Glitzern in seinen Augen zu sehen. »Sie sieht genauso aus wie du! Nur ...« Er stockte.

»In dick?« Hanna lachte.

»Zwecklos, drum herumzureden. Diese Backen!«

»Man kann sie nur bewundern, dass sie ihren Kopf damit halten kann. Ich hab übrigens wirklich in dem Alter genauso ausgesehen.«

»Ich hab vor meiner Abreise einen PCR-Test gemacht. Nur falls du dich das fragst.«

»Hab ich mich nicht gefragt. Wir hatten es sowieso beide vor Kurzem.«

Er hätte nicht sagen sollen, dass er dieses Ding anbringen würde. Aber er war so aufgeregt gewesen, dass er nicht richtig nachgedacht hatte. Und jetzt stand er hier und versuchte verzweifelt, nicht von der wackligen Leiter zu kippen und sich das gleichzeitig nicht anmerken zu lassen. Es musste eigentlich auch ziemlich auffällig sein, dass er vermied, seine linke Hand einzusetzen, die ihm nur unzuverlässig gehorchte. Aber das Gröbste war geschafft. Jetzt musste er nur noch fünf Minuten hier stehen und das Metalldding möglichst ruhig halten, während die Masse trocknete. Ihm war schwindelig, aber solange er den Blick starr auf Hanna und ihr Baby richtete, ging es.

Als sie ihm vor einem guten Jahr geschrieben hatte, dass sie schwanger war und später, dass Wilma jetzt auf der Welt war, hatte er sich gleich gewünscht, sie zu sehen. Irgendwie daran teilzuhaben. Aber da war ja Thomas noch bei ihr gewesen.

Dabei ging es ihm nicht darum, dass er sich selbst ein Kind gewünscht hätte. Alice und er hatten das Thema immer weiter in die Zukunft verschoben. Alice ging in ihrer Arbeit auf und hatte keinen Zweifel, dass sie auch mit vierzig noch schwanger werden konnte. Er hingegen spürte zwar einen diffusen Mangel in seinem Leben, das einfach so voranschritt, mit seinen kleineren und größeren Aufgaben, Erfolgen und Misserfolgen und mal mehr, mal minder inspirierenden Dinnerpartys oder Kongressen. Aber ein Baby war ihm nie wie die Lösung erschienen. Zumal er Alice keines aufnötigen wollte. Und jetzt war er heilfroh, dass sich seine eigene Geschichte nicht bei seinem Kind wiederholen würde.

»Sie macht interessante Sachen«, meinte er mit Blick auf Wilma.

»Spuckebläschen, meinst du?«

»Zum Beispiel. Und gerade hat sie versucht, ihre Zunge herauszuziehen.«

Hanna lächelte, auf eine neue mütterliche Art. Sie trug eine enge Sporthose und einen weiten Pullover und hatte einen Klecks Zement in den Haaren. Sie war ziemlich dünn, vermutlich hatte die vitale Wilma ihr alle Kalorien abgezapft.

»Und was führt dich nun hierher? Wieder die Weltherrschaft der CAOSMAP?«, fragte sie.

»Eigentlich du. Ich bin einfach als Tourist hier.«

»Und … Alice wollte nicht mit?«

»Sie muss arbeiten.«

»Wie lange bleibst du?«

»Ich hab noch keinen Rückflug gebucht. Ich wusste ja nicht, ob du Zeit hast.«

»Und da fliegst du einfach mal her, um das festzustellen?«

Er wusste natürlich, wie merkwürdig das klang. Aber er hatte keine Zeit für eine längere Terminabsprache gehabt. »Ich musste mal raus«, sagte er ausweichend. Er würde ihr morgen alles erklären.

Ihre klaren blauen Augen, um die herum die Haut etwas dünner geworden war, sahen ihn forschend an. »Du kannst bleiben, so lange du willst. Ich freu mich sehr. Aber du hast gar kein Gepäck dabei.«

»Ich wusste ja, dass ich noch einen Koffer hier hab.«

»Männer …« Hanna lachte wieder. »Ich hätte mich bei einem Städtetrip nach Berlin ja nicht auf meine zwanzig Jahre alten Klamotten verlassen.«

»Ich hab doch garantiert nur Klassiker eingepackt. Aber jetzt erzähl du mal. Wie ist es so als Mutter?« Er würde sich hier oben am besten halten, wenn sie redete. Außerdem wollte er das wirklich wissen.

Hanna drehte eine der hellblonden Löckchen in Wilmas Nacken um ihren Finger. »Zuerst war's ein Schock«, erklärte sie. »Ich hab dir das nicht erzählt, aber wir haben vorher jahrelang versucht, ein Kind zu bekommen. Als es dann so weit war, war unsere Ehe allerdings schon ziemlich hinüber.« Sie sah aus dem Fenster, während sie sprach. »Viele Mütter behaupten, sie hätten ihr Baby vom ersten Augenblick an geliebt, schon im Bauch.

Mir war schon klar, dass ich sie immer beschützen würde und so. Aber ich hatte sie ja noch nie gesehen.«

»Jetzt wirkt ihr sehr harmonisch miteinander.« Er hatte den Eindruck, dass Hanna mehr mit sich im Reinen war als damals in Cronberry oder bei diesem Essen im Restaurant vor einigen Jahren.

»Als sie da war, fand ich sie natürlich gleich superniedlich. Aber so richtig verliebt hab ich mich in den Tagen und Wochen danach. Das ist dann wirklich wie Verliebtsein. Ich wollte sie die ganze Zeit nur anschauen und anfassen, an ihrem Köpfchen riechen und über sie reden. Kann man das verstehen?«

»Du kennst meinen Brief.« Er grinste. Er hatte das Gefühl, es wäre gut, das Thema mal locker anzuschneiden, es stünde sonst wie der Elefant im Raum.

»Ja, der war sehr schön.« Mit einer nervösen Bewegung beugte Hanna sich vor und rührte in einer der Teetassen. Dann kehrte sie schnell zum ursprünglichen Thema zurück. »Also, man findet einfach alles an ihr supertoll, auch ihre Spucke und den Inhalt ihrer Windel. Sorry, junge Mütter sind wohl schrecklich.«

»Ich bin ja Tierhalter. Setzt der Hund regelmäßig seinen Kot ab und ist die Konsistenz in Ordnung, ist das Herrchen glücklich.«

»Oh, das wusste ich nicht, das hast du nie gesagt.« Sie grinste zu ihm hoch.

»Wohlweislich.«

»Inzwischen nervt sie auch schon mal.« Sie gab ihrer Tochter einen Kuss auf ihre große, weiche Wange. »Stimmt's, Wilmchen? Wenn du nachts nicht schläfst oder mich vollkotzt, wenn ich gerade zur Bahn wollte.«

»Lellellellell«, sagte Wilma und haute auf ihren Buddhaschenkel.

»Die Wahrnehmung verschiebt sich«, erklärte Hanna. »Während ich eine Bahnfahrt früher als notwendiges Übel betrachtet habe, fühlt sie sich jetzt an wie Urlaub, sofern ich dabei allein bin, sitzen und in Ruhe auf mein Handy gucken kann, anstatt mit Wilma im Arm stehend auf und ab zu wippen. Man könnte daraus schließen, dass mein Leben schlechter geworden ist, wenn ich jetzt schon Sachen gut finde, die ich vorher bloß ertragen hab, nur weil ich sie ohne Baby erledigen darf. Und gleichzeitig die Dinge, die ich vorher gern gemacht hab, überhaupt nicht mehr möglich sind. Konzerte und so. Aber so fühlt es sich nicht an.«

»Du hast ja einfach einen riesigen Zuwachs an Liebe in deinem Leben.« Er geriet ein wenig ins Schwanken.

Sie sah ihn mit großen Augen an und nahm dann einen Schluck aus ihrer Teetasse. »Bleibst du zum Abendessen? Dann müssten wir noch was einkaufen.«

»Wenn ich darf und ihr nichts anderes vorhabt?«

»Nein. Wir freuen uns.«

Auch Wilma schien ihn unverwandt zu fixieren. Als er ihr zulächelte, lächelte sie jedoch zurück, und er musste noch breiter lächeln.

Hanna bemerkte es. »Hat sie dich angelächelt?«

»Ja«, sagte er. Und dann schwankte plötzlich der Boden. Er krallte die Finger in die Aufhängung, die sofort aus der Wand riss und ihm entgegenkam, ruderte mit den Armen, die Leiter wackelte, Hanna schrie, und Wilma begann zu wimmern.

Hanna zog ein Feuchttuch aus der Packung und wischte den Zement von der Aufhängung, dann setzte sie sich neben Neil zurück aufs Bett, während er einen Schluck von seinem Tee nahm. »Tut mir leid«, sagte er zerknirscht. »Jetzt hab ich deinen letzten Zement verschwendet.« Er hatte sich so gerade noch wieder fangen können und war dann mit zitternden Beinen die Leiter heruntergeklettert.

»Ich kauf neuen.« Der Zement kümmerte Hanna eigentlich ebenso wenig wie ihre Vorhänge. Gerade hatte sie sich sehr erschreckt, aber das war ja noch mal gut gegangen. Und jetzt wünschte sie, sie könnte ein Foto von Neil machen. In Schwarz-Weiß vielleicht. Die Konturen seines Gesichts vor ihrer Fototapete mit den Regenwaldranken wirkten im kalten Licht des Wintertags wie gemeißelt, und unter seinen Augen lagen tragische Schatten. Ob es mit Alice nicht lief? Sie traute sich nicht zu fragen.

»Du verkörperst heute 'nen Heroinchic wie ein Britpopper aus den Neunzigern. Fürs Plattencover fehlt nur die Zigarette«, sagte sie und grinste. »Aber als Heimwerker bist du wirklich ein Totalausfall.«

Er sah sie mit einem undurchschaubaren Ausdruck in seinen Welpenaugen an, dann erschien ein müdes Lächeln. »Jetzt siehst du, warum mich mein Schloss so stresst.«

»Ich lieb's. Du bist eben ein Intellektueller«, antwortete sie. »Und ich freu mich wirklich sehr, dass du hier bist. Bleib, so lange du willst. Das war von Anfang an der Deal mit dem Koffer.«

Sie unterdrückte das Bedürfnis, ihre Hand auf seine zu legen, die auf ihrer Bettdecke ruhte. Sie war ihr immer noch so vertraut. Der Verlauf der Venen auf dem Handrücken, das flache Oval der Nägel, die Sommersprossen und feinen Haare am äußeren Rand des Handrückens und sogar die Art, wie sie dalag.

»Also, als Mutter fühle ich mich jedenfalls ganz gut«,

fasste sie noch mal zusammen, als er nichts sagte. »Es war natürlich nicht unbedingt meine Traumvorstellung, alleinerziehend zu sein. Aber so schlimm wie die betretenen Mienen, wenn jemand davon hört, es nahelegen, ist es auch nicht. Ich hab ja relativ Glück. Wusstest du, dass meine Eltern hier sind? Mein Vater ist jetzt in Pension, und die beiden sind wieder in Charlottenburg und fahren total auf Wilma ab, was ich nie gedacht hätte. Morgen Vormittag kommen sie vorbei und holen sie für drei Stunden.« Wenn Neil dann noch da ist, wonach es gerade aussieht, sind wir ganz allein, dachte sie. »Bis ich wieder richtig in den Job einsteige, sollten Thomas und Wilma so weit sein, dass sie auch mal über Nacht bei ihm bleiben kann. Langfristig wollen wir die Betreuung wirklich fünfzig-fünfzig aufteilen.«

»Das klingt alles sehr vernünftig.«

»Na ja. Die Stimmung war bis vor Kurzem noch frostig. Thomas hat eigentlich genauso weiter an mir herumgenörgelt wie während unserer Ehe: Immer hab ich die falschen Sachen für Wilma eingepackt und kam zu spät und hab meine Jacke falsch aufgehängt und damit die Garderobe überlastet. Aber ich will nicht lästern. Seit zwei Wochen oder so ist er netter. Ich glaub fast, er hat jemanden kennengelernt. Er hat kürzlich eine Nachricht bekommen, als ich da war, und dann so speziell gelächelt.«

»Würde es dir was ausmachen?« Er musterte sie.

»Eigentlich freu ich mich für ihn. Ich hoffe nur, dass das unser Modell nicht gefährdet. Und natürlich, dass die Neue lieb zu Wilma sein wird.«

»Ich kann es mir nicht anders vorstellen.«

»Ja, du. Du bist ja auch so ziemlich der liebste Mensch der Welt.« Sie sah ihm kurz in die Augen, dann suchte sie wieder Halt an dem Löffel in ihrem Tee. »Jetzt haben wir viel über mich geredet ...«

»Gut so. Ich hab in der letzten Zeit viel zu viel über mich reden müssen.«

Sie wollte gerade zu der Frage ansetzen, warum, und was er da gesagt hatte, aber er kam ihr zuvor. »Wilma nach Wilma Feuerstein eigentlich? Intelligent, attraktiv und willensstark?«

»Würde natürlich passen, aber nein, nach meiner Oma.«

»Die aus Berlin, bei der du früher oft in den Ferien warst?«

»Du erinnerst dich ...« Sie machte eine Pause und sah Wilma an, die jetzt auf dem Rücken zwischen ihnen auf dem Bett lag und strampelte. »Weißt du, was aber doch traurig daran ist, alleinerziehend zu sein? Ich kann die ganzen kleinen wunderbaren Dinge, die ich an ihr beobachte, mit niemandem teilen. Die verschiedenen Gesichtsausdrücke, die sie für verschiedene Situationen hat, die Geräusche und Silben, die sie von sich gibt, ihr wütendes Drrrrrrr und ihr sanftes Hai – solche Sachen, die natürlich niemand anderen interessieren. Es werden keine Familienlegenden daraus. Ich kann nur versuchen, mir alles gut zu merken und viele Fotos zu machen und ihr selbst später davon zu erzählen. Guck mal hier.« Sie zog Wilmas Ärmel hoch und zeigte ihren Unterarm, der sich mit einer tiefen Falte von ihrem Händchen absetzte. »Sind die nicht irre?«

Neil umschloss Wilmas Ärmchen vorsichtig mit der Hand und strich mit dem Finger über die Speckrolle. »Hinreißend«, sagte er in sanftem Schottisch.

Hanna schluckte, weil Wilma sich immer noch wie ein Fortsatz ihrer selbst anfühlte.

Neil hatte Hannas Angebot, allein einkaufen zu gehen, angenommen. Als sie zurückkam, lag er auf dem Sofa und schlief. Sie betrachtete ihn lange, zählte fünf graue Haare an seiner Schläfe und breitete vorsichtig eine Decke über ihn. Dann kochte sie ein Curry, das ihr immer gut gelang, deckte möglichst leise den Tisch, mit zwei Rotweingläsern und einer Kerze, weil sie es schön machen wollte. Schließlich räumte sie die Rotweingläser wieder weg, stellte den Kerzenständer zurück auf die Fensterbank und zwei Flaschen Bier zu den Tellern auf den Tisch. Es hätte sonst wirklich zu romantisch gewirkt.

Sie hatte Neil noch nie schlafen gesehen. Er hatte einen sehr festen Schlaf. Das Wohnzimmer mit der Couch, wo er lag, war durch einen offenen Rundbogen mit dem Esszimmer verbunden, Wilma hatte einige Male Laut gegeben, und so ganz hatte sie auch das Geschirrklappern nicht verhindern können, aber er war trotzdem nicht aufgewacht.

Als das Essen fertig war und sie ihn wecken wollte, lag er immer noch auf der Seite, seine Lippen entspannt. Mit fast andächtiger Zärtlichkeit drückte sie seine Schulter.

Schlaftrunken wankte er zum Tisch, aß eine kleine Portion Curry und entschuldigte sich, dass er nicht mehr Hunger hatte, obwohl das Curry köstlich wäre. Sie selbst brachte auch nicht viel runter. Vielleicht war er ja genauso aufgeregt wie sie.

Sie sprachen über Cronberry, über Wilma und Thomas und über ihr gemeinsames Essen damals im Restaurant. »Ich hab seine Demütigungen mit Stolz getragen«, erklärte Neil grinsend, und Hanna interpretierte es flirtig. Dann sprachen sie über die Folgen des Brexit und darüber, dass die Abstimmung über die Unabhängigkeit vielleicht anders ausgegangen wäre, wenn man von dem EU-

Ausstieg schon damals gewusst hätte. In dem Zusammenhang kamen sie auf Alice, und Neil erklärte, dass viel passiert sei und er das ein anderes Mal erzählen würde, dass es aber mit Alice abgesprochen sei, dass er hier wäre. Hanna wurde darüber so verlegen, dass sie nicht insistierte.

Schließlich brachte sie Wilma ins Bett, und als sie zurückkam, lag Neil wieder schlafend auf dem Sofa. Sie holte eine richtige Bettdecke für ihn, legte seinen Koffer neben ihn auf den Couchtisch und einen Zettel dazu, dass er sie jederzeit wecken könnte, falls er noch etwas bräuchte.

Sie zog sich aus, putzte die Zähne, legte sich wieder zu Wilma ins Bett und schlief eine lange Zeit nicht ein. Wegen des Kreisels aus purem Glück, den Neil in ihrem Magen in Gang gesetzt hatte, aber auch wegen der kleinen Sorge, dass er morgen mit Schnupfen, Halsschmerzen und Fieber aufwachen würde. Wegen der vielen Fragen, die heute Abend offen geblieben waren, und den unbestimmten Hoffnungen, die sie sich selbst nicht eingestehen wollte. Kurz bevor sie Wilma ins Bett gebracht hatte, hatte sie die Sache mit dem Brief noch mal angeschnitten.

»Hör zu, meine Mail ... Ich hoffe, das war nicht irgendwie aufdringlich. Ich war vielleicht ein bisschen emotional, als ich deinen Brief gefunden habe, und in der Verfassung hab ich dann auch geantwortet ...«

»Also, wenn hier einer aufdringlich ist, dann ja wohl ich. Ich hab deine Mail bekommen und mich quasi ins nächste Flugzeug gesetzt. Und wenn ich mich recht erinnere, hab ich dir damals indirekt geschrieben, dass ich dir ein Kind machen will.« Er war etwas rot geworden und hatte hinzugefügt: »Aber jetzt hast du ja glücklicherweise schon eins.«

Danach hatte besagtes Kind Hannas Bierflasche umgeworfen und lautstark verdeutlicht, dass es müde war.

Der nächste Morgen begann spät. Als Hanna einige Momente nach dem Aufwachen klar wurde, dass es Neil war, den sie in der Küche hörte, begann der Glückskreisel sofort wieder, sich zu drehen. Sie sah kurz in den Spiegel neben der Schlafzimmertür, fand sich auf eine hübsche Art verschlafen aussehend, und ihren Onesie hatte er ja ohnehin schon gesehen. Sie nahm Wilma auf den Arm, und auf dem Flur kam ihr schon Kaffeeduft entgegen. Selbst wenn gar nichts Besonderes passiert, hat dieser Tag das Zeug, einer der schönsten zu werden, dachte sie, als sie die Küchentür öffnete. Die Morgensonne schien herein, Neil stand im Gegenlicht und war gerade mit einem Schwamm dabei, etwas Kaffeepulver aufzuwischen, das er wohl versehentlich auf der Arbeitsfläche vertreut hatte.

»Guten Morgen«, sagten sie beide unisono.

Die Jeans, die er trug, kannte sie sehr gut, sie war aus seinem Koffer.

Er bemerkte ihren Blick und grinste. »Ich wundere mich ein bisschen, warum sie auf Kniehöhe so zerschlissen ist. Aber nicht vorn, wie man erwarten könnte, sondern hinten.«

»Komm schon, das ist nicht in deiner Kniekehle, das ist auf Höhe deiner Waden. Und liegt wahrscheinlich daran, dass du so mächtige, männliche Waden hast. Ach nee, warte, die hab ja ich.«

Er lachte. »Sag schon, was hast du damit gemacht? Geputzt?«

»Ich hab sie mir wohl mal ausgeliehen, sorry.«

»Ich wusste gar nicht, dass ich so ein modisches Vorbild für dich war.«

Sie grinste. »Die Hose war damals nur an mir modern, nicht an dir. An dir ist sie erst jetzt modern, weil retro.«

»Das verstehe, wer will. Auch dieses Loch da hinten.«

»Erkläre ich dir gelegentlich, jetzt muss ich mich erst mal um Wilma kümmern.« Sie setzte ihre Tochter in den Hochstuhl und machte sich an die Zubereitung eines Hirsebreis mit Birne.

Nach dem Frühstück, bei dem Wilma ihr Babylächeln besonders großzügig verschenkte, kamen Hannas Eltern, um ihre Enkelin abzuholen. Hanna hatte sich gerade noch einmal mit ihr ins Schlafzimmer zurückgezogen, um sie zu stillen, sodass ihre Eltern sich zunächst mit Neil unterhielten. Als sie mit der in einen pinkfarbenen Filzanzug gekleideten Wilma und einer großen Tasche mit Windeln, Lätzchen und Babynahrung zu ihnen stieß, musterte ihr Vater sie neugierig.

Ihre Mutter indessen hatte wie immer nur Augen für Wilma und streckte die Arme aus. »Schaut ihn euch an, unseren niedlichen Mopszwerg, die Kapuze steht ihr aber gut!« Ihre Stimme überschlug sich fast vor Begeisterung, und sie knutschte Wilma, die ihr skeptisches Gesicht machte, auf beide Wangen, als Hanna sie ihr herüberreichte. Ohne Neid fragte sie sich, ob ihre Mutter jemals von ihr so begeistert gewesen war.

Als die drei weg waren, schlug sie vor, ebenfalls einen Spaziergang zu machen. Sie wollte Neil ihren Kiez zeigen und ihrem Kiez Neil. Später würde Hanna sich fragen, warum um alles in der Welt es ihr nicht aufgefallen war, dass Neil, der früher immer im Laufschritt die Internatstreppen hinuntergetänzelt war, sich jetzt am Geländer festhielt, aber in dem Moment hatte sie nur gedacht, wie lässig er mit seiner Mütze aussah.

Es war ein kalter, sonniger Tag. Sie drehten eine Runde um die Zionskirche, und Hanna erklärte ihm, wer Dietrich Bonhoeffer war, zu dessen Ehren ein Bronzetorso auf dem Vorplatz stand. Sie zeigte hoch zum Badezimmerfenster der WG und überlegte kurz, ob sie klingeln und schauen sollten, ob Adam oder Maja da waren. Aber dann dachte sie, dass sie lieber weiter mit Neil allein wäre. Vielleicht konnte sie die beiden für morgen Abend einladen, wenn er dann noch da wäre. Darüber schwieg er sich aus, und sie drang nicht in ihn. Es würde sich ergeben. Sie dirigierte ihn die Zionskirchstraße hinunter in Richtung des Jüdischen Friedhofs, das würde ihn sicher interessieren. Am liebsten hätte sie allen, die ihnen entgegenkamen, zugerufen: Schaut nur, das ist Neil. Er ist Schotte. Ich kenne ihn, seit er sechzehn ist. Er ist unfassbar schlau. Und seht ihr, wie hübsch er ist?

Tatsächlich schien ihr, dass die entgegenkommenden Frauen ihn interessiert musterten.

Manchmal schlenkerten beim Gehen die Außenseiten ihrer Hände gegeneinander, und sie fragte sich, ob das Zufall war. Jedenfalls veränderte keiner von ihnen daraufhin den Abstand. Eigentlich hätte sie bei den Temperaturen ihre Hände in die Ärmel zurückgezogen oder in die Taschen ihrer Daunenjacke gesteckt, aber unter den Umständen tat sie das selbstverständlich nicht. Sie fühlte sich ein wenig schwindelig, und ihr fielen nur noch Sachen mit einem Unterhaltungswert von »Das ist mein Lieblingsspäti« ein. Aber Neil war auch nicht sonderlich gesprächig.

Sie konnte jetzt – dermaßen fokussiert auf die gelegentliche Berührung ihrer Hände – auch gar nicht mehr natürlich schlenkern. Als sie auf der Höhe der Änderungsschneiderei auf der Schwedter Straße das nächste Mal aneinander vorbeistreiften, gab sie einem Impuls nach und hakte ihren Zeigefinger in seinen Daumen. Er sah sie kurz an und lächelte, dann nahm er ihre ganze Hand.

Hannas Herz raste, während sie weitergingen. Die taktile Erfahrung seiner Hand in ihrer war fast zu groß für sie. Es gab nur diese Straße und das Geräusch ihrer Schritte.

»Neili, ich liebe dich«, brachte sie plötzlich erstickt hervor.

Er antwortete nicht, fasste jedoch ihre Hand noch fester, und dann sah es für einen Moment aus, als würde er stolpern, aber er fing sich wieder.

»Also, ich meine, vielleicht kann man das nicht so sagen, wir haben uns lange nicht gesehen, und vielleicht sollte ich es nicht sagen, weil du ja trotz allem verheiratet bist ... ach, whatever, aber es fühlt sich gerade so sehr so an und ich ...«

»Hanna ...« Plötzlich war er überall um sie und zog sie in seine Arme, und ihre Jacken raschelten, und da war viel zu viel Stoff zwischen ihnen. Gerade im Gehen noch hatte sie gedacht, dass es so schön war, seine Hand zu halten, dass ihr das für immer reichen würde. Aber das galt bereits nicht mehr. Ihre Nase berührte ein warmes Stück Haut zwischen seiner Jacke und seinem Schal, ihr Herz hämmerte, und sie schob ihren eigenen Schal zur Seite, reckte sich und versuchte, seinen schönen Mund zu erreichen, doch er drehte sein Gesicht zur Seite und drückte sie sanft wieder hinunter. Dann legte er seinen Kopf auf ihren, seine Arme waren immer noch um ihren Rücken geschlungen. »Es war egoistisch herzukommen«, hörte sie ihn sagen und verstand ihn nicht. »Ich war in Ayrshire im Krankenhaus.«

Es dauerte eine Weile, bis der Satz bei ihr ankam.

»Warum?«, murmelte sie, wieder an seinem Schal, dessen Duft sie ein wenig über die Zurückweisung hinwegtröstete.

»Das weiß ich noch nicht. Der Facharzttermin ist erst in anderthalb Wochen. Das britische Gesundheitssystem ...«

»Aber was hattest du denn?«, unterbrach sie ihn ungeduldig und rückte jetzt doch von ihm ab.

Er zögerte und wich ihrem Blick aus. »Ich war einfach völlig erledigt. Und ich hatte Probleme ... mit dem Bewegungsapparat. Sie haben ein MRT gemacht, und dann wurde ich an einen Neurologen in Glasgow überwiesen. Bis dahin bin ich erst mal krankgeschrieben, sozusagen. Ich dachte, ich nutze die Zeit für einen Urlaub.«

Es war offensichtlich, dass er nicht alles sagte.

»Urlaub«, echote sie.

Plötzlich stieg ihr das Bild vor Augen, wie er gestern seine Jacke ausgezogen und sie darüber nachgedacht hatte, wie lange er dafür brauchte. Sie sah sein schmales Gesicht, den angespannten Ausdruck darin, und etwas in ihr begann zu kippen.

»Hör zu, ich werde vielleicht nicht mehr lange ... derselbe sein«, sagte er. »Ich würde nichts lieber tun, als dich zu küssen, aber wenn du jetzt anfängst mich zu lieben ...« Sie sah eine Träne in seinem Augenwinkel. »Ich meine, ich wollte ... ich wollte dich einfach noch mal sehen, deswegen bin ich hier. Aber ich will dich da nicht mit reinziehen.«

»Aber ich liebe dich doch schon seit zwanzig Jahren«, antwortete Hanna hilflos. Und dann sah sie es plötzlich. Wie schlecht er aussah. Nicht wie ein Rockstar, sondern krank. Wie hatte sie das nicht bemerken können? Ihre bescheuerte rosarote Brille musste riesig gewesen sein. »Jetzt erzähl mir endlich, was los ist.« Die Angst ließ sie barsch klingen.

»Können wir zurück zu dir gehen? Ich möchte eigentlich gerade keinen Friedhof besichtigen.«

»Aber dann erzählst du mir alles«, konnte sie nur starr wiederholen.

Sie drehten um. Hanna hakte sich in einem verzweifelten Klammergriff an Neils Arm, nahm gleichzeitig seine Hand zwischen ihre und knetete und streichelte sie manisch. Sie wollte jetzt alles nehmen, was sie kriegen konnte.

Neil weinte still, und einmal stöhnte er leise auf und musste sich für eine Weile an der Hauswand neben ihm abstützen, bevor er weitergehen konnte.

Dennoch erreichten sie ihr Haus viel zu schnell. Hanna ließ Neil los, um den Schlüssel hervorzukramen, dann stiegen sie die Treppe hoch. Neil setzte sehr langsam einen Fuß vor den anderen und hielt sich wiederum am Geländer fest, sein Gesicht eine harte Maske.

Auf dem nächsten Treppenabschnitt fing er an zu keuchen, während Hanna, die ein Stück hinter ihm lief, um ihn das Tempo vorgeben zu lassen, ihn entgeistert betrachtete. Eine Stufe vom zweiten Absatz entfernt brach er zusammen. Hanna sah, wie sein Fuß die Stufe verfehlte und er nach vorn kippte. Er fing sich jedoch nicht ab, sondern schlug erst hart mit der Schulter, dann weniger hart mit dem Kopf auf das Linoleum.

Hanna hörte sich aufschreien. Dann kniete sie neben ihm nieder, rüttelte panisch an seiner Schulter und strich ihm übers Haar.

Er stöhnte leise.

»Was ist mit dir, wach auf, wach auf!«

Neil stöhnte nicht mehr, und seine Augen waren seltsam verdreht.

»Hallo«, schrie Hanna. »Ist hier jemand?«

Aber in den Wohnungen blieb es still.

Sie schlotterte am ganzen Körper und versuchte, einen tiefen Atemzug durch ihre zugeschnürte Kehle zu pressen. Dann beugte sie sich über Neils Gesicht, legte die Lippen auf seinen leicht geöffneten Mund und pustete ihren Atem in ihn hinein. O mein Gott. Gerade noch hatte sie ihn küssen wollen, hatte schon gestern Abend im Bett heftig darüber fantasiert, und jetzt lagen zwar ihre Lippen auf seinen, die weich, zart und warm waren und krass real, aber Neil war vollkommen leblos.

Wie zur Hölle ging das noch mal? Ein Bild aus einem Krimi kam in ihren Kopf. Eine Kommissarin, die mit mehreren raschen Atemstößen ihren angeschossenen Kollegen bearbeitete. Hanna tat es so, wie sie sich erinnerte, während ihre Hände seinen Kopf umklammerten, als könnte sie damit verhindern, dass er von ihr ging.

Herzrhythmusmassage. Sie riss den Reißverschluss seiner Jacke herunter, auf Höhe des Nabels verhakte er sich. Egal. Wie oft, verdammt? Fünfmal vielleicht? Sie schob den Parka auseinander und presste fünfmal rhythmisch mit übereinandergelegten Händen auf die Stelle, wo sie seinen Solarplexus vermutete.

Und jetzt wieder beatmen.

Da fiel ihr etwas ein, und ihr Herz drohte auszusetzen. Sie hatte noch gar nicht den Rettungsdienst angerufen. »Scheiße!«, schluchzte sie. Sie suchte nach ihrem Handy, das nicht in ihrer Tasche war, wo war es denn, es war in der Tasche ihrer Strickjacke, wieso das denn, das waren wertvolle Sekunden. Und dann wählte sie die 112. Oder hätte sie die 110 wählen sollen? Noch nicht einmal das wusste sie.

»Leitstelle Feuerwehr und Rettungsdienst«, sagte eine weibliche Stimme.

»Mein Freund ist im Treppenhaus umgekippt. Er liegt hier, ich hab ihn beatmet, seine Augen sind verdreht.«

»Wo sind Sie?«, fragte die Frau mit ruhiger Stimme.

Hanna atmete ein. Die Adresse kam wie ein Schluchzen heraus.

Die Frau wiederholte sie korrekt, sie hatte sie trotzdem verstanden. »Wohnen Sie dort, und auf welchem Stockwerk finden die Kollegen Sie?«

»Ja, und ...« Hanna überlegte. »Zwischen zweitem und dritten, glaub ich.«

»In Ordnung. Ich schicke jetzt einen Rettungswagen los. Die Kollegen sind gleich da. Bitte öffnen Sie ihnen die Tür. Ich werde Sie in der Zwischenzeit einige Dinge fragen, bitte legen Sie nicht auf. Wie heißen Sie?«

»Hanna Malnitz.« Sie ließ ihre Hand auf Neils Stirn liegen. Fieber hat er nicht, dachte sie. Und dann, dass das kaum von Belang war.

»Wie lautet die Nummer des Telefons, von dem aus Sie anrufen?«

Hanna nannte sie ihr.

»Ihr Freund ist also bewusstlos?«

»Ja.«

»Atmet er?«

Hanna beugte ihr Gesicht über Neils und nahm einen Luftstrom wahr. »Ich glaube schon.«

»Das ist gut. Dann legen Sie ihn jetzt bitte in die stabile Seitenlage. Das geht folgendermaßen ...« Die Frau erklärte es ihr, und Hanna tat es so, wie es ihr gesagt wurde.

»Hätte ich ihn dann gar nicht beatmen müssen?«

»Wenn er selbstständig atmet nicht. Aber es ist gut, dass Sie etwas getan haben. Es ist immer besser, eine Beatmung zu versuchen, wenn Sie nicht sicher sind, als nichts zu tun. Das war genau richtig. Ist Ihr Freund krank?«

»Ja, aber ich weiß nichts Genaues. Nur, dass er krank ist.«

»Drogenabusus?«

»Nein!«

»Gut. Ich beende jetzt das Gespräch, und Sie warten ganz ruhig auf die Kollegen und machen ihnen gleich auf. So lange Ihr Freund atmet, brauchen Sie nichts weiter zu tun. Falls er aufhört, rufen Sie wieder die 112, und jemand wird Sie durch die Beatmung leiten.«

»Danke«, sagte Hanna erstickt.

Ich habe es mir zu sehr gewünscht, dachte sie dann. Das ist die Strafe.

Dann betete sie. Lieber Gott, lass es nicht hier enden.

Schließlich schob sie ihre Hand unter Neils Pullover und suchte seinen Herzschlag. Er ging regelmäßig. Sie zog die Hand wieder hervor und legte ihren Kopf auf seinen, Wange an Wange. »Bitte halt durch, Neili«, flüsterte sie. »Du hast nicht recht mit dem, was du gesagt hast. Es war richtig, dass du hergekommen bist. Du hast mir versprochen, dass ich die Wahl hab, ob Lover oder nicht. Ich will dich als Lover. Also verlass mich jetzt nicht.« Sie drehte sein Gesicht ein wenig zu ihr hoch und sah ihm in die Augen, doch seine verdrehten Pupillen zeigten keine Regung. Also krabbelte sie über ihn und schmiegte sich von hinten an seinen reglosen Körper, die Arme um seinen Bauch gelegt.

Bangen und Hoffen

Hanna saß auf einem unbequemen Stuhl neben der Stelle, an der bis vor einer Dreiviertelstunde Neils Bett gestanden hatte. Sie starrte in die Luft, während ihr Kopf ein nicht enden wollendes Sperrfeuer aus Bildern, Szenarien und Möglichkeiten zündete, inklusive einer unsystematischen Revue ihrer gemeinsamen Geschichte, der nach Callander viel zu seltenen Male, die sie sich gesehen hatten.

Irgendwann fiel ihr Blick auf die Plastiktüte auf dem Tischchen am Fenster, und sie stand auf, um hineinzusehen. Ihre Beine waren immer noch zittrig wie nach einem Unfall. In der Tüte lagen Neils Klamotten, die Hose aus dem Koffer und sein roter Pullover. Sie drückte ihre Nase hinein und begann erneut zu weinen. Dann musste sie an ihren eigenen Koffer denken, der irgendwo auf Cronberry gelagert wurde und ihr nun, in dieser vielleicht schlimmsten Krise ihres Lebens, keine Zuflucht bieten würde. Wenn doch Neil hier und der Grund für die Krise war. Aus irgendeinem Grund fiel ihr der Roman von Jane Austen ein, den sie vor einigen Jahren auf Cronberry darin gefunden hatte, und dort ließ sie ihre Gedanken verweilen. Weil Jane Austen ein sicherer Ort war. Bei Jane Austen passierte kaum jemals etwas Schlimmeres, als dass jemand seine Ehre verlor, eine Person von keinem echten Gefühl oder die falsche heiratete. Bei Jane Austen sank in der dritten Woche das Fieber oder die kranke Person saß plötzlich aufrecht und mit klarem Blick im Bett, wenn man hereinkam. Und die Moral lag immer klar und deutlich zutage und aufseiten der Hauptfigur.

Aber das hier war Berlin im Jahr 2021, und die hellblau

gekleidete Krankenschwester, die Hanna zuvor entgegen den Coronaregeln mit durchgewunken hatte, hatte sie misstrauisch angesehen, als sie begriff, dass nicht sie Neils Frau war, die die weiteren Fragen beantworten konnte, sondern eine gewisse Alice Farquharson mit der Vorwahl 0044. Immerhin hatte sie sie nicht wieder weggeschickt.

Die Tür schwang auf, dann erschien das Kopfteil eines Krankenbetts. Hanna ließ die Tüte mit der Kleidung auf den Tisch fallen. Es war die Schwester von eben, die das Bett schob, zusammen mit einer anderen weiß gekleideten Frau, vermutlich eine Ärztin. Hanna versuchte, in den Mienen der beiden zu lesen, aber mit Maske war das schwierig.

»Er war im CT und im MRT«, erklärte die Schwester. Ihr Tonfall war abschließend, als wäre das alles, was es zu der Situation zu sagen gab.

Die Ärztin hatte Hanna nur beim Reinkommen kurz zugenickt und vermied jetzt den Blickkontakt. Ihre Bewegungen waren schnell und zielgerichtet und die von jemandem, der sofort weitermuss und daher auf keinen Fall angesprochen werden will.

Den Gefallen konnte Hanna ihr nicht tun. »Und was hat er? Wird er ...?« Hanna konnte es nicht aussprechen. Leben? Wieder normal werden? Bei mir sein?

»Dazu können wir leider nur den Angehörigen Auskunft geben«, antwortete die Schwester.

Die Ärztin machte ein paar Einstellungen am Monitor und überprüfte den Sitz des Beatmungsschlauchs, dann gab sie der Kollegin ein Zeichen, dass sie hier fertig waren.

An der Tür drehte sie sich noch einmal um. »Erzählen Sie ihm was. Vielleicht kann er Sie hören.«

Neil, der noch vom Notarzt in ein künstliches Koma versetzt worden war, lag in einem blass gemusterten OP-Hemd mit leicht erhöhtem Kopfteil und einem Schlauch im Mund auf dem Rücken. Seine Züge waren entspannt, die Augen geschlossen. Das Haar war an den Seiten zerdrückt, und auf den Außenseiten der Wangen zeichneten sich Striemen ab, vermutlich hatte man dort für das MRT seinen Kopf fixiert. Hanna rückte ihren Stuhl näher an das Bett heran, dann strich sie zögernd mit ihren Fingerspitzen über den Abdruck und lockerte sanft das Haar. Die Berührung fühlte sich kostbar an und ein bisschen verboten.

Auf der Suche nach Neils Hand schob sie ihre eigene unter die Decke, spürte ein warmes nacktes Bein und einen weiteren Schlauch. Sie fand seine Hand und zog sie auf ihren Schoß. Die Hand war ebenfalls warm, aber sein Arm vollkommen ohne Spannung.

Eine Weile saß sie so da, einen Angstklumpen in der Kehle und darunter trotz allem ein flattriges Gefühl, das von Neils Nähe herrühren musste. Sie rückte ihren Stuhl so zurecht, dass sie ihren Kopf neben seinem auf dem Bett ablegen konnte. »Ich liebe dich, Neili«, sagte sie im Flüsterton dicht neben seinem Ohr. »Und jetzt soll ich dir was erzählen.« Sie atmete tief ein und horchte auf den Monitor, der Neils Herzschlag übertrug. Ihr Blick fiel wieder auf die Plastiktüte mit seinen Sachen, und sie begann.

Hanna sagt, dass sie ihn liebt. Ihre Stimme ist ganz nah. Er will antworten, aber seine Stimme gehorcht ihm nicht. Dann ist der Moment verstrichen, und Hannas Stimme entwirft im zähen Nebel seines Kopfes ein Bild.

Hanna, jung und mit noch runderen Wangen, wie auf

den Fotos, die sie in den ersten Jahren aus Berlin geschickt hat. Sie tritt mit zwei Koffern, seinem und einem von ihr, in einen hohen, mit Bandequipment vollgestellten Flur. Sie trägt seine Jeans, unten umgekrempelt und dennoch so lang, dass sie hinten mit ihren Chucks darauftritt.

Maja, ebenfalls jung und mit schwarz gefärbten, zu einem seitlichen Pferdeschwanz gebundenen Haaren, umarmt sie. »Herzlich willkommen, wir freuen uns total! Tut mir leid, dass das hier so aussieht, ich wollte das eigentlich noch wegräumen, aber jetzt sitzen wir natürlich in Adams Zimmer vor dem Fernseher.«

Hanna weiß nicht, was sie meint, aber will nicht fragen, warum die beiden *natürlich* vor dem Fernseher sitzen. Es wird sich schon gleich aufklären. An den Wänden hängen Poster, deren Ecken mit Klebestreifen geflickt sind, und Fotos von jungen Leuten mit alkoholseligen Gesichtern.

»Ich bin mit meiner Freundin Mercedes hierhergekommen, sie hat auch den Sprinter gefahren, mit dem wir meine Sachen aus dem Lager geholt haben, aber jetzt musste sie weg. Steht das Angebot, dass ihr die Sachen mit mir hochtragt? Wie gesagt, es ist nicht viel«, erklärt Hanna.

»Klaro. Wo steht denn der Wagen?«

»Ein paar Häuser weiter.«

»Dann komm doch erst mal mit. Ich glaub, Adam ist gerade noch nicht vom Fernseher wegzukriegen.«

»Ich müsste erst mal dringend Pipi«, gesteht Hanna.

»Bitte sehr!« Maja zeigt auf eine Tür und geht voran. »Hier hab ich schon ein Fach für deine Sachen freigeräumt.« Sie wischt noch mal mit der Hand über die Regalplatte aus rohem Birkenholz, dann rupft sie ein Stück Klopapier ab, greift die zu Boden gesegelten Staubflocken damit auf und wirft alles ins Klo. »Voilà! Und hier ...« Ihre Stimme nimmt einen feierlichen Tonfall an. »Der Riegel!« Sie zeigt mit großer Geste auf den Riegel an der Tür.

»Wow, der ist ja aus purem Gold«, spielt Hanna das Spiel mit.

»Und wir haben ihn extra für dich angebracht. Man glaubt gar nicht, was so eine neue Mitbewohnerin für Ressourcen freisetzt. Kennst du das, dass einen irgendwas immer schon nervt und man es doch nie ändert, weil es einen kleinen Angang erfordert? Und wenn man es dann gemacht hat, erfreut man sich jeden Tag daran. Ich hab gestern so was von entspannt auf dem Klo gesessen.« Sie grinst. »Es brechen ganz neue Zeiten für meine Verdauung an.«

»Das kenn ich sehr gut. Ich hab mir gestern ein neues Kompaktpuder gekauft, nachdem ich bestimmt ein halbes Jahr mit einem, das zerbrochen war, immer alles vollgesaut hab.«

Maja grinst, kramt in ihrem Regalfach und präsentiert dann eine Dose Puder, die mächtig staubt, als sie sie aufklappt.

»Okay, wir verstehen uns«, sagt Hanna, während Maja wieder ein Stück Klopapier bemüht, dieses Mal für den Puderstaub, der zu Boden gesunken ist. Grinsend wechseln die beiden einen Blick.

»So, jetzt lass ich dich aber in Ruhe pinkeln«, sagt Maja und verlässt den Raum.

Das Bild in seinem Kopf wird zu einem anderen, und jetzt sitzt da Adam in einem hellblauen Hemd mit weißem Kragen in einem typischen Männerzimmer mit Möbeln aus schwarzem Stahlrohr auf einem Ledersofa. Er wendet den Blick nur ganz kurz von dem großen Röhrenfernseher ab, um Hanna zu begrüßen. »Willkommen. Und sorry«, murmelt er, »bin gerade erst von der Arbeit nach Hause, ich muss das jetzt …« Er hält inne und starrt auf den Bildschirm.

Hanna sieht auch hin. Sie denkt, er guckt einen Actionfilm, und findet das seltsam, fast etwas unhöflich.

Auf dem Fernseher fliegt ein Flugzeug in ein Hochhaus, und eine Feuerwolke dringt daraus hervor.

Schließlich steht Adam doch auf. Er reibt sich mit beiden Händen über das Gesicht, dann reicht er Hanna die Hand. »Hi. Cooles Trikot, spielst du Fußball?«, fragt er mit Blick auf ihr T-Shirt. »Wir kicken jeden Samstag in einer gemischten Gruppe im Weinbergspark.«

»Nein, beziehungsweise ja.« Die junge Hanna, die zu seiner Hose auch sein altes Fußballtrikot trägt, lächelt. »Das T-Shirt ist cool, aber ich spiele kein Fußball. Obwohl ich Fußballerwaden hab.« Jetzt grinst sie. »Mein Freund hat da früher mal gespielt, bei Ayr United. Er ist Schotte.«

»Und jetzt führt ihr eine Fernbeziehung, Schottland – Berlin?«

»O nein.« Hanna lächelt verlegen, aber trotzdem, als würde sie die Unterhaltung genießen. »Sorry, da hab ich mich missverständlich ausgedrückt. Wahrscheinlich, weil im Englischen *friend* einfach der normale Freund und *boyfriend* der Freund ist, den man liebt.«

»Und du liebst deinen Freund nicht, sondern trägst nur sein Trikot«, fasst Adam zusammen.

Hanna zuckt mit den Achseln und grinst. »Ich trage sein Trikot und seine Hose, und wahrscheinlich liebe ich ihn auch, aber er ist trotzdem nur mein normaler Freund.«

»Das müssen wir wohl mal bei einem Weinchen vertiefen«, sagt Maja vom Sofa aus.

»Definitiv«, meint Adam, dreht den Kopf allerdings wieder dem Fernseher zu.

»Was ist das?«, fragt Hanna.

»Eine Sondersendung.«

»Ah, okay.« Hanna ist einen Moment still und hört zu.

»Sag mal, kann es sein, dass du noch gar nicht mitbekommen hast, was passiert ist?«, fragt Maja.

»Nein, was denn?«, fragt Hanna.

»Zwei Flugzeuge sind ins World Trade Center in New York geflogen und eins ins Pentagon. Man vermutet ein koordiniertes Attentat von al-Qaida.«

Neil kennt die Bilder auf dem Fernseher, von denen Hanna da erzählt. Er hat sie damals in Edinburgh mit Tante Mary gesehen. Jemand muss Mary anrufen. Eine andere Erinnerung steigt in ihm auf, in der er mit Hanna über eine fremde Straße läuft und weint. Er spürt einen Druck im Hals, und dann driftet er zurück in den Nebel und sieht von Weitem die Umrisse seiner Mutter.

Wilma wird quengelig und lässt sich kaum noch ablenken. Einschlafen will sie aber auch nicht, ich habe ihr schon versucht vorzulesen, und Papa hat »Der Mond ist aufgegangen« gesungen. Kannst du früher kommen? Kuss, Ma

Zum Glück war es vom Krankenhaus zu ihren Eltern nicht weit.

Hanna hatte schon die Jacke an, da kam die Schwester wieder herein. »Wissen Sie zufällig, ob Herr Farquharson in den letzten Wochen einen Infekt gehabt hat?«, fragte sie.

Hanna überlegte kurz, während die Frau sie ungeduldig ansah. »Nein, oder jedenfalls weiß ich nichts davon. Das müssen Sie dann wohl auch seine Frau fragen.«

»Ich nehme ihn jetzt wieder mit«, sagte die Pflegerin, als wäre das die Strafe dafür, dass sie die Antwort nicht gewusst hatte.

Hanna sparte sich zu fragen, wohin, und nickte nur ergeben. »Ich muss jetzt zu meiner Tochter, aber ich komme nachher wieder. Bitte, können Sie meine Nummer aufschreiben und mir Bescheid geben, falls etwas mit ihm sein sollte? Und finde ich ihn dann wieder im selben Zimmer?«

»Das hängt davon ab, wie lange Sie weg sind.« Die Pflegerin schlug Neils Patientenmappe auf und sah Hanna auffordernd an.

Sie brauchte einen Moment, um zu verstehen, dass sie ihre Nummer diktieren sollte. Nachdem sie das getan hatte, sah sie zu, wie Neil hinausgeschoben wurde, und folgte den beiden. Auf dem Flur schoss sie ein Foto von der Zimmernummer, denn sie traute ihrem Gedächtnis nicht. Schließlich machte sie auch noch ein sinnloses Bild von Neils Bett, das in dem Moment hinter der nächsten Glastür verschwand. Unter dem strengen Blick der Schwester hatte sie es nicht geschafft, sich von ihm zu verabschieden.

Wieder draußen auf der Straße, fühlte sich die Welt vollkommen unwirklich an. Es war alles so normal. Ein mittelkalter Berliner Wintertag, inzwischen unter einer losen Wolkendecke, die Passanten trugen ihre Alltagsgesichter. Die Ampel schaltete von Rot auf Grün, und Hanna hastete über die Straße. Sie wollte nicht nachdenken, und sie wollte jetzt so schnell wie möglich zu Wilma, zu ihrer nichts ahnenden Wilma mit ihrem vertrauten Babygeruch, für die sofort alles gut sein würde, sobald sie da war und ihr die Brust gab. So einfach würde es nie wieder sein, dachte sie.

Anderthalb Stunden später hatte Wilma glucksend und schmatzend in ihrem Frotteestrampler im Ehebett ihrer Großeltern in einen stark verspäteten Mittagsschlaf gefunden und Hanna den Weg zurück in die Klinik. Sie war ihrer Mutter unendlich dankbar, die beim Abschied mit einem Blick in ihr verschwollenes Gesicht sehr resolut gesagt hatte, sie solle sich jetzt nicht auch noch Sorgen um Wilma machen. Sie würden klarkommen, und wenn sie auch über Nacht wegbliebe. Hanna solle tun, was sie tun müsse. Wilma sei liebevoll versorgt bei ihrer Großmutter, zur Not könnte sie ja auch immer noch Thomas anrufen, außerdem hätte sie Papa eben schon losgeschickt, um Brei zu kaufen, und einen kleinen Vorrat eingefrorener Milch hätte sie auch noch da.

Sie folgte den Wegweisern zur Kantine und fand als Zeichen der Hoffnung eine kleine Tüte Salt & Vinegar-Chips für Neil. Auf dem Flur im dritten Stock roch es schal nach einer Mischung aus Mittagessen, Kaffee und Desinfektionsmitteln. In Zimmer 323 war der Platz, an dem Neils Bett gestanden hatte, immer noch leer, aber im Nachbarbett lag jetzt ein schlafender alter Mann. Der Monitor, an den er angeschlossen war, piepte mit beruhigender Regelmäßigkeit. Hanna setzte sich wieder auf ihren Stuhl und wartete. Während sie so dasaß, stellte sie sich vor, der Mann wäre Neil und sie seine Frau. Auch sie wäre alt und hergekommen, um zärtlich an seinem Bett zu wachen, bis er mit seinem erfolgreich gelegten Stent aus der Narkose erwachte, und in wenigen Tagen würde sie ihn wieder mit in das gemeinsame Zuhause nehmen.

Als dann erneut die Tür aufging und der echte Neil ins Zimmer geschoben wurde, von der gleichen Ärztin und der gleichen Pflegerin wie vorhin, kam es Hanna zunächst vor wie ein Déjà-vu, aber dieses Mal sprach die Ärztin sie an. »Ich glaube, wir wissen jetzt, was mit ihm los ist. Und ich kann Ihnen vorsichtig Entwarnung geben.«

Es dauerte einen Moment, bis die Worte zu Hanna durchdrangen, während sie die Pflegerin anstarrte, deren Augen über der Maske nun fast freundlich aussahen. Sie begann zu zittern.

»Man hat ihm in der schottischen Klinik nach dem ersten MRT offenbar vermittelt, dass er an einer besonders schnell verlaufenden Form einer neurologischen Erkrankung leiden würde, die binnen kurzer Zeit zu starken motorischen Beeinträchtigungen oder Schlimmerem führt. Aber das wissen Sie ja sicher«, sagte die Ärztin mitfühlend.

Hanna schüttelte nur den Kopf.

»Die Schädigungen in seinem Gehirn entlang der Myelinscheiden, die man im MRT sieht, sind aber zu ausgedehnt, um typisch dafür zu sein – ein Neurologe hätte das gesehen, aber es gab vor Ort wohl zunächst keinen. Auch die Lumbalpunktion, die wir jetzt durchgeführt haben, weist eher nicht darauf hin. Wir tippen auf eine akute disseminierte Enzephalomyelitis, kurz ADEM, das ist eine Entzündung des Zentralnervensystems. Dazu passt, was seine Frau gesagt hat, dass er sich nämlich vor ein paar Wochen bei einer Fernreise das Denguefieber eingefangen hat. So ein Virus kann in sehr seltenen Fällen eine ADEM nach sich ziehen. Und dazu passen auch seine Symptome viel besser.«

Hanna zitterte immer noch. Sie atmete tief ein und aus. »Und jetzt?«

»Jetzt bekommt er hoch dosiertes Cortison, und dann versuchen wir, ihn zu wecken. Dass es knapp war, ist Ihnen ja wahrscheinlich klar. Die Erkrankung heilt aber aus. Meistens sogar vollständig, das müssen wir dann sehen. Würden Sie vielleicht schon mal die Ehefrau informieren? Ich muss jetzt erst mal weiter.«

Freibriefe

Hanna drückte Neil die Hand, während die Schwester, die ihr jetzt gar nicht mehr so feindselig vorkam, an seinem anderen Arm die Cortisoninfusion anbrachte. Dann nahm sie genau wie zwei Stunden zuvor ihre Jacke, ging wieder den Gang hinunter, nahm wieder den Aufzug, sah dort wieder in den Spiegel. Sie fühlte sich zwar, als sei sie überfahren worden und hätte sich selbst von der Straße geklaubt, aber ihr Herz war leicht. Jedenfalls so viel leichter. Der Anruf bei Alice war ihr trotz der guten Nachricht, die sie zu überbringen hatte, natürlich nicht angenehm. Schließlich hatte sie heute Morgen noch – schwer zu glauben, dass es erst heute Morgen gewesen war – versucht, ihren Ehemann zu küssen. Und sie hatte immer noch keine Ahnung, wie es zwischen Alice und Neil stand, in welchem Gefühlschaos sie diese antreffen würde und ob sie vielleicht sie, Hanna, hasste.

Einige Minuten lang saß sie neben einem Raucher in Schlafanzughose und Daunenjacke auf einer Bank zwischen zwei Klinikgebäuden vor einer winterlich kahlen Grünfläche, wappnete sich innerlich für das Gespräch und aß dabei nervös Neils Chipstüte leer. Sie würde ihm nachher eine neue kaufen.

Als der Mann seine Zigarette auf dem Boden ausgedrückt hatte und mit einem aufmunternden Nicken gegangen war, wählte sie.

Alice war sofort dran. »Hallo?« So viel Angst klang aus diesem einen Wort, dass Hannas Aufregung und schlechtes Gewissen und auch der Groll, den sie aus unklaren Gründen gegen Alice hegte, verpufften.

»Vorsichtige Entwarnung«, sagte sie wie eben die Ärztin zu ihr und wartete ab, um die Botschaft einsickern zu lassen. »Es ist etwas Heilbares. Ich hab gerade den Namen vergessen, irgendeine Entzündung, die von dem Denguefieber kommen kann, das er nach eurer Reise hatte. Er bekommt jetzt Cortison, und dann wird er ...« Sie sprach schnell, um die Worte alle herauszubringen, bevor ihr die Stimme brach. »... vermutlich wieder ganz gesund.«

Einen Moment war Stille in der Leitung. »Okay. Das ist gut. Das ist sehr gut«, sagte Alice, und Hanna konnte spüren, wie sie sich bemühte, einen gefassten Eindruck zu machen. »Vielen Dank für die Nachricht, Hanna.«

»Ja, klar.«

»Wie lange wird er in Berlin bleiben müssen?«

»Das weiß ich nicht, hab ich nicht gefragt, sorry. Ich bin ziemlich durch den Wind.«

»Klar.« Sie machte eine Pause. »Du hältst mich auf dem Laufenden?«

»Klar. Wenn ich neue Infos bekomme, rufe ich dich an. Oder schick dir eine Nachricht. Sie wollen demnächst versuchen, ihn zu wecken – ich weiß nicht, wann, aber dann wird er sich ja auch selbst bei dir melden.«

»Klar«, sagte wiederum Alice. »Und ist das wirklich

sicher, dass es das ist, was die Ärzte meinen, und dass er wieder gesund wird?«

Hanna zuckte die Achseln, dann wurde ihr bewusst, dass Alice das nicht sehen konnte. »So definitiv hat die Ärztin das nicht gesagt.« Sie dachte nach. »Aber ihre Ausstrahlung war positiv. Ärzte sagen ja nie so was wie: Das ist zu einhundert Prozent dies und das.«

»Klar. Aber das ist gut, das ist wirklich gut«, wiederholte Alice. »O Gott, ich bin so froh.«

»Ich will mir gar nicht ausmalen, was ihr durchgemacht habt, diese Angst, dass er ...«

»Ja, es war schlimm.« Pause. »Soll ich kommen?«

»Äh, ja natürlich ... Er würde sich sicher freuen, wenn er aufwacht.« War das vermessen, das so zu sagen?

»Und du auch?«

Hanna war sich nicht sicher, ob da eine Spitze mitklang. »Klar«, sagte sie lahm.

»Dann ist ja gut.«

Doch, da war definitiv eine Spitze mit drin.

»Es ist allerdings schwierig ... Wir haben in Cronberry einen Wasserschaden und rollen bei St. Johns gerade eine neue Duftlampenserie aus.«

»Also, medizinisch ist er natürlich gut versorgt«, erklärte Hanna. »Und ich bin ja noch in Elternzeit, also ... ich kann ihn regelmäßig besuchen.«

»Das denk ich mir.«

»Alice, denk, was du willst ... Aber wir hatten nichts miteinander, falls du das meinst.«

»Okay«, sagte Alice. »Aber weißt du, ihr könntet. Unsere Ehe ist am Ende.«

»Aha. Also ... Das müsst ihr zwischen euch ausmachen.«

»Da bin ich mir nicht so sicher. Hör zu, Hanna. Vielleicht ist es ganz gut, dass wir mal sprechen.«

Hanna sackte das Herz in die Hose. Sie fühlte sich zu schwach für dieses Gespräch.

»Ich hatte ja immer ein wenig das Gefühl, dass ich ihn dir weggenommen habe«, sagte Alice. »Ich hatte eben damals die besseren Karten. Ich war vor Ort, besonders als sein Vater starb ...«

Hanna wusste nichts zu antworten. Sie war aufgestanden und wanderte zwischen den niedrigen Berberitzenhecken umher, die die Wege säumten.

»Ich war damals sehr verliebt in ihn«, bekannte Alice. »Ich wollte ihn unbedingt. Und dann habe ich ihn ja auch bekommen.« Etwas Selbstzufriedenes klang in ihrer Stimme mit. »Aber es hat nie so ganz gepasst. Er war mir immer zu ernst oder zu nachdenklich oder was auch immer. Hatte zu wenig Ehrgeiz am Leib. Und wenn, dann bei den falschen Dingen. Du kennst ihn ja ...«

»Mmh«, machte Hanna.

»Ich glaube, du hast ihn anders gesehen. Du fandest ihn witzig. Ich sehe euch noch vor mir, damals in Callander, wie ihr irgendwo abseits steht und euch die Bäuche haltet. Also, was auch immer geschieht, es ist in Ordnung. Ich möchte nicht zwischen euch stehen.«

Hanna wurde der Hals eng. Alice war nervig, aber sie war auch sehr großmütig.

»Klar lässt mich das nicht vollkommen kalt, er ist mein Mann ... aber ...«

»Alice ... ich bin zwar von Thomas getrennt, und Neil ist jetzt hier, aber ich meine, er liegt gerade noch im Koma.«

»Ja, du hast recht. Ich hab nur oft gedacht: Eigentlich

wäre er besser mit ihr zusammen. Und jetzt hat er ja mit seiner Abreise seine Entscheidung getroffen.«

»Alice, er hat dich aus freien Stücken geheiratet, und ihr hattet ganz bestimmt eure guten Zeiten.«

»Ja, die hatten wir. Aber jetzt – ich denke, mit dir wäre er besser dran.«

Warum betonte Alice das immer so? Langsam wurde ihr das fast ein bisschen viel. »Danke, aber das ... also, das ist jetzt ein komisches Gespräch.«

»Ja, du hast recht.« Alice seufzte. »Ich bin eben so ein Mensch, der gern Klarheit hat.«

Und ich nicht, oder was, dachte Hanna.

»Sweetie Pie, ich hab ...«, hörte sie in diesem Moment eine Männerstimme in der Leitung.

»Psst, ich ...«, zischte Alice und dann schien die Leitung tot.

»Hallo?«, fragte Hanna. Sie wollte schon auflegen, da war Alice wieder da.

»Das war nur Mr Sharma wegen des Wasserschadens.«

Mr Sharma von der Rezeption nannte Alice Sweetie Pie? Aber er war auch nur undeutlich zu verstehen gewesen. »Okay, kein Problem«, sagte Hanna.

»Ich hab nachgedacht, und ich denke, ich muss hier die Stellung halten. Außerdem ... Ich kann das nicht gut. Vielleicht kommt es daher, dass meine Mutter viel im Krankenhaus war, als ich noch klein war. Ich konnte Neil auch hier nicht gut begleiten. Ich konnte das nicht gut aushalten, dass er so hilflos war.« Sie klang, als wollte sie noch etwas sagen. »Vielleicht hat uns das den Rest gegeben.«

»Ich habe nicht rausgehört, dass er dir einen Vorwurf macht.«

»Vielleicht ist es ihm egal ...«

»Vielleicht kennt er dich einfach sehr gut.«

Einen Moment lang schwiegen sie beide.

»Du hast sicher dein Bestes gegeben«, antwortete Hanna etwas steif.

»Ja, das hab ich immer. Wir bleiben also in Kontakt?«, fragte Alice.

»Klar. Wie besprochen.«

»Vielen Dank noch mal, Hanna. Dann bis bald. Ich muss jetzt in ein Meeting.« Jetzt war sie wieder ganz die durch zahlreiche Mitarbeitergespräche gestählte Senior Managerin.

»Alles klar, und ich muss meine Tochter bei meinen Eltern abholen. Mach's gut.«

Lichterfelde

Er stand schon mit seinem Koffer auf dem Parkplatz und wartete, als sie kam. Der große Carsharingwagen hielt direkt neben ihm, und Hanna stieg aus. »Hallo!«, sagte sie. Sie lächelten sich an und umarmten sich so flüchtig, wie es nur zwei Menschen tun, deren Umarmung zu viel Bedeutung hat.

Hanna öffnete den Kofferraum, und Neil hievte seinen Koffer hinein, bevor sie etwas einwenden konnte.

»Das wollte ich doch machen.«

»Ich bin fitter als je zuvor.«

Er war wirklich gut aufgepäppelt worden in den letzten Wochen, hatte wieder zugenommen und sah gesund und ausnehmend gut aus. »Und der Arm?«

»Der ist zwar auch topfit, nur mein Zugriff darauf ist etwas unzuverlässig. Es fühlt sich an, als wäre die Verbindung zwischen ihm und meinem Gehirn zu schwach«, gab Neil zu.

»Hattest du eine Art Abschlussgespräch, was haben sie gesagt?«

»Dass alles in Ordnung ist bis auf den Arm. Ich soll weiter Physiotherapie machen, dann kann es noch besser werden. So hab ich es jedenfalls verstanden. Es war alles auf Deutsch.«

»Gut, dass es der linke ist.«

»Gut, dass ich kein Linkshänder bin.«

»Steig ein, Babe. Ich hab extra die große Karre gebucht, damit du deine langen Latschen gut unterbringst.«

»Wie du weißt, fahre ich zu Hause Mini.«

»Aber hier bist du Gast.« Sie hielt inne. »Jedenfalls jemand, der eine Extrawurst bekommt.«

»Danke. Für alles«, sagte er und sah ihr kurz in die Augen, bevor er auf der Beifahrerseite einstieg.

Sie setzte sich wieder hinters Lenkrad. »Gerne«, antwortete sie automatisch, aber sehr wahrheitsgetreu. Sein Blick brachte sie immer noch aus dem Konzept.

Sie hatten sich in den vergangenen Wochen geküsst, zwei Mal. Bei einem Spaziergang durch das Landschaftsschutzgebiet, das an die Rehaklinik angrenzte, hatte zum ersten Mal in diesem Jahr ein Hauch von Frühling in der Luft gelegen. Die Vögel waren lauter, die Temperatur milder als zuvor, und hier und da zeigte sich frisches Grün an Bäumen und Sträuchern. Der gemeinsame Spaziergang hatte sie in Erinnerungen an Callander-Zeiten schwelgen lassen, sie waren aufgekratzt und glücklich, weil sie zusammen waren, weil sie miteinander alleine waren und weil Neil leben würde. Zurück in der Klinik aßen sie in der Cafeteria ein Stück Torte. Währenddessen kam die Sonne voll raus, und sie trugen für die letzte Viertelstunde, bevor Hanna wieder fahren musste, zwei Stühle aus Neils Patientenzimmer auf die Steinplatten davor.

»Hast du eigentlich einen Kurschatten?«, fragte Hanna wie beiläufig, ihr Gesicht in die Sonne gereckt, und übersetzte den deutschen Begriff dabei wortwörtlich ins Englische.

»Einen was?«

Sie erklärte es ihm und fragte, ob es im Englischen kein spezielles Wort dafür gäbe.

»Nein.«

»Was nein, kein Wort oder keinen Kurschatten?«, fragte sie wachsam.

Da beugte er sich zu ihr hinüber und küsste sie auf den Mund. Für drei Sekunden, seine Lippen auf ihren, nichts weiter. Halb Kuss, halb Aussage. Danach setzte er sich wieder gerade hin und legte seinen Arm auf ihre Stuhllehne. »Der Kurschatten meiner Gedanken bist jedenfalls du.«

Hanna lächelte mit sehr roten Wangen wie ein Kind, dem gerade ein lang gehegter Wunsch erfüllt worden ist, und er hätte sich dieses Gesicht tätowieren mögen.

Bald darauf war sie wieder gefahren, sie war zu dem Zeitpunkt schon zweieinhalb Stunden bei ihm gewesen und musste Wilma bei Thomas abholen.

Die Frauen, die sein Kurschatten hätten werden können, hatte er jedenfalls alle enttäuscht. Eine, die sich von einer Hüft-OP erholte, hatte ihm anzüglich erklärt, dass schottische Männer für deutsche Frauen eine Art Sexsymbol seien, wahrscheinlich wegen der *Outlander*-Serie von Diana Gabaldon. Auch bei Tisch war er nie lange allein geblieben, hatte die Begegnungen aber nur dazu genutzt, seine Deutschkenntnisse weiter zu vertiefen.

Als Hanna ihn das nächste Mal besuchte, saß er auf dem Bett und las die Wochenendausgabe einer deutschen Tageszeitung. Hanna sah sehr gut aus, auf eine gestylte Art und Weise, mit sorgfältigem Make-up, einem neu aussehenden, hellgrau und gelb gestreiften Strickpullover, Jeans und Pferdeschwanz.

Er machte Anstalten aufzustehen, aber sie bedeutete ihm, sitzen zu bleiben.

»Was gibt es?«, fragte sie, deutete auf die Zeitung und ging dann um sein Bett herum, um den Strauß noch geschlossener weißer und gelber Tulpen zu arrangieren, den sie mitgebracht hatte. Sie zupfte einige Blätter ab, nach irgendeinem System, wie ihm schien, und justierte die einzelnen Stängel dann in der Vase auf dem kleinen Tisch vor der Terrassentür, bis sie zufrieden war. Er war so eingenommen davon, sie dabei zu betrachten, dass er nicht antwortete.

»Hm?«, machte sie noch einmal auffordernd und setzte sich im Schneidersitz zu ihm aufs Bett.

»Ach so, ich lese gerade eine gar nicht so schlechte Zusammenfassung der politischen Situation in Schottland. Im Mai sind Wahlen, und langsam beginnt der Wahlkampf. Es wird wieder viel um ein neues Unabhängigkeitsreferendum gehen.«

»Und was denkst du?« Ihre Frage kam verzögert, als sei auch sie mit den Gedanken eigentlich woanders.

»Ich würde auch dieses Mal mit Ja stimmen. Ich hoffe nur, die anderen Baustellen geraten über das Tauziehen um die Unabhängigkeit nicht aus dem Fokus.«

Hanna nickte und sah ihn unverwandt an. »Schneid die Tulpen nach ein paar Tagen noch mal unten ab.«

»Mach ich.«

»Wie geht's dir?«

»Blendend.«

»Du siehst auch so aus.«

Er war nicht sicher, ob das stimmte, er hatte seine Brille auf, seine Haare waren noch nass und seit Ewigkeiten nicht geschnitten worden, außerdem hatte er vergessen, sich zu rasieren, fiel ihm ein, aber da krabbelte sie schon über die Bettdecke zu ihm herüber und nahm ihm mit sanften Fingern die Brille ab. Ihre Hände rochen nach Buttermilch-Zitrone-Eis. Er rührte sich nicht, spürte ihre Finger als Nächstes in seinem Haar und ihren süßen Atem im Gesicht, und dann küsste sie ihn auf eine unerwartet drängende Art und Weise, die sofort die stärksten Reaktionen bei ihm auslöste. Er hätte später nicht mehr sagen können, wie lange das währte, es schien gleichzeitig ewig und zu kurz, weil dann seine Physiotherapeutin hereinkam, deren Terminplan sich geändert hatte und die ihn daher vorzeitig abholen wollte.

Bei Hannas letztem Besuch hatte sie Wilma mitgebracht, und er hatte sich auf einen Kuss auf ihre Stirn zum Abschied beschränkt. Damit waren sie in jenem aufregenden, schönen Stadium angekommen, in dem nichts selbstverständlich und eine Anbahnung nötig, aber das Gelingen wahrscheinlich war.

Hanna trug heute eine große, funkelnde Schmetterlingsbrosche an ihrer Jeansjacke.

»Frühlingshaft«, sagte er und zeigte darauf.

»Mir war danach.« Sie lächelte und drehte den Schlüssel in der Zündung.

In den vergangenen Wochen war ihr unter all den Gedanken an Neil auch der gekommen, dass es vielleicht keine gute Idee war, sich ihm so vollkommen vorbehaltlos zu öffnen. Anders als früher würde sie Berlin nicht mehr längerfristig verlassen können – nicht in den nächsten zwanzig Jahren. Wilma und sie mussten hier in Thomas' Nähe bleiben. Aber sie war auch nicht stark genug, um sich ihm noch zu entziehen. Auch wenn in zwei Tagen sein Flug zurück nach Schottland ging. Sie war in den vergangenen zwanzig Jahren so oft vernünftig gewesen, hatte irgendeiner Prüfung, finanziellen Erwägungen oder inneren Unsicherheiten den Vorrang eingeräumt, wenn es um Neil ging. Und hatte es im Nachhinein bereut.

Nachdem sie ihn in den letzten drei Wochen ausschließlich in einer Jogginghose aus dem Krankenhausshop gesehen hatte, strahlte er heute in Cordhose und Hemd, mit neuem Haarschnitt und seiner edlen Armbanduhr auch etwas vom 18. Earl of Finterey aus, das ihr weniger vertraut, dafür umso aufregender war. Sie bog links ab, und beide hingen sie ihren Gedanken nach. Dieses einvernehmliche Schweigen, das hatten sie sich von ganz früher bewahrt.

Nachdem sie über den Teltowkanal und durch Steglitz hindurchgefahren waren, war Hanna die Gegend vertraut. »Zu der Eisdiele bin ich früher immer gegangen, wenn ich bei meiner Oma in Ferien war!«, erklärte sie und zeigte auf einen Laden an der Straße.

»Willst du eins haben?«

Hanna lächelte. »Ja, aber ich warne dich: Bei meiner Oma hab ich immer drei Kugeln bekommen.«

»Kein Problem, bei mir auch.«

»Na dann.« Sie setzte den Blinker und parkte am Straßenrand. »Zweimal Zitrone, einmal Walnuss«, sagte sie, während sie die Handbremse anzog.

Neil reihte sich in die kurze Schlange vor dem Fenster

ein, aus dem das Eis ausgegeben wurde, während Hanna sich an eins der noch zusammengestellten und mit einem Drahtseil gesicherten Tischensembles lehnte und ihn mit Besitzerstolz beobachtete. Wie er in einer unnachahmlich männlichen Bewegung sein Portemonnaie aus der Jackentasche zog. Und wie er sich nach seiner Bestellung auf eine Art durchs Haar strich, der vermutlich nur sie ansah, dass es eine Verlegenheitsgeste war. Dabei wurde sein Deutsch immer besser.

»Sollen wir ein Stück damit spazieren, oder haben wir Termine?«, fragte er, als er ihr die Waffel reichte.

»Wir haben Zeit bis sechs. Dann hole ich Wilma bei Thomas ab. Wenn wir da lang gehen, würden wir am alten Haus von Oma Wilma vorbeikommen. Das wäre eigentlich schön. Ich hab es seit …« Sie rechnete. »… vierundzwanzig Jahren nicht gesehen.«

»Dann machen wir das doch.« Er holte sein Eis, das im Pappbecher noch auf der Theke stand, und sie gingen in die Richtung, in die sie gezeigt hatte, eine breite Allee mit Mehrfamilienhäusern und als Bürohäuser genutzten Villen entlang. Sie liefen eng beieinander und genossen die Vertrautheit.

»Alice ist mit Fergus zusammen«, sagte Neil schließlich in das Schweigen hinein und tauchte etwas ungeschickt den Plastiklöffel in sein Erdbeereis.

»Oh. Krass.« Hanna sah ihn entsetzt an. Also war es vermutlich Fergus gewesen, den sie am Telefon gehört hatte. »Wie fühlt sich das an?«, fragte sie vorsichtig.

»Es ist natürlich seltsam. Ich versuche, es mir nicht im Detail vorzustellen. Aber ich glaube fast, dass es für Fergus am schlimmsten ist. Er hat ein furchtbar schlechtes Gewissen. Am Telefon hat er geweint und konnte kaum sprechen.«

»Warst du denn sauer?«

»Nein. Nur schweigsam, im ersten Moment. Wahrscheinlich bahnt sich das schon seit Jahren an, sie waren immer eng befreundet. Jedenfalls haben sie beide beteuert, dass erst nach meiner Abreise was gelaufen ist. Also abgesehen von ganz früher. Im Prinzip hatte Fergus sie ja sogar zuerst ...«

»Waren sie damals in Callander eigentlich richtig zusammen?«

»Nein, das war was Einmaliges. Alice meinte mal, sie hätte ihn süß gefunden, aber nicht ganz ernst genommen. Vielleicht war es für ihn anders. Als das damals zwischen Alice und mir anfing, habe ich ihn natürlich gefragt, wie er dazu steht. Er hat behauptet, es wäre für ihn in Ordnung, er hatte ja auch immer andere Freundinnen. Aber im Nachhinein denke ich, dass sie vielleicht immer ein wunder Punkt für ihn war.«

»Ich hab ja keine Geschwister ... Aber ich kann mir vorstellen, dass so was noch mal extra schräg ist.«

»Mmh. Mir geht das alles gerade weniger nahe, als man erwarten könnte. Ich bin wohl vor allem froh, dass ich noch lebe und wieder richtig laufen kann. Vielleicht rede ich es mir ein bisschen schön, aber ich kann das Praktische an der Konstellation sehen.«

»Was meinst du?«

»Ach, wegen Cronberry vor allem.«

Hanna verstand nicht, wie er das genau meinte, aber seinem Tonfall nach zu urteilen wollte er das Thema damit abschließen. »Ich lag übrigens auch richtig damit, dass Thomas eine neue Freundin hat«, erklärte sie daher nach einer kurzen Pause. »Sie ist eine Kollegin von der Uni und heißt Regina. Die Pointe verstehst du nicht, und ich hab auch keine Lust, sie zu erklären.« Sie grinste ihn an.

»Ist in Ordnung.« Er grinste zurück und nahm einen neuen Löffel Eis. »Ich hätte es besser auch im Hörnchen genommen. Mit dem Arm brauche ich neue Routinen. Kannst du bitte rechts von mir gehen?«

»Wieso?«

Statt einer Antwort wechselte Neil die Seite, und dann legte er den Arm um ihre Schultern.

Hanna wurde von einem kurzen Schwindel erfasst. »Hier rechts«, sagte sie, ließ ihren Arm unter seine Jacke gleiten und umfasste seine Taille. Er fühlte sich so anders an als Thomas. Er war ihr bester Freund, und ihre Finger steckten jetzt in seiner Gürtelschlaufe. Es war großartig. Wenn es auch nur von kurzer Dauer sein würde.

Die Straße, in die sie einbogen, war schmal und mit Kopfsteinpflaster bedeckt, aber auch hier standen links und rechts auf den holprigen Gehsteigen knospende Bäume. Zwei Jugendliche kamen ihnen entgegen. Das Mädchen redete intensiv auf den Jungen ein, der ernst guckte und nickte. Hanna und Neil sahen sich an, mussten beide grinsen und dachten das Gleiche: wie wir früher.

»Da ist es«, meinte Hanna schließlich, ließ Neil los und trat an das schmucklose, mannshohe Gittertor heran, die einzige Stelle, die einen Blick auf das Haus erlaubte, dessen Vorgarten ansonsten von einer wuchernden Kirschlorbeerhecke umsäumt war.

Neil kam ihr hinterher. »Das sieht ja aus wie die Burgen bei uns in Schottland.«

»Stimmt, nur als Einfamilienhaus. Es gibt einige Häuser in dem Stil hier im Kiez, Neo-Tudor, glaub ich. Sie wurden von Gustav Lilienthal erbaut, dem Bruder von dem mit dem ersten Flugzeug, mit einer für damalige Verhältnisse sehr progressiven Warmluftheizung.«

»Interessante Kombination. Die Zinnen und Türme erinnern mich fast an unser versunkenes Zuhause. Hier scheint aber auch keiner mehr zu wohnen.«

Die Fenster waren dreckig, und teilweise rankte Efeu davor.

»Ja, krass.« Hanna sah sich um und schob sich dann den Rest ihres Eishörnchens in den Mund. »Ich würde ja zu gern noch mal reingucken. Warn mich, wenn jemand kommt.« Sie stemmte die Spitze ihres Turnschuhs gegen das Gitter, krallte sich oben an der Metallstrebe fest und zog sich hinüber.

Neil stellte keine Fragen, sondern reichte ihr seinen Eisbecher über das Tor und folgte. Hanna registrierte erfreut, wie mühelos ihm das gelang, auch wenn er sich dabei natürlich nicht mit dem linken Arm abstützte.

Im Schutz der Hecke sahen sie sich im Vorgarten um.

»Den Haselstrauch gab es früher schon«, erklärte Hanna. »Die Nüsse waren aber immer ziemlich verschrumpelt. Und guck mal hier: Das Ding kenne ich auch noch.« Sie zupfte einen Stängel von einem knorrigen kleinen Strauch ab, rieb ihn zwischen den Fingern und roch daran. »Daraus hat meine Oma zusammen mit Zwiebeln und Honig einen Hustensirup gebraut, wenn ich in den Weihnachtsferien Bronchitis hatte.«

»Thymian«, meinte Neil.

»Ja, genau.« Sie ging zum Haus hinüber und berührte den gelblichen Putz an einer Stelle, wo er von der Fassade bröckelte. »Es ist alles ziemlich heruntergekommen.« Sie reckte sich, um durch eins der vorderen Bogenfenster zu lugen. »Hier war die Küche. Aber die Möbel sind alle raus. Komm, wir gehen mal nach hinten.«

Der rückwärtige Garten war zum nächsten Grundstück hin durch hohe Tannen und große immergrüne Büsche abgegrenzt. »Die hier blühen im Sommer superprächtig«, erklärte sie und tippte eines der dicken grünen Blätter an. »Dann sind sie über und über mit großen rosa und weißen Blüten bedeckt. Fand ich als Kind immer sehr vornehm.«

»Rhododendron. In Cronberry sind wir von der schottischen Forstbehörde angehalten, ihn streng zu kontrollieren, weil er als invasiv gilt und mit seinen dicken Blättern die heimischen Arten verschattet.«

»Du alter Schlossgärtner. Ich hatte ja in den letzten zwanzig Jahren noch nicht mal einen Balkon.« Hanna drückte jetzt ihre Nase gegen die Verglasung des Wintergartens, der sich über die gesamte Gartenfront des Hauses zog. »Ich wünschte, es gäbe mehr zu sehen.« Bis auf ein noch recht neu aussehendes grünes Samtsofa, an dessen Seite allerdings über einen längeren Zeitraum hinweg eine Katze ihre Krallen geschärft haben musste, war er leer, die Schiebetür zum Innenraum des Hauses zugezogen. Sie trat wieder ein Stück zurück und drückte einmal kurz Neils Hand, dann schien ihr etwas einzufallen, und sie lief zu einer der Tannen, bog mit spitzen Fingern einen Ast zur Seite und wand sich zwischen dem Baum und dem Rhododendron daneben hindurch.

Neil drehte sich höflich um, weil er dachte, sie müsste vielleicht mal, und betrachtete die beiden kahlen Stellen in dem ansonsten grünen, von Klee durchsetzten Rasen. Er überlegte, wo sie herrühren konnten, dann fiel es ihm ein: Wahrscheinlich hatte dazwischen eine Tischtennisplatte gestanden.

»Ha«, rief Hanna. Dann knackte und raschelte es, und Neil wandte sich wieder um. Hanna kam zwischen den

Zweigen hervor, in der Hand eine lehmverschmierte weiße Plastiktüte, die sie ihm triumphierend entgegenstreckte.

Er nahm sie und ertastete einen Schlüssel. »Sag bloß, der passt hier irgendwo.« Er riss die Tüte auf.

»In die Kellertür, wenn sie die nicht ausgetauscht haben. Mein Opa hatte ihn damals unter einem Stein deponiert, für den Fall, dass die beiden sich mal aussperren würden. Meine Mutter hat beim Verkauf des Hauses wohl nicht daran gedacht. Oder vielleicht wusste sie es auch nicht.«

Hanna voran überquerten sie den Rasen und stiegen die von matschigem Laub bedeckten Stufen hinab ins Kellerloch. Neil drehte den Schlüssel zweimal im Schloss. Anstandslos ging die Tür auf. Hanna giggelte nervös. »Hoffentlich kommt uns jetzt nicht irgendein unheimlicher Eremit entgegen.«

»Wem hat das Haus denn in der Zwischenzeit gehört?« Neil schaltete die Taschenlampen-App an seinem Handy ein und suchte die Wand nach einem Lichtschalter ab.

»Meine Eltern haben es nach dem Tod meiner Oma an eine Familie mit Kindern verkauft. Die sind natürlich jetzt erwachsen. Vielleicht sind sie ausgezogen und die Eltern dann auch. Da drüben geht es hoch.« Hanna schob sich an Neil vorbei, der die Kellertür hinter ihnen wieder verschloss, und tastete am Fuß der Treppe nach dem Drehschalter, der früher dort gewesen war. Erstaunlich, woran der Körper sich alles erinnerte. Flackernd ging eine Neonröhre über ihnen an.

Die Tür ins Erdgeschoss war nicht verschlossen, und dann standen sie zusammen im Hausflur auf den alten Fliesen mit den Blumenornamenten. Es roch nach altem, leerem Haus. An der Wand hing ein Spiegel, in dem ihre Blicke sich begegneten. Neil küsste sie flüchtig aufs Haar, und ihr lief ein angenehmer Schauer über den Rücken. Neil bemerkte es und legte eine Hand an ihren Oberarm. Sie spürte die Geste in ihrem Unterleib.

»Komm, ich zeig dir mein Lieblingszimmer«, sagte sie.

Auf der Treppe in die erste Etage lag ein platt getretener beigefarbener Hochflorteppich, von da aus ging es über eine enge Wendeltreppe aus Metall weiter in ein quadratisches Turmzimmer mit Fenstern zu drei Seiten. »Hier war das Atelier von meinem Opa. Er war so eine Art Bob Ross, weißt du, dieser Siebzigerjahremaler, der in seinen Video-Tutorials so entspannend spricht, kennt man den in Schottland? So ähnlich hat er gemalt. Also, eigentlich war er Konditor, aber Malen war sein Hobby.«

»Kenn ich nicht. Hast du mit ihm zusammen hier gemalt?«

Hanna nickte, bückte sich und hob an einer Ecke den Teppich an. Es war derselbe, der auch auf der Treppe lag. Er war nicht verklebt, und darunter kam ein Dielenboden mit unzähligen Farbklecksen zum Vorschein. »Ein paar davon sind bestimmt von mir«, sagte sie. »Ich hatte eine eigene kleine Staffelei. Und immer einen Teller mit Resten aus der Konditorei auf dem Fensterbrett stehen.« Es war so schön, Neil das alles zu zeigen, während sein konzentrierter Blick ihr folgte.

»Was hast du so gemalt?«, fragte er.

»Zu der Zeit meistens Pferde, glaub ich. Mit und ohne Flügel. Und Meerjungfrauen.«

»Griechische Mythologie also.« Neil grinste.

»Genau. Darum ging's mir.« Hanna grinste auch. »Mein Opa hat immer das Licht hier oben gerühmt. Damals war der Kirschbaum noch nicht so hoch.« Sie sah aus dem Fenster in den Baum, dessen knorrige Äste schon ein paar weiße Blüten hatten. »Es zieht sich zu. Komm, wir gehen noch mal unten gucken und dann zurück zum Auto. Es fängt bestimmt gleich an zu regnen.«

Nach einem Blick in die anderen Zimmer, die alle ebenso leer waren und mit Teppichen, Tapeten oder Anstrichen belegt, die Hanna nicht gefielen, weil sie andere waren als früher, drehten sie noch eine Runde durch das Erdgeschoss. Neil blieb immer dicht bei ihr, und wenn er doch einmal stehen blieb, um aus dem Fenster zu sehen oder kurz ein Bild zu betrachten, das beim Auszug hängen geblieben war, kam sie schnell zu ihm zurück und wartete neben ihm.

Schließlich öffnete Hanna die Schiebetüren zum Wintergarten, verharrte einen Moment angesichts der Aussicht auf Garten und Terrasse und dachte an den gedeckten Apfelkuchen mit dem zuckrigen Belag, den ihre Oma hier serviert hatte, und an Neils Körper, den sie hinter sich spürte.

Die Luft im Wintergarten hatte sich über den sonnigen Vormittag hinweg aufgeheizt, es war warm. Neil ging um sie herum, zog seine Jacke aus, setzte sich auf das Sofa, streckte seine Gliedmaßen und klopfte dann einladend neben sich auf das Polster. Hanna setzte sich, ein Knie untergeschlagen, neben ihn und lehnte sich seitlich an die Rückenlehne. »Willst du noch hierbleiben?«

»Mir fehlt es jedenfalls gerade an nichts.«

Sie lächelte ihn an und versuchte, sich den Moment einzuprägen. Das Licht, die Wärme, das samtige Sofa und das Glücksgefühl seiner Gegenwart. »Alle zweiundzwanzig Jahre brechen wir offenbar zusammen in ein fremdes Haus ein«, sagte sie.

»Ich bin schon gespannt auf 2043.«

»Da nehmen wir mal was mit besserer Ausstattung.«

»Das wäre 2043 Bedingung, ich hatte schon 1999 nach der Nacht zum ersten Mal im Leben Rückenschmerzen.«

»Weißt du eigentlich, dass ich damals darüber nachgedacht habe, zu dir unter die Decke zu kriechen? Weil meine Füße so kalt waren.«

»Wirklich?« Er richtete sich ein wenig auf.

»Ja. Ich hab danach viel über diesen Tag nachgedacht, das war ja alles in allem ein einschneidendes Erlebnis. Ich habe später manchmal überlegt, was passiert wäre, wenn ich es gemacht hätte.«

»Und zu welchem Schluss bist du gekommen?«

»Dass du wahrscheinlich höflich gefragt hättest, ob mein Bett nicht bequem wäre und ich tauschen möchte.«

Er lachte. »Leider nicht ganz abwegig.«

»Oder du hättest mir gewährt, meine Füße zwischen deine Unterschenkel zu stecken, aber du hättest dich dabei schamhaft auf die andere Seite gedreht.«

Er grinste.

»Vielleicht hätte ich, wo ich schon mal da war, trotzdem probiert, dich zu küssen. Aber du wärst so unbeholfen gewesen, dass ich peinlich berührt wieder von dir abgelassen hätte. Und dann hätten wir nie wieder miteinander geredet.«

»Auch ein sehr plausibles Szenario. Gut, dass es so nicht gekommen ist.« Er rutschte ein Stück näher und legte wieder seinen Arm um ihre Schulter, und sie lehnte ihren Kopf an seine Seite.

»Vielleicht hätte es doch auch geklappt mit dem Küssen, und es wäre sehr schön gewesen, aber zurück in Callander wäre ich nicht selbstbewusst genug gewesen, um dazu zu stehen.«

»Das hätte mir das Herz gebrochen.«

»Mir wohl auf andere Art auch.« Sie schwieg für einen Moment, schlang ihren Arm um seinen Bauch und drückte sich fest an ihn. »Vielleicht hätten wir sogar miteinander geschlafen?«

»Sicher nicht. Das wäre gegen die Hausordnung gewesen.«

»Stimmt.«

Sie sahen sich an. Dann neigte Neil seinen Kopf, legte seine Lippen auf ihre und teilte sie sanft. Sie öffnete den Mund, und schließlich fanden sich ihre Zungen zu einem langen, weichen Kuss.

Hanna spürte, wie sich auch alles andere in ihr öffnete. Schwer atmend löste sie sich nach einer Weile von ihm, zog ihre Jeansjacke aus und ließ sie zu Boden fallen. Es folgten der Pullover und das weiße Top darunter, bis sie nur noch ihren BH trug. Sie konnte sehen, wie sein Körper reagierte, dann beugte er sich zu ihr herüber und griff mit beiden Händen um sie herum. Sie ließ ihren Kopf an seine Schulter sinken und sog seinen Duft ein. Als es ihm gelungen war, ihren BH-Verschluss zu öffnen, fasste er sie bei den Schultern und drückte sie sanft vor sich auf die Seitenlehne des Sofas in eine halb liegende Position. Seine Brust hob und senkte sich, als er sie betrachtete.

Einer ihrer Arme hing vom Sofa herab und gab den Blick auf ihre Achselhöhle frei. Ihre Brüste, die weißer waren als der Rest ihrer Haut und an den Unterseiten von einigen silbrigen Linien gezeichnet, fielen weich und mit verführerischen Spitzen auseinander. Hanna atmete schwer und unregelmäßig, während ihre großen blauen Augen ihn ansahen. Er war sich sicher, noch niemals in seinem Leben etwas Schöneres gesehen zu haben. Behutsam öffnete er auch noch den Knopf ihrer Jeans und zog den Reißverschluss auf. Sein Daumen massierte kurz den Abdruck, den der Knopf auf ihrer Haut hinterlassen hatte, dann strichen seine Finger die feine Narbe entlang, die unten ihren weiblichen Bauch durchschnitt. Eine Zeit lang streichelte er weiter ihren Bauch, ihre Hüften und ihre Arme, dann fragte er: »Darf ich sie berühren? Ich meine, weil …«

»Du darfst alles, was du willst«, flüsterte sie.

Und dann berührte er sie, mit seinen Händen, seinen Lippen und seiner Zunge, und Hanna merkte, wie mühelos diese Körperteile, von denen sie noch vor wenigen Wochen gedacht hatte, sie könnten für sie nie wieder eine andere Bedeutung haben als Trost und Nahrungsquelle für Wilma, sich umstellten.

Sie stöhnte, und er küsste sich wieder hinauf zu ihrem Mund, während seine Hand weiter ihren Körper liebkoste. Dass sie zuvor so lange befreundet gewesen waren, führte dazu, dass es sich absolut gewaltig anfühlte, sich ihm jetzt so zu zeigen, nackt und erregt, und schließlich seine Hand zwischen ihren Beinen zu spüren.

»Ich liebe dich über alles«, murmelte er in ihren halb geöffneten Mund hinein, und Hanna antwortete mit einem seufzenden Laut, der direkt aus ihrer Seele zu kommen schien. Erst in der Erinnerung wurde ihr klar, dass er Deutsch gesprochen hatte.

»Ich will dich auch sehen«, keuchte sie irgendwann. Sie entwand sich ihm und knöpfte sein Hemd auf. Anschließend zog sie ihm sein T-Shirt über den Kopf und schob seine Hose und seine Boxershorts mit dem Paisleymuster hinunter. Sein Körper sah jung aus und perfekt. Sie sah ihn an, sah den Rest Bräune auf seinem Oberkörper aus dem vorangegangenen Urlaub mit Alice und wo sie aufhörte. Sie schluckte und blickte ihm in die Augen, während sie ihn umfasste. An seinem vertrauten Gesicht konnte sie all die Gefühle ablesen, die sie in diesem Moment mit ihm teilte. Begehren. Liebe. Und einen Rest Unsicherheit, der bei ihm noch aus der Jugend stammte und bei ihr daher, dass ihr Körper vor nicht allzu langer Zeit ein Kind ausgetragen hatte. Es war noch immer taghell.

Später lagen sie Arm in Arm da, schauten in den Himmel, in dem sich die Sonne noch hinter der losen Wolkendecke erahnen ließ, und ließen die Wellen der Lust auslaufen, während warmes, goldenes Glück in sie einsickerte. Dass sie sich in einem fremden Haus befanden, war ihnen kaum mehr bewusst.

»Eben hätte ein Hubschrauber neben uns im Garten landen können, ich hätte es nicht gemerkt«, meinte Hanna.

»Er ist gerade wieder gestartet«, witzelte Neil und strich die Innenseite ihres Arms empor.

Hanna grinste. »Weißt du was? Ich glaube, ich hab doch ein Talent.«

»Sag bloß. Welches?«

»Ich kann gut lieben. Dich. Aber auch Wilma. Und auf andere Weise auch Maja und Adam und sogar meine Eltern.«

»Gut lieben kannst du auf jeden Fall.« Er grinste wieder.

»So meine ich das nicht. Jedenfalls nicht nur.« Sie schnipste gegen seinen Hüftknochen.

»Sorry, ich weiß. Ich bin wohl noch ein bisschen postkoital, sieh es mir nach. Da ist schließlich gerade ein Lebenstraum von mir in Erfüllung gegangen.« Er küsste ihr Haar. »Aber ich fühle mich auch davon abgesehen richtig gut von dir geliebt. Und das ist ein umwerfendes Gefühl.«

Sie legte ihren Kopf dorthin, wo sein Herz schlug, und er schlang den rechten Arm um sie. »Weißt du, worüber ich in dem Zusammenhang manchmal nachdenke?«, fragte sie.

»Nein.« Er hielt sie fester. »Sag es mir.«

»Über unseren Kofferdeal. Was er für uns bedeutet hat. Aber auch, wie er uns beeinflusst hat.«

Er überlegte. »Mir ging's dabei einfach um dich. Um die Verbindung zu dir.«

»Hm«, machte sie.

»Und was denkst du?«, fragte er.

»Eine Weile lang hat der Koffer sich wirklich wie eine Art doppelter Boden für mein Leben angefühlt. Allerdings hat das nur funktioniert, bis du Alice geheiratet hast. Denn eigentlich war die Vorstellung dann wohl doch nicht, einfach nur bei dir in Schottland unterzukommen, sondern auch in deinem Bett.«

»Das höre ich so gerne.« Er streichelte ihren Oberschenkel. »Also war der Koffer wohl gleichzeitig eine Art Absichtserklärung.«

»Wahrscheinlich. Aber manchmal denke ich, dass genau das uns gehindert hat.«

»Wie meinst du das?«

»Wir konnten uns mit dem Koffer immer auf die Zukunft vertrösten. Wir mussten alle nicht ganz perfekten Gelegenheiten nicht beim Schopf ergreifen, weil wir uns immer denken konnten: Es gibt ja noch den Koffer, der uns verbindet. Bis es dann erst mal zu spät war.« Sie nahm seine schwache linke Hand in ihre und verschränkte ihre Finger mit seinen. »Und wenn ich nicht den Brief gefunden hätte und du nicht von dieser Mücke gestochen worden wärst und das Denguefieber bekommen hättest, das die ADEM ausgelöst hat, dann hätte ich vielleicht nie die Gelegenheit bekommen, dich anders als im Geheimen zu lieben.«

»Hm«, sagte er bedächtig. »Dafür hättest du aber die Gelegenheit bekommen, wenn das Netz auf dem Callander-Alumni-Fest besser gewesen wäre. Wir hätten uns dann nicht verpasst und wären nicht enttäuscht voneinander gewesen. Oder wenn damals, als ich dich direkt im ersten Studienjahr besuchen wollte, in der Prüfung andere Fragen gekommen wären, du sie bestanden hättest und ich wie geplant hätte kommen dürfen. Und auch, wenn das zweite Blutgerinnsel in der Arterie meines Vaters sich ein halbes Jahr später gelöst hätte oder irgendwann am Tag statt in der Nacht – und er gar nicht erst gestorben wäre.« Er ließ offen, was dann anders gewesen wäre, aber vielleicht deutete er dasselbe an wie Alice, die auch den Tod seines Vaters als eine Triebfeder für ihre Beziehung erwähnt hatte.

»Sind wir denn solche Spielbälle des Zufalls?«

»Nein«, sagte er, und sein Herz schlug regelmäßig. »Denn auf jeden Fall und in allen denkbaren Zusammenstellungen hätten wir uns irgendwann gefunden. Aber vielleicht musste es gerade diese sein, denn sonst gäbe es Wilma nicht.«

Seine Worte trafen Hanna mitten ins Herz. Sie schob sich ein Stück hoch und küsste seinen warmen Mund. »Du bist wirklich der Mann meines Lebens«, flüsterte sie.

Dann gab es wieder nur ihre einander liebkosenden Lippen und ihre Hände, die über die Haut des anderen glitten, und ihren schneller werdenden Atem, bis sie ein Geräusch hörten. Einen Schlüssel und Stimmen.

Sie erstarrten, dann reagierte Neil beachtlich geistesgegenwärtig. Er stellte Hanna quasi auf die Füße, sprang selbst auf und raffte mit einer Hand alle Klamotten zusammen, derer er habhaft wurde. Hanna tat es ihm mit etwas Verzögerung nach und zeigte hektisch in den angrenzenden Flur. Dort öffnete sie eine Tür, und sie schlüpften zusammen in das dahinter liegende Badezimmer. Leise drehte sie den Schlüssel im Schloss hinter sich um.

»Was machen wir denn jetzt?«, flüsterte Hanna.

Neil lachte lautlos. »Am besten ziehen wir uns erst mal an.«

Hastig fuhren sie in ihre Kleidung.

»Meine Shorts müssen noch im Wintergarten liegen«, stellte Neil fest.

»Die Jeans wären schlimmer.«

Neil grinste, dann lauschte er. Als auch Hanna vollständig angezogen war und ihre zerwühlten Haare in einen Pferdeschwanz gebunden hatte, öffnete er die Tür. Auf dem Flur horchte er wieder, und sie hörten eine Männerstimme, die sagte: »Hier hatten die Besitzer ihr Schlafzimmer. Diese Wand würde sich aber auch herausnehmen lassen, um das Wohnzimmer zu vergrößern.« Eine Frauenstimme antwortete etwas, das nach höflicher Zustimmung klang.

Neil winkte Hanna, ihm zu folgen. Sie schlichen zur Haustür und ließen sie behutsam hinter sich ins Schloss gleiten. Hanna war schon halb wieder auf der Straße, als sie bemerkte, dass Neil vor der Tür stehen geblieben war. Seine Hand lag auf dem Klingelknopf.

»Lass deine Unterhose da, ich kauf dir eine neue«, raunte sie ihm zu.

Neil lachte.

Die Tür ging wieder auf, und ein junger Mann in

einem grauen Sakko mit stark gegeltem Haar sah sie erstaunt an.

»Guten Tag«, sagte Neil. »Wir kommen zur Besichtigung. Neil Farquharson und Hanna Malnitz.« Höflich nickte er auch dem Paar zu, das hinter dem Mann erschien, der vermutlich der Makler war.

Hanna hatte sich inzwischen neben Neil gestellt und verfolgte verdattert das Geschehen.

»Ich wusste gar nicht ...«, sagte der junge Mann. »Aber kommen Sie doch rein. Vielleicht warten Sie noch eben hier unten, wir sind noch nicht fertig.« Dann wandte er sich wieder an das Paar. »Wollen Sie sich schon mal oben umsehen? Ich komme gleich.«

»Wir hatten mit Ihrer Kollegin gesprochen«, behauptete Neil aufs Geratewohl.

»Ach so. Gut. Kein Problem. Dann gehen wir gleich zusammen hier durch. Bis halb habe ich noch Zeit.«

»Wir können uns ja schon mal allein hier unten umsehen.«

Als der Makler wieder mit dem Ehepaar im Obergeschoss verschwunden war, verschwand Neil im Wintergarten und kam kurz darauf mit seinen Boxershorts zurück, die er wie ein Einstecktuch in seiner Hemdtasche drapiert hatte.

Hanna lachte. Von oben hörten sie den Makler und das Paar den Zustand des Badezimmers diskutieren.

»Was hast du vor?«, fragte Hanna leise.

»Das hängt von dir ab. Aber ich will uns im Spiel halten. Das Haus steht ja offensichtlich zum Verkauf.«

Sie starrte ihn entgeistert an.

»Jetzt guck nicht so, ich hab doch gesagt, du bist gut im Bett.« Er grinste. »Nein, im Ernst. Du magst das Haus. Mich erinnert es an zu Hause. Alles andere kannst du ja noch überlegen. Ob du irgendwann mit mir zusammenwohnen möchtest. Ob die Lage passt.«

»Aber …«

»Denk drüber nach und lass es uns ausführlich besprechen.«

Sie war vollkommen perplex. »So ein Haus in Berlin ist teuer.«

»Vielleicht wollen Fergus und Alice mir ja Cronberry abkaufen. Ganz bestimmt wollen sie das, Alice liebt Cronberry. Ich mache ihnen einen sehr guten Preis, den sie nicht ablehnen können. Mir würde es reichen, dort zwei Zimmer oder so zu behalten. Außerdem würdest du doch auch einen Kredit bekommen?«

Hanna kamen die Tränen. »Meinst du das ernst?«

»Todernst.«

»Du bist verrückt.«

»Mir ist das nicht gerade erst eingefallen, falls du das denkst. Nur das mit diesem speziellen Haus natürlich. Aber ich hatte in der Reha viel Zeit zum Nachdenken. Ich will hier bei dir bleiben, wenn du das auch willst.« Er lehnte sich neben die Garderobennische an die Wand und sah sie an. »Ich wollte es eigentlich heute Abend in Ruhe mit dir besprechen.«

»Aber ich dachte immer, du musst in Cronberry die Earls-Stellung halten?«

»Das hab ich auch lange gedacht.« Er zog an einer losen Schraube, die neben ihm aus der Tapete ragte. »Aber eigentlich ist das Ansichtssache. Den Titel kann ich zwar nur unserem Sohn vererben, den wir gelegentlich noch zeugen müssen. Aber alles andere kann ich schrittweise an Fergus und Alice abgeben, wenn die beiden das wollen. Meinem Vater war das alles wichtig, der Familiensitz, der Name, der Einfluss. Und mir war mein Vater wichtig. Aber der ist tot. Und ich ja jetzt doch noch nicht.«

Hanna seufzte tief. Er trat zu ihr, nahm sie in den Arm, und sie presste sich an ihn. »Ich muss übermorgen erst mal weg, einige Dinge regeln, aber ich komme so schnell wie möglich wieder, wenn du willst.«

»Ja, ich will«, sagte sie in sein Hemd hinein. »Aber ... was willst du dann hier machen?«

»Liebe«, sagte er grinsend. »Nein, im Ernst: Einiges von dem, was ich bisher gemacht habe, geht genauso von hier aus. Und ich könnte das Haus sanieren. Du glaubst es vielleicht nach der Sache mit der Vorhangstange nicht mehr, aber wenn ich gesund bin, bin ich mittlerweile gar nicht so schlecht als Heimwerker.« Er streichelte ihren Nacken. »Ich kann Dachrinnen reparieren, und Trockenbauwände kann ich auch. Ich könnte Dudelsackunterricht geben oder Gärten gestalten. Und sollte mein Arm nicht wieder werden, braucht vielleicht das Alliiertenmuseum einen schottischen Historiker. Oder irgendwer im politischen Berlin einen Berater zu den Brexit-Folgen. Ich kann dir den Haushalt führen und mich um den Webshop für deine dilettantischen Malereien kümmern, die du an den Sonntagen da oben in dem Turmzimmer anfertigst. Ich hab zwar kein herausragendes Talent, aber ich kann vieles ein bisschen. Ich glaube, das würde mir gefallen.«

Sie löste sich von ihm, um ihn anzusehen, und er wischte ihr mit seinen schönen Händen die Tränen aus dem Gesicht, denn die Schritte und Stimmen aus dem Obergeschoss näherten sich jetzt wieder der Treppe. »Erzähl dem Mann, wie gerührt du bist, wieder im Haus deiner Großeltern zu sein. Das bringt uns Pluspunkte.«

Als sie knapp zwei Stunden später in Hannas Straße nach einem Parkplatz Ausschau hielt, fuhr direkt vor ihrer Haustür ein SUV aus einer Lücke. Hanna setzte den Blinker, parkte ein, etwas schief, dann schnallte sie die auf dem Rücksitz schlafende Wilma ab, während Neil seinen Koffer hinten aus dem Wagen hob.

»Der hat jetzt ausgedient«, meinte Hanna über die Kofferraumablage hinweg zu ihm. »Jedenfalls als Symbol. Für den Rest seines Lebens darf er einfach nur Koffer sein.«

Neil nickte und lächelte, dann ging er um den Wagen herum und zog mit seiner schwachen Hand noch den Rucksack mit Wilmas Sachen vom Rücksitz. Er war erfüllt von einer tiefen, ruhigen Freude, auf den Abend und auf das Leben, das vor ihnen lag.

DANK

Viele Menschen waren hier am Werk. Zunächst meine Agentin Petra Hermanns, die den Gedanken an einen Koffer bei einem geliebten Menschen gleich genauso attraktiv fand wie ich – auch wenn ihr persönlich Schottland zu kalt ist. Dann kam meine Lektorin Ronja Keil vom Piper Verlag ins Spiel, deren erste Reaktion auf die Geschichte mir die Tränen der Rührung in die Augen getrieben hat. Und auch ihre weitere Begleitung ließ keine Wünsche offen ☺

Lieber Dank geht außerdem raus an Doreen und Sarah, die ich vor vielen Jahren beim Studium im schottischen St Andrews kennengelernt hab und die jetzt wieder mit mir auf Rechercheresise gegangen sind, Doreen sogar zweimal. Auch Stef Gardiner, den fantastischen Glasgower Maler, kenne ich noch von damals. Er bildet zwar nicht die Vorlage für Lennox MacPhail, hat sich aber mit mir die CAOSMAP ausgedacht und die politische Landschaft in Schottland diskutiert sowie alle möglichen Details, wie zum Beispiel die Ausweislaminierungen Ende der 1990er-Jahre. Genauso Dr. Chunky Liston, der inzwischen in Jena wohnt, sich aber mit der schottischen Seele immer noch bestens auskennt, außerdem mit dem Dudelsack.

Dr. Stefanie Wailke aus Kiel hat Neils Krankengeschichte begleitet, wobei etwaige Behandlungsfehler selbstverständlich darauf zurückzuführen sind, dass ich nicht präzise genug nachgefragt habe.

Dank gebührt auch der Presseabteilung des Hauptzollamts Berlin, der schottischen Forstbehörde und dem Wahlbüro im Kilmarnock, die alle so spontan hilfsbereit und nett waren, dass ich mich im Nachhinein frage, warum ich die Recherchen eigentlich immer vor mir herschiebe.

Immens wichtig sind natürlich meine Testleserinnen, Eva Dax von Dully & Dax, die ein richtig harter Hund ist, aber überaus effektiv. Dann Helene, Sarah und meine Autorenkollegin Sylvia Deloy, die sich geduldig von meinen Fortschritten und Zweifeln berichten lassen, guten Rat und Sicherheit geben. Sylvia, dir danke ich außerdem – stellvertretend für alle anderen Kolleg:innen – für die solidarischen Stunden im Kölner Schreibraum, in dem große Teile dieses Buchs entstanden sind. Möge es noch lange so weitergehen. Das Kulturamt der Stadt Köln und der Verein Literaturszene e.V. sorgen dafür.

Am Ende hat meine Außenlektorin Antje Steinhäuser ihren kritischen Blick über den Text schweifen lassen, neben wohltuenden Komplimenten kluge Verbesserungsvorschläge angebracht und euch so einige Füllwörter und Derbheiten erspart. Vielen Dank dafür! Und vieln Dank ooch an Katrin, die Erichs Berlinerisch geschliffen hat.

Last, but not least und von Herzen kommen die Credits für die Beauftragte der Bundesregierung für Kultur und Medien, die das Programm NEUSTART KULTUR initiiert, und für die VG WORT, die die Förderung abgewickelt hat, von der dieses Buch profitieren durfte.

Valerie im Frühjahr 2024

Dieser Roman wurde gefördert durch das Stipendienprogramm der VG Wort im Rahmen des Programms NEUSTART KULTUR der Beauftragten der Bundesregierung für Kultur und Medien.

VG WORT

NEU
START
KULTUR

Die Beauftragte der Bundesregierung
für Kultur und Medien

Inhalt